Narratori Feltrinelli

Aki Shimazaki
Una campanella silenziosa

Traduzione di Cinzia Poli

Titolo dell'opera originale
SUZURAN

Traduzione dal francese di
CINZIA POLI

Prima edizione ne "I Narratori" giugno 2025

Stampa Grafica Veneta S.p.A. di Trebaseleghe - PD

ISBN 978-88-07-03669-9

FSC
www.fsc.org
MISTO
Carta | A sostegno della gestione forestale responsabile
FSC® C021883

GRAFICA VENETA
GV CARBON NEUTRAL

Questo libro è stampato da Grafica Veneta S.p.A.
con un processo di stampa e rilegatura certificato 100% carbon neutral
in accordo con PAS 2060 BSI

Le citazioni bibliche sono tratte da *La Sacra Bibbia*, nella versione ufficiale a cura della Conferenza Episcopale Italiana, UELCI, 2008.

Gli aforismi di Søren Kierkegaard sono stati tradotti da Cinzia Poli.

Una campanella silenziosa

Suzuran

I

Scende la notte. Entro nell'appartamento vuoto.

Oggi fa freddo per essere la fine di aprile. Sono già le otto. Ho fame. Mentre mi preparo un'insalata, riscaldo il curry avanzato ieri. Seduta al tavolinetto della cucina, comincio a cenare tardi. Sento solo il ticchettio della pendola. È sabato. Ieri mio figlio è andato a casa del padre e rientrerà domani sera.

È stata una giornata lunga ed estenuante. La mattina ho tornito un grande vaso per ikebana nel mio laboratorio in campagna. Nel pomeriggio sono tornata a casa e ho scritto gli inviti per la mia prossima mostra, prevista per l'inizio di giugno. Infine, ho tenuto la lezione di ceramica nel centro culturale della città.

Dopo cena mi riposo in salotto ascoltando le notizie in televisione. Parlano di politica locale. Sbadiglio di continuo. Ho le spalle indolenzite. Decido di immergermi nell'*ofuro* anziché fare la doccia.

Nell'acqua calda riesco a rilassarmi. A poco a poco il calore si diffonde nel mio corpo intorpidito. La giornata è stata faticosa ma sono molto soddisfatta. Penso al vaso che sono riuscita a creare stamani. La forma mi ha ricordato una campanella, così l'ho chiamato Suzuran. Quest'opera sarà il cuore della mostra.

Resto a occhi chiusi, persa nella meditazione. Mi viene in mente una scena dell'infanzia. Pedalavo in campagna per andare dal mio nonno paterno.

Era appassionato di ceramica e aveva un forno a legna. Nel suo capanno costruivamo insieme oggetti della vita quotidiana: tazze da tè, ciotole per il riso, piatti. Lo aiutavo a spaccare i tronchi e assistevo ai suoi *kamataki*. Teneva a me come alla pupilla dei suoi occhi e mi incoraggiava: "Anzu, sei molto portata per quest'arte. Non abbandonarla. Diventerai una ceramista famosa". È morto quando avevo quindici anni.

Nella mia vita la ceramica è indispensabile. Plasmando l'argilla, modellando poi un pezzo, dimentico tutto ciò che mi accade intorno. E ogni volta, al momento di tirare fuori le mie creazioni dal *kama*, sono allo stesso tempo entusiasta e sollevata, come dopo aver partorito. Emozionata per i motivi sempre diversi creati dal fuoco, penso già a un nuovo progetto.

"Scegli un lavoro che ami e non lavorerai nemmeno un giorno della tua vita," ha detto Confucio. Aveva proprio ragione.

Infilo il pigiama fresco di bucato, finalmente riscaldata e distesa. Ho sete. Vado in cucina a bere un bicchiere d'acqua, quindi entro in camera. Sono già le dieci passate.

Seduta alla toilette, mi spalmo la crema sulle mani e sul viso. Mi osservo. Le mie braccia sono ormai sode grazie al lavoro fisico: si potrebbe pensare che sia una massaggiatrice. Con il viso acqua e sapone sembro una studentessa, in realtà ho trentacinque anni. Ho gli occhi, il naso e la bocca di medie dimensioni per una giapponese. Non sono bellissima ma neppure brutta, direi.

Tōru aveva sette anni quando ho divorziato. Oggi ne ha dieci. Ho ottenuto l'affidamento e lui va dal padre ogni due fine settimana e quando sono impegnata con il *kamataki*. All'inizio ha sofferto molto. Mi addolorava e mi addolora tuttora. Per fortuna, si è gradualmente abituato alla nuova situazione. A quanto pare, va abbastanza d'accordo con la compagna del padre. E mi punzecchia: "Mamma, sei ancora giovane. Non mi dispiacerebbe se avessi un fidanzato".

Le persone intorno a me vorrebbero organizzarmi un *miai* o invitarmi a un *gōkon*, ma ogni volta declino le loro generose proposte ripetendo: "Mi rincresce, sono troppo occupata".

Mi fisso allo specchio. Mentre mi spazzolo i capelli nerissimi, ripenso alle mie brutte esperienze: il mio primo amore mi ha lasciata all'improvviso per un'altra ragazza e il mio ex marito aveva un'amante.

Smetto di spazzolarmi i capelli. Mi chiedo: "Sono io che ho qualcosa che non va? Oppure la mia unica colpa è stata quella di scegliere tipi sbagliati?". Parafraso ironicamente il motto di Confucio: "Scegli un uomo che ama solo te e non dovrai preoccuparti un solo giorno della tua vita".

Mia sorella Kyōko ha due anni più di me. Non si è mai sposata né ha intenzione di farlo. Intelligente, bella e seducente, è molto corteggiata. È lei a mollare gli uomini. Mi dice: "Anzu, di sicuro esiste qualcuno speciale per te. Purtroppo, tu sei sposata con l'arte!". Cita un proverbio in inglese con il suo meraviglioso accento: "If you run after two hares, you catch neither". Forse ha ragione.

Sbadiglio. Alla fine entro nel letto freddo e mi rannicchio sotto la coperta. Penso di nuovo al vaso per ikebana che mi ha procurato tanta soddisfazione. Sonnecchiando sussurro:

Mi chiami senza voce
Come una campanella senza battaglio
Sento tutto, Suzuran!
Ti amo da sempre
Da prima di nascere.

Mi sveglio intorno alle dieci. Mi sento in forma, ho dormito profondamente dopo una settimana intensa. È domenica. Oggi pranzo a casa dei miei genitori, poi andrò a passeggiare sulla spiaggia. Mio figlio rientrerà verso le otto. Fa bel tempo, ne approfitterò per tutto il pomeriggio.

Mentre bevo un caffè in cucina mi telefona S., una mia compagna di liceo. È sposata e ha due figli. Fino a poco tempo fa insegnava in una scuola elementare. Abitiamo nello stesso quartiere.

Mi dice:

– Anzu, ti chiamo per la prossima riunione degli ex alunni. Hai ricevuto l'invito, vero?

– Sì, grazie.

Continua aggiungendo dettagli. È un evento che lei e il marito organizzano da tre anni. La ascolto senza troppo interesse. Non avevo stretto particolari amicizie in quella scuola e non ho mai preso parte a questi incontri. S. mi chiede:

– Ricordi Akira Z.?

Akira! Come posso dimenticare questo nome? Il mio primo amore, che mi aveva lasciata per un'altra. S. non lo sa. L'avevo raccontato soltanto a mia sorella, che ci aveva invitati a una delle sue serate. Rispondo ironica:

– Certo! Bello e brillante, era il cocchino dei professori.

Ride. Nel nostro liceo c'erano quattro classi per ogni grado: una di scienze e matematica, e tre di studi generali. Il marito di S. frequentava la prima, Akira, S. e io quella di studi generali ma eravamo in classi diverse.

– Ti parlo di lui – dice – perché l'ho incontrato qualche giorno fa per strada. Passava di qua per andare a trovare i genitori.

– Che cosa fa?

– È avvocato e ha lo studio a Tottori.

Ricordo che era entrato all'Università di O., nella prefettura vicina, rinomata per la facoltà di Giurisprudenza.

– Com'è?

– Non è cambiato molto – risponde la mia amica. – Era un po' depresso, però.

– Depresso?

– Ha divorziato di recente.

– Mi dispiace. Ha dei figli?

– Sì, una bambina di sette anni. Nemmeno lui era entusiasta all'idea di venire all'incontro. Ma quando ha saputo che un quarto dei nostri compagni è divorziato, ha cambiato idea ridendo: "Questo fa ben sperare!". È rimasto sorpreso di sapere che lo sei anche tu.

La provoco:

– Organizzi un *gōkon* per tutti i casi disperati?

– Perché no? Potrebbe essere l'occasione buona per trovare un marito.

Rivedo Akira, un gran bel ragazzo. Era un appassionato giocatore di rugby. Mi riaffiora un'amara sensazione. S. riprende:

– All'epoca pensavo che tu e Akira avreste formato una coppia ideale.

– Come?

– Secondo mio marito, ad Akira piacevano ragazze creative e indipendenti. Come te.

– Non proprio tutte. Si offenderebbe a sentirti parlare così.

– Anzu, oggi hai un tono sarcastico.

Non replico. Lei continua:

– Quest'anno saremo tanti. Mi farebbe piacere se ti unissi a noi. L'atmosfera è molto conviviale.

– Ci penserò.

Conclude:

– Ricorda che la riunione si terrà l'ultima domenica di maggio. Fammi sapere appena puoi.

Finalmente riaggancia. Il caffè si è intiepidito. Lo riscaldo nel microonde e lo porto sul balcone.

Seduta su una sedia di plastica, contemplo il cielo limpido. Il sole primaverile mi avvolge dolcemente. Chiudo gli occhi e rivedo il volto di Akira. Penso: "È divorziato...". Mi domando se l'ex moglie sia la ragazza per cui mi aveva lasciato. Forse no. Eravamo solo studenti di liceo. Ricordo il momento in cui aveva fatto breccia nel mio cuore.

In autunno, nella nostra scuola si festeggiava la cultura giapponese. Gli allievi presentavano le loro creazioni a scuola: haiku, *tanka*, *shodō*, ikebana, origami, bonsai e così via, e tutte venivano esposte per una settimana nell'anfiteatro. L'ultimo giorno, i professori di belle arti e *kokugo* annunciavano i vincitori.

Ero al terzo anno. Avevo forgiato un vaso. Era una ceramica *yakijime*. Con i suoi colori scuri, non aveva catturato l'attenzione degli studenti, era invece piaciuto molto ai professori. Un giorno, durante la mostra, avevo notato che Akira lo osservava con attenzione. L'avevo sentito dire agli amici, come un vecchio saggio: "Questo vaso è consapevole del ruolo che riveste. Con i suoi colori sobri può far risaltare qualsiasi fiore. Ha una forma semplice ma solida, è originale e molto elegante".

Una brezza leggera mi sfiora. Alzo gli occhi al cielo azzurro. Chissà se Akira si ricorderà del mio vaso? Alla fine vinsi il primo premio, ma a colpirmi furono soprattutto le sue parole. Ogni volta che ci ripenso, l'amarezza della delusione amorosa svanisce.

Torno in cucina con la tazza vuota. Lavandola penso: "In fondo, potrei anche andare all'incontro".

Cammino sullo stradello che porta a casa dei miei genitori. Non è asfaltato e ai suoi lati crescono liberamente fiori ed erbe selvatiche. Non è cambiato niente dalla mia infanzia.

Mi volto. Si vede il Monte Daisen con la cima ancora innevata, come quella del Monte Fuji. In lontananza risplende il Mare del Giappone. Che paesaggio meraviglioso! Sono molto legata a Yonago, la mia città natale.

Fra poco i miei genitori si trasferiranno in una residenza per anziani. Hanno solo settant'anni. Hanno fatto questa scelta per le condizioni di mia madre, che ormai dimentica molte cose, anche di spegnere i fornelli. Mio padre non può perderla mai di vista. Pensano di affittare la loro casa.

Vorrebbero che un giorno la prendesse uno di noi tre figli. Kyōko non intende affatto tornare a Yonago e nostro fratello minore, Nobuki, ha già un'abitazione. Potrei viverci io con mio figlio. Purtroppo, è un po' lontana dalla scuola di Tōru. Aspetterò due anni, finché non avrà finito le elementari.

Mi soffermo quando vedo un *suzuran* fra l'erba. Osservando da vicino i suoi fiorellini bianchi, penso al vaso per ikebana che ho chiamato proprio Suzuran. All'inizio ero incerta se scriverlo 鈴蘭, スズラン oppure すずらん. Questa parola in *kanji* significa "orchidea di campanelle". Ha senso. Ma, alla fine, ho scelto il *katakana*, semplice e vigoroso, perfetto per questa pianta che si riproduce a una velocità sorprendente.

Arrivo a casa dei miei genitori. Mia madre mi apre la porta:
– Entra, Anzu!

C'è un buon profumo di pesce grigliato. Vado in salotto, gli scatoloni sono disseminati qua e là. Lei mi dice che il sacchetto di plastica sul tavolo è mio. Guardo che cosa c'è dentro: qualche vecchio quaderno e l'album del liceo. Mi annuncia:

– Tua sorella verrà durante la *golden week*.

– Davvero?

Kyōko abita a Tokyo e lavora nella succursale di un'azienda americana di import-export. È la segretaria del direttore, e ovviamente parla l'inglese alla perfezione. Oltre a essere molto bella, è brillante e ha successo nel lavoro. Di solito torna a Yonago due volte all'anno: a gennaio e in agosto.

Chiedo a mia madre:

– È successo qualcosa di speciale?

– Che domanda! Tutta la sua famiglia abita qui. Deve venire più spesso. Quest'anno, poi, non ha nemmeno festeggiato il Capodanno con noi.

Replico:

– No, mamma. A gennaio Kyōko era qui. Ci ha portato dei regali da New York.

– Già, è vero...

Mia madre è imbarazzata. La consolo dicendo che comunque ciò che aveva dimenticato le è tornato in mente. Facendosi coraggio, aggiunge:

– Tua sorella ci presenterà il suo fidanzato.

Sono sorpresa:

– Sul serio?!

La mamma annuisce, molto contenta. Poi afferma:

– Si sposeranno!

"Cosa?" Un'altra notizia inattesa. Rispondo:

– Pensavo che Kyōko volesse restare nubile.

– Ha quasi trentasette anni. Immagino che finalmente desideri dei figli.

– Quanti anni ha il suo fidanzato?

– Sono coetanei. Neppure lui si è mai sposato prima.

– Che cosa fa?

– È un ricercatore di chimica.

– Mia sorella con un chimico? Come lo ha incontrato?

– Non so. Ce lo racconterà.
– È di Tokyo?
– No, è nato a Tōhoku. I suoi genitori sono morti.
Papà ci raggiunge. Chiede notizie di mio figlio. Gli dico che prende buoni voti in scienze e matematica e ha appena cominciato karate.
– Scienze e matematica? Che strano! Tu non eri brava in queste materie.
– Io ero brava solo in arte e negli sport.
Ride. Vuole sapere se il lavoro va bene. Gli rispondo:
– Ieri ho finito l'ultimo pezzo per la prossima mostra. In settimana mi dedicherò al *kamataki*.
– Ti aiuteremo come sempre.
Gli racconto di un viaggio all'estero che vorrei fare in autunno: mi piacerebbe andare a Beroun, nella Repubblica Ceca, per visitare i mercati di ceramica. Mi guarda incuriosito:
– Ci andrai da sola?
– Sì. A meno che prima della partenza non appaia all'improvviso un bell'uomo.
– Altrimenti incontrerai là un bel ceco affascinante.
Sto al gioco:
– Speriamo!
La mamma ci interrompe:
– Anzu, dimenticavo di chiederti un favore.
– Sì.
– Riguarda Kyōko e il suo fidanzato. La nostra casa è sottosopra per via del trasloco e non abbiamo più futon per gli ospiti. Potrebbero venire a dormire da te? Si tratterebbe solo di un paio di notti.
Il mio appartamento è piccolo. Le propongo:
– Non potrebbero andare da mio fratello?
– Kyōko si sentirà più a suo agio a casa tua che da Nobuki. Ospitarli sarebbe gravoso per nostra nuora, che è molto impegnata con le due bambine.
Mio padre insiste:
– Di sicuro a Tōru farà piacere parlare con il futuro zio chimico.

Dopo aver pranzato con i miei genitori, raggiungo in macchina la spiaggia di Yumigahama. Ogni volta che vengo a trovarli faccio una passeggiata qui. Visto che la residenza è lontana dal mare, non ci verrò più regolarmente come prima. Almeno finché non mi trasferirò con mio figlio nella loro casa.

Lascio la macchina in un parcheggio e mi incammino verso la spiaggia.

C'è ancora molto sole. Il Monte Daisen si vede nitidamente anche da qua. L'acqua è trasparente. Passeggio a piedi nudi sulla sabbia bianca. Oggi è quasi deserta, incontro solo un gruppo di signore anziane.

Quando eravamo piccoli, facevo il bagno qui insieme a mia sorella e mio fratello. Poi avevo preferito il fiume in campagna, dove viveva mio nonno. Ma dopo la sua morte sono tornata su questa spiaggia, da sola o con le amiche delle medie o del liceo. Qui mi vedevo con Akira, il mio primo amore.

Penso a Kyōko.

Mia sorella e io abbiamo frequentato la stessa scuola elementare e poi la stessa scuola media. Ero una studentessa nella norma, mentre lei prendeva sempre ottimi voti e si comportava in modo esemplare. Ovviamente era la cocchina degli insegnanti. I compagni mi prendevano in giro: "Siete davvero sorelle?". Nonostante ciò, non ero per niente gelosa di lei, anzi, ne andavo fiera e la seguivo ovunque. Mi aiutava nei compiti. Non era molto paziente, però le sue spiegazioni erano davvero chiare e con lei capivo meglio che in classe. Mia madre mi ripeteva: "Se prenderai esempio da Kyōko, ti troverai sempre bene".

Dopo l'università, mia sorella si è trasferita a Tokyo. Da allora ci sentiamo poco. Quando viene a Yonago, i nostri genitori invitano me e mio fratello, e ceniamo tutti insieme a casa loro. Altrimenti è raro che ci incontriamo da sole.

Ogni volta che torna dall'estero porta dei regali e racconta con orgoglio dei suoi viaggi d'affari: New York, Los Angeles, Parigi, Londra, Mosca. Parla anche dei suoi interessi culturali: teatri giapponesi e occidentali, concerti di musica classica, mostre e musei. Non prova alcuna nostalgia per la nostra città natale e a Tokyo approfitta della libertà che il nubilato le offre.

E adesso ecco la notizia sconvolgente: Kyōko ci presenterà il suo fidanzato. Non era mai successo. Secondo mia madre, si sposerà. Se sarà davvero così, il futuro marito dev'essere un uomo veramente speciale. I miei non vedono l'ora di incontrarlo. Io invece nutro un dubbio poco lusinghiero nei confronti della mia sorella maggiore: "Si accontenterà di un solo uomo?".

Kyōko ha avuto molte avventure, una dopo l'altra. È iniziato tutto quando era all'università e abitava da sola. Non so con quanti uomini sia andata a letto e mi chiedo se perderà questa abitudine dopo il matrimonio. Ricordo che mi sconvolse quando mi parlò della sua vita sessuale. Frequentavo l'ultimo anno di liceo.

Contemplo il mare. Un gabbiano mi plana sopra la testa. Lo guardo volare verso il Monte Daisen.

Su questa spiaggia, Akira e io camminavamo mano nella mano. Qui ha posato le labbra sulle mie. Imbarazzata, tacevo sempre accanto a lui.

Quando dissi a Kyōko del nostro amore platonico, rise: "Sei troppo ingenua per la tua età!".

Era una domenica di novembre.

Mia madre mi aveva chiesto di andare a trovare Kyōko che studiava a Matsue, il capoluogo di una prefettura vicina. Voleva accertarsi che la figlia maggiore stesse bene, visto che non tornava a casa da qualche mese. Immaginavo che fosse impegnata con U., il fidanzato che mi aveva presentato a una delle sue feste. Mi era sembrato molto studioso e simpatico. Il tipo che sarebbe piaciuto ai miei genitori. Kyōko però non voleva che ne parlassi con loro.

Presi il treno con un borsone carico delle pietanze che mia madre le aveva preparato. Per arrivare a Matsue ci voleva circa mezz'ora. Kyōko sapeva che sarei arrivata intorno alle tre.

Faceva freddo. Il cielo era coperto da grosse nubi scure. Ero allegra nonostante il tempo cupo. La sera prima avevo ricevuto una lettera da parte di Akira Z. Mi proponeva di uscire insieme, per esempio, a fare una passeggiata sulla spiaggia. Era finita da poco la festa della cultura giapponese nel nostro liceo, dove lo avevo sentito commentare il mio vaso. Ero così emozionata per l'invito che stavo per dimenticare la borsa con il cibo sul treno.

L'appartamento distava circa un chilometro dalla stazione. Non aspettai l'autobus e feci la strada a piedi. Quando arrivai erano già le tre e mezzo. Dopo aver ricevuto i regali di mia madre, Kyōko esclamò:

– Anzu, hai portato tutto questo peso solo per me? Grazie per lo sforzo!

Le parole erano gentili, ma il tono con cui le aveva pronunciate era alquanto piccato. Era convinta che nostra madre mi avesse mandata per spiarla. Le risposi:

– Di niente, sorella maggiore. Non ti disturberò troppo a lungo.

Mi mostrò il salotto in disordine. Sul tavolo basso c'erano quaderni, libri in inglese e dizionari sparsi. Si stava specializzando in letteratura americana. Mi spiegò:

– Come vedi, sto preparando un esame. Devo scrivere anche un saggio molto impegnativo in inglese. Verrò senz'altro per le vacanze invernali, dopo il mio party di Natale. Dillo ai nostri genitori, va bene?

Annuii docilmente.

Mi invitò in cucina e mi offrì una tazza di latte caldo e biscotti. Appeso al muro accanto al frigorifero c'era un calendario. A fianco di ogni giorno c'erano scritti dei promemoria. Per quella giornata erano segnati tre appuntamenti: *K. alle 9, Anzu alle 15, H. alle 20*. Il nome del fidanzato, U., non compariva. Mi chiesi chi fossero K. e H.

Mia sorella mi raccontò degli studenti delle medie e del liceo a cui dava ripetizioni. Guadagnava abbastanza per provvedere alle spese quotidiane; agli studi e all'alloggio, invece, pensavano i nostri genitori.

– Kyōko – dissi, – sei un'insegnante bravissima. Quando non sapevo fare i compiti, mi spiegavi le cose con chiarezza. I tuoi allievi saranno molto contenti.

– Grazie, sei gentile.

– Lo penso davvero. Vorresti diventare professoressa di liceo?

– Ma no! Passare tutta la giornata a insegnare non fa per me.

– Allora che cosa vorresti fare dopo gli studi?

Rispose con sicurezza:

– Lavorerò a Tokyo. Troverò un posto in un'azienda di import-export americana o all'ambasciata americana.

La ascoltavo parlare di progetti degni di lei e ammiravo la

sua intraprendenza. Chiacchierava allegra, senza mai menzionare U. Anche lei mi chiese cosa volessi fare. Sapeva che non mi sarei iscritta all'università. Le dissi:

– Spero di trovare un lavoro a Yonago, nella succursale di T.

T. è una rinomata azienda farmaceutica con sede a Tokyo. Mia sorella commentò:

– Ottima scelta! Farai un lavoro insignificante, ma con quel nome prestigioso riceverai un sacco di proposte di *miai*. Del resto, sei troppo timida per trovarti un uomo da sola.

Protestai:

– Il nome non conta. La cosa che mi interessa di più è continuare a occuparmi della ceramica e T. è l'unica azienda che non pretende straordinari.

Mi sbeffeggiò:

– Ancora con questa ceramica! Pensi solo a modellare l'argilla. Alla tua età non sei mai uscita con un ragazzo.

Morivo dalla voglia di raccontarle della lettera di Akira, ma non trovavo il coraggio. Nel frattempo, notai un posacenere vuoto sul bancone vicino all'acquaio. Le chiesi:

– Kyōko, adesso fumi?

– No. L'ho comprato per il mio nuovo fidanzato.

– Nuovo? Che cos'è successo con il tuo ragazzo?

– Vuoi dire U.? Non stiamo più insieme.

– È già finita? Era molto simpatico.

– Sì, ma era troppo possessivo e geloso. Non potevo uscire liberamente con altri ragazzi, nemmeno in gruppo. Era soffocante. Capisci? Con questo, invece, sto bene.

– Studia?

– No.

– Quanti anni ha?

– Quaranta.

Esclamai:

– Così grande? Spero che non sia sposato.

– Certo, ha due figli.

Sbalordita balbettai:

– Allora... sei la sua amante?

– Amante? Non esageriamo!

Kyōko rise. Capii perché negli ultimi tempi non era tornata a casa. Pensai: "Se i nostri genitori lo scoprissero, minaccerebbero di tagliarle i fondi". In ogni caso non mi azzardai a farle la morale. Mi sorrise maliziosa:

– Non dirlo a nessuno, soprattutto ai nostri genitori. Va bene?

Annuii di nuovo docilmente. "Siamo sorelle. Dobbiamo essere complici." Me lo ripete da quando eravamo bambine e lei non ha mai svelato a nessuno i segreti che le confidavo.

Le feci qualche domanda con timidezza:

– Quando l'hai conosciuto?

– Due mesi fa. Lo vedrò stasera. Si chiama H.

Mi chiesi: "H.? Ah, è lui". Diedi un'occhiata al calendario sul muro.

– Come vi siete incontrati?

– È il padre di un mio studente – rispose.

– Come?!

– È affascinante, ricco e molto generoso.

– Che cosa fa?

– È presidente di un'azienda di cosmetici.

– Perché non esci con un tuo coetaneo?

Mia sorella mi spiegò molto chiaramente:

– I miei coetanei sono immaturi e non mi fido. Non voglio sposarmi prima dei trent'anni. Per questo preferisco gli uomini sposati.

– Ma, Kyōko, se il tuo amante volesse divorziare dalla moglie per...

Mi interruppe:

– È un marito felice! Cerca solo un'avventura, come me. Così, possiamo frequentarci senza problemi.

– Se sua moglie scoprisse...

– Non è uno sciocco. È il motivo per cui l'ho sedotto.

– L'hai sedotto?

– Sta' calma, Anzu. Non importa chi ha preso l'iniziativa, visto che abbiamo le stesse necessità. Non sono più minorenne.

Stavo per dirle: "Però dipendi dai nostri genitori". Invece mi uscì di bocca una domanda stupida:

– Perché non aspetti di avere trent'anni?

Ridacchiò:

– Dieci anni senza uomini? Nemmeno per sogno! A me piace fare l'amore.

Arrossii. Mi guardò con commiserazione:

– Sei vergine, lo so. Un giorno capirai che cosa intendo. Se vuoi ti presento un ragazzo.

A quel punto, le raccontai dell'invito di Akira. Mi fissò, gli occhi sgranati:

– Hai ricevuto un biglietto d'amore?!

Stavolta era lei sbalordita. Smentii:

– Non è proprio un biglietto d'amore. È un invito a uscire insieme per fare una passeggiata, per esempio.

– Tutto qua? Non conosci gli uomini! Vuole fare sesso.

Arrossii ancora di più. Molto incuriosita, mi chiese:

– Come lo hai incontrato?

Le spiegai che frequentavamo lo stesso liceo e durante la festa della cultura giapponese aveva elogiato il mio vaso. Continuò con le sue domande:

– Gli hai già risposto?

– No, non ancora.

– Vuoi uscire con lui?

– Sì.

– È affascinante?

Le risposi con fierezza:

– Sì, è bello, sportivo e intelligente.

Kyōko mi chiese perentoria:

– Dimmi esattamente che cosa ti ha scritto!

Ero abituata ai suoi modi autoritari e in genere obbedivo. Quella volta invece mi rifiutai:

– No, sono fatti privati.

Sorrise con tenerezza:

– Sono la tua sorella maggiore e la tua confidente. È mio dovere proteggerti. Mi preoccupo per te, dato che non hai mai avuto relazioni sessuali. Segui i miei consigli. Sta' tranquilla, non ne parlerò con i nostri genitori.

– E tu, hai chiesto consigli a qualcuno?

– No. Io non sono ingenua e ignorante come te sul sesso. Mi capisci?

Mi offese, ma aveva ragione. Aggiunse:

– Dopo gli esami, organizzerò una festa di Natale a casa mia. Vieni insieme a lui, così potrò farmi un'idea.

Erano già le cinque passate quando me ne andai. Piovigginava. Ero infreddolita. Non dovevo più portare la pesante borsa, in compenso mi sentivo gravata di un segreto che mi era stato confessato e del quale non avrei potuto sbarazzarmi.

Torno a casa con l'album del liceo e i vecchi quaderni che ho preso nel pomeriggio a casa dei miei genitori.

Sono quasi le sette e mezzo. Tōru tornerà fra poco, dopo aver cenato al ristorante con il padre e la sua compagna. Da quanto mi racconta, mangiano raramente a casa, lei adora fare shopping e paga sempre con la carta. Ogni volta che mio figlio va dal padre, lui gli invita il cugino paterno, suo coetaneo, così i due ragazzi giocano insieme.

Ho un po' freddo, mi preparo un tè bollente. Seduta sul divano sfoglio l'album del liceo che non aprivo più da anni. Tutti gli studenti ne avevano ricevuta una copia alla consegna dei diplomi.

Guardo le pagine della classe di Akira.

Era davvero bello, oltre a essere molto brillante e atletico. Essendo una studentessa mediocre e di aspetto comune, non avrei mai immaginato di poter uscire con un ragazzo così. Dopo i complimenti al mio vaso, mi ero sentita vicina a lui e speravo di parlargli ma non trovavo il coraggio. Ogni volta che lo vedevo avevo il batticuore. Ovviamente il suo invito mi aveva estasiata.

Al primo appuntamento avevamo passeggiato sulla spiaggia di Yumigahama. Eravamo all'inizio di dicembre. Era una giornata di sole ma l'aria era gelida. Soffiava un vento freddo. Non mi dava fastidio. Akira si era congratulato per il primo premio e mi aveva chiesto da quanto tempo mi occupavo di ceramica. Gli avevo raccontato dell'infanzia con il nonno, ceramista dilettante. Mi aveva detto: "Vado fiero del mio giudizio. Ero certo che avresti vinto. Sei fortunata ad avere la passione per un'attività creativa".

Akira desiderava sostenere l'esame di ingresso in una delle migliori università della regione. Voleva diventare avvocato, studiava con dedizione al liceo e anche in un *juku*. Inoltre, tutti i giorni dopo la scuola, si allenava a rugby. Non volevo disturbarlo e aspettavo che fosse lui a chiamarmi.

Al secondo appuntamento eravamo andati al cinema. Ero così agitata all'idea di sedergli accanto per un'ora e mezzo che non seguivo la trama del film. Al terzo appuntamento avevamo fatto un'altra passeggiata sulla spiaggia di Yumigahama e in quell'occasione aveva posato le labbra sulle mie.

Dopo gli esami del secondo trimestre, gli avevo proposto di accompagnarmi alla festa di Natale di Kyōko. Gli faceva molto piacere incontrare mia sorella e i suoi amici.

Era una cena in cui ognuno portava qualcosa. Akira e io ci eravamo presentati con alcuni piatti preparati da mia madre. C'era una decina di persone, fra cui una studentessa e sua madre. Era un'alunna di mia sorella. Kyōko mi aveva bisbigliato che il padre della ragazza era il suo amante e adesso era all'estero per affari. Ero allibita. Poi aveva presentato a tutti un ragazzo della sua università: "Questo è il mio fidanzato". Ero perplessa, Akira mi ripeteva: "Tua sorella è così bella, gentile e generosa! Il suo fidanzato sarà orgoglioso di lei".

Dopo i tre giorni del Capodanno, Akira e io eravamo andati a sciare sul Monte Daisen. Era un ottimo sciatore. Ci eravamo divertiti molto. La scuola era ricominciata e un giorno mi aveva detto: "Non potremo vederci per un po'". Capivo. Studiava molto. Era un momento importante per gli studenti che preparavano gli esami di ingresso. Alla fine, era stato ammesso all'Università di O. Mi aveva fatto molto piacere. Purtroppo, mi aveva annunciato: "Non possiamo più vederci perché mi sono innamorato di un'altra. Mi dispiace".

Chiudo l'album e consulto l'orologio. Sono le otto e venti. Poco dopo suonano alla porta. È mio figlio. Entrando mi dice:

– Papà è fallito.

– Come?

Ricambio con stupore il suo sguardo serio. Mi ripete:

– È fallito.

Mi suona strano sentire una parola così in bocca a un bambino di dieci anni. Prosegue:

– Papà ha perso l'azienda. Perderà anche la macchina. È povero.

– Chi te l'ha detto?

– La sua compagna.

Il mio ex marito, R., ha una tipografia. Da un po' di tempo l'azienda aveva problemi, ne ero a conoscenza, ma non immaginavo fino a questo punto.

– Tesoro – replico, – nel mondo degli affari queste cose capitano spesso. Tuo padre lo sa bene e non è povero. Continuerai a vederlo e in casa nostra resterà tutto come prima. Te lo prometto.

Tōru esce dal salotto più tranquillo e va a fare una doccia.

Prendo l'album del liceo ed entro in camera. Mentre lo ripongo in un cassetto della scrivania, mi tornano in mente le parole di mia sorella: "Hai divorziato? Meglio così. R. non era il tipo giusto per te".

Avevo incontrato R. in un centro sportivo dove io prendevo lezioni di *kendo* e lui di tennis. Lavorava nel settore amministrativo del Comune della nostra città, mentre io ero impiegata nella succursale dell'azienda T. Ci eravamo sposati dopo un anno che ci frequentavamo. Avevo ventitré anni e lui ventotto. Non si interessava molto della mia arte, ma nemmeno mi scoraggiava.

I miei genitori erano contenti della nostra unione. Mi ripetevano: "R. è gentile. Ha un lavoro sicuro. Ti troverai bene con lui". Nobuki, che era all'ultimo anno di liceo, mi stuzzicava: "Finalmente ho un cognato! Spero che si allei con me contro le mie sorelle maggiori forti e cattive". Kyōko, invece, mi prendeva in giro: "Ma guarda, sei riuscita a trovarti un uomo senza *miai*?".

Incinta di cinque mesi, avevo dato le dimissioni da T. La nascita di Tōru aveva rallegrato molto R. Tornava a casa appena finiva di lavorare e si occupava del bambino. Avevo ricominciato presto con la ceramica che avevo dovuto abbandonare per un anno.

Quando nostro figlio aveva tre anni, mio suocero era morto di cancro e R. aveva ereditato un'ingente somma. Mentre rifletteva su come investire quel denaro, un uomo d'affari gli aveva proposto di comprare insieme una tipografia con una trentina di impiegati. L'uomo aveva avuto successo con un'altra ditta e R. ne era stato tentato. Ero contraria, perché lui era il tipico impiegato. Non mi aveva dato ascolto. Aveva accettato l'offerta e lasciato il posto al Comune. Il suo socio aveva la direzione in quanto presidente e R. era incaricato degli affari generali, come nel precedente lavoro. Era molto fiero di diventare azionista.

Grazie al dinamismo del socio, la tipografia andava molto bene e R. ne traeva vantaggio senza grandi sforzi. Presto aveva iniziato a frequentare il bar con gli amici e a rientrare tardi la sera durante la settimana. Nei weekend giocava a golf con i clienti. Mangiava sempre al ristorante. Ovviamente io restavo a casa da sola con nostro figlio.

Non facevamo più l'amore. Comunicavamo appena. Quando lo chiamavo in ufficio, era spesso assente senza motivo. A quanto pareva, il suo socio era scontento di lui. Girava voce che R. avesse un'amante. Ero depressa e rivivevo la delusione sentimentale avuta con Akira. Almeno lui era stato onesto e mi aveva confessato di amare un'altra. R., invece, continuava a tradirmi senza mai accennare al divorzio. Stranamente non avevo alcuna voglia di sapere chi fosse la sua amante né lo assillavo di domande. Cercavo di mantenere il sangue freddo.

Provavo a organizzarmi il futuro senza parlarne con nessuno. Ero disperata, e inspiegabilmente mi infondevano coraggio le parole di Akira: "Sei fortunata ad avere la passione per un'attività creativa". E i suoi complimenti al mio vaso: "Ha una forma semplice ma solida, è originale e molto elegante".

Mi dedicavo come mai prima all'arte della ceramica. Alla fine, avevo ricominciato a utilizzare il *kama* di mio nonno. Per ogni *kamataki* i miei genitori venivano ad aiutarmi e dormivano nel capanno con me e mio figlio. Presto avevo vinto svariati premi prestigiosi. Sette anni dopo il mio matrimonio, avevo aperto il mio attuale negozio.

Troppo preso dai suoi "viaggi d'affari", R. non sapeva che cosa stessi facendo. Un giorno gli avevo comunicato: "Voglio il divorzio. Sai bene il perché. Buona fortuna con la tua amante". Era allibito. Mi aveva implorato di ripensarci, ma ero stata irremovibile. Avevo apposto il mio *hanko* sui documenti del divorzio, chiedendo la custodia di nostro figlio che avrebbe portato il mio cognome, decisione che R. aveva accettato a malincuore.

Poco dopo la nostra separazione, il socio di R. ha lasciato la tipografia. Il mio ex marito ha acquistato le sue azioni e ha iniziato a dirigere l'azienda come presidente. Ha assunto subito nuovi impiegati. Mentre raccontava questi fatti, si vantava: "Diventerò ancora più ricco. Rimpiangerai di aver divorziato".

E ora la sua azienda è fallita. Non c'è da sorprendersi, visto che R. non ha fatto niente quando il mondo delle tipografie è stato duramente colpito dalla recessione. Forse il suo ex socio aveva previsto le difficoltà future. È stato un bene che avessi già messo fine al nostro matrimonio.

Siamo nel cuore della *golden week*.

Durante queste vacanze mio figlio frequenta ogni giorno le lezioni di karate. Non vede suo padre, troppo assorbito dalla questione del fallimento.

Oggi la mia assistente è in ferie e io lavoro da sola nel laboratorio del negozio. Modello una forma pensando alla rinomata fiera della ceramica di Beroun nella Repubblica Ceca, dove andrò il prossimo autunno. Se il mio ex marito non potrà occuparsi di mio figlio, dovrò contare sui miei genitori.

Intorno a mezzogiorno, mentre preparo il tè per pranzo, ricevo una telefonata da parte di mio padre. Mi informa che Kyōko arriverà nel tardo pomeriggio con il fidanzato. I miei genitori andranno a prenderli all'aeroporto con mio figlio. Per non disturbarmi troppo, inviteranno tutti e tre a cena in un ristorante prima di accompagnarli a casa mia. Mio padre mi dice:

– Grazie di ospitare tua sorella e il suo compagno. Domani festeggeremo il compleanno di Kyōko a casa di vostro fratello, che non vede l'ora di conoscere il suo futuro cognato.

Il compleanno di Kyōko? Me n'ero completamente dimenticata. Papà mi spiega che questo signore lavora in un gruppo farmaceutico. Interessata gli chiedo:

– Quale gruppo?

– Non lo so ancora, ma pare che occupi un posto importante.

Dopo qualche battuta, papà riaggancia.

Mi incuriosisce la scelta di mia sorella. Le piacevano i ricchi uomini d'affari. "La vita dei dipendenti è noiosa." Me lo ripeteva sempre. Quando R. aveva comprato la tipografia si era complimentata: "Anzu, sono contenta per te. Invece di plasmare l'argilla, vivrai con maggiori agi e viaggerai molto con la tua famiglia".

Squilla di nuovo il cellulare. È il mio ex marito. Rispondo:

– Pronto.

– Ehm...

Silenzio.

– Dimmi! – esclamo.

– Tōru ti ha detto niente della tipografia?

– Sì. Mi dispiace per il fallimento.

Tace. Riprendo:

– Non gliene parlare troppo. Nostro figlio era avvilito quando ha saputo la notizia.

– Gliel'ha detto la mia compagna. Mi sono arrabbiato con lei.

– Tōru si trova ancora bene con lei?

– Se n'è andata.

– Non state più insieme?

– No... In effetti...

R. sembra voglia parlarmi di qualcosa. Gli dico:

– Sto lavorando nel laboratorio. Se vuoi notizie su nostro figlio, richiamami dopo la *golden week*.

– Ora dov'è?

– A lezione di karate. Nel pomeriggio andrà con i miei genitori all'aeroporto a prendere Kyōko.

Chiede:

– Tua sorella è ancora nubile?

– Si sposerà presto. Oggi ci presenterà il suo fidanzato.

– Davvero?

– Se vuoi rivederla...

Taglia corto:

– No.

Riaggancia senza nemmeno salutarmi.

Apro la porta:

– Eccovi qua!

Dietro mio figlio, ci sono mia sorella e il suo fidanzato. Kyōko ha in mano un mazzolino di fiori avvolto in una carta graziosa. Mi presenta:

– Questo è Yūji Yamada.

Yūji fa un leggero inchino. Ci salutiamo cordialmente. Ha lo sguardo calmo e dolce. La sua voce pacata è piacevole da ascoltare. Indossa una maglietta grigia e una giacca blu scuro. Mi sorprende il suo aspetto semplice e comune, opposto ai gusti di mia sorella, vestita con abiti eleganti.

Sono già le otto passate. Mio figlio dà la buonanotte a tutti e va in camera sua. Invito gli ospiti in salotto. Yūji mi porge una scatola di dolci e una bottiglia di vino. Lo ringrazio, Kyōko mi mostra i fiori. Sono dei *suzuran*.

– All'aeroporto – dice, – Tōru ci ha accolti con questo bouquet. Il suo gesto mi ha commossa. Sono molto profumati!

– Non sapevo che mio figlio fosse così galante.

Gli steli sono raccolti alla base in una capsula di plastica con l'acqua. Penso al vaso che ho chiamato con il nome di questa pianta. Mia sorella aggiunge sorridente:

– È il fiore del mio compleanno.

– Davvero? Allora Tōru ha fatto la scelta giusta.

Yūji ci interrompe con aria un po' pensierosa:

– Il *suzuran* è un fiore che piace molto. Non dobbiamo però dimenticare che è velenoso e può essere perfino mortale se ne viene mangiato il perianzio, ossia il calice e la corolla.

Kyōko e io esclamiamo:

– Velenoso e perfino mortale?!

– Sì, ha una tossicità quindici volte superiore a quella del cianuro di potassio. Anche l'acqua del vaso e la pianta appassita ed essiccata sono velenose.

Gridiamo:

– Accidenti!

Porto i fiori in cucina, li metto in un vaso di vetro e li poso sul davanzale, a debita distanza. Poi torno in salotto con le tazze di tisana. Kyōko parla a Yūji dell'amica di liceo che vorrebbe rivedere. Chiedo:

– Come vi siete conosciuti?

Mia sorella risponde:

– A un *gōkon*. Eravamo cinque donne e cinque uomini single, tutti con studi universitari.

Che strano, penso. Si vanta tanto del successo che ha con gli uomini, perché è ricorsa a questo espediente per trovare marito?

– In verità – dice Yūji, – sono andato al posto di un amico medico che ha rinunciato perché aveva il funerale di un familiare.

Kyōko dichiara:

– Ed eccoci qua! Era il tuo destino! Anche se non fossi stato alla serata, mi avresti incontrata da qualche altra parte.

Lui sorride imbarazzato:

– È stato un onore essere scelto da una donna tanto bella. Il mio amico si è molto ingelosito.

Li ascolto pensando al periodo in cui Kyōko aveva avventure con uomini sposati. "Mi piace sedurre," diceva. Chiedo:

– Quando vi sposerete?

Yūji esita. Kyōko risponde:

– Non lo abbiamo ancora deciso. Non c'è fretta.

Poi esce dal salotto per andare a fare la doccia. La seguo

per darle un asciugamano pulito. Quando torno nella stanza, Yūji sta esaminando le tre tazze da tè. Commenta:

– Hanno la stessa dimensione, ma i loro colori rossastri sono leggermente diversi. Sono belle ed eleganti. Dove le hai comprate?

– Le ho fatte io.

– Incredibile!

A quanto pare, Kyōko non gli ha parlato del mio lavoro. Gli spiego che sono una ceramista, ho un negozio specializzato in vasi per ikebana e presto allestirò una mostra. Mi chiede alcune cose:

– Hai un forno?

– Sì, ho un piccolo *kama* a legna che mio nonno aveva costruito tempo fa.

– Come si ottiene questo colore rossastro?

– Questi esemplari sono cotti senza smalto. È un processo che si chiama *yakijime*. Quando la cenere si deposita su un oggetto, la sua base alcalina reagisce chimicamente con il ferro dell'argilla dando questa tonalità molto particolare.

Gli parlo poi del *kamataki*. Yūji mi ascolta con molto interesse. Mi fissa dritto negli occhi, confondendomi. Continua a farmi domande:

– Qual è la temperatura del fuoco?

– Dipende dal tipo di argilla. A me servono poco più di millecento gradi.

– Sono quindi il fuoco e la cenere a determinare il colore?

– Sì, e la posizione dell'oggetto. Ovviamente bisogna avere una certa esperienza e fidarsi dell'istinto per ottenere il colore desiderato. In ogni caso, è impossibile prevedere con esattezza il risultato. È casuale, come la vita.

Sgrana gli occhi e ripete:

– Casuale come la vita?

– Sì, com'è accaduto a te. Sei andato al *gōkon* al posto del tuo amico, costretto ad annullare all'ultimo momento. E hai incontrato mia sorella, la tua futura moglie.

Sussurra:

– In effetti... non avevo pianificato niente.

Esamina ancora le tazze. Proseguo:

– All'inizio il manufatto sembra incompiuto, ma a poco a poco, con l'utilizzo, acquista profondità. È come se l'opera e chi ne fa uso creassero assieme un'armonia. Come una coppia affiatata.

Alza gli occhi e mi guarda senza dire niente. Chino la testa. Restiamo in silenzio. Poi cambia argomento:

– Anzu, hai mai fatto altri lavori?

– Sì, dopo il liceo, sono stata impiegata nella succursale di T. È un'azienda farmaceutica con sede a Tokyo.

Yūji esclama:

– Io adesso lavoro proprio per loro!

– Che coincidenza!

Kyōko non gli ha raccontato nemmeno questo.

– Allora ti piace la chimica – dice.

– Nient'affatto! Avevo scelto T. perché non richiedeva gli straordinari.

Ride. È venuto qui in primo luogo per vedere la succursale. Gli descrivo i superiori e i colleghi che avevo all'epoca. Non vede l'ora di conoscere l'ambiente attuale. La nostra conversazione si anima sempre più.

Kyōko esce dal bagno. Vuole stendersi sul letto perché ha mal di testa. Yūji la segue nella camera degli ospiti che ho preparato per loro. Porto in cucina le tazze vuote.

Mentre lavo i piatti, mio figlio viene a bere. Gli chiedo:

– All'aeroporto hai regalato alla zia un mazzo di *suzuran*. È stata una tua idea?

– No, della nonna.

– Immaginavo.

Gli riferisco ciò che Yūji ci ha spiegato su questa pianta. Tōru replica calmo:

– Velenosa e mortale? Ma chi vorrebbe mangiarla o berne l'acqua del vaso? Ci sono molti alberi e fiori così. Basta fare attenzione.

– Come sei saggio!

Mi dice orgoglioso:

– Il *suzuran* in inglese si chiama *lily of the valley* e in francese *muguet*.

– Come fai a conoscere queste parole straniere?

– Me le ha insegnate la nonna.

– Davvero?

Annuisce e aggiunge:

– Ah, in francese esiste anche un'altra parola: *amourette*, "scappatella".

La mattina presto, dopo colazione, Kyōko e Yūji fanno una passeggiata in centro. Mio figlio va ad aiutare i nonni con il trasloco. Prende l'autobus da solo. Io invece lavorerò nel laboratorio del negozio. Stasera tutta la famiglia si riunirà a casa di mio fratello per festeggiare il compleanno di Kyōko.

Sono le nove. Sono da sola nell'appartamento. Prima di uscire bevo un tè in pace. Non ho dormito molto, ma sono piena di energie, o meglio agitata.

Penso a Yūji. Quando gli parlo, mi guarda negli occhi e mi ascolta con molta attenzione, come se ogni mia parola fosse preziosa. Forse lo fa con tutti. Oppure si comporta così con me per educazione, perché sono la sua ospite e la sorella della sua futura moglie? Comunque sia, apprezzo il suo interesse per la ceramica. Anche stamattina, a colazione, osservava i piatti e le ciotole che ho fatto.

Devo ammettere che quest'uomo mi provoca una strana sensazione. Il suo profumo mi turba. Un profumo che mi dà un senso di nostalgia. Non mi tolgo dalla mente la sua voce e il suo volto. "Mi sono innamorata del mio futuro cognato?" mi dico. Scuoto la testa imbarazzata.

Ripenso alla mia relazione con Akira, il mio primo amore.

Era uno studente molto popolare per la sua bellezza e gli ottimi voti. Un ragazzo proprio simpatico. Ovviamente lo guardavano tutte. Quando ricevetti il suo biglietto ero già accecata dal suo bell'aspetto e non me lo toglievo dalla testa.

Rifletto anche su R., il mio ex marito.

All'inizio, quando ci incontravamo, mi diceva di volersi sposare prima dei trent'anni. Preferiva una donna sportiva. Gli avevano proposto svariati *miai*, ma a nessuna ragazza incontrata piaceva lo sport. Per questo motivo era venuto nel centro dove praticavo il *kendo*. Si pavoneggiava con gli amici perché lavoravo nell'azienda T.

R. era il primo uomo che frequentavo con regolarità. Quando mi chiese di sposarlo, accettai senza troppo riflettere. I miei genitori mi dissero: "Sei un'artista. Un marito con un lavoro fisso è l'ideale". In tutta onestà, volevo sorprendere Kyōko che mi ripeteva: "Sei troppo timida, non troverai mai un marito da sola".

Guardo l'orologio. Sono quasi le dieci. Mi cambio per andare in laboratorio ed entro in bagno. Mentre mi spazzolo i capelli sento il profumo di Yūji sprigionarsi dal suo asciugamano bianco. Resto immobile.

– Happy birthday, dear Kyōko... Happy birthday to you!

Applaudiamo mia sorella, seduta davanti a una bellissima torta di fragole. Siamo in dieci: Kyōko e Yūji, i miei genitori, mio fratello e sua moglie con le loro due figlie, Tōru e io. Mia sorella ci ringrazia e parla, come al solito, dei suoi svaghi culturali a Tokyo e dei suoi viaggi all'estero. La ascoltano tutti con ammirazione. Yūji, seduto dietro di lei, osserva con tenerezza le mie nipoti, eccitate per il bel dolce che la mamma ha preparato. I nostri sguardi si incrociano e mi sorride.

Rispetto a mio fratello e a me, Kyōko ama molto i festeggiamenti con tanta gente. Quando studiava a Matsue, organizzava serate in cui era la protagonista. Andavo spesso ad aiutarla. Me lo ordinava e io obbedivo come se fosse il mio dovere. Mi chiedo se Yūji apprezzi ugualmente queste cose.

Dopo il dessert, mia cognata accompagna le figlie nel cortile sul retro. Mio fratello e Yūji le seguono. D'improvviso in casa torna la quiete. Mia madre comincia a raccontare com'è nata Kyōko.

– Quando sono rimasta incinta, eravamo tanto felici ma anche molto preoccupati. Sapete perché? Avevo già abortito due volte. Prima avremmo desiderato almeno un figlio ma, dopo quelle tragedie, non ci interessava più. Ed ecco Kyōko. Potrete immaginare la nostra gioia!

Ogni anno per il compleanno di mia sorella ci ripropone

questa storia. Mi fa piacere che la mamma la ricordi ancora bene. Mio figlio le chiede:

– Chi ha scelto il nome della zia?

– Tuo nonno. E io ho scelto i *kanji*: 京子, la figlia della capitale.

– Ah, ecco perché alla zia piace tanto Tokyo!

Ridono tutti. Poi chiede:

– Il nome della mamma, invece, come lo avete deciso?

Mia madre risponde:

– Anzu? Anche questo l'ha scelto tuo nonno, e io ho pensato ai *kanji*: 杏子, la figlia dell'albicocco.

– È carino ma strano.

Mio padre lo interrompe:

– Sai, a me piacciono molto le albicocche.

– Non è romantico!

Ridiamo di nuovo. Mia sorella dice ai miei genitori:

– I *kanji* di Anzu, 杏子, si possono pronunciare anche "kyōko". Alle elementari e alle medie i compagni mi prendevano in giro: "Tu e tua sorella avete lo stesso nome?". Per lei, avreste dovuto scegliere la scrittura *hiragana*: あんず. Oppure il solo *kanji*, 杏, che si pronuncia anche "anzu". In questo modo non ci sarebbero stati equivoci.

Non conoscevo questo aneddoto. Mia madre si scusa:

– Mi spiace se ti ha creato disagio, ma desideravo che foste vicine l'una all'altra come due gemelle.

Mio figlio guarda me e Kyōko:

– Vi sentite vicine come due gemelle?

Mia sorella gli risponde:

– Certo! Ci separano solo due anni. Da bambine, giocavamo tra di noi e stavamo sempre insieme.

Poi mi guarda furbescamente:

– Vero, Anzu?

Dico a Tōru:

– Senz'altro, la seguivo ovunque. Quando qualcuno si comportava male con me, lei mi difendeva. Non solo: era bravissima in tutte le materie e mi aiutava nei compiti.

Mia madre prosegue felice:

– Sono sicura che non andassero sempre d'accordo e a volte litigassero, ma nessuna delle due spifferava le malefatte dell'altra. Andavo fiera della loro solidarietà.

Ricordo le parole di Kyōko dopo che mi aveva raccontato dell'avventura con il padre di un ragazzo a cui dava ripetizione: "Siamo sorelle. Dobbiamo essere complici". Me lo ripeteva ogni volta che mi confidava qualcosa.

Tōru continua a fare domande ai nonni:

– Chi ha scelto il nome dello zio Nobuki?

Stavolta mia madre esita. Balbetta:

– Ah... Nobuki è nato... Aspetta, ora mi torna in mente.

Ha l'espressione un po' turbata. Mentre lei cerca di ricordare, mio padre risponde:

– Nobuki? Ho scelto io il nome e i *kanji*: 信樹, l'albero fedele.

– Sarete stati contenti di avere finalmente un maschio.

– Sì, eravamo anche sorpresi, perché pensavamo che sarebbe arrivata un'altra femmina.

– Quanti anni aveva la nonna?

– Quaranta.

Tōru si volta verso di me:

– Mamma, tu hai solo trentacinque anni. Potresti risposarti. Vorrei tanto una sorellina.

Esclamo:

– Cosa vai dicendo?

Mio padre ride e continua a parlare della nascita di mio fratello. Kyōko sbadiglia. Sono aneddoti che i miei genitori ci hanno raccontato un sacco di volte. Mia madre, invece, sembra ancora turbata. La consolo:

– Mamma, non è niente.

All'improvviso mia sorella mi dice:

– Yūji dormirà a casa tua anche domani sera, ma senza di me.

Sono confusa:

– Come?

– Io rientro a Tokyo domenica sera da sola. Lunedì mattina Yūji deve andare nella succursale dell'azienda. Voleva prendere una camera in un business hotel, ma gli ho proposto di restare da te. Ti dispiace?

– No, nient'affatto. Tōru ne sarà entusiasta.

Kyōko mi sorride:

– Tratta il mio fidanzato come uno di famiglia.

È domenica. Il tempo è soleggiato e senza vento.

Sono quasi le quattro. Ho appena finito di aiutare i miei genitori con gli ultimi preparativi per il trasloco. Ora vado sulla spiaggia di Yumigahama a fare la solita passeggiata. Poi andrò un po' in laboratorio.

Stamattina presto Kyōko e Yūji sono usciti insieme. Lui è tornato da solo dopo aver pranzato in un ristorante con mia sorella. È uscito di nuovo con mio figlio per visitare le rovine del castello di Yonago. È stato Tōru a invitare il futuro zio a vedere questo sito turistico. Dovrebbero rientrare intorno alle sette. Come mi diceva ieri mia sorella, stasera Yūji dormirà a casa mia.

Kyōko, invece, ha incontrato un'amica del liceo e andrà direttamente all'aeroporto per rientrare a Tokyo. Alla fine, non abbiamo parlato molto. Mi chiedo se si senta meglio: anche stamani aveva mal di testa; le ho dato un antidolorifico e si è un po' attenuato.

Gironzolo sulla spiaggia. Oggi ci sono molte famiglie.

Stormi di gabbiani mi sorvolano. Il cielo sgombro e il Mare del Giappone si uniscono all'orizzonte. Proseguendo dritti verso nord si arriva a Nachodka, in Russia, una città che si trova più o meno alla stessa latitudine e alla stessa distanza di Hakodate. Verso ovest c'è Busan, in Corea del Sud, che è più vicina alla nostra città di Tokyo. Penso al viaggio che farò in autunno nella Repubblica Ceca per vedere i mercati di ceramica.

Yūji si interessa al mio *kama*. Domani, se avrà tempo, mi piacerebbe portarlo in campagna. Non oso proporglielo. Sono già molto innamorata di lui. Non riesco a togliermi dalla testa il suo sguardo dolce, il suo sorriso, la sua voce, il suo profumo inebriante. Purtroppo, però, è già impegnato!

– Anzu!

Mi volto. È la mia amica S. Mi aveva chiamata qualche giorno fa per sapere se sarei andata alla riunione con gli ex compagni del liceo. È insieme ai due figli, un maschio e una femmina, entrambi più piccoli del mio.

– Non immaginavo di trovarti qui – dice. – Che cosa fai tutta sola?

– Come vedi, approfitto per fare una passeggiata solitaria.

– Posso disturbarti?

– Certo.

S. lascia i bambini giocare sulla sabbia. Lei e la famiglia hanno appena fatto un viaggio alle Isole Oki e suo marito si sta riposando a casa. Mi scuso:

– Non ho ancora risposto al tuo invito.

– Qual è quindi la tua risposta?

– Vengo.

– Che bello!

Sorride aggiungendo:

– Ti ricordo che ci sarà anche Akira.

"Akira?" Ho la mente così occupata da Yūji che avevo dimenticato l'esistenza di quel bel ragazzo che mi aveva mollata per un'altra. Evidentemente S. continua a ignorare la nostra relazione passata.

– Sì – replico, – mi hai anche detto che ha divorziato da poco.

– Infatti. Ogni anno il numero dei divorziati aumenta. Alcuni dei nostri compagni non si sono nemmeno mai sposati. È un fenomeno che si riscontra ovunque.

– È vero. L'età media della popolazione cresce e il tasso di natalità si abbassa. Se andiamo avanti così, non ci saranno più giapponesi nel nostro Paese. È inquietante!

I bambini davanti a noi si litigano un gioco. La piccola di quattro anni urla al fratello maggiore che ribatte nello stesso modo. S. ascolta l'una e l'altro e cerca di riconciliarli. Osservandoli, mi rendo conto che durante l'infanzia ho litigato poco con Kyōko e Nobuki.

Chiedo alla mia amica:

– Vorresti avere un altro bambino?

– Eh già! Sono incinta di due mesi.

S. sorride toccandosi la pancia. Mi congratulo. L'ex insegnante di scuola elementare mi sembra rifiorita nella sua vita attuale. Le piace cantare e suona il pianoforte molto bene. Sogna di aprire una scuola materna. Mi consiglia semiseria:

– Anzu, hai solo trentacinque anni. Risposati. Quando avrai un altro figlio, lo manderai nella mia scuola.

– Un altro matrimonio? Un altro figlio? Ne dubito.

– Non si può mai sapere!

Mi parla di una sua conoscente che ha partorito per la prima volta a quarantadue anni. Mi incuriosisce, ma la ascolto solo a metà. Non mi tolgo dalla testa Yūji. D'un tratto S. mi chiede:

– Come sta tua sorella? È ancora single?

Mi coglie alla sprovvista. Balbetto:

– No... sì, no.

– Come?

– Kyōko è qui con il suo fidanzato.

– Si sposeranno?

– Penso di sì.

– Quanti anni ha?

– Ha appena compiuto trentasette anni.

– Alla sua età si è finalmente decisa ad abbandonare il nubilato? Il suo futuro marito sarà una persona straordinaria.

Annuisco. La mia amica aggiunge:

– Tua sorella piaceva molto ai ragazzi. Anche Akira era innamorato di lei.

Sono allibita:

– Cosa?

– Non te ne ha mai parlato?

– No...

S. sgrana gli occhi. Non si aspettava affatto la mia reazione. Mi dice:

– Hanno avuto una storia.

– Quando?

Senza tergiversare, risponde:

– L'ultimo anno di liceo, un po' prima degli esami di ammissione all'università, Akira era innamorato di tua sorella alla pazzia. Si sono frequentati per alcuni mesi, poi a un tratto lei l'ha piantato. Di punto in bianco. Era sconvolto. Per fortuna, è successo dopo che era entrato all'università.

Non credo alle mie orecchie. Akira aveva rotto con me per Kyōko? Ma com'era iniziata la loro relazione? Ripenso alla festa di Natale, quando le avevo presentato Akira. Chiedo a S.:

– Chi te lo ha raccontato?

– Mio marito. Secondo lui, Akira ci ha messo tanto a riprendersi nonostante la buona riuscita dell'esame. Poveraccio! Non ha avuto fortuna nemmeno con il matrimonio. È un uomo brillante, bello e piacevole. Pare che sia un ottimo avvocato. Spero che un giorno incontri la donna ideale.

I gabbiani volano schiamazzando sopra di noi. Non ho più voglia di passeggiare. Saluto la mia amica e vado a prendere la macchina al parcheggio.

"Com'è possibile?" mi ripeto senza sosta.

Akira era già innamorato di Kyōko quando mi aveva invitata a uscire? Mi aveva avvicinata solo per avere modo di incontrarla? Oppure mia sorella lo aveva sedotto durante la festa di Natale? Confusa, rivedo l'espressione di S. mentre mi chiede candidamente: "Tua sorella non te ne ha mai parlato?".

Rifletto. Alla festa, Kyōko aveva presentato agli invitati uno studente come il suo fidanzato. Ero rimasta sbigottita perché poco prima mi aveva detto di avere una relazione con un uomo d'affari sposato, padre di una delle sue studentesse. All'oscuro di questi fatti, Akira non faceva altro che magnificarla.

Dove la incontrava? Il nostro liceo era a Yonago. Quando Kyōko frequentava l'università viveva da sola in un appartamento a Matsue. Fra le due città c'è appena mezz'ora di treno. Era Akira ad andare da lei?

Ho avuto diverse delusioni amorose. Sono ricordi amari. Nondimeno, provavo a convincermi che non era colpa di nessuno e, anzi, che ero stata fortunata ad aver conosciuto l'amore. Non solo: avevo perfino apprezzato l'onestà di Akira. Lo sgarbo che mi aveva fatto mia sorella alle spalle, invece, era stato solo un gioco, lo stesso che faceva a tutti gli uomini che ha sedotto. Mi sale la rabbia.

Mi chiedo: "Kyōko è davvero innamorata di Yūji?".

Scende la notte. Di ritorno dal laboratorio, mi faccio una doccia.

Mentre preparo la cena, intorno alle sette, arrivano Tōru e Yūji. Hanno molta fame. Taglio il manzo a fettine sottili e annuncio loro il menu: insalata, riso di miso ai funghi, *sukiyaki*, dolce di frutta. Sono entusiasti.

Siamo seduti a tavola. Nella pentola di ghisa davanti a noi gli ingredienti cuociono sfrigolando. Il vapore sale. Mi raccontano della passeggiata alle rovine del castello di Yonago. Yūji si complimenta con Tōru per le sue conoscenze storiche. Mio figlio ci spiega che a scuola hanno studiato da poco la storia di questo edificio. Gustiamo il *sukiyaki*, chiacchierando amabilmente.

Tōru mi chiede:

– Mamma, che cosa hai fatto oggi?

– Io?

Yūji mi guarda. Racconto la mia giornata. Sono andata a casa dei miei genitori per aiutarli con gli ultimi preparativi del trasloco. Dopo ho fatto una passeggiata sulla spiaggia di Yumigahama e infine ho lavorato un po' in laboratorio.

– Era bel tempo – dice mio figlio. – C'era molta gente sulla spiaggia?

– Sì, soprattutto famiglie. Ho incontrato S. con le bambine.

Spiego a Yūji che S. è una mia amica del liceo, che ha insegnato alle elementari. Quando aggiungo che aspetta il terzo bambino, Tōru esclama:

– Il terzo?! Che fortuna! Sogno ancora di avere una sorellina.

– Mi spiace, tesoro. Non credo che ti capiterà mai.

Yūji mi interrompe:

– Hai lavorato ad altri vasi per la prossima mostra?

– Oggi no. Ho dovuto riporre nelle scatole le opere asciugate. Domani le porterò al *kama* in campagna.

Mio figlio esclama:

– Già! Comincia il *kamataki*!

Yūji gli chiede:

– Andrai con tua madre?

– Ma no, c'è scuola! Dormirò a casa di mio padre.

Aggiungo:

– Verranno i miei genitori con me. Mi serve il loro aiuto.

– A che ora andrete? – mi dice Yūji.

– Verso l'una, penso. Perché?

– Mi piacerebbe vedere il tuo *kama*. Posso unirmi a voi?

Non desideravo di meglio. Rispondo estasiata:

– Volentieri!

Sorride. Tōru gli chiede:

– Domani non vai alla succursale di T.?

– Sì, ma ci andrò la mattina presto e rientrerò a Tokyo nel tardo pomeriggio.

Una volta finita la cena, si mettono a giocare a *shōgi*. Mio figlio ride molto. Adora il futuro zio. Ascolto la loro conversazione allegra e mi accorgo con stupore di sognare che quest'uomo viva con noi.

Poco dopo, Yūji riceve una telefonata. Bisbiglia:

– Ah, è Kyōko...

Le racconta dell'uscita con Tōru e cosa farà domani. Mi tornano in mente le parole di S.: "Tua sorella non te ne ha mai parlato?". Vorrei strappargli il cellulare di mano e gridare a mia sorella: "Ti odio!". Yūji spegne il telefono e mi dice:

– Kyōko ti ringrazia.

Alle dieci Yūji e mio figlio vanno a dormire, ognuno nella

propria stanza. Non ho sonno. Mi porto a letto una rivista di ceramica e provo a leggere un articolo, ma non riesco a concentrarmi. Alla fine, mi alzo e vado in cucina. Scaldo un po' di latte.

Mentre bevo do un'occhiata ai *suzuran* nel vaso di vetro sul davanzale. Ammiro i fiorellini bianchi a forma di campanella. Nonostante l'apparenza fragile, è una pianta estremamente fertile. Secondo Yūji è velenosa, perfino fatale. Prima di scoprirlo, avevo chiamato Suzuran il mio ultimo vaso, quello che presenterò come il cuore della mia prossima mostra.

Giorni fa sono rimasta colpita dal gesto di Tōru: accogliere la zia all'aeroporto con un mazzo di fiori. Mio figlio mi ha confessato che era stata un'idea della nonna, che gli aveva spiegato: "Il *suzuran* è il fiore del primo maggio, il giorno del compleanno di Kyōko". La mamma gli ha insegnato anche alcune parole straniere: *lily of the valley*, *muguet*, *amourette*. Non conoscevo questi termini. L'ultimo mi è piaciuto molto per la sua sonorità delicata, ritmica e gradevole all'orecchio.

Finisco di bere il latte. Lavo il bicchiere sussurrando:

– *Amourette*, *amourette*, *amourette*...

Nel frattempo, ricordo di avere un dizionario francese-giapponese, comprato per pura curiosità in una libreria di volumi usati. Non l'ho mai aperto. Torno in camera.

Il dizionario è sulla mensola più alta della libreria. La costola è un po' polverosa. Cerco la parola *amourette*. Trovo offensivi i suoi significati: 浮気 (*uwaki* = avventura) e 不倫 (*furin* = adulterio). Al plurale si dice: 動物の睾丸 (*dōbutsu no kōgan* = testicoli di animale). Penso: "Queste parole sono perfette per Kyōko!".

Dispiaciuta per la scoperta, vado a letto.

Suzuran. Mi pento di aver dato questo nome al mio prezioso vaso. Se avessi saputo che aveva questi significati, ne avrei scelto un altro. Purtroppo, l'ho già inciso sul fondo dell'opera. Mormoro:

– *Amourette*, avventura, adulterio, veleno, fatale...

Spengo l'abat-jour.

Yūji è nella camera accanto. Non sento rumori. Dorme già

o legge? Chiudo gli occhi e rivedo il suo sorriso e il suo sguardo dolce. La sua voce, il suo profumo, le sue spalle larghe...

Sbadiglio. Finalmente, inizio ad assopirmi.

Clic. Sento un leggero rumore. La porta si schiude pian piano. Mio figlio? Apro gli occhi. In piedi, nella penombra, c'è Yūji.

– Che buon profumo!

Yūji entra in cucina dove sto preparando la colazione.

– Buongiorno, Anzu. Hai dormito bene?

Gli rispondo a capo chino:

– Sì. E tu?

È di buonumore.

– Ho dormito come un bebè. Mi sento in ottima forma. Che bella giornata oggi! Sono impaziente di vedere il tuo *kama*.

Entra mio figlio. Si salutano. La conversazione si anima subito come ieri sera. Dopo colazione, Yūji corre alla succursale di T. e Tōru a scuola. Lavo i piatti, passo l'aspirapolvere e faccio il bucato.

I miei genitori e Yūji mi raggiungeranno all'una. Passeremo dal laboratorio a prendere le scatole con le opere pronte per la cottura, poi andremo insieme in campagna. C'è ancora tempo prima che arrivino. Mi siedo al tavolo della cucina e faccio uno schizzo per un nuovo vaso.

Verso le dieci e mezzo mi riposo bevendo una tazza di caffè.

Osservo il mazzo di *suzuran* sul davanzale. I fiori bianchi sono ancora vivi. Ripenso a Kyōko che mi racconta la sua avventura con un uomo d'affari sposato. Sussurro:

– *Amourette*...

Esco sul balcone con il caffè. I raggi del sole trafiggono le nuvole. Contemplo il paesaggio, i gomiti appoggiati al parapetto. In lontananza appare l'edificio della succursale di T., dove ho lavorato in passato. Ora Yūji è lì.

Poco fa, prima di uscire, mi ha chiesto: "Vuoi davvero che venga in campagna?". Forse si è accorto del mio riserbo. Gli ho risposto: "Certo. Tu e mio padre mi aiuterete a portare le scatole pesanti". Rassicurato, mi ha sorriso: "Ci vediamo all'una!".

In verità, ero molto sconcertata per il sogno di stamattina: andavo a letto con Yūji e provavo un intenso orgasmo. Al risveglio ero davvero sconvolta e mi sono chiesta: "Volevo vendicarmi di mia sorella?".

Ripenso al sogno imbarazzante.

Yūji è nudo, nella penombra. Gli faccio cenno di entrare, come se lo stessi aspettando. Si avvicina lentamente al letto. Sollevo la coperta. Sussurra:

– Anzu, sei sicura?

– Sì, ti voglio.

– Ma sono il fidanzato di tua sorella.

– Kyōko non ti ama. Io invece sì.

– Davvero?

– Sì, dalla prima volta che ti ho visto.

È emozionato. Aggiungo:

– Mia sorella mi ha soffiato il ragazzo quando ero al liceo.

Si incupisce. Mi chiede:

– È per questo che vuoi venire a letto con me?

– Certo che no! Il suo tradimento non c'entra niente con te. Te lo ripeto, ti amo!

Nella mia vita, ho fatto l'amore con tre uomini, compreso il mio ex marito. Non ho mai avuto un orgasmo e ogni volta mi sentivo messa da parte. Pensavano soltanto al loro piacere e io non ne ho mai parlato con nessuno dei tre. Alla fine, non avevo più voglia di fare l'amore. Ed ecco che finalmente scopro il piacere in sogno... con il fidanzato di mia sorella.

Forse sono troppo ingenua in materia di sesso, come dice Kyōko. Se le raccontassi il sogno, senza specificare con chi andavo a letto, mi farebbe i complimenti: "Ora capisci perché mi piace fare l'amore!".

Squilla il telefono in cucina. Torno in me. Rientro in casa con la tazza in mano. È mio padre.

– Pronto, Anzu...

Ha la voce esitante.

– Papà, che cosa c'è?

– Tua madre non si sente bene.

– È una cosa seria?

– No, ma è meglio se rimane a casa. Devo stare con lei. Mi dispiace, ma verrà Yūji con te, vero?

– Sì...

– Bene, ti aiuterà lui a portare le scatole con le opere. Digli che speriamo di rivederlo presto e gli auguriamo ogni bene con Kyōko.

Prima di riagganciare, mio padre mi assicura che non appena la mamma starà meglio mi raggiungeranno per il *kamataki*.

Vado in cucina. Lavando la tazza, guardo ancora una volta il mazzo di *suzuran*. Sussurro:

– *Amourette*...

Questa parola mi infastidisce perché mi ricorda mia sorella. Il sogno di stamattina non mi dà tregua. Mi chiedo di nuovo: "Volevo vendicarmi di Kyōko?".

Yūji arriva in taxi poco prima dell'una. Innanzitutto, passiamo dal negozio con il mio furgoncino. Carichiamo le scatole con le opere asciugate, poi proseguiamo per la campagna. Lungo la strada compro alcune confezioni di *dango* per pranzo.

C'è il sole. Yūji è di buonumore e chiacchiera durante il tragitto. Il sogno di stamattina continua ad assillarmi. Cerco di comportarmi come se niente fosse. Evito semplicemente di parlare di Kyōko.

Descrive la succursale di T., dov'è appena stato. Ho lavorato lì per sei anni circa. Immagino che molte persone che avevo conosciuto non ci siano più. Il direttore che ha incontrato Yūji allora era il capo dell'équipe di cui facevo parte. Mi trovavo molto bene. Era un uomo intelligente e simpatico.

– L'appuntamento è andato bene?

– Sì, è stato molto piacevole.

Poi resta in silenzio. Do un'occhiata al suo profilo. Sembra pensoso. Dopo un po' riprende:

– Il capo mi ha proposto di subentrare all'attuale direttore, che a breve andrà in pensione.

Sono sorpresa. Kyōko non ne ha fatto il minimo accenno in famiglia.

– E che cosa hai deciso?

– La succursale e la città mi piacciono. Vorrei accettare la proposta.

Senza volere gli chiedo:
– Che cosa ne pensa Kyōko?
– Gliene parlerò domani.
– Mia sorella adora Tokyo.
– Lo so. Purtroppo non posso restare a Tokyo, a meno di licenziarmi.
– Sarebbe a dire?
– Presto la sede dell'azienda T. sarà spostata a Nagoya.
– Davvero?
Rifletto. Non riesco a immaginare come Kyōko possa vivere a Nagoya o nella nostra cittadina. Ripenso alle sue parole quando le ho chiesto la data del loro matrimonio: "Non lo abbiamo ancora deciso. Non c'è fretta". Dico a Yūji:
– Conosco coppie, sposate e no, che vivono relazioni a distanza.
Non replica, lo sguardo rivolto al paesaggio.
Arriviamo in campagna.
Quando scendiamo dal furgoncino, Yūji è sorpreso dal gran numero di tronchi addossati al muro del capanno. Gli spiego che la maggior parte l'abbiamo comprata, ma molti li abbiamo sistemati la mia famiglia e io.
Lo invito a vedere il forno a legna costruito da mio nonno, quasi trent'anni fa. È un *anagama*. Lo osserva attentamente.
– Sembra molto robusto. Durerà a lungo.
Finalmente sorride.

Scarichiamo le scatole con le opere e le disponiamo accanto al *kama*.

Yūji mi chiede:

– Posso rendermi utile? Ho ancora molto tempo prima di andare all'aeroporto.

Ne sono entusiasta. Gli propongo di spaccare la legna e lui accetta volentieri. Gli presto una vecchia tuta di mio padre e un asciugamano pulito. Si mette subito al lavoro nel cortile sul retro.

Infilo con cura le opere asciugate nel *kama*, una dopo l'altra. Porto nel capanno anche il vaso che ho creato, quello battezzato Suzuran. Osservo il fondo dove sono incisi il nome dell'opera e il mio: スズラン, 楡杏子. Sussurro:

– *Amourette*, adulterio, veleno, fatale...

Continuo a rammaricarmi per questa scelta, ma ormai è troppo tardi. Metto il vaso al centro del *kama*.

Finisco il lavoro. Sono quasi le tre e mezzo. Chiamo Yūji per offrirgli un tè. Con mia grande sorpresa, vedo che ha spaccato davvero tanti tronchi. Dico, allegra:

– Quando vuoi, sei il benvenuto.

Si deterge la fronte con l'asciugamano, soddisfatto.

Entriamo nel capanno. Yūji osserva il laboratorio: materiali da ceramista, un tavolo, sedie, scaffali, una cucina. Gli mostro anche le due camere dove dormiamo io e i miei genitori durante il *kamataki*.

Poso le tazze da tè sul tavolo con la confezione di *dango* che ho appena comprato. Ci sediamo l'uno di fronte all'altra. Mangiamo chiacchierando tranquillamente. Le finestre e la porta sono aperte. Entra una brezza leggera. Le cince cinguettano. Vorrei che il tempo si fermasse.

Yūji mi chiede:

– Quando è il tuo compleanno?

– Il 31 ottobre, sono nata in un giorno di terremoto. Secondo i miei genitori, era oltre sei di magnitudo.

– Mio Dio... Spero che tua madre non abbia partorito durante le scosse.

– Sì, ero prematura.

– Oh, cielo!

– La mamma mi racconta questo aneddoto ogni anno per il mio compleanno. Erano quasi le due del mattino. Quando si è avvertita la prima scossa, all'improvviso le sono venute le contrazioni.

– Dov'era?

– In casa. Immagina com'era impaurita e preoccupata. Aveva abortito già due volte prima che nascesse Kyōko.

– Poveretta!

Gli racconto un altro episodio legato a un sisma. A quei tempi lavoravo nella succursale di T. Yūji mi ascolta attentamente.

Ero single e stavo visitando da sola alcune mostre di ceramica nel Kyūshū. Avevo comprato un meraviglioso vaso in stile *yakijime*, molto caro. Ero andata in un albergo. Il dramma avvenne la mattina presto. Fui svegliata da una prima scossa impressionante. Mi protessi subito sotto il tavolo dove avevo sistemato le mie cose. E proprio allora la preziosa opera volò a terra fragorosamente.

– Ho davvero temuto di morire – dico.

– Che cosa hai pensato davanti all'opera andata in frantumi?

– Ero rattristata. Si trattava di un oggetto creato con tanta cura. Dopo quel viaggio, è passato un po' di tempo prima che riuscissi a occuparmi di nuovo di ceramica e...

Faccio una pausa. Aspetta con calma che prosegua. Riprendo:

– Poco dopo mi sono sposata con il padre di Tōru.

– Grazie a un *miai*?

– No. Ci siamo incontrati al centro sportivo della città. Lo conoscevo dall'inizio dell'anno.

– Quanto tempo siete stati sposati?

– Nove anni.

– È stato difficile divorziare?

– Facile no. All'inizio esitavo perché pensavo a mio figlio. Sembrerà strano, ma un altro terremoto è stato decisivo nella scelta.

– Quale?

– Il terremoto di Tōhoku di tre anni fa.

– Eppure, era lontano da qui.

Si incupisce. Ricordo che lui è originario di quella regione.

– Sì, era lontano. Come tutti, però, ero inchiodata allo schermo. Passavano ininterrottamente scene strazianti di gente portata via dal gigantesco tsunami.

Yūji sussurra:

– È stato davvero terribile...

Si volta verso la finestra, lo sguardo addolorato. Restiamo a lungo in silenzio, come se pregassimo per le vittime.

– Anche Tokyo è stata colpita duramente – dico. – Eri là?

– Sì, vivevo lì come tua sorella. Ero nel mio ufficio al settimo piano. Ho temuto sul serio che morissimo tutti. Per fortuna, non c'è stato lo tsunami.

– Quel giorno anche il padre di Tōru era a Tokyo.

– Davvero?

Aggiungo:

– Probabilmente con l'amante.

Yūji china lo sguardo. Continuo:

– Dicevano che i treni nel centro della città erano sospesi. Fissavo sullo schermo tutta quella gente che cercava un modo per tornare a casa. Mi chiedevo: "Tra loro ci sarà anche mio marito?". D'un tratto mi sono resa conto che non provavo più niente per lui e non ero preoccupata. Anzi, desideravo che andasse via.

– È triste.

– Sì, è triste e crudele se penso a mio figlio. Eppure, non potevo più ignorare la realtà. Mi sono detta: "Non devo sprecare la mia vita in un matrimonio fallito". Qualche mese dopo me ne sono andata con mio figlio. Non ero per niente legata alla casa dov'ero stata infelice.

– Tōru è un ragazzo stupendo. Spontaneo e premuroso. L'hai educato bene, con affetto e amore incondizionati. Gli voglio molto bene.

– Grazie. Lui ti adora.

Cala di nuovo il silenzio. Mi torna in mente l'imbarazzante sogno di stamattina. Di colpo, Yūji mi chiede:

– Hai un uomo?

– No, perché sono sposata con la ceramica.

Ride. Mi stupisco delle mie stesse parole. È ciò che mi ripete Kyōko: "Anzu, di sicuro esiste qualcuno speciale per te. Purtroppo, tu sei sposata con l'arte!". Yūji dà un'occhiata allo sportello del frigorifero e vede la mia poesia scritta su un foglio:

Mi chiami senza voce
Come una campanella senza battaglio
Sento tutto, Suzuran!
Ti amo da sempre
Da prima di nascere.

– Chi l'ha scritta?

– Io. E l'ho buttata giù di getto mentre stavo tornendo.

– Quando?

– Poco tempo fa, per puro caso – rispondo. – La poesia non fa per me.

– È toccante... Bella.

Esito a ringraziarlo, visto il sentimento amaro che nutro verso quella pianta.

– Sei come il *suzuran* – dice.

Allibita, sto quasi per replicare: "No, è Kyōko la 'scappatella'!". Yūji mi guarda con tenerezza senza notare il mio disappunto. Aggiunge:

– Sembri modesta come quei fiorellini bianchi, nascosti sotto le larghe foglie. In realtà, hai radici piene di vita capaci di sopravvivere a qualunque cosa.

– Se sono davvero così salda è perché alla nascita sono scampata a un disastro.

– Eh sì! – Sorride.

– Ma l'altro giorno hai detto che questa pianta è velenosa, perfino fatale. Sono così pericolosa e cattiva?

– Mi dispiace, Anzu, non ci pensavo. Il veleno è un enzima necessario alla sua crescita, ma lo definiamo veleno perché è nocivo per noi. Mi riferivo alla forza e alla passione che hai per la tua arte, che ti danno un fascino particolare.

A queste parole mi viene il batticuore: "un fascino particolare". Gli chiedo:

– E a te piace fare il ricercatore chimico?

– Sì, molto.

Descrive il laboratorio dove lavora da oltre dieci anni. Capisco che va d'accordo con i suoi colleghi. Sto per domandargli un'altra cosa quando siamo interrotti dalla suoneria di un telefono. È il cellulare che Yūji ha nella tasca dei pantaloni. Lo prende e sussurra:

– Ah... è Kyōko.

Sono passate due settimane dalla visita di mia sorella e Yūji.

L'ultimo *kamataki* ha dato buoni risultati. Preparo la mostra che sarà inaugurata fra dieci giorni. Mio figlio sta bene, è molto impegnato con le attività sportive. Non sembra più scosso dal fallimento del padre, e questo mi solleva. I miei genitori abitano nella residenza per anziani e la loro casa è in affitto.

È domenica mattina. Sono le nove. Tōru è partito stamani presto con l'autobus per andare dal padre. Vado a riprenderlo stasera.

Disegno un vaso in cucina. Penso a Yūji e alla lunga conversazione che abbiamo avuto nel capanno. I fiori di *suzuran* sono tutti appassiti. Li getto nella spazzatura e conservo le foglie ancora vive.

Alle undici mi vesto per uscire. A mezzogiorno c'è l'incontro dei diplomati del nostro liceo. Devo raggiungere il ristorante vicino alla spiaggia di Yumigahama. La mia amica S. mi suggerisce di portare i dépliant della mostra. L'idea mi tenta, ma alla fine decido di non mischiare gli affari con queste rimpatriate.

Quando arrivo al ristorante, S. mi accoglie all'entrata:

– Ah, eccoti! Ci sono già tutti.

– Quanti siamo?

– Quaranta. È venuto anche Akira Z. Mio marito e io siamo felici di avervi con noi.

S. crede che Akira e io siamo fatti l'uno per l'altra. È buffo, visto che proprio lei giorni fa mi ha raccontato della relazione che lui ha avuto in passato con mia sorella. A suo avviso, non vuol dire niente. Scherzo:

– Sono impaziente di vedere tutti i divorziati.

– C'è poco da ridere, ancora un po' e queste riunioni diventeranno un *gōkon*, e io e mio marito ne saremo esclusi.

– E allora divorziate anche voi!

S. ride. Entriamo in una sala con i tatami, i nostri ex compagni si sono già accomodati. È una stanza spaziosa, con quattro tavoli bassi e lunghi. Riconosco subito facce familiari.

S. mi indica il posto. In diagonale rispetto a me è seduto un uomo affascinante. Penso: "Akira!". Indossa una camicia color vinaccia con colletto italiano. Uno stile raffinato. Chiacchiera con la sua vicina. I nostri sguardi si incrociano. Ci scambiamo un saluto con gli occhi.

La coppia organizzatrice parla dei compagni presenti e delle professioni che svolgono. Ci sono due professori di università e liceo, un'infermiera, una libraia, un avvocato, una consulente fiscale, un architetto, due artisti e così via. S. accenna al suo progetto di aprire una scuola materna. "Fate figli! Dobbiamo contrastare lo spopolamento del Giappone. Nella mia scuola riceveranno un'ottima educazione!" Risate e applausi si fondono.

Alla fine, l'organizzatrice annuncia la data della mia prossima mostra di ceramica. Spiega con orgoglio che le mie creazioni sono molto apprezzate nel mondo dell'ikebana e che ho vinto svariati premi prestigiosi. Mi guardano tutti e c'è chi grida: "Complimenti, Anzu!". Gustiamo pietanze giapponesi, poi ci divertiamo con le esibizioni comiche di alcuni.

L'incontro finisce più o meno alle tre e mezzo. Qualcuno si ferma a conversare davanti al ristorante. Mi allontano con discrezione verso il vicolo dove ho parcheggiato la macchina. Ho ancora due ore prima di andare a prendere mio figlio dal padre. Telefono ai miei genitori, ma sono usciti con i loro amici della residenza.

– Anzu, aspetta!

Mi volto. È Akira. Al ristorante non ci eravamo rivolti la parola. Mi chiede:

– Vai di fretta?

– Non proprio...

– Puoi concedermi qualche minuto?

Rifletto e gli propongo di andare sulla spiaggia di Yumigahama. Ci diamo appuntamento al parcheggio davanti al caffè K. Acconsente e ci dividiamo.

Guido, sorpresa per la mia iniziativa quasi spontanea. Non mi era mai capitato in passato, anzi ero molto intimidita in sua presenza. Mi chiedo: "Che cosa vorrà dirmi dopo tanti anni?". In questo momento capisco che qualcosa in me è cambiato. Ripenso al volto di Yūji.

Akira e io camminiamo sulla spiaggia come un tempo. In lontananza si distingue nitidamente il Monte Daisen. Oggi il Mare del Giappone è calmissimo. Soffia una brezza piacevole.

Akira mi dice in tono sincero:

– Anzu, complimenti per il tuo successo.

– Grazie. È merito tuo.

Smarrito, ripete:

– Merito mio?

– Sì. Al liceo, alla festa della cultura giapponese, hai elogiato il mio vaso per ikebana.

– L'ho elogiato?

– Non ricordi? Ti ho sentito dire ai tuoi amici: "Questo vaso è consapevole del ruolo che riveste. Con i suoi colori sobri può far risaltare qualsiasi fiore. Ha una forma semplice ma solida, è originale e molto elegante". Ero così emozionata.

Sussurra:

– Ah, questo...

Aggiungo:

– Dopo la festa, mentre passeggiavamo qui, mi dicesti che ero fortunata ad avere la passione per un'attività creativa.

Tace, pensoso. Proseguo:

– A un certo punto ho avuto un periodo difficile; non sapevo che cosa volessi fare della mia vita. Mi sono ricordata delle tue parole e ho deciso di dedicarmi alla ceramica.

– Quando?

– Quando il mio ex marito ha iniziato a tradirmi.
Akira balbetta:
– Dovresti... dovresti essere adirata con me.
– Adirata con te? No. Mi confessasti che amavi un'altra. Non mi restava che accettarlo.
Insiste:
– Però...
Sembra che cerchi le parole.
– Akira, so che mia sorella ti ha sedotto e poi abbandonato all'improvviso.
Sorpreso, esclama:
– Tua sorella ti ha parlato della nostra relazione?!
– No. Tu l'hai confidato al tuo amico, il marito di S.
Tace, imbarazzato. Gli spiego che S. mi ha raccontato questa storia poco tempo fa, senza sapere che all'epoca noi stavamo insieme. Farfuglia:
– Ero stupido...
– Sì, sei stato stupido a fare una confidenza così a un conoscente comune.
– Anzu, avevo solo diciotto anni. Molto sportivo com'ero, avevo forti pulsioni sessuali. Ho perso la testa, sedotto da una ragazza tanto bella e provocante. Ero pazzo di lei. E tutt'a un tratto, senza motivo, non mi ha voluto più vedere. Ci ho messo mesi a riprendermi, nonostante avessi superato l'esame di ammissione all'università di O.
Non replico. Un gabbiano vola sopra di noi. Akira lo segue con lo sguardo. Vorrei dirgli: "Non sei l'unica vittima di Kyōko. Per lei, ammaliare è un gioco". Mi viene in mente il sorriso felice di mia sorella innamorata di Yūji. Akira si volta verso di me:
– Sei diventata una donna forte e affascinante.
– Sei gentile.
Prende un sasso e lo lancia. Danza sull'acqua con eleganza e sparisce dopo una decina di salti. Prosegue:
– Dopo la storia con tua sorella, sono uscito con varie ragazze e alla fine con la mia ex moglie. Ho capito che erano

attratte solo dal mio aspetto. Avevo relazioni superficiali. Ma tu eri diversa.

Lo contraddico:

– No, anch'io ero affascinata dalla tua bellezza e dalla tua intelligenza. Il tuo invito a uscire mi aveva davvero lusingata: mi sembrava un sogno. Forse provavi lo stesso verso mia sorella quando ti ha conquistato.

Mi guarda in silenzio. Consulto l'orologio. Sono quasi le cinque.

– Devo andare a prendere mio figlio – dico.

Torniamo indietro.

Contemplo il paesaggio. Il mare blu, il cielo con qualche nuvola bianca, la lunga spiaggia dove le persone passeggiano tranquille. Akira mi chiede notizie di mia sorella: dove vive, che cosa fa, se è sposata. Gli rispondo. Sorpreso dice:

– Fidanzata con un chimico?

Arriviamo al parcheggio.

– Anzu – dice, – devo confessarti una cosa.

– Dimmi.

– L'elogio del vaso che hai sentito non era mio.

– Come?

Lo fisso, sbigottita. Mi spiega:

– Era stato il professore di belle arti a usare quelle parole. Le ho ripetute solo per impressionare gli amici.

Sono allibita. Aggiunge:

– Il professore ti lodava dicendo anche: "Spero che la signorina Nire continui con la ceramica. Diventerà un'artista rinomata. È un'ottima studentessa". Ed eccoti qui.

Distolgo lo sguardo. Il mio primo amore mi porge il suo biglietto da visita e mi dice:

– Spero che ci rivedremo un giorno.

Chiamo il mio ex marito al cellulare, mi dice di andare a prendere Tōru al parco H., vicino al suo appartamento. Dopo il fallimento non ha più la macchina.

È nuvoloso. Guido lungo il mare. Il vento fresco mi sfiora la pelle. Penso all'incontro di oggi. Nonostante l'atmosfera amichevole mi sono sentita fuori luogo e non credo di partecipare più. Mi ha fatto comunque piacere rivedere Akira Z. e sincerarmi che non è proprio il mio tipo, nemmeno come amico.

Quando arrivo al parco H., mio figlio sta giocando con suo cugino. I bambini sono su uno scivolo e mi salutano agitando la mano; ricambio il saluto. R. è seduto da solo su una vecchia panchina in un angolo del giardino. Fuma, l'aria distratta.

Quando mi avvicino mi chiede:

– Hai un po' di tempo? Ho bisogno di parlarti.

Mi invita a sedermi accanto a lui. Dopo Akira, anche il mio ex marito ha qualcosa da dirmi. Durante la *golden week* mi aveva chiamata per raccontarmi del fallimento, ma ero troppo occupata per ascoltarlo. Mi siedo sulla panchina lasciando uno spazio fra noi.

– Vorrei parlarti di nostro figlio – dice.

– Va bene.

– Non posso più pagare il mantenimento.

– Capisco – rispondo. – Puoi sospenderlo e pagare gli arretrati in seguito.

Tace. Proseguo:

– Mi dispiace per la tua situazione e spero che riuscirai a vedere Tōru con regolarità, specialmente quando sarò impegnata con il *kamataki*.

– Ci proverò...

Sospira. Poi mi dice:

– Tōru vuole molto bene al fidanzato di tua sorella, il chimico.

– Sì, vanno d'accordo.

R. sembra volerne sapere di più su Yūji, ma io non aggiungo niente. Continua con sarcasmo:

– È incredibile. Kyōko preferiva i ricchi uomini d'affari ai semplici dipendenti.

Non voglio chiacchierare con lui né di mia sorella né di Yūji. Mi alzo e grido a mio figlio:

– Andiamo!

Tōru mi prega:

– Un altro quarto d'ora!

Gli rispondo:

– Dieci minuti!

Mi siedo sul bordo della panchina.

R. mugugna:

– Tua sorella è una strega...

– Cosa?

– Sono stato stupido a farmi raggirare da lei.

Resto interdetta:

– Cosa vai dicendo?

– Avrei dovuto darti ascolto e non lasciare il lavoro al municipio.

– Che cosa c'entra Kyōko con il tuo fallimento?

La sigaretta in mano, R. mi racconta.

Quando lui aveva ereditato una cifra ingente, Kyōko l'aveva indotto a lanciarsi in affari: "Sei intelligente e capace. È ridicolo che passi la tua vita in un ufficio". Poi gli aveva presentato un tale che cercava un investitore per una tipografia in vendita. Aveva insistito: "Devi finanziare solo la metà e affidare la gestione al tuo socio. Diventerai vicepresidente".

Ho una strana sensazione. Gli chiedo:

– Hai discusso di tutto questo con mia sorella? Come ha trovato un investitore qui pur abitando a Tokyo? Quando vi sentivate?

Arrossisce. Balbetta:

– Io... io pensavo che sapessi...

– Che cosa dovrei sapere?

– Della nostra relazione?

– Come?

Mi monta il sangue alla testa. Sono allibita: "La sua amante era mia sorella?!". Lo fulmino con gli occhi. Di colpo, sfrontatamente dice:

– Chi potrebbe resistere al fascino di quella strega?

Fuma. Gli trema la mano. Ripenso al momento in cui ho presentato R. a Kyōko. Mia sorella non sembrava per niente interessata al mio fidanzato. Aveva perfino ironizzato: "Che tipo mediocre. Ti accontenti del primo che passa?". Forse gli si è avvicinata quando lui ha ricevuto l'eredità paterna. Gli domando:

– Dopo il divorzio hai comprato le quote del tuo socio. Era anche questa un'idea di mia sorella?

– Già. Forse lei sapeva come andava la tipografia. Dopo l'acquisto non ha voluto più vedermi. Sono stato stupido. Per colpa sua, ho perso tutto.

Reagisco duramente:

– Non è colpa di mia sorella se sei fallito.

Cosa dici?

– Non sei previdente e non hai capacità gestionali, a differenza del tuo socio. Trascuravi i tuoi doveri e viaggiavi senza motivo. Spero che prima o poi troverai un lavoro adatto a te.

R. china la testa. Tōru gioca sulla struttura da arrampicata con il cugino. Lo richiamo. Grida:

– Mamma, altri cinque minuti, per favore!

Grido:

– No, vieni subito!

Scende la notte.

Dopo che mio figlio è andato a letto, faccio un bagno. Sono nervosa. È stata una giornata insolita, che non aveva niente a che vedere con le mie attività artistiche. Mi sento appesantita e completamente spossata. Me ne resto a lungo nell'*ofuro*.

Sussurro:

– Kyōko... E così hai sedotto il mio primo amore e il mio ex marito!

Ripenso alla volta che le avevo parlato del biglietto con cui Akira mi aveva proposto di uscire. Era rimasta basita. Akira era un bel giovane brillante, atletico, aveva successo con le ragazze. Dev'essersi detta: "Come ha potuto un tipo banale come lei attirare la sua attenzione?". Mi aveva ordinato subito di portarlo alla festa di Natale.

Ricordo il momento in cui avevo presentato R. alla mia famiglia. L'annuncio del mio fidanzamento aveva spiazzato Kyōko, convinta che non mi sarei sposata senza ricorrere a un *miai*. Dato che R. era un semplice dipendente, non le interessava nemmeno parlargli. È bastato che ricevesse una grossa somma di denaro perché cambiasse subito atteggiamento nei suoi confronti.

Mi fanno pena questi due uomini, entrambi finiti nella trappola di mia sorella e poi rifiutati. Akira è caduto in depressione, R. ha perso la sua azienda e adesso deve ricominciare da zero. Sono stati veramente stupidi, come hanno ammesso loro stessi. Mi chiedo se Kyōko credesse che avrebbero mantenuto per sempre il segreto sulla loro relazione. Se così fosse, vorrebbe dire che li ha scelti proprio male.

Sussurro di nuovo:
– Kyōko...

Chi l'avrebbe mai detto che proprio mia sorella mi avrebbe giocato questi brutti tiri alle spalle? Rivedo il suo viso grazioso, lo sguardo ammaliante, il sorriso civettuolo. Si sentiva in colpa quando li avvicinava? Perché lo faceva? Qualcosa in me le suscitava gelosia, rabbia, desiderio di vendetta?

Dal momento che Kyōko era la prima figlia dopo due aborti, la mamma l'aveva cresciuta con cure e amore infiniti. Ammirata da tutti, monopolizzava l'attenzione della famiglia, come mi ripetevano i miei genitori. La bellezza, l'intelligenza, la predisposizione per le lingue, il dinamismo, il successo sul lavoro. Io non avevo niente di tutto questo, avevo solo la passione per la ceramica. Avrei dovuto invidiarla. Forse non sopportava l'idea che piacessi a un bel ragazzo e che il mio mediocre marito fosse diventato ricco.

Rifletto. In fondo è stato un bene che abbia scoperto solo ora le sue avventure con Akira e R., altrimenti mi avrebbero ferito e abbattuto ancora di più. Avrei inveito contro di lei oppure interrotto i rapporti, dimenticando che ero stata io a scegliere uomini del genere.

Adesso Kyōko è innamorata di Yūji, così diverso dai suoi altri amanti. Desidera addirittura farsi una famiglia. Meglio per lei se la smetterà una buona volta con i suoi giochi di seduzione.

Esco dalla vasca e mi infilo la camicia da notte. Sono già le dieci. Sbadigliando, vado subito a dormire.

Distesa, penso al sogno imbarazzante di qualche giorno fa, in cui andavo a letto con Yūji. Non intendo affatto vendicarmi di mia sorella, e soprattutto non voglio macchiare i nobili sentimenti che nutro per Yūji. E comunque ho l'impressione di essermi già presa la rivincita su Kyōko.

Oggi ho la mostra di ceramica per ikebana.

Arriva gente fin dall'apertura, alle nove. Indosso un kimono leggero grigio con un *obi* beige-giallo. La mia collaboratrice e io accogliamo i visitatori offrendo loro tè e dolcetti. Ci sono maestri di ikebana con gli allievi e appassionati di quest'arte floreale. Osservano molto attentamente le mie opere.

Ogni vaso ha il nome di una pianta inciso in *katakana* sul fondo. バラ (rosa), ザクロ(melograno), ツツジ (azalea), ツバキ (camelia), ヤマブキ (rosa del Giappone), ホオズキ (alchechengi), スミレ (violetta), スイセン (narciso), サクラ (ciliegio)... e スズラン (mughetto). Quest'ultimo, *suzuran*, è il cuore della mostra, e non è in vendita. Su un biglietto ho scritto RISERVATO.

I miei genitori, mio fratello, sua moglie e qualche parente passano gentilmente. Vengono a trovarmi anche alcuni ex compagni di liceo che ho rivisto alla riunione.

Sogno che ci sia Yūji. Ha visto le opere soltanto prima della cottura. Mi ha detto: "È meraviglioso creare colori naturali bruciando legname. Mi piacerebbe vedere come si trasformeranno questi oggetti".

Mi chiedo se abbia già accettato la proposta di diventare direttore della succursale che la sua azienda ha nella nostra città. Altrimenti andrà a Nagoya, dove sarà trasferita la sede. Continuo a nutrire dubbi su mia sorella, così legata a Tokyo. Non sarà semplice per loro trovare una soluzione adeguata. Mi auguro solo che lei resti lontana, nella capitale.

– Anzu!

Qualcuno mi tocca la spalla. Mi ridesto. È la mia amica S. Mi prende in giro:

– Sei sorda o stavi sognando? Ti ho chiamata tre volte.

La ringrazio di essere venuta. Mi dice:

– È la prima volta che ti vedo in kimono. Stai benissimo, soprattutto con questi colori, grigio e beige-giallo.

– Grazie.

Aggiunge con un sorriso civettuolo:

– Dietro quest'apparenza sobria nascondi qualcosa di molto attraente. Deriva dall'intensa passione che hai per la tua arte. Vedo che gli uomini ti ammirano. Ti invidio.

Questi commenti mi imbarazzano. Sussurra:

– E poi, mi sembri proprio innamorata.

Arrossisco. Si diverte:

– Ah, ho indovinato! Vorrei tanto sapere chi è il fortunato. Non sarà mica Akira Z.?

– Certo che no!

Siamo come due adolescenti. Nonostante mi abbia svelato lei la relazione fra Akira e mia sorella, spera che esca con quel bell'avvocato. Non le racconto della passeggiata che abbiamo fatto l'altro giorno sulla spiaggia. Resta delusa quando le dico che fra me e Akira non ci sarà mai niente.

S. si guarda intorno e mi chiede:

– Tua sorella e il suo fidanzato non sono venuti?

– Ma no, sono a Tokyo.

Mi fa alcune domande su di loro. Rispondo in modo evasivo.

A mezzogiorno, oltre la metà delle opere è già stata prenotata. Gli acquirenti potranno ritirarle a partire da martedì oppure riceverle per posta. La mia collaboratrice mi fa vedere, con grande soddisfazione, il quaderno firmato dai visitatori. Alcuni sono venuti da città molto lontane.

Nel giro di mezz'ora la sala torna tranquilla. Lascio pranzare la mia assistente.

Poi, invito i miei genitori in un ristorante vicino. Uscendo dal negozio, continuo a sognare che ci sia Yūji.

Mi siedo davanti ai miei genitori. Dato che non posso assentarmi troppo a lungo, ordino un menu semplice e veloce: zuppa di miso alle alghe, riso, tofu e insalata. I miei prendono il salmone grigliato. Mentre aspettiamo, regalo a ciascuno una tazza da tè che ho fatto apposta per loro. Di lato sono disegnate alcune foglie di olmo con il nostro nome di famiglia, Nire.

Cominciamo a mangiare. Mio padre e io chiacchieriamo, mia madre invece resta in silenzio, chiaramente non ha fame. Ha l'aria distratta. Penso alla sua leggera demenza.

– Mamma, che cosa c'è?

Mio padre si volta verso di lei, che d'un tratto annuncia:

– Forse il matrimonio di Kyōko sarà annullato.

"Cosa?" Per poco non lascio cadere la ciotola di riso. Papà le chiede:

– Quando l'hai saputo?

– Poco fa. Piangeva.

Mia sorella piangeva? È la prima volta che lo sento dire. È Yūji, quindi, che vuole rinunciare al matrimonio? La mamma ci spiega.

Alla mostra voleva comprare un vaso per mia sorella, che si occupa dei fiori nell'ufficio del suo capo. Le piaceva quello intitolato Suzuran, visto che il compleanno di Kyōko è il primo maggio. Ma essendo già RISERVATO ne cercava un altro. A un certo punto ha visto un'opera, バラ (rosa), che le sembrava perfetta per lei. Proprio in quel mentre Kyōko l'ha chiamata al cellulare, come se le avesse letto nel pensiero.

La mamma racconta in modo logico. Mi sorprende, nonostante la situazione tragica di mia sorella. Continua:

– Ovviamente pensavo che Kyōko volesse sapere come andava la mostra. Non vedevo l'ora di metterla a parte del successo di Anzu. E invece no, mi ha annunciato senza preamboli: "Forse fra noi è finita".

Mio padre, deluso, le dice:

– Perché ci informa in un momento come questo? Non è un'adolescente. Dovrebbe essere più giudiziosa.

Ha ragione, ma evito di commentare. Non escludo che mia sorella sia gelosa perché adesso sono al centro dell'attenzione del pubblico e della famiglia. Mia madre protesta:

– Ma per Kyōko era una cosa urgente!

– Non capisco – dice lui. – Sembravano così contenti quando sono venuti a trovarci per la *golden week*.

– A detta di Kyōko, hanno proposto a Yūji di diventare direttore della succursale a Yonago.

– Nella nostra città? Sarei felice se abitassero vicino a noi. E Yūji che cosa ha deciso? Resta a Tokyo o viene qui?

Mia madre gli risponde:

– Non ha ancora deciso. In ogni caso deve andarsene dalla capitale, perché la sede sarà trasferita a Nagoya.

– Davvero?

– Sì. Durante l'ultima *golden week*, è andato a vedere la succursale e gli è subito piaciuta. Ma per Kyōko vivere a Yonago è impensabile.

– Allora perché non a Nagoya? – dice papà. – È una grande città commerciale e dista solo due ore da Tokyo con lo *shinkansen*.

– Nagoya non fa per lei.

– Fa meglio a seguire Yūji...

La mamma insiste:

– Kyōko si trova molto bene in quell'azienda americana che le permette di esercitare il suo inglese e viaggiare all'estero.

– Una coppia non può separarsi ogni volta che il marito viene trasferito in un posto che non piace alla moglie.

– Dici bene, caro. Per ora Kyōko potrebbe restare a Tokyo e raggiungere Yūji a Nagoya o qui quando sarà incinta.

– Ha già trentasette anni. Vuole davvero un figlio?

– Perché? Quando è nato Nobuki ne avevo quaranta.

– Un primo parto alla sua età sarebbe complicato.

– Ma no, si può fare senza problemi.

I miei genitori discutono seriamente. Devo tornare alla mostra. Mi alzo. Mia madre mi chiede:

– Anzu, sapevi del trasferimento di Yūji?

– Sì, più o meno.

– Che cosa ne pensi?

– Sono affari loro. Faranno ciò che vorranno.

I miei mi guardano, sorpresi dal mio tono brusco.

La mostra è finita.

È andato tutto bene. Ho avuto molti visitatori anche nel pomeriggio e quasi tutte le opere sono state prenotate. Ho ricevuto perfino degli ordini da parte di alcuni maestri di ikebana. Mi hanno dato le dimensioni di ogni vaso, lasciandomi libera di scegliere la forma.

Chiudo tutte le tende e la porta a chiave.

Sfinita, mi siedo su una panca addossata al muro. Chiamo mio figlio, che stasera dorme dal padre. Si diverte molto con suo cugino. Spengo il cellulare serena. Poi contemplo i miei vasi per ikebana che presto raggiungeranno i loro nuovi proprietari.

Squilla il telefono dell'ufficio. Immagino che sia mia madre.

– Pronto?

Silenzio. Ripeto:

– Pronto?

– Buonasera, Anzu. Sono Yūji.

– Yūji!

– Sono a Yonago. Sono tornato alla succursale e stasera rientrerò a Tokyo.

Parla con voce calma e pacata. Gli chiedo:

– Dove sei?

– Davanti alla succursale. La mostra è già finita, lo so, ma volevo salutarti. È andata bene?

– Sì, quasi tutte le opere sono state prenotate. Sono ancora qui. Vuoi vederle?

– Non ti disturbo?

– Certo che no!

– Tōru è con te?

– No, è da suo padre. Sono sola.

– Prendo subito un taxi.

Riaggancio. Ho il batticuore. "Yūji viene a trovarmi!" Vado in cucina per scaldare l'acqua per il tè. Mi rinfresco un po' davanti allo specchio e mi spazzolo i capelli. Mi tremano le mani.

Sono in piedi davanti alla porta. Poco dopo, dallo spiraglio delle tende, vedo un taxi fermarsi davanti al negozio. Yūji scende con un mazzo di fiori. Cerco di respirare normalmente. Il taxi riparte. Apro la porta. Yūji si avvicina con un sorriso un po' imbarazzato.

Accendo la luce centrale. Mi porge il mazzo avvolto nel cellophane. Rose gialle freschissime. Il colore si intona con il mio *obi*. Lo ringrazio.

– Come sei bella, Anzu. Il kimono ti dona molto.

– Grazie.

Il suo profumo mi suscita una nostalgia inspiegabile, come se conoscessi Yūji da una vita. Desidero toccargli le mani e il viso, desidero che mi abbracci. Penso: "È l'uomo che aspettavo!".

– Devo essere all'aeroporto fra un'ora.

– Così presto!

Gli faccio vedere subito le mie opere. Si aggira fra gli scaffali su cui sono disposti i vasi più importanti. Esclama:

– Sono meravigliosi! Le forme sono davvero originali, per non parlare dei colori naturali, creati solo con la cenere.

– Ho bruciato i tronchi che avevi tagliato tu. E questo è il risultato.

– Ho contribuito alla tua arte? Ne sono onorato!

Vado in cucina, sistemo i fiori in un vaso e lo metto sulla scrivania. Porto un vassoio con le tazze di tè e dei dolcetti.

Yūji osserva l'opera Suzuran, con il biglietto RISERVATO. Poso il vassoio sul tavolo basso e lo raggiungo.

– Anzu, questo vaso mi piace molto.

– È anche il mio preferito.

– Ti rispecchia: semplice, raffinato, elegante come il tuo kimono. Al tempo stesso emana una potente vitalità, come il tuo carattere.

Lo guardiamo in silenzio. Dopo un po' sussurra:

– Il suo acquirente è fortunato.

– Non è stato venduto.

– No?

– Lo tengo per me perché...

Mi interrompo. Aspetta in silenzio che prosegua e così faccio:

– Perché tu mi hai detto che sono come il *suzuran*.

Le nostre braccia si sfiorano leggermente. Sussulto.

– Non sposo Kyōko – dice.

Ripeto:

– Non la sposi?

– No. Non lo sapevi?

– No. O meglio, nel pomeriggio, mia madre ha parlato di voi due. Ho capito che il tuo trasferimento avrebbe ritardato il matrimonio.

– Il trasferimento non c'entra niente con la nostra relazione.

– Che cosa è successo?

– Non posso vivere con lei, da sposato o no. Gliel'ho già detto.

– Quando?

– Dopo la *golden week*. Una volta tornati a Tokyo.

Tace. Guardiamo il vaso. Ripenso alla nostra lunga conversazione nel capanno. Mi viene in mente la mia poesia: *Mi chiami senza voce, come una campanella senza battaglio...*

Si volta verso di me:

– La tua comparsa ha cambiato tutto. Ti amo.

– Yūji...

Ho le lacrime agli occhi. Gli tocco la mano e lui prende la

mia. Il calore della sua pelle si diffonde nel mio corpo. Siamo uno di fronte all'altra.

– Anzu, la prima volta che ti ho vista ho avuto una sensazione ben precisa. Da allora non faccio che pensare a te...

– Anch'io...

Una lacrima mi scende sulla guancia. Yūji mi bacia teneramente. Chiudo gli occhi. Mi carezza i capelli come se volesse consolarmi. Avvolta dal suo profumo, sento i battiti del suo cuore. Alzo lo sguardo verso di lui.

– Hai parlato di me a Kyōko?

– No. Mi sembrerebbe crudele dirle ora che il mio cuore batte per te, per sua sorella. Voglio aspettare che si calmi e che smetta di illudersi.

Capisco i sentimenti che prova. L'onestà non conta per Kyōko se le ferisce l'orgoglio. Incurante di ciò che mi ha fatto, andrebbe ancora più nel panico.

– Yūji, quando ti trasferirai qui a Yonago?

– Fra tre mesi – risponde. – La relazione fra noi è molto delicata. Kyōko penserà che l'abbiamo pugnalata alle spalle e la vostra famiglia si adirerà con noi. Al momento dobbiamo essere discreti.

Non ribatto, ma penso che Kyōko non abbia alcun diritto di criticarmi. Innanzitutto, il mio amore per Yūji non è un gioco né un'*amourette*, una scappatella.

– Anzu, possiamo pazientare finché le cose non si saranno sistemate?

Annuisco. Abbiamo i volti molto vicini. Posa le sue labbra sulle mie. Le nostre lingue si toccano delicatamente. Il respiro si fa corto. Ci scambiamo un bacio appassionato. Penso: "Ti amo!".

Sussurra:

– Ti ho sognata.

– Mi hai sognata?

– Sì. Lavoravamo insieme in campagna. Mettevi delle opere nel *kama*, mentre io spaccavo la legna e nostra figlia giocava in giardino con Tōru...

– Nostra figlia?!

– Sì, una bambina meravigliosa.
– Come si chiamava?
– Suzuko.
– Suzuko? Figlia della campanella?
– Sì. È carino, vero?
Sorridiamo. Mi guarda negli occhi:
– Desidero seriamente vivere in questa città insieme a te. Se mai perdessi il lavoro nella succursale, ne cercherei un altro in questa regione.
– Se non trovassi niente di adatto, potresti farmi da assistente.
– Sì, potrei specializzarmi come spaccalegna.
Rido. Guarda l'orologio:
– Fra dieci minuti devo andare.
Gli propongo:
– È sabato. Puoi restare da me stasera.
– Mi piacerebbe molto, ma domattina ho un appuntamento importante. Un mio collega si è ammalato e devo sostituirlo per delle questioni urgenti.
Chino la testa delusa. Mi stringe più forte a sé.
– Ah! – dice. – Voglio dormire così con te, tutte le notti.
– Abbiamo già dormito insieme.
– Come?
Aggiungo sorridendo:
– In sogno.
– Quando?
– La notte che hai passato a casa mia senza Kyōko.
Non oso accennare al mio intenso orgasmo. Lui scherza, non immaginando il mio imbarazzo:
– Sono stato un buon amante?
– Sì, il migliore del mondo!
È giunto il momento. Yūji chiama un taxi e va all'aeroporto.

Sono già le nove quando arrivo a casa. Mi tolgo subito il kimono e faccio un bagno.

È stata una giornata ricca di emozioni. Rivivo di continuo il nostro abbraccio sulla pelle. Non ci siamo sentiti per un mese, ma le nostre anime erano unite.

Yūji mi ha telefonato mentre aspettava il volo all'aeroporto. Mi ha parlato dei genitori che non ci sono più. Sono morti tre anni fa, durante la catastrofe nel Tōhoku, forse portati via dallo tsunami. I loro corpi non sono stati ritrovati. Non lo sapevo. Ora capisco perché mi ascoltava con tanta attenzione quando raccontavo le mie esperienze con i terremoti.

Yūji conosce mia sorella da sette mesi. Come mi hanno già spiegato, si sono incontrati a un *gōkon*, a cui Yūji partecipava al posto di un amico medico. In quel periodo si stava riprendendo piano piano dalla perdita dei genitori e pensava al proprio futuro: formare una famiglia. E tutt'a un tratto ecco comparire una bella donna, intelligente, colta. Kyōko aveva avvicinato Yūji e lo aveva invitato a uscire. Lui ne era stato molto lusingato. Dopo il primo mese di frequentazione, lei desiderava andare a vivere con lui per capire se la cosa avrebbe funzionato. Era tentato dall'idea, ma aveva preferito prendere più tempo per conoscerla.

Era successo tutto poco prima dell'ultima *golden week*. Yūji era rimasto sorpreso dalla proposta della sua azienda: diventare direttore della succursale a Yonago. Mia sorella non era contenta, convinta che si sarebbero annoiati in questa città di provincia. Gli aveva detto: "Visita Yonago una volta e sarai deluso". Alla fine, erano venuti insieme durante la *golden week*.

Quando erano rientrati a Tokyo, Kyōko aveva insistito perché Yūji rifiutasse la proposta. Per lui, innamorato di me, era già troppo tardi. Le aveva comunicato la loro separazione. Presa dal panico, mia sorella gli aveva gridato: "Avvocati, medici, ricchi uomini d'affari. Tutti mi vogliono. Se mi lasci, te ne pentirai!". Era rimasto esterrefatto. Lei voleva a ogni costo che restassero insieme, perfino senza sposarsi. Si era opposto.

Sussurro:

– Che ironia...

Kyōko mi ha soffiato il mio primo amore, poi mio marito. Non lo sapevo, tuttavia avevo perso le speranze con gli uomini ed ero decisa a dedicarmi solo alla ceramica. Ero riuscita a essere felice, creando il mio universo artistico. È stata lei a portarmi Yūji e a presentarmelo come l'uomo della sua vita. E il suo amato si è innamorato di me, e io di lui.

Siamo sorelle. Il nostro legame di sangue non cambierà mai, non posso reciderlo. Se non accetterà il nostro amore, potrò fare solo una cosa: evitare di vederla. Tanto meglio se sceglierà di vivere a Tokyo.

Esco dalla vasca. Mi copro, felice. Forse Yūji starà dormendo. Che gioia! Presto si trasferirà in città e potremo vederci regolarmente, anche se per un po' dovremo essere discreti. Bisbiglio:

– Buonanotte, amore mio...

È domenica. Sono sola in casa. Mio figlio è dal padre e rientrerà verso le sei.

Dopo colazione, bevo un caffè sul terrazzo. Splende un bellissimo sole di inizio estate. Osservo la città, il Mare del Giappone, il Monte Daisen. Non riesco a credere a ciò che mi è successo ieri appena conclusa la mostra. Dentro di me dico: "Buongiorno Yūji. Hai dormito bene?". Il suo profumo mi accompagna ancora. Stamani deve lavorare in laboratorio per sostituire un collega malato.

Nel pomeriggio tornerò in negozio; innanzitutto devo impacchettare le opere vendute, poi disegnerò un vaso che mi ha ordinato un maestro di ikebana. Non vedo l'ora di lavorare e modellare l'argilla.

Sono quasi le undici e mezzo. Suonano al campanello. Resto sorpresa aprendo la porta. Sono i miei genitori. Mi salutano allegri.

– Buongiorno, Anzu!

Mia madre ha una bella cera, a differenza di ieri al ristorante. Mi tende un grande sacchetto di carta:

– Ecco tre confezioni di sushi. Pranziamo insieme!

Mi fanno molto piacere. Hanno portato anche un dolce per mio figlio. Li invito in cucina. Mentre preparo il tè, chiedo loro:

– È successo qualcosa di speciale?

Mio padre mi risponde:

– Già, abbiamo una bella notizia.
– Davvero?
– Ne parleremo a tavola.

Servo il tè e porto dei piatti. Poi mi siedo davanti a loro. Mentre prendo un *nigiri* con il gamberetto, mia madre mi sorride:

– Kyōko è incinta.

"Cosa?!" Il gambero mi cade nel piatto. Le chiedo:

– Di chi?
– Ma di Yūji!

Sono sconvolta. Mia sorella incinta di Yūji... Non è possibile. Mi passa l'appetito. La mamma continua come se cantasse, incurante del mio turbamento:

– Anzu, ho appreso questa notizia stamattina presto. Quando tua sorella mi ha telefonato durante la tua mostra, aveva mal di testa. Le ho consigliato di andare subito in ospedale. E così ha scoperto di essere incinta di cinque settimane.

"Cinque settimane?" Rifletto. Il concepimento risale allora a poco prima della *golden week*. Mia madre esclama:

– Che sollievo! Finalmente anche Kyōko diventa mamma come Anzu e nostra nuora.

Mio padre insiste:

– Si sposerà molto presto con Yūji.
– Certo, caro.

Tremo. Non è possibile... Yūji non ama più mia sorella. Come potrebbe sposarla?

Mia madre guarda la mia confezione di sushi pressoché intatta.

– Anzu, che cosa c'è? Non mangi?
– Sì, è delizioso.

Si volta verso mio padre:

– Ovviamente Kyōko seguirà Yūji qui a Yonago. Sarà la migliore soluzione per loro. Inoltre, con un neonato, non potrà più fare i viaggi d'affari come prima.
– Una famiglia deve vivere unita sotto lo stesso tetto.
– Mi chiedo dove andranno a vivere.

Mio padre le suggerisce:

– Non abbiamo ancora trovato un inquilino per la nostra casa. Anzu non potrà andarci finché Tōru non avrà terminato le elementari. Potremmo proporre a loro di andarci a vivere i primi tempi.

Chiacchierano allegri. Io resto in silenzio, turbata. A un certo punto, mia madre si gira verso la finestra ed esclama:

– Guarda, i *suzuran* sfioriti sono ancora vivi!

Inizia la stagione delle piogge.

Sono trascorse più di due settimane da quando Kyōko ha annunciato la sua gravidanza. Non dà più notizie ai miei genitori. Mia madre, preoccupata, insiste perché la chiami. Rifiuto dicendole: "Non è un'adolescente. Lasciala in pace".

Yūji non mi ha telefonato né scritto. Vorrei contattarlo, ma desisto. Ha già abbastanza guai così, oltre a pensare ai preparativi per il trasferimento. Immagino che sia più angosciato di me.

Mio figlio si rallegra:

– Yūji verrà a vivere nella nostra città? Quando?

– Forse in autunno, rispondo.

– Dove celebreranno le nozze? A Yonago o a Tokyo?

– Chi ti ha detto che si sposeranno?

Tōru ribatte:

– Mamma, la zia partorirà a gennaio. Devono sposarsi il prima possibile!

Ripete ciò che la nonna racconta a tutti.

Ora la mia famiglia e gli amici dei miei genitori sanno che Kyōko è incinta. Danno per scontato che sposerà Yūji e che vivranno qui insieme. Anche la mia amica S. lo ha saputo da un'ex vicina dei miei. Mi telefona:

– Tua sorella avrà un bambino? Congratulazioni! Aspetto tua nipote o tuo nipote nella mia futura scuola materna.

Il mio ex marito è stato informato da Tōru e prende in giro Kyōko:

– Matrimonio? Un bambino? Questa è bella! Pensa davvero di poter vivere qui? Ne dubito!

Evito di incontrare persone. Quando mio figlio è a scuola, passo il tempo nel laboratorio in campagna. Grazie alla mia assistente, che si occupa molto bene del negozio, posso concentrami sulla mia arte. Lavorare l'argilla, plasmarla mi aiuta ad angosciarmi meno per questa situazione complicata.

Non mi fermo un attimo e modello molti vasi. Quando sono asciutti è il momento del *kamataki*. I miei genitori vengono a darmi una mano. È il primo dopo l'ultima mostra.

Per quattro giorni alimento il fuoco bruciando i tronchi. Fa bel tempo nonostante sia la stagione delle piogge. Ogni notte contemplo la Via Lattea nel cielo terso. All'alba sento il canto degli uccelli che si svegliano. Dopo la cottura, aspetto qualche altro giorno finché le opere non si sono raffreddate nel *kama*. Tirarle fuori è una grande emozione. Sono come figli. Sono tutte preziose, ognuna con i suoi colori. Non esiste un oggetto uguale in nessun posto al mondo.

Penso a Yūji. Sento di nuovo il suo profumo. Rivedo il suo sguardo che mi avvolge dolcemente. Mi torna in mente la mia poesiola: *Mi chiami senza voce, come una campanella senza battaglio...*

È l'inizio di luglio.

Non ho alcuna idea di ciò che succeda fra mia sorella e Yūji. Alla fine, mia madre chiama Kyōko che le risponde:

– Mamma, va tutto bene. Non preoccuparti per me.

Piove quasi tutti i giorni. Secondo il meteo, quest'anno la stagione delle piogge sarà più lunga. Ogni tanto spunta il sole. La sua luce, smorzata dall'umidità, non è ancora forte ma il caldo è soffocante. Nonostante il clima pesante, a poco a poco riacquisto la calma e torno a vedere le persone come prima. Incontro i clienti in negozio e tengo corsi di ceramica nel centro culturale.

Penso al viaggio che programmo per settembre nella Repubblica Ceca. Devo informarmi adesso per i biglietti aerei. I miei genitori staranno a casa mia con mio figlio. Il mio ex marito, invece, è ancora in difficoltà per il fallimento della tipografia.

La terza settimana del mese iniziano le vacanze estive delle elementari. Tōru partirà con il club di karate per un allenamento di dieci giorni. Ne approfitterò per rimanere in campagna a lavorare nel laboratorio.

Tornerò in città il giorno prima che rientri Tōru.

La cassetta della posta è piena. Ci sono dépliant, *shochūmimai*, riviste di ceramica. Fra gli altri, spicca una busta bianca di formato regolare. Il mio nome e l'indirizzo sono redatti a mano. La scrittura è vagamente familiare, ma non capisco di chi sia. Incuriosita, guardo sul retro. È da parte di Kyōko!

È la prima volta che mi scrive una lettera. Che cosa vorrà dirmi? Non oso leggerla subito.

Entro in casa. Sono quasi le sette. Mi preparo un pasto veloce. Appoggio la posta sul tavolo della cucina. Ho sete. Mentre riempio un bicchiere d'acqua, lancio un'occhiata alla finestra. Le foglie dei *suzuran* nel vaso sono morte.

Riprendo la lettera di Kyōko e alla fine la apro. Sono quattro pagine. Inizia in modo piuttosto ordinario.

Cara Anzu,
come stai? A Tokyo fa molto caldo.
Secondo i nostri genitori, la tua mostra è stata un successo. Ti faccio i miei complimenti. La mamma mi ha detto che una delle tue opere le era piaciuta in modo particolare e avrebbe voluto regalarmela. Sa che mi occupo dei fiori nell'ufficio del mio capo. Purtroppo, con suo dispiacere, il vaso era già stato venduto. Ma non importa, perché presto mi licenzierò...

Kyōko lascia il lavoro? Dev'essere una cosa terribile. Immagino che vorrà restare a Tokyo. Continuo a leggere.

Verrò a Yonago per partorire. La data del trasferimento di Yūji è stata annunciata ufficiosamente: il primo settembre. Arriveremo insieme una settimana prima. Lo dirò ai nostri genitori un po' più avanti. Saranno contenti di questa notizia...

Mia sorella verrà qui con Yūji? Distolgo gli occhi dalla lettera.

Innanzitutto, scrive, *dovremo trovare un appartamento. Yūji vorrebbe vivere in uno degli alloggi in dotazione agli impiegati della succursale, ma io preferisco la vecchia casa dei nostri genitori. Capisco la tua scelta di trasferirti lì solo quando tuo figlio avrà concluso le elementari. Nel frattempo, vorrei approfittarne. Tieni conto che ci tratterremo lì un anno al massimo...*

Vanno a vivere insieme? Alla fine, Yūji ha accettato di sposare mia sorella per via del bambino. È un uomo onesto e responsabile. Se questa è la sua decisione, devo rispettarla. Mi si velano gli occhi. Faccio una pausa, poi giro pagina. Resto immobile.

Anzu, sono gravemente malata. Ho i giorni contati. Non sono certa di sopravvivere fino al parto.
Ti scrivo perché ho bisogno del tuo aiuto. Non posso fidarmi della mamma, è sempre più smemorata. Sei l'unica persona, a parte Yūji, con cui parlo delle mie gravi condizioni. Quando ci saremo trasferiti, lo comunicherò io stessa ai nostri genitori.
Non ci sposeremo.
Yūji non è più innamorato di me. Avrebbe potuto lasciarmi tempo fa, invece mi ha detto: "Anche se non siamo più fidanzati, non posso ignorare questa situazione. Sei incinta di me e sei malata. Voglio fare tutto il possibile per te e per il nostro bambino. Andiamo insieme a Yonago, dove ti aspettano i tuoi genitori". Non voglio la pietà di nessuno, ma lui ha molto insistito.
È l'unico uomo di cui mi sia innamorata. Lo amo ancora. Purtroppo, il suo cuore non mi appartiene più! Mi chiedo perché ho incontrato un uomo così solo prima di morire.
Ci trasferiremo in casa dei nostri genitori il terzo weekend d'agosto. Ho troppi mobili nel mio appartamento. Provo a sbarazzarmene, ma ne ho ancora molti che voglio portare con me. È ridicolo che sia tanto attaccata alle cose materiali perfino ora. Quando il camion arriverà a Yonago, verrai ad aiutarmi con tuo figlio. Tieni per te le confidenze che ti ho appena fatto.

Kyōko

Distratta, fisso la lettera a lungo. Immagino il viso di mia sorella. Mi accenna un sorriso triste. Una lacrima le scorre sulla guancia.

Fuori si è fatto completamente buio. Mi alzo e mi avvicino alla finestra. Prendo il vaso di vetro e getto nella spazzatura le foglie appassite dei *suzuran*. Poi, verso piano piano l'acqua nello scarico dell'acquaio. Sussurro:

Kyōko...

II

Mia figlia mi segue osservando le erbe selvatiche che crescono ai lati dello stradello. Si ferma e guarda una farfalla bianca volteggiare da un fiore all'altro e poi volare verso il cielo. Canta *Chōchō*: "*Farfalla, farfalla, posati su una foglia di colza. Se questa foglia ti stanca, posati su un ciliegio...*".

Soffia un vento tiepido. Mi volto verso il Mare del Giappone. Il sole inizia a scomparire all'orizzonte. Le nuvole sparse si tingono di scarlatto. Anche domani sarà bello. In lontananza, a destra, si erge il Monte Daisen con la sua cima ancora innevata. Qui il paesaggio è sempre tranquillo, come se il tempo non scorresse; la mia vita, invece, è completamente cambiata da quattro anni a questa parte.

– Aspettami!

Suzuko mi chiama correndo. Prende la mano che le ho teso.

– Mamma, ho fame.

Oggi, all'uscita dalla scuola materna, ha fatto lezione di nuoto al centro sportivo della città. È stata una lunga giornata per lei.

– Tesoro, fra poco andiamo a mangiare. Stasera tuo padre ci preparerà una cenetta speciale.

– Secondo me, mangeremo il *sukiyaki*.

Sorrido. Tira fuori dalla giacca l'origami di un uccellino.

– L'ho fatto io – dice fiera. – Un regalo per papà!

– Sarà entusiasta.

Frequenta la scuola materna che la mia amica S. ha appena aperto e che dirige. Suzuko, vivace e socievole, sembra divertirsi. È nella stessa classe del terzo figlio di S. La scuola promuove molto le attività musicali.

– Mamma, la nostra direttrice mi ha detto di cantare a solo nel prossimo spettacolo.

– A solo? Non hai paura?

– No, per niente!

La mia amica mi ripete che Suzuko ha una bella voce, è intonata e ha un ottimo senso del ritmo. Nella nostra famiglia nessuno ha l'orecchio musicale. Mi chiedo da chi abbia preso. Forse da suo zio, Nobuki, che suona la chitarra?

Facciamo qualche passo e Suzuko mi chiede:

– Quando inizi il prossimo *kamataki*?

– Domani sera. Dormiremo tre notti tutti insieme in campagna.

– Anche Tōru-*nīchan*?

– Sì, anche lui. Spaccherà la legna con papà.

Saltella. Lo zaino oscilla facendo rumore. Alla base della tasca c'è scritto il suo nome in *hiragana*: にれすずこ, Suzuko Nire.

– Mamma...

– Sì, tesoro.

– Quando andiamo a trovare i nonni?

– Domenica prossima.

I miei genitori abitano ancora nella residenza per anziani. Dopo la morte di mia sorella, mia madre non riconosce più i nipoti ma le fa molto piacere vederli, soprattutto mia figlia.

Suzuko riflette e mi chiede:

– Sono il tuo papà e la tua mamma, vero?

– Sì.

– Dove sono i genitori di papà?

Mi stupisco. È la prima volta che mi domanda di loro.

– Sono morti – rispondo.

– Morti? Quando?

– Tanto tempo fa. Non li ho conosciuti nemmeno io.

– Perché sono morti?

– Perché erano anziani.

Non è vero. Sono stati trascinati via dallo tsunami durante il violento terremoto del Tōhoku otto anni fa. Non oso raccontare questa tragedia a una bambina così piccola. Mi chiede:

– Moriamo tutti quando siamo vecchi?

– Sì.

– Anche le farfalle?

– Sì, come tutti gli animali.

Fa una pausa, poi canta di nuovo:

– *Farfalla, farfalla, posati su una foglia di colza...*

La seguo pensando alla sua vera madre, Kyōko, morta quattro anni fa.

Kyōko ha lasciato questo mondo cinque giorni dopo il parto. La nascita di Suzuko è stata miracolosa.

Mia sorella aveva un tumore maligno al cervello. Era a uno stadio così avanzato che un intervento non le avrebbe garantito la sopravvivenza. Nemmeno i trattamenti aggressivi, come la radioterapia e la chemioterapia, le offrivano garanzie. Ha rifiutato qualsiasi cura, decisa ad avere il suo bambino. Sapeva che non c'erano certezze neppure di arrivare al parto.

Kyōko si era trasferita a Yonago con Yūji quando era incinta di cinque mesi. Erano andati a vivere nella vecchia casa dei miei genitori, come lei aveva desiderato. Tutti intorno a loro credevano che si sarebbero sposati presto.

Un mese dopo, mia sorella ha svelato la triste realtà ai miei genitori: non le rimaneva molto da vivere e la nascita del bebè non era sicura. La notizia li ha sconvolti e si sono adirati con me che ero già a conoscenza della sua malattia. Mi hanno gridato: "Anzu, perché ci hai tenuto nascosta una cosa tanto importante! Si tratta della vita di tua sorella!". Ho risposto: "È stata Kyōko a impormi di tacere. Voleva comunicarvelo lei stessa". Erano allibiti: "Che figlie abbiamo!". Mia sorella ha spiegato loro che lei e Yūji non si sarebbero sposati.

Kyōko era sempre molto impegnata. Riceveva regolarmente visite a casa: i familiari, il medico, le amiche del liceo e dell'università. Quando era bel tempo, i miei genitori la portavano sulla spiaggia di Yumigahama. Lei, però, preferiva il centro di Yonago o di Matsue. Frequentavano tutti e tre insieme i cinema, i teatri, i musei e le librerie.

Una volta Kyōko ha chiesto a Yūji di accompagnarla a Tottori-Sakyū, la duna al confine della nostra prefettura. Ci sono andati in macchina e hanno trascorso lì una domenica pomeriggio di sole.

Yūji e io ci amavamo ancora, ma evitavamo di incontrarci da soli. Quando mi aiutava a spaccare la legna, veniva sempre insieme ai miei genitori e a Tōru. Mantenevamo il riserbo per non risvegliare la curiosità di mia sorella e della mia famiglia. Non ci sentivamo nemmeno per telefono.

Kyōko lottava con coraggio contro il cancro. I mal di testa non le davano tregua, ma la gravidanza procedeva abbastanza bene. Il medico l'aveva fatta ricoverare in ospedale solo un mese prima del parto.

Il bebè è nato a gennaio. Una bella bambina molto vispa. Eravamo tutti commossi da questo miracolo.

Siamo quattro a tavola. Yūji, Tōru, Suzuko e io.

Stasera mio marito ci ha preparato un *sukiyaki*, come aveva immaginato nostra figlia. Lo gustiamo chiacchierando. I ragazzi raccontano che cosa hanno fatto a scuola. Suzuko annuncia che canterà a solo al saggio estivo. L'applaudiamo tutti.

Tōru è già al terzo anno delle medie. Vorrebbe diventare ricercatore di chimica come Yūji. Ha una passione per il karate e partecipa a gare locali. Il mio ex marito non vive più a Yonago. Dopo il fallimento, cambia continuamente lavoro e indirizzo. Mio figlio non lo vede quasi più.

La nostra famiglia ha una composizione particolare. Per la piccola Suzuko non è semplice, anche se sa che suo padre è sposato con la sorella della sua madre biologica. La donna che chiama "mamma" è la sua madre adottiva e sua zia. Tōru è il suo fratellastro e suo cugino. Suo padre è il padre adottivo di Tōru. E tutti portiamo il mio cognome, Nire.

Tōru chiede a Yūji:

– Papà, che cosa faremo quest'anno per la *golden week*?

– Non lo so. Tu che cosa vorresti fare?

– Ho un'idea.

Lo interrompo incuriosita:

– Quale?

– Potreste fare un viaggio insieme. Se i nonni potessero venire a casa nostra, li aiuterei a occuparsi di Suzuko. Si sta avvicinando una gara importante. Durante la *golden week* vorrei allenarmi.

Yūji e io ci guardiamo. Tōru aggiunge:

– La mamma non è andata nella Repubblica Ceca perché la zia si era ammalata. Poi è nata Suzuko. Siete stati così impegnati che non avete fatto nemmeno il viaggio di nozze.

Esclamiamo:

– Come sei premuroso!

Chiedo a mia figlia:

– Vuoi badare alla casa insieme a Tōru-*nīchan* e ai nonni?

– Sì!

Adora suo fratello e lo seguirebbe ovunque. Tōru vuole bene a Suzuko come alla pupilla dei suoi occhi. Dopo questa conversazione, lei ci dice:

– Voglio fare karate anch'io.

Sembra molto decisa. Penso a mia sorella che non amava per niente lo sport, non le piaceva praticarlo né guardarlo. Yūji le risponde:

– Potrai iniziare presto.

– Grazie, papà. Voglio andare nello stesso *dōjō* dove va mio fratello.

Tōru le dice:

– Ma no, è impossibile. Là non ci sono corsi per i piccoli.

– Peccato!

Poi mi chiede:

– Quando andiamo a fare una visita alla tomba di mia madre Kyōko? Voglio raccontarle le novità.

– Sarà contenta di saperle, le dico. Prima ci occuperemo del *kamataki*, poi andremo a trovarla insieme. Va bene?

Suzuko annuisce.

Abitiamo nella casa che abbiamo ricomprato dai miei genitori poco dopo il matrimonio.

Qui Kyōko ha vissuto quattro mesi prima di essere ricoverata. In quel periodo ci vedevamo tutte le settimane. Sempre di mercoledì intorno a mezzogiorno, quando Yūji non c'era. Se non aveva il mal di testa troppo intenso, aveva spesso sbalzi di umore. La ascoltavo senza interromperla.

Una volta mi ha raccontato del suo lavoro nell'azienda americana di import-export, dei clienti, dei viaggi d'affari all'estero.

– I miei superiori avevano completa fiducia in me. Tutti i clienti stranieri erano contenti perché non c'erano mai malintesi né fraintendimenti tra di noi. Ero certa che nessuno avrebbe potuto sostituirmi.

– Sentiranno tutti la tua mancanza.

– Non so. Dopo che mi sono dimessa hanno assunto una donna giovane, bella e brillante. È *half* e parla correntemente tre lingue oltre al giapponese: inglese, cinese e russo. Questo mi ha depresso.

L'avevo consolata:

– Porterai sempre con te tutto ciò che hai fatto.

Si era interrotta, poi aveva repentinamente cambiato argomento:

– Sai, Anzu, quando sono rimasta incinta non avevo idea di essere malata. La gravidanza ha turbato Yūji. Era immaginabile. Mi aveva appena confessato di non vedere prospettive di vita coniugale con me. Credevo che mi avrebbe chiesto di abortire. Invece no. Mi ha detto: "Devi essere tu a decidere. Se vuoi tenere il bambino, lo riconoscerò e collaborerò in tutto".

– E tu non eri contenta della tua gravidanza?

– Provavo sentimenti contraddittori. Diventare madre senza essere sposata non fa per me. Tuttavia, non volevo nemmeno abortire. Allora avevo chiesto a Yūji di sposarci lo stesso per il bene del bambino. Continuava a opporsi.

Restavo in silenzio, voltata verso la finestra. Aveva proseguito:

– Ti rendi conto, Anzu? Ho conosciuto tanti uomini e tutti senza eccezioni volevano sposarmi. Yūji è stato l'unico a rifiutarmi, nonostante un bambino in arrivo.

– Non hai però rinunciato al bambino.

– Alla fine, no. Quando ho saputo che in capo a un anno sarei morta, ho desiderato che almeno il bambino vivesse. Ma è stata soprattutto la promessa di Yūji a incoraggiarmi.

– Quale promessa?

– Proteggere il bambino qualunque cosa fosse successa.

Kyōko aveva accennato un sorrisetto. Le tremava la voce. Avevo chinato la testa per nascondere le lacrime. Aveva proseguito:

– Mi chiedevo come avrebbe fatto a crescere il bambino. Lui deve lavorare. I suoi genitori sono già morti. Allora qualche giorno fa gliel'ho chiesto e ho capito che aveva "un'altra". Ora ha una compagna!

Non potevo reagire. Mia sorella aveva aggiunto:

– Yūji non mi ha detto chi è, ma immagino che questa donna sia gelosa di me che vivo con il suo fidanzato. Accetterà davvero il nostro bambino? Temo di no. Lo lascerà prima che io partorisca. Oppure ama Yūji al punto da compiere questo gesto? Anzu, che cosa ne pensi?

Non sapevo come rispondere. Aveva concluso:

– Yūji va spesso alla sede dell'azienda che ora si trova a Nagoya. Credo che la sua compagna abiti là.

Poi aveva alzato gli occhi al soffitto come per impedire alle lacrime di scendere.

Era un martedì di metà gennaio, eravamo nel cuore del grande freddo. Kyōko era ricoverata in ospedale da tre settimane.

Nevicava. Lavoravo nel laboratorio in campagna. Intorno alle due del pomeriggio, mia sorella mi ha chiamata al cellulare. Mi ha ordinato senza preamboli:

– Anzu, vieni. È urgente!

Il termine della gravidanza si stava avvicinando. Ho pensato: "Sarà successo qualcosa di grave?".

– Kyōko, vuoi che vada a prendere i nostri genitori?

– No, voglio vedere soltanto te. Ho una cosa molto importante da dirti.

Mi sono precipitata in ospedale in macchina. Non appena sono entrata in camera, mi ha comunicato:

– Finalmente Yūji mi ha parlato della sua fidanzata!

Ero scossa. Gli aveva confessato la nostra relazione? Impossibile. Mia sorella sembrava calma, anzi felice. Non capivo che cosa le passasse per la testa. Mi ha chiesto:

– Sai chi è?

Sono rimasta imperturbabile. Ha affermato:

– Si chiama Yuriko!

Non avevo mai sentito quel nome. Ho balbettato:

– Yu... Yuriko?

– Sì. Abita a Nagoya, come immaginavo. È una poetessa.

– Poe... poetessa?

– Sì.

Mia sorella sorride soddisfatta. Mi ripetevo: "Yuriko? Poetessa? Chi è?". Ha proseguito in tono trionfante:

– Ma si sono lasciati! Quella donna non diventerà quindi la madre del nostro bambino.

Sono ancora più sorpresa. Le chiedo disorientata:

– Perché si sono lasciati? Yūji non la ama più?

Kyōko mi ha spiegato di buonumore:

– Sì, ma è stata lei a lasciarlo. Come temevo, non sopportava più che Yūji abitasse con me e mi dedicasse tante cure.

– Quando hai saputo della loro separazione?

– Una settimana fa. Insistevo perché mi presentasse la sua compagna prima della nascita del bambino. Altrimenti, come avrei potuto morire in pace? Ero disperata. E, alla fine, lui mi ha svelato chi era e che si erano lasciati. Visto che non c'è più niente con questa poetessa, non devo più incontrarla.

Nevicava forte. Il davanzale era ornato con graziosi fiori sistemati in vasi di mia creazione. A quanto dicevano i miei, Yūji veniva a trovare mia sorella ogni giorno dopo il lavoro.

Kyōko mi ha fissata negli occhi.

– Da allora penso molto a te.

– A me?

– Sì. È per questo che ti ho chiesto di venire ora.

Restavo in silenzio. Mi ha chiesto:

– Che cosa pensi di Yūji?

– Come?

Ero sorpresa, ho aspettato che fosse lei a parlare. Ha continuato con calma:

– È un uomo intelligente, saggio, paziente, gentile, responsabile... Secondo papà, Yūji e tuo figlio vanno molto d'accordo.

– Sì, Tōru gli vuole molto bene.

Ha ripetuto:

– E tu, Anzu, che cosa pensi di Yūji?

– Dove vuoi arrivare?

– Lo sposerai e crescerai il bambino con lui.

Ho controbattuto mio malgrado:

– Che cos'è, un ordine?

– In un certo senso sì. Credo che sia la soluzione migliore per tutti. Yūji ha bisogno di una donna, una madre per il nostro bambino. Per me, sei la candidata ideale per il bene del neonato. Anche tu hai bisogno di un uomo. I nostri genitori sono anziani. Fra poco non potranno più aiutarti durante i *kamataki*.

Non sapevo che cosa rispondere. Ha continuato:

– Questa è la conclusione cui sono giunta dopo una settimana di riflessione.

– Ne hai già parlato con Yūji?

– Certo!

– Come ha reagito?

– Mi ha detto: "Voglio molto bene a tua sorella e a suo figlio. Spero che saranno d'accordo".

– Ah, davvero...

Kyōko mi ha chiesto:

– Sei fidanzata?

– No.

– Allora è perfetto! Sei ancora troppo timida con gli uomini. Se ne sceglierai uno da sola sarà una tragedia, come è stato con il tuo ex marito. Lo stesso era accaduto con il tuo primo amore.

La fissavo in faccia, allibita. Kyōko non sapeva che ero a conoscenza delle sue avventure con R. e Akira. Ha insistito:

– Anzu, pensa al tuo futuro con Yūji. È una vera fortuna per te, a meno che non preferisca vivere senza un uomo.

Non ho risposto. Osservava i fiori sul davanzale e dietro i fiocchi di neve che volteggiavano nel vento. Stava immobile, l'aria distratta. Poi ha aggiunto:

– In realtà non capisco perché Yūji abbia accettato di venire a Yonago, una città piccola e lontana dalla capitale. Lo trovo un posto proprio sperduto.

Il parto non si preannunciava facile. Le contrazioni erano molto dolorose. Il medico le aveva consigliato un cesareo, ma lei aveva rifiutato, come aveva fatto con tutti i trattamenti chirurgici e medici. E ha partorito in modo naturale.

Kyōko ha presentato la neonata a Yūji e a me:

– Ecco vostra figlia.

Me l'ha messa in braccio. La piccola dormiva placidamente, avvolta in una coperta bianca. Ho chiesto a mia sorella:

– Hai già scelto il nome?

– Sì, si chiama Suzuko.

Suzuko? Ho guardato Yūji, che mi ha spiegato:

– Lo ha deciso Kyōko. In *kanji* si scrive 鈴子: la figlia della campanella.

Quel giorno mia sorella è entrata in coma.

Non si è più svegliata. È deceduta cinque giorni dopo il parto. Era passata la mezzanotte e lei non aveva nessuno al suo fianco. Ho saputo che era morta solo la mattina presto, mentre ero a casa e stavo preparando il latte per Suzuko. Nevicava.

Oggi Yūji e io partiamo. Andiamo nella Repubblica Ceca, prima a Beroun a visitare alcuni mercati di ceramica, poi a Praga. Resteremo lì una settimana e rientreremo in Giappone alla fine della *golden week*.

Stamattina presto i miei genitori arrivano a casa nostra. È la loro vecchia casa. Sono contenti di dormire qui con i nipoti. Mio figlio li accoglie ringraziandoli come un capofamiglia. Suzuko ci saluta: "Papà, mamma, divertitevi!". Li abbracciamo forte. Verso le nove ce ne andiamo in taxi.

All'aeroporto di Yonago prendiamo l'aereo per Osaka, e da lì un volo per Praga con scalo ad Amsterdam. È il nostro primo viaggio senza figli. A bordo del volo internazionale siamo emozionati come sposi novelli.

Il cielo è sgombro. Mi siedo dal lato dell'oblò. Osservando il paesaggio, penso alla nostra vita piena di impegni dopo la nascita di Suzuko.

Il primo anno avevo cresciuto "la nostra bambina" nel mio appartamento, riducendo le attività artistiche. Yūji, invece, se n'era andato dall'ex casa dei miei genitori e abitava in un alloggio per dipendenti della succursale. Durante la settimana veniva a trovarci la sera e nel weekend si occupava di Suzuko mentre io mi dedicavo alla ceramica. Ci siamo sposati poco dopo il primo anniversario della morte di mia sorella. Passati due mesi, Tōru ha finito le elementari e ci siamo trasferiti tutti e quattro nella casa dove viviamo ora.

Yūji si addormenta accanto a me. È stanco: ieri sera è rientrato tardi dall'ufficio. Gli piace molto la succursale di T., di cui è direttore.

Leggo i nostri passaporti. Yūji lo ha rinnovato per il suo nuovo cognome. Non è più il signor Yamada. In Giappone le coppie sposate devono avere lo stesso patronimico. Di solito la donna prende il nome del marito, ma per noi è accaduto il contrario.

La nostra famiglia è originale. Quando Suzuko è nata, è stata riconosciuta dal padre ed è stata subito registrata nel *koseki* di sua madre Kyōko. E quando Yūji mi ha sposata ha sostituito il suo cognome con il mio e io ho adottato Suzuko. In quell'occasione lui ha adottato mio figlio, che aveva preso il mio cognome quando avevo divorziato da suo padre. Così, noi quattro abbiamo lo stesso *koseki*, ovviamente con il cognome Nire.

Yūji si sveglia, confuso.

– Dove siamo?

– Sopra la Siberia. Si vede solo la taiga.

Guarda il paesaggio ed esclama:

– Che spazi! Siamo in mezzo al nulla.

Sorrido ricordando le parole di Kyōko sulla nostra città natale: "Come si può vivere in un villaggio così? Non c'è niente!". Amava solo le megalopoli come Tokyo, New York, Londra e Parigi. Immagino quanto fosse delusa, quando Yūji aveva deciso di venire a Yonago.

Yūji mi tocca dolcemente la mano. È di profilo.

– Sai – dice, – due settimane prima di morire Kyōko ha fatto un sogno molto strano.

– Davvero?

– Passeggiava da sola su una duna. Incrociava te, Tōru e me. Non l'avevamo riconosciuta. Dietro di noi, una bambina camminava cantando. Tōru parlava con me chiamandomi "papà". La bambina ha gridato: "Mamma, aspettami!". Hai allargato le braccia verso di lei: "Sbrigati, Suzuko!".

Lo ascolto in silenzio. Yūji prosegue:

– Dopo avermi raccontato questa storia, Kyōko mi ha detto: "È strano. In questo sogno ho avuto l'impressione che tu, la nostra bambina, mia sorella e Tōru foste già stati una famiglia in una vita precedente". Poi mi ha chiesto di sposarti.

I miei occhi si riempiono di lacrime. Sussurro:

– Kyōko...

Yūji mi stringe la mano. Poso la testa sulla sua spalla.

Ci annunciano che stiamo sorvolando gli Urali e fra due ore arriveremo all'aeroporto di Amsterdam-Schiphol. Proviamo a osservare il paesaggio, ma ci sono troppe nuvole. Ci riposiamo in silenzio. Poi ci assopiamo.

All'improvviso sento qualcuno esclamare:

– Dev'essere Helsinki!

Mi volto verso l'oblò. Il cielo è limpido. Si distinguono bene gli edifici, i boschi, i fiumi, il Golfo di Finlandia. Yūji si sveglia e sbadiglia.

Ripenso a una cosa.

– Caro...

– Sì?

– Quando Kyōko ti ha chiesto chi fosse la tua "fidanzata di Nagoya", le hai detto che si chiamava Yuriko ed era una poetessa, giusto?

Yūji sembra sorpreso:

– Mio Dio, lo sapevi!

– Perché hai scelto quel nome e quel mestiere?

Riflette e mi risponde:

– La prima volta che sono venuto a Yonago con Kyōko, Tōru ci ha accolti all'aeroporto con un mazzo di *suzuran*. Ti ricordi?

– Era stata un'idea di mia madre. Per lei, quel fiore simboleggia il primo maggio, il giorno del compleanno di mia sorella.

– Ah, sì. Comunque, in macchina ho sentito tua madre spiegare a Tōru: "Il *suzuran* in francese si chiama *muguet* e in inglese *lily of the valley*. Ora, *lily* significa *yuri*".

– E così hai pensato a questo nome, Yuriko!

– Sì, pensando ovviamente a te.

– Ma io non sono una poetessa.

– Certo.
– Cosa dici?
– Ho letto una tua poesia.
– Una mia poesia? E quando?
– La prima volta che mi hai mostrato il *kama* a legna. Mentre bevevamo il tè nel capanno, l'ho vista appesa sullo sportello del frigorifero.

Resto senza parole. Si ricorda ancora della poesiola che ho scritto plasmando l'argilla. La recita senza incertezze:

Mi chiami senza voce
Come una campanella senza battaglio
Sento tutto, Suzuran!
Ti amo da sempre
Da prima di nascere.

Semi

Mi sveglio al cinguettio dei passeri. Sul momento mi chiedo dove mi trovo. A casa nostra? Do un'occhiata alla finestra socchiusa. All'improvviso riconosco la nostra camera nella residenza per anziani.

Il letto di Fujiko è vuoto. Il copriletto estivo e il lenzuolo sono stropicciati, il guanciale e il cuscino decorativo non sono al loro posto. Mia moglie dev'essere in bagno. L'orologio a muro segna le sette meno cinque. Strano. In genere non si sveglia prima delle otto. Approfitteremo del fresco del mattino per fare una passeggiata prima di colazione.

Steso sul letto, osservo i mobili che abbiamo portato da casa: un divano, una poltrona, il tavolo rotondo, qualche sedia, la mia scrivania, la toilette di Fujiko e altre cose. Sono vecchi ma di buona qualità. I letti invece li abbiamo comprati quando ci siamo trasferiti qui. È stata un'idea di Fujiko: prenderne due singoli, anziché uno matrimoniale.

In un angolo ci sono un acquaio e due armadietti. Abbiamo messo un piccolo frigo, un microonde e un bollitore elettrico. Mangiamo nella sala da pranzo della residenza. I pasti sono deliziosi ed equilibrati. Andiamo di rado al ristorante. Abbiamo il bagno privato. In buona sostanza, sembra quasi di vivere nella suite di un albergo.

Sono sei anni che stiamo qui. Il motto della struttura è: "Cure e rispetto per tutta la vita". Non è troppo cara benché sia un istituto privato, e riusciamo a pagarla con la nostra pensione. Il personale è ottimo. Organizzano attività culturali e sportive. L'atmosfera è davvero piacevole. Ovviamente la lista d'attesa è lunga. Siamo molto soddisfatti e non abbiamo mai pensato di trasferirci altrove.

Mia moglie ha il morbo di Alzheimer. Non riconosce i nipoti e confonde la nostra figlia minore, Anzu, con la maggiore, Kyōko, morta di cancro cinque anni fa. Per fortuna mi riconosce ancora e continua a chiamarmi "caro". Compie le azioni quotidiane senza difficoltà: mangiare, andare alla toilette, fare il bagno. Posso intrattenere semplici conversazioni familiari con lei.

In verità, avremmo desiderato vivere il più possibile nella casa dove abbiamo cresciuto i nostri figli. Quando dieci anni fa Nobuki, il maschio, si è sposato, ci aspettavamo che lui e la moglie si trasferissero da noi, come noi avevamo fatto con i miei genitori. In questo modo, Nobuki avrebbe ereditato la casa. Hanno invece affittato un appartamento e, in un secondo momento, acquistato una casa in periferia. Le nuove generazioni sono così. Eravamo molto rammaricati, soprattutto Fujiko, che avrebbe tanto voluto occuparsi dei nipoti, come aveva fatto mia madre.

Nobuki, invece, si è dato un gran daffare per trovare questa struttura non appena sua madre ha manifestato i primissimi sintomi di demenza. Quando ci ha accompagnati qui per vederla, siamo rimasti colpiti dal personale competente e rispettoso. Abbiamo deciso di viverci anche se ci dispiaceva lasciare la nostra casa.

Due anni dopo il trasferimento, Anzu e suo marito hanno acquistato la nostra vecchia abitazione. È il secondo matrimonio di nostra figlia; dal primo ha avuto un figlio. L'attuale marito, in realtà, era il fidanzato di Kyōko, deceduta poco dopo aver partorito una bambina. Anzu ha adottato la neonata quando si è sposata. Sono in quattro in famiglia e agli sposi piace tanto la casa.

I miei figli vengono a trovarci regolarmente. Ogni tanto Anzu porta la madre a fare una passeggiata per lasciarmi un po' di tempo libero. Nobuki organizza feste a casa sua e in quelle occasioni rivediamo i nostri quattro nipoti. In fondo, va bene così. Non siamo un peso per nessuno.

La brezza entra dalla finestra. Jiii... jiii... cià... cià... cià...

È una *kuma-zemi*, una cicala che frinisce solo al mattino, dice mia moglie. Non mi intendo molto di questi insetti, mentre a lei basta sentirne il verso per distinguere ogni specie. È incredibile come ricordi dettagli così piccoli imparati da bambina.

Sono le sette e venti. Fujiko è ancora in bagno? Scendo piano piano dal letto e mi avvicino. Busso:

– Fujiko, tutto bene?

Silenzio. Spingo lentamente la porta, non è chiusa a chiave, quindi si apre. Non c'è. Controllo il suo letto: né la camicia da notte né lo scialle leggero, che indossa quando il condizionatore è acceso, sono al loro posto. Sarà sul balcone? Vado davanti alla portafinestra scorrevole e scosto le tende. Non è nemmeno lì.

Guardo sulla console accanto alla porta di entrata. Non c'è niente. Quando esce deve lasciare una delle carte plastificate su cui è scritto dove va: "Sono nel salone", "Sono nella stanza ricreativa" o "Sono in giardino". Il cestino da lavoro di vimini che porta sempre con sé è sulla toilette. Dov'è andata? D'un tratto penso alla parola "fuga". Esclamo:

– Non è possibile!

Mi cambio in fretta ed esco.

– Buongiorno, signor Nire!

Nel corridoio incrocio i signori B., i nuovi ospiti della residenza, che alloggiano al nostro stesso piano. Lei cammina con un bastone, non ci vede bene. Ci salutiamo cortesemente. Il marito mi dice:

– Abbiamo appena fatto colazione. Era squisita, come sempre. Lei l'ha già fatta?

– No, non ancora. Prima devo trovare mia moglie.

– La signora Nire? L'ho vista poco fa al pianterreno.

Sanno della sua malattia. Rasserenato, penso che Fujiko abbia soltanto dimenticato di lasciarmi il biglietto con l'indicazione sull'uscita. Il signor B. aggiunge:

– Stava parlando con un impiegato davanti all'ufficio del personale.

– Davvero?

La signora B. solleva la testa verso di me. Ha gli occhi nascosti da occhiali scuri. Mi sorride:

– Ho saputo che vostra nipote canterà un assolo questo pomeriggio. Verremo di sicuro ad ascoltarla.

– È gentile da parte vostra.

Una domenica al mese la residenza organizza un miniconcerto nella sala degli spettacoli. Nostra nipote Suzuko ha già partecipato l'anno scorso. Era meravigliosa. La sua esibizione era stata una gioia per tutti. È la bambina della nostra figlia maggiore morta. Dico inorgoglito:

– Oggi canterà alcuni *natsumero*.

Il mio vicino esclama:

– Ottima idea! Le vecchie melodie giapponesi scuoteranno la parte sopita della nostra memoria.

– Ha ragione. Spero proprio che facciano questo effetto a mia moglie.

– Amiamo molto la musica, signor Nire, soprattutto quella classica. Bach, Mozart, Chopin...

Elenca allegramente. Controllo se Fujiko è di ritorno, ma non la vedo. Mi separo da loro e vado agli ascensori, chiedendomi che cosa avrà mai raccontato all'impiegato.

Quando arrivo nell'ufficio del personale al pianterreno, un giovane impiegato mi saluta:

– Buongiorno, signor Nire. Cerca sua moglie?

– Sì. Sa dov'è?

– Sta facendo colazione.

Sono sorpreso:

– Senza di me?

– È insieme a Y. Stia tranquillo.

Y. è l'infermiera assegnata alla residenza. Ha una quarantina d'anni. È intelligente, brava, simpatica e tutti la rispettano. Fujiko si fida ciecamente di lei.

– Allora le raggiungo nella sala da pranzo.

– No, signor Nire. È meglio se aspetta qui. Verrà Y. a parlarle.

– Perché?

– Glielo spiegherà lei.

L'impiegato mi invita a sedermi sul divano lungo la parete, poi esce dall'ufficio. Che cosa succede? Prendo il quotidiano lasciato su un tavolino basso. Provo a leggere un articolo di politica, ma non riesco a concentrarmi.

Passano dieci minuti. Finalmente arriva l'infermiera. Mi saluta con un gran sorriso rassicurante. Le chiedo:

– C'è qualche problema?

– La signora Nire sta bene. Può seguirmi nella sala riunioni qui a fianco?

Non aspetta che risponda ed esce. La seguo turbato.
Ci sediamo intorno al grande tavolo rotondo. Inizia a parlare con calma:
– Sua moglie è uscita senza avvertirla, vero?
– Sì, ho temuto che avesse provato a scappare.
– Certo che no.
Sollevato, le domando:
– È arrabbiata con me?
– Nient'affatto!
– Allora che cosa c'è?
Y. fa una pausa, poi spiega:
– Al risveglio, la signora Nire è rimasta turbata vedendola dormire nella "sua" camera.
Allibito esclamo:
– Come? Fujiko non mi ha riconosciuto?!
– No. È venuta a cercarmi subito in ufficio e mi ha detto: "Mio Dio, c'è uno sconosciuto nell'altro letto!".
Mi trema la voce:
– Ha perso la testa fino a questo punto?
– A quanto pare sì, perlomeno in questo momento.
– Invece si ricorda di lei?
– Sì.
Borbotto:
– È umiliante...
L'infermiera mi consola:
– Signor Nire, veda il lato positivo. Sua moglie è riuscita a venire da sola in ufficio per avvertirmi dell'anomalia che aveva riscontrato in camera.
La parola "anomalia" mi fa ridere.
– Che cosa le ha risposto?
– Ovviamente le ho detto: "È suo marito". Lei ha negato categoricamente: "Impossibile! Io non sono sposata".
Sono sbalordito. Y. prosegue:
– Non l'ho contraddetta: "Già, è vero, lei è ancora nubile. Quell'uomo è il suo futuro marito. Si chiama Tetsuo Nire".
– Come ha reagito?
– Mi ha chiesto: "È quel signore che ho conosciuto grazie

al *miai*?". Ho replicato: "Proprio così. È il suo fidanzato". E in questo modo si è calmata.

Commento con ironia:

– È gentile da parte sua accettarmi come futuro marito.

Y. aggiunge:

– Il suo stato confusionale può peggiorare da un giorno all'altro, ma dobbiamo avere pazienza e ascoltarla senza contrariarla.

Sospiro:

– Non credo di essere un buon attore.

– Ci provi, signor Nire. In questi casi la verità può nuocere.

Resto in silenzio. Y. prosegue:

– Il fatto è che, credendosi ancora nubile, non vuole dormire nella stessa camera con lei. Insiste per averne una tutta sua.

Guardo l'infermiera stupito:

– Che storia è mai questa?

– Non c'è da stupirsi. Poco tempo fa, la moglie di un'altra coppia nella vostra stessa situazione ha chiesto al marito chi fosse. Lui le ha gridato: "Sei pazza! Siamo sposati da sessant'anni!". Lei, furibonda, lo ha sbattuto fuori di camera e ha chiuso la porta a chiave. Il marito non avrebbe dovuto reagire così.

– Mio Dio... Dopo che cos'è successo?

– Lui è dovuto andare via dalla residenza.

– Ora dov'è?

– Vive in affitto, perché avevano già venduto la loro casa.

Nemmeno io ho più un tetto. Mi sento smarrito.

– Dovrò prendere un'altra camera?

– Non è detto, e poi non sarebbe possibile. Le stanze sono tutte occupate e la lista d'attesa è lunga.

– Allora che cosa devo fare?

Y. risponde con tono rassicurante:

– È semplice. Intanto, suggerisco di separare i vostri letti con dei paraventi. Ne ho parlato poco fa con sua moglie ed era d'accordo.

– Dei paraventi fra i letti?

– Sì. L'abbiamo già fatto con un'altra coppia e ha funzionato.

– Roba da non crederci.

Resto in silenzio. Dopo un po' l'infermiera aggiunge:

– Dimenticavo, la sua fidanzata mi ha corretto: "Non sono la signora Nire. Mi chiamo Fujiko Kajiyama". Quindi ora la chiamo Fujiko-*san* o Kajiyama-*san*.

Sussurro:

– Ricorda il suo cognome da ragazza...

Innervosito, non ho più fame. Non faccio colazione ed esco per calmarmi.

Girovago per le strade. Y. e i suoi aiutanti stanno mettendo dei paraventi fra i nostri letti. Fujiko decide come posizionarli. Non ho ancora parlato con lei. Per placare la mia ansia, l'infermiera poco fa mi ha ripetuto: "Signor Nire, lei è fortunato. Sua moglie non la considera un estraneo. Anzi, è il suo fidanzato. È una cosa romantica". Che ottimismo! In tono allegramente canzonatorio ha aggiunto: "Un giorno celebreremo le vostre nozze!". Non avevo alcuna voglia di ridere.

Camminando sussurro:

– Fujiko-*san*..., Fujiko-*san*...

Prima di sposarci ci davamo del lei, e ci chiamavamo Fujiko-*san* e Tetsuo-*san*. Ovviamente, dopo il matrimonio eravamo passati al tu. Io la chiamavo "Fujiko" e lei "caro". Poi, quando è nata la primogenita, "Fujiko" e "caro" sono diventati "mamma" e "papà". E ora, eccoci tornati ai tempi del fidanzamento. Mi imbarazza l'idea di darle di nuovo del lei.

Il sole scotta. Ho dimenticato il cappello. Entro nel nostro solito parco. Qui passiamo i nostri pomeriggi tranquilli, io leggo mentre lei fa l'uncinetto.

Mi siedo su una panchina all'ombra di un grande olmo, davanti a uno stagno con una fontana. Criii... Criiii... Criii... Una cicala canta, ma in modo diverso da quella di stamani. È una *nīnī-zemi*. È stata ancora una volta Fujiko a insegnarmi il nome dell'insetto. Due anatre nuotano l'una di fianco all'altra. Le osservo pensando a quando si sono manifestati i primi sintomi dell'Alzheimer. Un giorno, Fujiko mi ha chiesto turbata: "Caro, cosa c'è che non va in me?".

Tre anni prima che andassi in pensione, quando i miei erano già morti e Nobuki ha finito gli studi ed è andato a vivere in un appartamento, Fujiko e io ci siamo ritrovati in casa da soli. In quel periodo aveva cominciato a dimenticare le cose. È stata una progressione lenta, che non ha sconvolto troppo la nostra vita quotidiana. Poi, dopo il suo settantesimo compleanno, la situazione è peggiorata in fretta. Non potevo perderla di vista, soprattutto quando cucinava: lasciava spesso il gas aperto.

Alla fine, su insistenza di Nobuki, ci siamo trasferiti in questa residenza.

L'anno successivo Kyōko è morta. Dopo questa tragedia, le condizioni di Fujiko si sono aggravate repentinamente. Dapprima ha cominciato a non riconoscere più gli amici e i vicini, poi i nipoti. Infine, confondeva Anzu con la primogenita.

Sapevo che prima o poi Fujiko non mi avrebbe più riconosciuto, ma non pensavo di tornare a essere il suo fidanzato. Davvero non ricorda più niente del nostro matrimonio?

Le due anatre si muovono ancora insieme. Le contemplo e mi perdo in un passato più lontano.

Abitavo a casa dei miei genitori. Un giorno mi hanno portato la foto di una giovane, Fujiko Kajiyama. Si trattava di un *miai* proposto da una coppia che conoscevo bene. La ragazza aveva la mia stessa età, ventisette anni. In foto sembrava dolce e simpatica. Veniva dalla prefettura di Shizuoka. Dopo il liceo si era trasferita a Yonago e lavorava in una biblioteca. Come passatempi, amava leggere e lavorare a maglia. Era molto portata per il *soroban* e il calcolo mentale. "È onesta e affidabile," mi ripetevano i due.

Fujiko Kajiyama sapeva che ero figlio unico e avrei vissuto insieme ai miei genitori con la mia futura moglie. Ho accettato di incontrarla. Ho avuto subito la sensazione che sarebbe stata una brava madre. L'indomani ho dato il mio consenso alla coppia e poco dopo Fujiko ha fatto lo stesso.

Ricordo in modo molto nitido le sue parole al nostro primo appuntamento.

"Dal mio villaggio natale si vede il Monte Fuji. Da bambina ero orgogliosa di abitare in un posto come quello. Al liceo, invece, speravo di andare a vivere altrove per allargare i miei orizzonti. Un'estate ho viaggiato da sola nella regione del Sanin. Yonago mi ha affascinata per i suoi paesaggi mutevoli: il Monte Daisen che somiglia molto al Monte Fuji, il Mare del Giappone, la grande spiaggia. Non ho avuto dubbi: dopo il liceo sarei venuta ad abitare in questa città."

La nostra vita matrimoniale ha avuto un inizio piacevole. Fujiko andava d'accordo con i miei genitori. È rimasta incinta presto per la felicità di tutti. Purtroppo, ha avuto un aborto spontaneo e un altro anche l'anno successivo. Era molto rattristata e aveva quasi perso le speranze. Per fortuna, cinque anni dopo il matrimonio, ha dato alla luce la nostra prima figlia, Kyōko. Dopo due anni, è nata Anzu e infine, cinque anni più tardi, Nobuki.

La coppia di anatre sale sull'erba. La femmina si lava energicamente e il maschio si guarda intorno. Criii... criii... criii... La cicala frinisce senza sosta. La ascolto per un po' a occhi chiusi.

Abbiamo vissuto insieme per quasi mezzo secolo senza crisi matrimoniali né familiari.

Abbiamo condiviso le gioie di crescere i figli, ma anche il dolore per gli aborti e la scomparsa della nostra primogenita. Fujiko si occupava dei nostri figli, e ha continuato ad andare d'accordo con i miei genitori. La sua dedizione alla famiglia è stata esemplare. Ora che è malata, spetta a me prendermi cura di lei. Qualunque cosa accada, resterà mia moglie per sempre. Devo proteggere la donna che mi è stata fedele e che lo sarà anche al "futuro" marito.

Le due anatre girovagano insieme sull'erba e si allontanano. Consulto l'orologio. Sono le undici e quaranta. Sono più calmo.

Alla fine, mi alzo e mi incammino verso la residenza. Spero che la mia fidanzata accetti di pranzare insieme a me. Per strada mi esercito:

– Fujiko-*san*, Fujiko-*san*, Fujiko-*san*...

Passo dall'ufficio del personale. L'infermiera Y. mi saluta:
– Signor Nire, la sua fidanzata l'aspetta nel salone.
– Grazie. I paraventi sono stati messi?
– Sì. È soddisfatta della soluzione.
– Ci scusi per il disturbo.
– Si figuri! Per noi è un piacere assicurarci che tutti i nostri ospiti stiano bene.

In cuor mio ringrazio ancora una volta Nobuki che ha trovato questo posto dopo lunghe ricerche. Y. mi sorride:
– Allora, è pronto a chiamarla Fujiko-*san*?
– Sì, signora! – rispondo come un alunno alla maestra.

Parliamo di mia nipote che canterà nel pomeriggio. Arriverà insieme ai genitori e alla direttrice della scuola materna, che la accompagna al pianoforte. L'infermiera mi consiglia di spiegare loro la nuova situazione prima che incontrino Fujiko.

Telefono subito ad Anzu, che mi prende in giro: "E così siete fidanzati? Com'è romantico, papà! Spero che davanti a Fujiko-*san* reciteremo bene la parte".

Entro nel salone. Fujiko è da sola, seduta su una poltrona. Lavora all'uncinetto a capo chino. Muove la mano con lentezza. Ha fatto un quadretto verde, molto semplice. Non è più in grado di creare cose sofisticate, ma questa operazione ripetitiva le riesce bene. Da un po' di tempo si dedica solo all'uncinetto, ha abbandonato il lavoro a maglia.
– Buongiorno, Fujiko-*san*.

Alza gli occhi:

– Ah, Tetsuo-*san*! Come sta?

Ci diamo del lei come quando eravamo fidanzati. Rassicurato dalla sua espressione serena, le rispondo:

– Molto bene. E lei?

– Anch'io sto bene, grazie. Guardi, stamani ho già fatto sei quadretti.

Esclamo:

– Così tanti!

Me li fa vedere, allegra e orgogliosa. Osservo i motivi elementari dai colori variopinti. Rosso, giallo, azzurro, rosa, bianco, verde. Sono carini, ma la trama è molto più irregolare rispetto a prima. Mi si stringe il cuore. Che cosa ne farà di questi quadretti? Le propongo con tono entusiasta:

– Avrà fame. Andiamo a pranzo!

– Volentieri, Tetsuo-*san*.

Ripone con cura nel cestino i gomitoli di lana, l'uncinetto e i quadretti. Alzandosi mi dice:

– Devo andare in camera a posare il cestino.

– Preferisce che la accompagni o che la aspetti qui?

– Venga con me, Tetsuo-*san*. Vedrà i paraventi. Sono stati messi fra i nostri letti, visto che non siamo ancora sposati.

Sorpreso dalla sua spontaneità, le rispondo:

– Certo, con piacere.

Fujiko esce dal salone e io la seguo. Cammina lentamente ma con un ritmo abbastanza regolare. Entriamo in uno degli ascensori, preme lei il tasto del nostro piano. Mi incuriosisce: non mi riconosce più come marito, ma si ricorda dove abita. Come funziona il suo cervello?

Arriviamo davanti alla nostra camera. Apre la porta con la sua chiave e mi invita:

– Entri, Tetsuo-*san*.

La ringrazio trattenendo un sorriso. Dall'entrata si vedono i paraventi bianchi. Sono tre, disposti a L: due servono a separare i nostri letti, il terzo è in fondo al letto di Fujiko e delimita uno spazietto privato per la sua toilette e il guardaroba.

Osservo la mia parte. La scrivania è stata spostata tra il letto e la finestra.

– Fujiko-*san*, è contenta?

– Sì, molto.

Posa il cestino da lavoro sulla toilette. Mi avvicino alla portafinestra scorrevole che dà sul balcone. C'è ancora il sole. La chiamo:

– Venga a vedere. Oggi si distingue nitidamente il Monte Daisen.

Si avvicina ed esclama:

– Ma no, è il Monte Fuji!

Spaesato, non replico. Sembra seria. Mi correggo:

– Ma certo, è il Monte Fuji.

Prosegue:

– Nel mio villaggio, tre ragazze avevano il mio stesso nome, scritto con gli stessi caratteri *kanji*. Figlia del Monte Fuji.

È un aneddoto che raccontava regolarmente ai nostri figli. Sussurro:

– Non mi sorprende...

Contempliamo in silenzio la montagna, la cima non è più innevata. Fujiko è immobile. Do un'occhiata al suo profilo. Fissa questo paesaggio a me familiare fin da bambino. Si gira verso di me:

– Ho fame. Andiamo?

Entriamo in sala da pranzo.

Scelgo un tavolo appartato e invito Fujiko. Poi vado a prendere i nostri vassoi. Oggi c'è il salmone grigliato.

– È il mio piatto preferito. Grazie, Tetsuo-*san*.

Mangiando mi parla delle verdure che i suoi genitori coltivano nel suo villaggio. Sono morti tutti e due da tanto tempo. La ascolto senza interromperla. L'infermiera mi fa segno di vittoria con le dita. Le leggo il labiale: "Bravo, signor Nire!". Benché imbarazzato, mi sento fiero come un bambino.

Una volta finito di mangiare, abbiamo ancora un po' di tempo prima dello spettacolo a cui partecipa nostra nipote. Propongo a Fujiko di fare una passeggiata nel parco. Accetta, ma prima vuole prendere il cestino da lavoro.

Torniamo nelle "nostre camere". Recupera il cestino e io una rivista. Stavolta non dimentico il copricapo. Le passo il cappello alla pescatora che indossa ogni giorno, ma non lo vuole:

– Non è mio.

Sembra molto sicura di sé. Stupito, la guardo rovistare nell'armadio.

– Ah, eccolo! – esclama tirando fuori un vecchio ombrellino rosa.

È un regalo che le aveva fatto sua madre quando era andata via dal villaggio. Il colore è ormai fuori moda.

Usciamo. Il sole scotta, ma è ventilato. È più piacevole di

stamani. In giardino passeggiamo intorno allo stagno. Miiiiin, miin, miin... Le cicale friniscono. Sono *minmin-zemi*, il loro nome si ricorda facilmente quando si sentono cantare.

Ci sediamo su una panchina all'ombra di un albero. Lei continua il quadretto verde, mentre io leggo la rivista. È domenica, quindi ci sono molte persone a spasso, soprattutto giovani coppie. Osservo l'alto zampillo della fontana. Una coppia di anatre nuota davanti a noi. È la stessa di stamattina? La seguo con lo sguardo, cercando di ricordare che cosa facessimo insieme quando eravamo fidanzati.

Allora ero libero solo di domenica. Ogni tanto andavamo in macchina a visitare le città vicine. Passavamo il nostro tempo al caffè, al ristorante, al cinema. Una volta siamo stati alla duna di Tottori. Siamo saliti anche in cima al Monte Daisen, e in quell'occasione lei aveva preparato degli *onigiri* squisiti.

Fujiko lavora all'uncinetto in silenzio. Non posso più condividere con lei questi ricordi né parlarle dei nostri figli. Dov'è finito mezzo secolo della nostra vita? Alzo gli occhi al cielo per non rimuginare troppo sul passato. A un certo punto osserva le anatre. A cosa penserà?

Guardo l'orologio. Dobbiamo tornare alla residenza per lo spettacolo.

– Fujiko-*san*, nel pomeriggio c'è un'attività musicale.

– C'è qualcosa di speciale?

– Sì, una bambina di cinque anni canta. Si chiama Suzuko Nire. Presenta vecchie canzoni dell'era Shōwa.

Spalanca gli occhi:

– L'era Shōwa? Ma è adesso! Tetsuo-*san*, lei è proprio buffo!

Taccio allibito. Realizzo che ormai non vive più nell'era Reiwa appena iniziata né nell'era Heisei. Mi correggo:

– Voglio dire le canzoni in voga nel dopoguerra.

– Adesso capisco!

– Le piacciono quelle canzoni?

– Sì. Quando ero piccola mia madre canticchiava *La cordigliera azzurra*.

Le chiedo controvoglia:

– I suoi genitori sono ancora vivi?

Mi ripete:

– Tetsuo-*san*, lei è proprio buffo! Li ha appena incontrati al nostro *miai*.

Mi scuso per la "distrazione". Si rassicura. Mi alzo:

– Lo spettacolo inizia fra poco. Vogliamo andare?

Annuisce e ripone le sue cose nel cestino da lavoro.

Miiiin, miin, min... Le cicale friniscono senza sosta. Fujiko cammina facendo ondeggiare il vecchio ombrellino. Canticchia:

Semi, semi, semi, dove ti celi?
Dopo tanti anni passati sottoterra
Ti resta solo qualche settimana all'aria aperta
Hai nostalgia del tuo lungo passato
Nell'oscurità?

Entriamo nella sala degli spettacoli.

Le sedie sono quasi tutte occupate. Ci sono un centinaio di spettatori: gli ospiti della struttura, le loro famiglie, alcuni impiegati. Vedo i nostri vicini, il signor e la signora B., seduti all'estremità sinistra della prima fila. Dall'altra parte, a destra, ci sono Anzu e suo marito. Ci hanno visti e indicano due posti dietro di loro. Quando ci avviciniamo, mia figlia saluta sua madre:

– Buongiorno, Fujiko-*san*. Come sta?

Mia moglie le risponde come a un'amica:

– Buongiorno, signora. Sto molto bene, grazie.

Chiacchiero con nostro genero, direttore di una succursale dell'azienda farmaceutica T. È appena stato nella sede di Nagoya. Fujiko ci guarda in silenzio. Sono sicuro che non segue la conversazione. Nondimeno, quando suo genero le sorride contraccambia come se lo conoscesse bene.

La presentatrice va sul palco e in sala scende il silenzio. Ci dà il benvenuto al microfono e il direttore della residenza fa lo stesso. Finalmente lo spettacolo ha inizio.

Entra in scena per prima nostra nipote Suzuko, poi la direttrice della sua scuola materna che la accompagna al pianoforte. È un'amica di Anzu. Suzuko è deliziosa. Indossa un abito smanicato con le spalline. Ha i capelli legati in una coda di cavallo. Nonostante il candore dell'età, si intuisce che è una bambina vivace e brillante com'era sua madre. Ho il batticuore. Guardo Fujiko, ma lei non manifesta alcuna emozione particolare.

Vengono annunciati i titoli: *La canzone della mela*, *Il cappello a punta*, *Da dove viene il mattino?* Sono tutti pezzi noti alla nostra generazione. Risuona il pianoforte. Suzuko intona i brani con entusiasmo. Gli spettatori anziani muovono la testa a ritmo. Una signora davanti a me si asciuga le lacrime. Sono davvero orgoglioso di nostra nipote. Alla fine, tutti applaudono: "Brava! Meravigliosa!". Suzuko fa un inchino. Trepidante mi volto verso Fujiko, ma lei è ancora inespressiva.

La presentatrice riprende il microfono e dice:

– E adesso, ecco a voi i nostri prossimi ospiti. Una bella sorpresa!

Mi chiedo chi siano. Li chiama:

– Il signor e la signora B.!

Come? Sono musicisti? Non lo sapevo. Stamattina, quando ho incontrato questi ottantenni nel corridoio, non mi hanno detto niente. La signora ha solo ribadito che non vedeva l'ora di ascoltare mia nipote.

La signora B. sale lentamente sul palco con un violino in mano, aiutata dalla moglie del direttore. Il signor B. va al pianoforte, sistema gli spartiti e si siede. Sussurro a Fujiko:

– Sono i nostri nuovi vicini.

Lei osserva la coppia senza dire una parola. Dopo una pausa, il signor B. suona una nota sulla tastiera e sua moglie accorda lo strumento. Quando sono pronti, la presentatrice annuncia i titoli dei brani: Chopin, *Notturno n. 20 in do diesis minore* e a seguire Dvořák, *Humoresque n. 7 in sol maggiore*.

Il signor S. inizia a suonare. Un motivo lento e triste. La moglie lo ascolta, la testa leggermente inclinata. Non le vediamo gli occhi per via delle lenti scure. Presto il violino si unisce al pianoforte. Ha una tonalità delicata. Nella sala regna il completo silenzio. Non sono musicisti professionisti, eppure la loro armonia mi coinvolge pienamente. Mi volto verso Fujiko. Sono sbalordito. Ha le guance umide. Sta piangendo! Fissa la signora B. Le tendo il fazzoletto, ma non mi considera.

Nemmeno lei, come me, è una grande appassionata di musica classica. La sua reazione è del tutto imprevista.

Il *Notturno* di Chopin si conclude su una lunga nota molto dolce al violino. Gli spettatori ascoltano con estrema attenzione fino alla fine. Poi, senza aspettare gli applausi, la coppia inizia l'*Humoresque*. Suonano in sintonia anche stavolta. La sala è rapita. Vorrei ballare perfino io che non ho una gran sensibilità per la musica. Quando concludono, il pubblico acclama entusiasta: "Bravi! Bravi!". Il signore e la signora B. fanno un profondo inchino. Guardo Fujiko. Le guance non sono più bagnate di lacrime.

Dopo il duo, la presentatrice ci invita a cantare insieme alcuni *natsumero*. Ognuno di noi riceve una copia con le parole. La prima è *La cordigliera azzurra*, la colonna sonora del vecchio film che piaceva alla madre di Fujiko. La moglie del direttore suona al pianoforte con brio e noi la seguiamo allegramente. Fujiko non reagisce.

Dopo il miniconcerto, Anzu propone alla madre:
– Fujiko-*san*, andiamo in spiaggia a fare il bagno!
Mia moglie accetta prontamente:
– Volentieri, signora.
Mio genero accompagna la suocera alla macchina. Suzuko canticchia *Il cappello a punta*, che ha intonato poco fa allo spettacolo. L'auto si allontana. Agito la mano per salutare Fujiko, e lei fa lo stesso.

Approfittando del tempo libero, esco per comprare un cd del *Notturno* di Chopin. Penso che Fujiko sarà contenta di ascoltarlo di nuovo. Entro in un negozio di musica e chiedo il titolo. Ne esistono molte versioni registrate al pianoforte, ma nessuna accompagnata dal violino. Visto che non mi intendo molto di pianisti, stranieri o giapponesi, prendo il cd consigliatomi dal negoziante.

Gironzolo in una libreria, compro un giornale e un libro di economia. Poi passeggio nella strada dei negozi. Fa ancora un caldo soffocante. Entro in un caffè e ordino un succo d'arancia.

Leggo il giornale ripensando a Fujiko che piangeva ascoltando Chopin. Questo episodio continua a incuriosirmi. Che cosa l'ha commossa tanto? La melodia, la sonorità del violino o altro? Avrei voluto chiederglielo, ma ho evitato ricordando il consiglio di Y.: "Non le faccia troppe domande perché la confondono". Poco fa Anzu mi ha detto: "Papà, è chiaro che la musica lega profondamente il signor e la signora B. Sono molto innamorati". Sarà stata davvero la coppia che suonava in sintonia a emozionare così Fujiko?

– Buongiorno, signor Nire.

Alzo gli occhi. Il signor B. è in piedi davanti a me. Lo saluto sorpreso. Scherza:

– Siamo tutti e due celibi!

Lo invito a sedersi. Accetta volentieri e ordina la stessa cosa che ho preso io. Gli faccio i complimenti per il meraviglioso duo con sua moglie. Mi ringrazia, senza dimenticare di congratularsi per mia nipote che ha cantato i *natsumero* in modo delizioso. Chiacchieriamo amichevolmente.

– Non sapevo che suonaste tutti e due. Dove vi esercitate?

– A casa di nostro figlio. Non siamo abituati a esibirci in pubblico, ma il direttore della residenza ci ha convinti. È un amico di nostro figlio.

Mi complimento di nuovo:

– È stata una bella sorpresa. La sala era affascinata.

– Grazie, signor Nire.

Aggiungo:

– Mia moglie era commossa.

– Davvero? Lo dirò alla mia.

La cameriera gli porta il suo succo d'arancia. Tiro fuori dallo zaino il cd che ho appena comprato e lo poso sul tavolo. Il signor B. esclama:

– È il *Notturno* di Chopin che abbiamo interpretato!

– Sì.

Soddisfatto, mi racconta la sua storia. Ha iniziato a suonare il pianoforte da bambino e la signora B. il violino alle scuole medie. Si sono incontrati in un club di musica quando erano al liceo. Avevano provato un duo di Mozart e si erano trovati molto bene insieme. Mentre lo ascolto, mi rendo conto che Fujiko e io non abbiamo tanti interessi in comune. Chiedo al mio vicino:

– Lavorava in ambito musicale?

– No, nient'affatto. Ero meccanico.

Sono stupito. Mi spiega che era un lavoratore autonomo

e sua moglie si occupava dell'amministrazione. Avevano vari dipendenti. Hanno venduto l'officina dieci anni fa.

– Lei invece che cosa faceva, signor Nire?

– Lavoravo per la società M. come ingegnere meccanico, nel settore automobilistico.

Il signor B. sorride:

– Abbiamo qualcosa in comune.

Parla della sua famiglia. Ha due figlie, un figlio e sette nipoti.

– Ha trovato il tempo di esercitarsi al piano pur mandando avanti un'officina e crescendo tre figli?

– Non troppo, ma mi esercitavo almeno una volta alla settimana, anche solo per quindici minuti.

Penso ancora una volta al mio rapporto con Fujiko: da quando viviamo da soli, che cosa abbiamo fatto insieme per divertirci? Il signor B. mi domanda:

– Anche lei e sua moglie suonate uno strumento?

– No, ma mio figlio suona la chitarra.

– La chitarra? Anche il mio. Abbiamo un'altra cosa in comune!

Mi fa alcune domande sulla mia famiglia. Gli racconto che ho una figlia ceramista e un figlio ingegnere civile e quattro nipoti. Non parlo della primogenita deceduta.

Il mio vicino ricomincia a parlare di musica.

– Signor Nire, conosce la trasmissione televisiva *Musica classica con voi*?

Scuoto la testa. Mi spiega che va in onda tutte le domeniche alle otto di sera e ogni volta invitano un musicista diverso a commentare vari brani. Me la consiglia caldamente:

– A sua moglie piacerà senz'altro.

– Allora la guarderò insieme a lei. Chi sarà l'invitato di stasera?

– Il direttore d'orchestra Rei Miwa. Ottantenne, ma molto dinamico.

Il volto di questo anziano musicista mi è familiare. È un bell'uomo. Il signor B. continua a parlarne con entusiasmo.

– Rei Miwa è anche un compositore. Di recente lo abbiamo

visto in televisione a dirigere la sinfonia *Incompiuta* di Schubert. La sua interpretazione è stata sublime.

Lo interrompo:

– È bello e affascinante.

Il mio vicino scherza:

– Già! Mia moglie è indispettita perché non riesce più a vederlo bene in viso.

Torno a casa. Verso le sei ricevo una chiamata di Anzu: riaccompagnerà sua madre fra pochi minuti. Scendo subito.

Arriva la macchina. Dopo aver trascorso il pomeriggio sulla spiaggia sono tutti molto abbronzati. Mia figlia e la sua famiglia continuano a dare del lei a Fujiko. Mentre chiacchiero con nostro genero, Suzuko canta *Il cappello a punta*. Con mio stupore, sua nonna l'accompagna con voce flebile. Mio genero è orgoglioso:

– Mia figlia adora questa canzone, la canticchia continuamente.

Anzu mi sussurra all'orecchio:

– Per la mamma, questo motivo è una novità.

La macchina riparte. Fujiko agita la mano a lungo. Sussurra:

– Sono miei amici...

Dopo cena torniamo nelle "nostre camere".

Fujiko prende il cestino da lavoro e si siede sul divano. Tira fuori l'uncinetto e i gomitoli di lana di vari colori. Poi si mette all'opera in modo meccanico. Nonostante stamani si sia svegliata presto, non sembra stanca. Non parla della gita sulla spiaggia né del concerto del pomeriggio. Mi chiedo se abbia già dimenticato questi momenti.

Sono quasi le otto, la trasmissione *Musica classica con voi* che il signor B. mi ha consigliato sta per cominciare. Accendo il televisore e seleziono il canale. Mi imbatto nella pubblicità di una latteria. Uno sportivo famoso beve un bicchiere di latte d'un fiato ed esclama: "Alla vostra salute!". Fujiko dà un'occhiata allo schermo. La trasmissione inizia con una melodia al violoncello. È un'aria che sento spesso alla radio. Fujiko sussurra:

– Bach... *Suite n. 1...*

– Le piace Bach?

Annuisce. Poi fissa lo schermo, la presentatrice accoglie Rei Miwa.

È un bell'uomo distinto con i capelli argentati. Risponde alle domande sulla sua carriera in Giappone e all'estero. Con voce posata parla dell'orchestra che dirige da vent'anni a Tokyo. Somiglia a qualcuno che conosco.

All'improvviso Fujiko dice:

– Devo rendergli i soldi.

– A chi?
– Al signor Miwa.
La guardo interdetto. Conosce il maestro? Non le ho mai sentito fare quel nome. Balbetto:
– Che cosa hai..., mi scusi, che cosa ha detto?
Ripete distintamente:
– Devo rendere i soldi al signor Miwa.
Esito ma le chiedo:
– Ha preso in prestito dei soldi da questo direttore d'orchestra?
Scuote la testa. Taccio confuso. Non devo insistere troppo. Mi corregge:
– Il signor Miwa non me li ha prestati, me li ha dati.
Gli domando mio malgrado:
– Quanto?
– Trecentomila yen.
– Addirittura!
– Non li ho usati e voglio restituirglieli.
– Perché le ha dato tutti questi soldi?
– Non glielo posso dire. È una cosa privata.
– Capisco.
In televisione, Rei Miwa racconta in modo appassionato che è felice di dare consigli alle orchestre non professionali. Elenca le città dove si reca abitualmente. Fujiko sussurra:
– Il signor Miwa è stato a Matsue...
Matsue? È il capoluogo di una prefettura vicina, la città dove ha abitato la nostra figlia maggiore, Kyōko, durante gli studi. Evidentemente mia moglie non lo ricorda più.
– Quando?
– Molto tempo fa. Spero che verrà anche nella nostra città, così potrò rendergli i soldi.
La curiosità è più forte della discrezione.
– Dove tiene questo denaro, Fujiko-*san*?
– In banca.
La trasmissione prosegue. La presentatrice parla di Schubert. Rei Miwa suona una melodia al pianoforte e descrive la consonanza e la dissonanza. Fujiko lo ascolta seria. Do un'oc-

chiata al lettore cd che usiamo raramente. Poco fa le ho dato il cd di Chopin che ho comprato nel pomeriggio. Non mi sembra che lo abbia riposto nella custodia.

La notte avanza. Fujiko dorme nello spazietto delimitato dai paraventi bianchi. Sono steso sul letto. Benché sia molto stanco, non ho sonno.

– Che giornata... – sospiro.

Al risveglio, mia moglie era sconvolta vedendomi nella "sua" camera. L'infermiera l'ha convinta che sono il suo fidanzato. Ma Fujiko ha insistito perché dormissimo separati fino al matrimonio, allora i nostri letti sono stati divisi da paraventi. Al miniconcerto Fujiko non ha reagito all'esibizione di nostra nipote né all'ascolto dei *natsumero*. Ha invece pianto per il *Notturno* di Chopin, suonato dai nostri vicini. E stasera, guardando Rei Miwa in televisione, ha affermato di dovergli rendere trecentomila yen.

Rifletto lasciando scorrere lo sguardo sui paraventi bianchi. Se dice la verità, quale relazione ha intrattenuto con Rei Miwa? Perché lui le ha dato quei soldi? Quando e dove è accaduto? È stata forse la sua amante? Non è possibile... Sono sempre più agitato.

È sabato. Poco dopo le due, arrivano all'improvviso Nobuki e la sua secondogenita. Mio figlio mi dice che la figlia maggiore è al centro culturale per il corso di karate e andrà a prenderla fra un'ora.

Nobuki entrando vede i paraventi bianchi. È stato informato di questa soluzione e del motivo che l'ha originata. Si avvicina al divano dove sua madre lavora all'uncinetto.

– Buongiorno, Fujiko-*san*. Come sta?

Mia moglie gli risponde senza alzarsi.

– Molto bene, grazie.

Gli mostra i quadretti colorati, lui si complimenta con gentilezza. Parlano come due semplici conoscenti. La bambina di sette anni mi sussurra:

– Nonno, ho portato una cosa da farvi vedere.

Prende dal sacchetto di carta un barattolo chiuso con un nastro di stoffa bianca e un po' di terra sul fondo.

– Che cosa c'è qua dentro?

– Una cicala. L'ho catturata stamani in giardino.

Osservo l'animaletto immobile:

– È ancora viva?

– Sì. Posso farla vedere alla nonna?

– Certo, tesoro. A lei gli insetti piacciono tanto. Ma non dimenticarti che siamo fidanzati e devi chiamarla Fujiko-*san* o Kajiyama-*san*.

– D'accordo. Papà me l'ha spiegato!

Si siede accanto a Fujiko e le porge il barattolo. La nonna smette di lavorare all'uncinetto e guarda all'interno. Esclama:

– Ah, è un'*abura-zemi*!

– Come canta?

Fujiko imita il suo frinire:

– Criii, criii, criii...

La bambina la segue:

– Criii, criii, criii...

Le chiede alcune cose sull'insetto e la nonna risponde soddisfatta. La conversazione si anima. Rasserenato, invito mio figlio sul terrazzo.

È nuvoloso. Con i gomiti sulla ringhiera, Nobuki contempla il Monte Daisen.

Accendendo una sigaretta, gli domando:

– Prendi ancora lezioni di chitarra?

– Sì, due volte al mese. Devo esercitarmi molto perché un'orchestra amatoriale di Yonago mi ha invitato a suonare al prossimo concerto.

– Suonerai con un'orchestra? È una bellissima notizia! Che cosa suonerai?

– Un *Concerto* di Rodrigo.

Non lo conosco. Mio figlio mi spiega che si tratta di un compositore spagnolo, morto circa vent'anni fa. Era non vedente e ha composto diversi brani, soprattutto per chitarra. Mentre lo ascolto gli osservo il volto radioso, somiglia un po' a quel Rei Miwa che ho visto in televisione giorni fa. Nobuki aggiunge:

– La mamma mi ha regalato un cd di Rodrigo per il mio tredicesimo compleanno. La sua musica mi aveva affascinato, tanto che avevo deciso all'istante di imparare a suonare la chitarra.

Non ricordo. Visto che non dico niente, cambia argomento:

– Continui a trovarti bene nella residenza?

– Sì, molto. Hai fatto un'ottima scelta. Te ne sono davvero grato.

Sorride contento:

– Ne è valsa la pena di cercare in lungo e in largo, soprattutto per la mamma.

Fumo osservando il Monte Daisen. È passato tanto tempo da quando ci sono andato con Fujiko. L'ultima volta ci siamo stati con i nostri figli, la maggiore frequentava le scuole medie. Quando non abitavano più con noi, Fujiko avrebbe voluto tornarci da sola con me, ma alla fine non lo abbiamo mai fatto.

Nobuki mi chiede senza giri di parole:

– Papà, i paraventi non ti danno fastidio?

– E anche se me ne dessero, che cosa potrei farci? Tua madre crede di essere ancora nubile.

Replica fra il serio e il faceto:

– Ora siete fidanzati. Pensi di organizzare una cerimonia di nozze?

– Non mi presterò a una simile farsa. È troppo imbarazzante.

Dopo una pausa sussurra:

– Papà...

– Sì?

– Quando la mamma ha saputo che mi sarei sposato, mi ha detto una cosa molto importante.

– A che proposito?

– Sulla sua vita futura con te. Vuoi che te la dica?

– Perché no?

Nobuki mi ripete le parole di sua madre:

– "Tuo padre e io abbiamo poco in comune. Mi sembra di aver vissuto unicamente per i miei figli e i miei suoceri. E ora siamo solo noi a casa. Non so come trascorreremo il resto della vita. Vorrei tanto che tu e tua moglie veniste ad abitare insieme a noi, così che io possa occuparmi dei tuoi figli..."

Sono imbarazzato:

– Tua madre ti ha detto questo?

Annuisce. Rifletto. In effetti, Fujiko insisteva perché vivessimo con la famiglia di nostro figlio. "Caro, ci siamo presi cura dei tuoi genitori fino alla loro morte. Erano molto felici insieme ai nipoti. Nobuki è l'erede come lo sei stato tu. Deve vivere con noi." Anch'io nutrivo questa speranza, ma nostro figlio era contrario.

– Che cosa le hai risposto?

– "Non devi occuparti dei miei figli per sfuggire ai tuoi problemi matrimoniali. Trovate qualcosa che piaccia a tutti e due."

Non so cosa dire. Aggiunge:

– Poi la mamma mi ha confessato: "In verità, penso che non vivrò più con tuo padre". E, poco tempo dopo questa confidenza, ha cominciato a manifestare segni di confusione mentale.

Taccio, nascondendo il mio turbamento. Prosegue:

– Papà, non volevo rattristarti. Mi auguro solo che la mamma sia più felice con te, anche se non ricorda più che sei suo marito.

Ripenso al momento in cui Fujiko e io avevamo deciso di trasferirci qui. Avrei voluto comprare un letto matrimoniale, dato che non ci sono stanze con i tatami, ma lei aveva insistito perché ognuno avesse il proprio letto. Ero offeso, ma avevo accettato: in fondo, era come avere i due futon che avevamo in camera a casa nostra.

Nobuki contempla di nuovo il Monte Daisen. Ha un bel viso. Vorrei chiedergli: "Tua madre ti ha parlato anche di Rei Miwa?". Nel frattempo, la porta scorrevole si apre. Mia nipote ha in mano il barattolo con la cicala. Chiama Nobuki:

– Papà, Fujiko-*san* mi ha spiegato che allevare una cicala è molto difficile, perché ha bisogno della linfa degli alberi. Se la tengo così, non vivrà più di una settimana.

– Che peccato.

La bambina va in fondo al balcone, dove si è esteso un ramo di pino. Prende l'insetto dal barattolo e lo posa sul ramo. Lo osserva in silenzio. Poi torna da suo padre:

– Fujiko-*san* mi ha insegnato anche che le larve delle cicale restano molto tempo sottoterra.

– Quanto?

– Dipende dalla specie. Da tre a quindici anni o perfino di più.

– Così tanto!
– Ma questi insetti vivono solo un mese all'aria.
Nobuki esclama:
– Solo un mese? Come sono effimeri!
– Effimeri? Cosa vuol dire?
– Passeggeri, temporanei.
– Com'è triste... Ora mi sento in colpa.
Mia nipote parla come un adulto. Mi giro verso la camera dove Fujiko lavora tranquilla all'uncinetto. Mi tornano in mente le parole della canzone che intonava giorni fa: *Ti resta solo qualche settimana all'aria aperta. Hai nostalgia del tuo lungo passato...*

All'improvviso la bambina esclama:
– La mia cicala vola via!
Il grosso insetto si libra a una velocità sorprendente. Si innalza verso la cima di un altro albero. Lei agita la mano:
– Addio! Non farti più catturare!

Passeggio da solo in una tranquilla strada di negozi. Siamo nel cuore del pomeriggio. Fujiko partecipa al corso di ikebana organizzato ogni settimana da un'ospite della residenza. Poi andrà al corso di ginnastica. Tornerò all'istituto fra un'ora.

Rifletto sulle confessioni che mia moglie ha fatto a nostro figlio quando stava ancora bene. "Non so come trascorreremo il resto della vita... In verità, penso che non vivrò più con tuo padre." Mi sono adirato con Nobuki quando mi ha raccontato questo episodio avvenuto dieci anni fa. Ma era mosso da una buona intenzione: pensare alla felicità della madre malata. Cerco di ammirarlo, anziché offendermi.

Capisco l'insistenza di Nobuki perché andassimo a vivere in una residenza. Senza dubbio Fujiko è più contenta di quando eravamo soltanto noi due in casa. Le attività culturali e l'infermiera che la ascolta con pazienza contribuiscono alla sua serenità.

Mi dispiace che Fujiko pensasse quelle cose della nostra vita coniugale e che non me ne abbia mai parlato. Ma, a prescindere dalle sue parole, una cosa è certa: ho fatto il mio dovere per la famiglia. Ho sempre anteposto a tutto la sicurezza e la stabilità.

Ho lavorato per l'azienda M. fino a sessantacinque anni, ovvero per quarantatré anni dopo la fine degli studi in Ingegneria. Allora si trovavano impieghi per tutta la vita e non era frequente cambiare azienda. Ho avuto anche periodi complicati, soprattutto quando c'erano superiori incompetenti o sgradevoli. Nonostante ciò, non mi sono mai arreso e sono diventato direttore di settore. Grazie alla buona liquidazione e alla pensione congrua per due persone come noi, oggi non abbiamo problemi economici.

Nemmeno Fujiko ha avuto una vita facile: si occupava di tre figli, vivendo insieme ai suoceri. All'occorrenza lavorava part-time. Si è presa cura dei miei genitori fino all'ultimo. Le sarò sempre grato per la sua devozione.

Continuo a passeggiare lungo la strada dei negozi. C'è sempre più gente.

Sosto un po' in mezzo alla folla. Alcuni mi superano, altri si voltano perché sembro smarrito. Osservo alcune coppie, giovani e vecchie, che camminano mano nella mano. Mi torna in mente un episodio. Avevamo una cinquantina d'anni. Un pomeriggio passeggiavamo sulla spiaggia quando Fujiko mi aveva preso sottobraccio. Mi ero guardato intorno. Le avevo sussurrato: "In pubblico è imbarazzante". Aveva ritirato subito il braccio. Rivedo la sua espressione triste.

Devo rientrare. All'improvviso, sulla via del ritorno, decido di entrare da un fioraio.

Quando apro la porta sento una melodia familiare al pianoforte. È il *Notturno* di Chopin che i nostri vicini hanno suonato al miniconcerto. Fujiko è seduta sul divano con Y. L'infermiera mi saluta alzandosi:

– Buongiorno, signor Nire. Mi scusi per il disturbo.

– Si figuri. Lei è sempre la benvenuta.

Poso sull'acquaio il mazzo di fiori che ho appena comprato. Y. mi spiega che dopo la ginnastica, la mia fidanzata l'ha invitata qui. Fujiko è di buonumore:

– Tetsuo-*san*, ho trovato un cd di Chopin in camera. Volevo ascoltarlo con la mia amica.

L'infermiera mi lancia un'occhiata sorridendo. Sa che gliel'ho regalato io perché il *Notturno* l'aveva commossa profondamente al miniconcerto. Chiacchieriamo un po' prima che Y. se ne vada.

La musica continua. Le porgo il mazzo di fiori:

– Questo è per lei, Fujiko-*san*.

Il suo sguardo si illumina all'istante. Estasiata, dice:

– Oh, i gigli tigrati! Li adoro. Nel mio villaggio sono ovunque.

Sono incuriosito:

– Dove abita ora?

– A Yonago.

Stavo per ridere: confonde il Monte Daisen con il Monte Fuji, come se vivesse ancora nel suo villaggio. In silenzio, osserva i petali arancioni cosparsi di macchie nere. Cerco un vaso nell'armadietto sopra l'acquaio, lo riempio d'acqua e lo metto sul tavolo basso, davanti al divano.

– È un vaso bellissimo! Ha comprato anche questo per me, Tetsuo-*san*?

È una creazione della nostra secondogenita. Lo ha regalato alla madre per il suo sessantesimo compleanno. Rispondo:

– Sì, l'ho comprato da una famosa ceramista. Si chiama Anzu Nire.

– Anzu Nire? Non conosco quest'artista.

Fujiko sistema con cura il mazzo nel vaso marrone scuro. Questo colore mette in risalto l'arancione dei fiori.

– È meraviglioso! Grazie, Tetsuo-*san*.

Li osserva, poi prende il cestino da lavoro e inizia un altro quadretto. La musica finisce. Ripongo il cd nella custodia e mi siedo in poltrona con una rivista di automobili.

Fujiko sussurra:

– Tetsuo-*san*...

– Sì?

– Devo rendere i soldi a Rei Miwa.

Ci risiamo! Ripensa al direttore d'orchestra, il bell'ottantenne. Secondo Y., i malati come mia moglie inventano storie mischiando i ricordi. Non lo fanno apposta, ci credono davvero. Dobbiamo lasciarli parlare e acconsentire.

– Ha ragione, Fujiko-*san*. Se prendiamo in prestito soldi o altro, dobbiamo restituirli.

Mi interrompe, spalancando gli occhi:

– Il signor Miwa non me li ha prestati, me li ha proprio dati.

Incuriosito, le rifaccio la stessa domanda di qualche giorno fa:

– Quanti soldi erano?

– Trecentomila yen.

Aveva risposto così anche quando guardavamo la trasmissione *Musica classica con voi*. Provo a dire:

– Che fortuna, ricevere tanti soldi in regalo!

Insiste con sguardo serio:

– Non era un regalo. Devo restituirglieli.

Sono confuso. Continua a lavorare all'uncinetto. Un altro quadretto. Dopo un po', di punto in bianco, afferma:

– Sono andata a letto con il signor Miwa.

– Come?

Ripete:

– Sono andata a letto con il signor Miwa.

Per poco non scoppio a ridere. Questa è bella! Vorrei raccontare la scena all'infermiera. Si congratulerebbe: "Bravo, signor Nire! Riesce ad ascoltare sua moglie senza arrabbiarsi". Chiedo a Fujiko con naturalezza:

– Eravate fidanzati?

Nega subito:

– No, no! Era già sposato.

Proseguo con calma:

– Allora era la sua amante?

Nega ancora più insistentemente:

– No, non sono stata la sua amante! Ho passato solo una notte con lui.

– Davvero...

Ironizzo in cuor mio: niente male, trecentomila yen per una notte.

– Perché il signor Miwa le ha dato quei soldi?

– Per un intervento.

– Un intervento?

– Sì, un aborto.

– Un aborto?

Fujiko annuisce con espressione triste. Che cosa va dicendo? Ha abortito nel suo mondo immaginario? Prima che nascesse la nostra figlia maggiore ha avuto due aborti. Questi brutti ricordi si confondono con l'immagine di quell'uomo affascinante? Le chiedo esitante:

– Dove ha incontrato il signor Miwa?

– A Matsue. Sono andata da sola a un suo concerto.

– Da sola?

– Sì. Tami mi aveva dato un biglietto. Avrebbe dovuto venire con me, ma si era sentita male. Era una giornata soleggiata d'autunno.

Rifletto. C'è una certa coerenza. Tami è la sua amica d'infanzia, vive a Matsue da oltre cinquant'anni. Non sapevo di quel concerto. Se mia moglie ci è andata davvero, dev'essere stato prima del nostro matrimonio. Le chiedo per curiosità:

– Qual era il programma?

– Il *Concerto n. 1 per pianoforte* di Chopin.

– Ah, Chopin!

– Ho ascoltato anche il *Notturno n. 20*. Mi è piaciuto molto.

– Il *Notturno n. 20*? È il brano che hanno suonato i nostri vicini al violino e al pianoforte. Sembrava molto commossa.

– Quali vicini?

– I signori B.

– Non li conosco.

Poi tace. Guardo di nuovo i gigli tigrati freschi. Ripenso ai lineamenti eleganti di Rei Miwa. Le faccio una domanda imbarazzante:

– Fujiko-*san*, perché è andata a letto con il direttore d'orchestra?

Mi risponde tranquilla:

– Perché era una notte di luna piena.

Fujiko è al club di lettura. Esito davanti al telefono se chiamare Tami D., la sua amica d'infanzia.

Tami è nostra coetanea, ha settantasei anni. Lei e il marito gestiscono una pescheria a Matsue. Non hanno figli. Li avevamo invitati al nostro matrimonio. Erano simpatici. Purtroppo, non avevamo molto in comune, così li ho incontrati solo un paio di volte.

Dopo il matrimonio, Fujiko ha continuato a vedere Tami a Yonago o a Matsue. Ma col passare del tempo, occupata dalle due figlie, si sentiva con l'amica solo per telefono. Poi è nato nostro figlio. Da allora, si è limitata a spedirle biglietti di auguri per Natale. Ha continuato finché non è stata colpita dall'Alzheimer.

Tami ci ha chiamati due anni fa alla residenza. Fujiko non ha voluto parlarle perché diceva di non conoscerla. Quando la sua amica ha saputo della malattia, si è molto rammaricata. Ha insistito perché andassimo a trovarla in quella vicina città. Nonostante il gentile invito, non ci siamo mai andati.

Risento le parole di mia moglie: "Sono andata a letto con il signor Miwa e ho ricevuto trecentomila yen per abortire". Ovviamente non la prendo sul serio, anzi, mi sembra anche un po' comico, soprattutto la giustificazione: "Perché era una notte di luna piena". Vorrei tanto sapere che cosa le è successo quel giorno. Dopo il concerto ha forse chiacchierato con il maestro?

Alla fine, alzo la cornetta. Compongo il numero della pescheria. Mi risponde proprio Tami:

– Signor Nire? Che piacere sentirla!

Innanzitutto, mi chiede notizie di Fujiko. Le racconto che ricorda ancora il concerto a Matsue. Lei ne è entusiasta:

– Che bella notizia! Devo rivederla.

Ci propone di nuovo di andare alla pescheria. Con voce intenerita, rievoca i suoi ricordi:

– Un'amica mi aveva dato due biglietti. Avevo telefonato a Fujiko, ero così contenta di poter venire a Matsue. Avevamo deciso di pranzare al ristorante prima del concerto nel pomeriggio. Purtroppo, poco prima del suo arrivo a casa mia, ho avuto dei crampi allo stomaco.

La ascolto, sorpreso dai nitidi ricordi di mia moglie. Tami continua:

– Fujiko si preoccupava per me, ma ho insistito perché andasse al concerto da sola. In ogni caso, mio marito sarebbe tornato la sera e...

La interrompo:

– Suo marito? Pensavo che lei e Fujiko foste nubili.

– Ma no! Avevamo quasi quarant'anni.

Ripeto allibito:

– Quasi quarant'anni?

– Sì, in quel periodo le vostre due bambine andavano alla materna.

Taccio, confuso. Tami prosegue:

– Fujiko è andata da sola al concerto. L'indomani mi ha chiamata per sapere se stessi meglio. Lo spettacolo le era piaciuto molto.

– Qual era il programma?

– Se la memoria non mi inganna, era un concerto di Chopin per pianoforte.

– Si ricorda chi era il direttore d'orchestra?

– Questo lo ricordo benissimo: Rei Miwa. Sono una sua grande ammiratrice.

È proprio l'uomo con cui mia moglie sostiene di essere andata a letto. Tami riprende:

– Nonostante l'età, continua a dirigere. È un uomo pieno di energia. È originario della prefettura di Shizuoka, come me e Fujiko.

– Davvero?

– Sì. Fujiko mi ha raccontato che dopo il concerto aveva avuto la fortuna di parlargli. Ero gelosa!

– Davvero?

Stavolta è Tami a farmi una domanda:

– Non lo sapeva?

– No...

Ride:

– Signor Nire, ora è lei ad aver perso la memoria, sua moglie lo ricorda alla perfezione!

Sussurro:

– Strano... Non ricordo di aver badato alle bambine quella volta.

– Fujiko mi aveva detto: "Le mie figlie sono alle terme con i nonni".

Rifletto... I miei genitori alle terme con le bambine? Dopo un po' esclamo:

– Ah, quella volta!

Tami ride, prendendomi di nuovo in giro:

– Finalmente le è tornata la memoria!

Rido anch'io. Aggiunge:

– E lei era in viaggio d'affari a Yokohama.

D'un tratto provo imbarazzo. Ero davvero a Yokohama per lavoro, ma non ero da solo: la sera, la mia amante mi avrebbe raggiunto in albergo. Resto senza parole. Tami continua a chiacchierare. Prima di salutarmi, mi ripete:

– Un giorno venite in pescheria da noi. Farà piacere anche a mio marito rivedervi. Vorrei mostrarvi il negozio ristrutturato.

La ringrazio. Dopo aver riagganciato, mi rendo conto di aver dimenticato una cosa importante: non le ho detto che Fujiko crede che siamo fidanzati.

In sostanza, Fujiko è andata a un concerto a Matsue mentre i miei genitori avevano portato le bambine alle terme e io ero in viaggio d'affari.

Allora andavo spesso a Yokohama nella fabbrica della mia azienda. Per questi viaggi mi assentavo un paio di giorni. Davo sempre a Fujiko il numero dell'hotel dove soggiornavo. Non mi chiamava quasi mai. Ero convinto che non sapesse che avevo un'amante, N.

N. era stata la mia ultima ragazza prima di sposare Fujiko. Ci eravamo frequentati per dieci mesi. Lavorava in una banca e si occupava della madre, che aveva una malattia incurabile. Il matrimonio non le interessava. E quando le avevo detto di aver accettato una proposta di *miai*, ci eravamo lasciati con discrezione.

Dieci anni dopo l'avevo incontrata per caso. Era ancora nubile. Sua madre era appena morta. Tutti e due avevamo sentito il bisogno di parlare di più ed eravamo andati al caffè come vecchi amici. Era stimolante e piacevole chiacchierare con lei, soprattutto di economia. Ci eravamo rivisti più volte. Poi, avevo iniziato a incontrarla nel suo appartamento.

N. sapeva che non volevo divorziare da Fujiko. Lei stava bene da sola ed era dedita alla sua carriera in banca. Quando le avevo annunciato che mia moglie era appena rimasta incinta, aveva replicato con calma: "Smettiamo di vederci". Mi ero sentito sollevato. Ero stanco di mentire a Fujiko. Quella relazione è stato il mio unico tradimento da quando l'ho sposata. Dopo non ho più rivisto N.

Rifletto sulla conversazione che ho appena avuto con Tami al telefono.

I ricordi di Fujiko di quel periodo, in effetti, sono piuttosto coerenti. Il biglietto per il concerto avuto da Tami, che non era potuta andare per un malessere; il nome del direttore d'orchestra; il programma. Secondo Tami, mia moglie, lei e Rei Miwa provengono dalla stessa prefettura. Come immaginavo, Fujiko ha parlato con lui dopo il concerto. Nonostante il mio tradimento, stento a credere che lei abbia avuto un'avventura con un altro uomo. Accenno un sorriso ironico e amaro.

Le parole di Fujiko erano chiare: "Il Signor Miwa mi ha dato trecentomila yen per abortire. Glieli devo rendere perché non li ho usati". Se non ha abortito significa che ha partorito. Se è andata così, dov'è il figlio di Rei Miwa?

All'improvviso ricordo di aver notato che mio figlio somiglia al maestro. Mi si gela il sangue. Non è possibile...

Fujiko mi aveva annunciato la nuova gravidanza due mesi dopo il mio viaggio a Yokohama. Ovvero due mesi dopo il concerto di Matsue. Sconcertato, ricordo il giorno in cui Fujiko e io avevamo parlato del "nostro" terzo figlio.

Eravamo in sei a casa nostra: Fujiko, io, le nostre due figlie e i miei genitori.

Lavoravo molto come ingegnere per l'azienda automobilistica M. Kyōko aveva sei anni e Anzu quattro. Mia moglie aveva appena ripreso a lavorare part-time in biblioteca, mentre i miei genitori si occupavano delle bambine. La nostra vita scorreva tranquilla.

Un giorno Fujiko mi aveva detto:

– Caro, vorrei parlarti.

– Di cosa si tratta?

Esitava, agitata. Tremavo: aveva forse scoperto la mia relazione con N.? Temendo che fosse adirata, non insistevo perché rispondesse. Mi aveva annunciato:

– Sono incinta.

– Incinta?!

Era una notizia del tutto inattesa. Avendo quasi quarant'anni, non avevamo pensato di fare un altro figlio. Ciò nonostante, avevo tirato un sospiro di sollievo: ah, non aveva scoperto il mio tradimento! Taceva, a capo chino.

– Sei sicura?

– Sì. Mi sono confusa con il ciclo.

– Di quanti mesi sei?

– Due, secondo il medico.

– Due mesi...

Pensavo al mio viaggio a Yokohama due mesi prima, quando N. e io avevamo passato due notti insieme in albergo. Avevo fatto l'amore con mia moglie più o meno in quel periodo, dopo oltre tre mesi senza rapporti.

Fujiko mi aveva detto:

– Se non lo vuoi, posso abortire.

– Abortire?

L'avevo squadrata, infastidito. Quando la figlia della vicina aveva abortito, Fujiko l'aveva criticata: "Un bambino è una grazia. Non si abortisce senza un motivo serio". Dato che lei aveva avuto due aborti spontanei, capivo cosa provasse. Per questo non mi sarei mai aspettato di sentirle avanzare quell'ipotesi. Fujiko si era scusata:

– È colpa mia.

Dopo una pausa imbarazzata, le avevo chiesto:

– Devo decidere io?

– Sì.

Mi sentivo stranamente punito per il mio tradimento. Una cosa mi era chiara: non volevo che interrompesse la gravidanza, visto anche quanto avevamo sofferto dopo ogni aborto spontaneo. Avevo risposto a Fujiko:

– Bene, avremo un altro figlio!

Mi aveva guardato senza mostrare emozione:

– Non restarci male se sarà *un'altra* figlia.

– No, promesso.

I miei genitori erano felici per la gravidanza di Fujiko. Mia madre incoraggiava la nuora: "Sono ancora in forma. Non preoccuparti, ti aiuterò io".

La mia amante aveva ironizzato:

– Credevo che non facessi più l'amore con tua moglie.

Quest'osservazione mi aveva messo a disagio. N. mi aveva chiesto:

– Ha quasi quarant'anni, come te. È stata un'idea tua?

– No, è stato un incidente.

Aveva replicato in tono risoluto:

– Bene, mettiamo un'altra volta fine alla nostra storia.

– Mi dispiace...

Aveva aggiunto:

– Incidente o no, è probabile che il bambino sia stato concepito per salvare il vostro matrimonio.
Ascoltavo le sue parole, confuso.

L'anno successivo Fujiko aveva partorito. "È un maschio!" Le parole dell'infermiera avevano procurato una gioia infinita a me e ai miei genitori. Dato che avevo scelto io il nome delle bambine, avevo proposto a mia moglie che fosse lei a decidere quello del bebè. Ma aveva insistito: "No, spetta a te anche stavolta".

È domenica. Stasera Fujiko e io ceniamo a casa di nostro figlio. Abitano in periferia. Ci andiamo in autobus.

Fa caldo umido, come ogni giorno in questa stagione. Le cicale friniscono rumorosamente ovunque. Per strada passiamo da una libreria per comprare dei regali alle nostre nipoti. Sull'autobus, Fujiko osserva il paesaggio in silenzio.

Arriviamo intorno alle cinque. Fujiko saluta la coppia educatamente:

– Molto lieta. Grazie per il vostro gentile invito.

Nostra nuora le risponde con un largo sorriso:

– Ah, lei deve essere Fujiko-*san*! È un onore fare la sua conoscenza. Le nostre figlie la aspettavano con impazienza.

Mi sforzo di non ridere. In salotto, Fujiko offre i regali alle bambine di otto e sette anni. La minore esclama:

– Un libro sulle cicale!

È stata lei a portare a casa nostra una cicala per poi liberarla sul terrazzo. Ringrazia la nonna e le chiede:

– Fujiko-*san*, potrebbe aiutarmi a leggerlo?

– Con piacere, signorina.

Fujiko è ancora in grado di leggere dei semplici *kanji*. La bambina la invita a sedersi sul divano, dove le raggiunge la sorella maggiore. Si divertono molto tutte e tre.

Su invito di Nobuki, esco in giardino. In un angolo c'è una piscina familiare, una specie di grande vasca da bagno. Mi accendo una sigaretta. Mio figlio mi parla del suo lavoro in una ditta di costruzioni. Mi racconta che cosa sta facendo in questo periodo. Non conosco certi termini. Eppure, le sue mansioni di ingegnere civile non sono molto distanti dalle mie. Lo ascolto con interesse.

Nobuki ha trentacinque anni. Bravo e studioso, non è mai stato un figlio difficile. Da adolescente faceva nuoto e prendeva lezioni di chitarra. Capitava che avessimo dei diverbi, come succede fra padre e figlio, ma cercavo sempre di parlare con lui. È diventato un uomo molto responsabile e premuroso.

– Papà, ti ricordi che fra poco suonerò un *Concerto* di Rodrigo in un'orchestra amatoriale?

– Certo. È una notizia bellissima.

Mi sorride. Lo guardo in faccia e mi sembra di sentire i suoi primi vagiti. Rivedo l'infermiera congratularsi: "Signor Nire, che bel maschietto! È il suo ritratto". Ora dubito delle sue parole. Doveva dire la stessa cosa a tutti i padri felici.

– Papà, mi ascolti?

Mi ridesto e gli rispondo controvoglia:

– Scusa. Pensavo a un direttore d'orchestra. Si chiama Rei Miwa.

– Che coincidenza! Lo abbiamo contattato di recente.

– Perché mai?

– Il signor Miwa va spesso a Matsue, dove ha dei familiari. Ogni volta dirige a titolo gratuito le orchestre amatoriali della regione. Abbiamo insistito perché passasse da Yonago.

– Suonerai davanti a questo maestro?

– Sì, se accetterà il nostro invito.

– Sarà un grande onore per te.

– Senza dubbio!

Lo squadro: il talento musicale non lo hai preso da me.

– Nobuki, conosci il programma televisivo, *Musica classica con voi*?

– Sì, è uno dei nostri preferiti. Non sapevo che lo conoscessi.

Gli racconto che sua madre e io l'abbiamo visto solo una volta, su consiglio del nostro vicino che suona il pianoforte.

L'ospite di quella settimana era stato questo direttore d'orchestra.

– Papà, come ti è sembrato il signor Miwa?

– Un gentleman molto affascinante. Immagino abbia successo con le donne, persino adesso.

Mio figlio ride:

– La penso esattamente come te!

Io non rido. Gli dico che è nato nella prefettura di Shizuoka. Come sua madre. Replica in tono divertito:

– Davvero? Ha una cosa in comune con la mamma.

– A quanto pare...

Mi tornano in mente le parole di Tami: "Dopo il concerto, Fujiko ha avuto la fortuna di parlare con il signor Miwa. Ero gelosa". Continuo:

– Una volta tua madre è andata a Matsue a vederlo dirigere.

– Sul serio? Quando?

– Poco prima che nascessi.

– Prima che nascessi? Allora lui doveva avere un po' meno di cinquant'anni. Un uomo maturo, all'apice della carriera e del carisma.

Fumo in silenzio. Nobuki mi chiede com'era stata sua nipote al miniconcerto. "Ha cantato bene alcuni *natsumero* ed è piaciuta a tutti," gli rispondo. Gli racconto anche della coppia che ha suonato insieme un *Notturno* di Chopin.

– Chopin? Alla mamma è piaciuto?

– Molto. Ha perfino pianto.

– Pianto?! Non sapevo che fosse così sensibile alla musica classica.

La cena è pronta. Gustiamo i deliziosi piatti preparati da nostra nuora.

Dopo il dessert, le bambine cantano, accompagnate al piano dalla madre. Poi, Nobuki suona alla chitarra *Tristezza*, un motivo di Chopin. È molto nostalgico. Ogni tanto osservo l'espressione di Fujiko. Ma non manifesta particolari emozioni.

La serata si conclude verso le nove. Mio figlio vuole riaccompagnarci alla residenza, ma rifiuto. Domani è lunedì e deve svegliarsi presto.

Prendiamo l'autobus.

Lungo il tragitto, Fujiko resta in silenzio. Guarda dal finestrino le luci delle case, dei negozi, dei caffè, dei ristoranti. Dopo quindici minuti, attraversiamo dei campi di riso. Fujiko china la testa. Le chiedo:

– Il brano *Tristezza* di Chopin mi è piaciuto. Anche a lei?

Non replica. Penso alla serata.

Nobuki e sua moglie hanno una famiglia felice. Sono molto uniti, come i nostri vicini. Invidio il loro stile di vita, non vincolato dall'obbligo di prendersi cura dei genitori anziani, com'è stato per noi. Tuttavia, se non ci fossero stati i miei genitori che volevano molto bene a Fujiko, forse il nostro matrimonio non sarebbe durato tanto.

L'autobus entra nel nostro quartiere. Le luci appaiono ovunque. Fujiko canticchia con voce dolce:

Semi, semi, semi, dove ti celi?
Dopo tanti anni passati sottoterra
Ti resta solo qualche settimana all'aria aperta
Hai nostalgia del tuo lungo passato
Nell'oscurità?

– Fujiko-*san*, chi ha composto questa canzone?
– Io.
– Davvero? Tanto tempo fa?
– Il giorno in cui ho lasciato il mio villaggio natale. Ero sull'autobus.

Sono già le undici. Mi infilo nel letto.

Non sento rumori al di là dei paraventi. Probabilmente Fujiko sta già dormendo. Dato che lei è ancora "signorina", non posso entrare liberamente nel suo spazio "privato". Nemmeno lei è mai venuta dalla mia parte. Viviamo così da tre settimane.

L'avventura di Fujiko con il direttore d'orchestra diventa sempre più plausibile. Mi ha ripetuto anche poco fa: "Devo rendere i soldi al signor Miwa". Non posso più riderne.

Mia moglie è andata a letto con Rei Miwa. È rimasta incinta, gliel'ha fatto sapere e lui le ha dato trecentomila yen per abortire. Alla fine, non ha usato quel denaro perché abbiamo deciso di tenere il bambino. Naturalmente ero del tutto convinto che fosse figlio mio. Fujiko, invece, sapeva con certezza chi era il padre del neonato?

Non riesco a dormire.

Supino, rivedo il viso di Nobuki. Stasera mi sono reso conto che non mi somiglia per niente. In bagno ho visto uno spazzolino da denti che poteva essere suo. Guardandolo, ho pensato a un test del DNA. Basterebbe che inviassi un piccolo campione di saliva in un laboratorio. Ma avrò il coraggio di farlo? Scuoto la testa.

Sento un leggero cigolio. Dev'essere Fujiko che si gira nel letto. Chiudo gli occhi e faccio un bel respiro.

Squilla il telefono. Rispondo pensando che sia mia figlia, invece è Tami D., l'amica d'infanzia di mia moglie.

– Buongiorno, signor Nire. Come va?

Ha la voce sempre limpida e squillante. Le dico che Fujiko è al corso di ikebana e tornerà fra una mezz'ora. Mi propone:

– Una domenica vorremmo invitarvi a pranzo a casa nostra. Poi, potremmo andare a visitare il castello di Matsue che a Fujiko piaceva tanto.

La ringrazio e le prometto di richiamarla dopo averne parlato con lei. Approfitto per informarla che mia moglie ora crede che siamo fidanzati. Ignorando il mio imbarazzo, Tami scherza:

– Siete fidanzati! Allora siete ringiovaniti. Mi piacerebbe venire di nuovo al vostro matrimonio.

Sorridendo, la prego di accogliere Fujiko come una signorina.

– D'accordo! Avvertirò mio marito.

Mi racconta del suocero appena deceduto a novant'anni. Nonostante la morte piuttosto improvvisa, erano tutti contenti che avesse trascorso una vita dinamica da pescatore. Le faccio le mie condoglianze e mi chiedo se sa qualcosa della relazione fra mia moglie e Rei Miwa.

– Signora...

– Sì?

– Fujiko non ricorda niente della nostra vita matrimoniale.

– Mi dispiace. È una cosa molto triste, ma l'accetta come fidanzato, e questo è un dato di fatto.

Tami reagisce come Y., positiva e ottimista. Ripenso a ciò che le ho raccontato qualche giorno fa: a dispetto delle sue condizioni, Fujiko ha un ricordo nitido del concerto di Rei Miwa a Matsue.

– In effetti, signor Nire, è incredibile. La mia amica dev'essere stata felice di parlare con un personaggio così importante, anche se per pochi minuti.

Aggiunge che a Fujiko era piaciuto il *Notturno* di Chopin suonato come bis. La sua memoria mi sorprende, mi sembra però che non sappia che cosa è successo fra mia moglie e Rei Miwa. E quando accenno a mio figlio, che ama la musica classica, Tami mi chiede:

– Suona ancora la chitarra? Fujiko ne lodava il talento. A detta sua, era appassionato di Rodrigo.

– Come fa a sapere tutte queste cose?

– Perché prima di ammalarsi ogni anno mi ha spedito un biglietto per Capodanno.

Sussurro:

– Ah, è vero...

Tami prosegue:

– Vostro figlio ha già trentacinque anni? Come passa veloce il tempo.

A questo punto oso affrontare l'argomento che mi tormenta:

– Posso farle una domanda?

– Certo, signor Nire.

– Quando mia moglie era incinta di Nobuki, la chiamava spesso?

Tami resta in silenzio. La domanda deve sembrarle bizzarra. Risponde, esitante:

– Non molto. Prima della gravidanza, invece, mi chiamava quasi ogni settimana.

Incuriosito, ripeto:

– Prima della gravidanza?

– Sì. Era molto depressa.

– Depressa? Sa perché?

Tami tace ancora una volta. Insisto:

– Me lo dica, per favore.

– È sicuro?

– Sicurissimo.

– Lei pensava seriamente di divorziare.

Tami ha insistito sul "seriamente". Mio Dio... Dopo mio figlio, adesso anche l'amica d'infanzia di Fujiko mi parla dei nostri problemi coniugali.

– Fujiko si lamentava: "Mio marito mi tradisce. Ha un'amante".

Sono sconvolto. Come aveva fatto a scoprire la mia relazione con N.? Tami precisa:

– Sapeva che lei usciva con N., una sua ex. Un giorno mi aveva raccontato: "Mio marito andrà a Yokohama per lavoro. Lo accompagnerà la sua amante".

– ...

– Mi aveva confidato anche: "Mio marito ha rinunciato a sposare N. perché lei doveva occuparsi della madre malata. Quando mi ha sposata la loro relazione non era finita".

Sono ancora più sconvolto. Non era andata affatto così. Ma come aveva fatto a sapere queste cose? Tami aggiunge, come se mi leggesse nel pensiero:

– Yonago è una piccola città, come la nostra.

– ...

– Fujiko era chiaramente infelice. La spronavo a uscire, ogni tanto. Per questo l'avevo invitata qui al concerto di Rei Miwa. Purtroppo, avevo dovuto annullare e lei ci era andata da sola. Poi le sue telefonate si sono diradate.

Mi riecheggiano le parole di mia moglie: "Sono andata a letto con lui perché era una notte di luna piena". Chiedo a Tami:

– Dopo non le ha più parlato del divorzio?

– No, perché era rimasta incinta e lei aveva smesso di vedere la sua ex.

Sono confuso. Fujiko aveva saputo anche che N. e io ci eravamo lasciati? Com'è possibile? Tami conclude con voce allegra:

– E poi, avete avuto Nobuki! Dopo due figlie, la nascita di un maschietto deve aver procurato una grande gioia a voi e ai vostri genitori. Fujiko era troppo impegnata con tre figli, non mi chiamava più, ma mi scriveva sue notizie a Capodanno.

Tami continua a parlare. Alla fine, ripete che lei e il marito non vedono l'ora di averci a Matsue.

Dopo cena andiamo a fare una passeggiata nel solito parco. Fujiko porta il cestino da lavoro e io una rivista. C'è ancora il sole. Il tempo è umido, ma il caldo è meno soffocante rispetto al pomeriggio. Lei si ripara ancora sotto il suo vecchio ombrellino rosa.

Dopo aver camminato intorno allo stagno, ci riposiamo su una panchina all'ombra di un grande olmo. Osservo la fontana. Le anatre nuotano tranquille. Fujiko tira fuori dal cestino un gomitolo di lana gialla e inizia un altro quadretto. Le sue mani si muovono più lentamente.

Con la rivista aperta sulle ginocchia, penso all'invito di Tami D. L'ho accettato senza fissare una data.

– Fujiko-*san*, Tami ci ha invitati a pranzo con suo marito.

Mi guarda perplessa:

– Tami? Chi è?

La sua reazione mi sconcerta, ma le spiego:

– La sua amica che abita a Matsue. Gestisce una pescheria con il marito. Una volta le ha dato un biglietto per un concerto.

– Ah, quella Tami...

Incoraggiato, continuo:

– Dovevate andarci insieme, ma la sua amica si era sentita male. Così, lei ci è andata da sola.

Resta in silenzio. Proseguo:

– Le era piaciuto molto il *Notturno* di Chopin suonato come bis.

Sussurra con gli occhi rivolti al cielo limpido:

– Matsue... concerto... notturno... Chopin...

Poi si rimette a lavorare al quadretto giallo. Lascio perdere.

In verità, non ho voglia di vedere quella coppia di pescivendoli. Sono passati quasi quarant'anni dal nostro ultimo incontro. Continuiamo a non avere niente in comune. Se Fujiko non è entusiasta all'idea di incontrarli, non vale la pena di andare fin là. Fra l'altro, non mi fa per niente piacere che sappiano della mia relazione con una ex e che mia moglie volesse divorziare.

Una coppia di anatre avanza fra le canne. Fujiko sussurra ancora una volta:

– Devo rendere i soldi al signor Miwa...

Di nuovo quel direttore d'orchestra?! Offeso, ignoro le sue parole. Non è giusto. La nostra lunga vita insieme è del tutto svanita, mentre il ricordo della sua effimera avventura resta indelebile. Quarantotto anni in confronto a una notte. Sembra che Fujiko neghi inconsciamente che esisto come marito.

Una cicala inizia a frinire sopra di noi. Fujiko ne imita il canto:

– Jiii, jiii, jiii...

Le chiedo distrattamente:

– Che specie è?

– È un'*abura-zemi*!

– Quanti anni vive sottoterra?

– Sei anni.

Non mi colpisce la lunga vita dell'insetto, bensì come sia selettiva la memoria di mia moglie. Fujiko non ricorda che cosa ha mangiato stamani, ma ha impresse nella mente cose imparate nell'infanzia.

La coppia di anatre va verso la fontana. Fujiko la segue con lo sguardo. Il canto dell'*abura-zemi* continua.

– Tetsuo-*san*.

– Sì.

– Negli Stati Uniti le larve di alcune cicale vivono sottoterra per diciassette anni.

Esclamo:

– Così tanto!

– Escono tutte insieme. Vicino a New York, miliardi di cicale cantano in coro.

Miliardi? Mi sembra una quantità esagerata, ma evito di commentare. Prosegue:

– Se sono fortunate, sopravvivono un mese all'aria come le altre specie. Le femmine muoiono dopo aver deposto le uova.

– Diciassette anni sottoterra e solo un mese fuori? È penoso!

Fujiko continua il suo quadretto. Ha un'espressione innocente e serena, come se si fosse liberata del dolore, della tristezza, della gelosia, della rabbia... La vita non è tutta rose e fiori. La sua è finalmente sbocciata dopo un lungo periodo nell'oscurità, come quella dell'insetto? Il nostro matrimonio era così tetro per lei?

Nel periodo in cui la tradivo con la mia ex, Fujiko era afflitta e depressa. Poi ha passato una notte con Rei Miwa ed è rimasta incinta. È nato Nobuki. Se avessi saputo che non era mio figlio, avrei divorziato? E, a prescindere da questo, sarei stato capace di crescere quel figlio come se fosse stato mio?

– Tetsuo-*san*, se... se... lei fosse...

– Se io fossi?

– Se lei fosse una cicala di New York e io un'*abura-zemi*...

Si interrompe. Mi chiedo che cosa dirà. Riprende:

– Ci incontreremmo di nuovo fra centodue anni.

– Perché fra centodue anni?

– Diciassette volte sei.

Rifletto ed esclamo:

– Ah, parla del minimo comune multiplo!

Accenna un sorriso. Dimenticavo che era brava nel calcolo mentale e nel *soroban*.

Mi guarda negli occhi:

– Tetsuo-*san*, le piacerebbe rivedermi fra centodue anni?

Non so che cosa rispondere.

È domenica pomeriggio.

Abbiamo appena pranzato con mia figlia e la sua famiglia. Gli altri vanno tutti in spiaggia a fare il bagno. Il termometro segna trentacinque gradi. Troppo caldo per passeggiare. Preferisco restare nella camera climatizzata.

Leggo per un'ora degli articoli di politica. Poi mi appisolo un po' sul divano. Quando mi sveglio sono appena le quattro. Per ingannare il tempo scendo nel salone.

Ci sono una decina di persone. Vedo il signor B., il mio vicino di pianerottolo. Chiacchiera allegro con un uomo che non mi è familiare e che sembra aver superato da poco i sessantacinque anni. Il suo volto dai lineamenti netti, incorniciato da capelli argentati, attira l'attenzione. Dal colore della pelle e degli occhi, direi che è *half*. Il mio vicino mi chiama:

– Signor Nire!

Mi invita al loro tavolo. Accetto volentieri, compro una birra al bancone e mi siedo con loro. Mi presenta lo sconosciuto:

– Ecco un nuovo ospite, il signor J.

Lo saluto e ricordo che una signora di cento anni è morta da poco e la sua camera è stata subito occupata da qualcun altro. Il signor J. parla un bel giapponese. Racconta che sua moglie è deceduta l'anno scorso di polmonite e ha sofferto di Alzheimer per sei anni. Quando gli dico che ne è affetta anche la mia, si offre con aria caritatevole:

– Se potrò esserle utile con la mia esperienza, lo farò con piacere.

Lo ringrazio. Poi ci spiega brevemente che cosa faceva: era commerciante di abbigliamento. Per curiosità gli chiedo:

– Di dov'è originario?

– Mio padre è americano, di origine irlandese, e mia madre giapponese.

– Davvero?

Aggiunge con ironia:

– Perlomeno, questo è ciò che ho creduto per molto tempo.

– In che senso?

– Sì, finché non ho fatto il test del DNA, cinque anni fa.

DNA? Mi avvicino mio malgrado. Penso a Nobuki. Il mio vicino chiede al signor J.:

– E quali risultati ha avuto?

– Incredibili! Sono coreano per il trenta per cento, cinese per il venti per cento, ebreo askenazita per il quaranta per cento, russo più altre etnie slave per il cinque per cento. Per farla breve, le mie origini non sono né irlandesi né giapponesi.

– Mamma mia! I suoi genitori erano ancora vivi quando lo ha scoperto?

– Mio padre no, mia madre sì. Le ho chiesto provocatoriamente: "Mamma, sono stato adottato?". Ha gridato: "Ti ho partorito io! Sei figlio mio al duecento per cento!".

Il signor B. ride, io non ho il coraggio. Se Nobuki facesse il test del DNA, mi farebbe la stessa domanda: "Papà, sono stato adottato?". Non potrei rispondergli come la madre del signor J. Il mio vicino prosegue:

– Qual è la sua nazionalità?

– Giapponese. In seguito a quest'esame, mia madre mi ha svelato le mie origini. I suoi nonni erano arrivati dalla Corea molto prima della guerra e si erano fatti naturalizzare dopo i conflitti. Poi, il loro figlio unico ha sposato una cinese.

Osservando i suoi lineamenti raffinati, penso a Rei Miwa. Se mai Nobuki scoprisse che non sono il suo padre biologico e sua madre gli svelasse la relazione con il maestro... Rabbrividisco. Il signor B. continua a fare domande:

– Sua madre sapeva che il marito non aveva origini irlandesi?
– Mia madre mi ha confessato che suo marito non era il mio padre biologico.
Lo ascolto turbato. Il mio vicino commenta impietosito:
– Ne sarà stato sconvolto.
– Certo – risponde il signor J.
– Il suo vero padre era quindi ebreo askenazita.
– A quanto pare. Mia madre è rimasta sorpresa dai risultati del mio DNA perché credeva che il mio padre biologico avesse origini tedesche.
– Ha mai incontrato il suo vero padre?
– No, mai. Non sapeva della mia esistenza.
– E perché?
– Un giorno mia madre è andata da sola a teatro mentre il marito era in viaggio d'affari. Un bell'uomo l'ha invitata a bere. Un canadese che capiva il giapponese. Lei ha accettato. Secondo lei, era emigrato dalla Germania in Canada.
Sono scosso. Mi passa per la testa la scena in cui Fujiko incontra Rei Miwa. Come ha sedotto mia moglie? Lei lo ha seguito in albergo per vendicarsi della mia relazione con la mia ex?
Il signor J. continua:
– Mia madre era alquanto puritana. Le ho chiesto: "Perché hai seguito uno sconosciuto?". Mi ha risposto: "Non lo so. È stato un incidente. Mi ricordo perfettamente, però, che era una notte di luna piena". E così, è rimasta incinta.
– Perché era una notte di luna piena?
Il mio vicino ripetendolo scoppia a ridere. Ancora più stupito, chiedo al signor J.:
– Come ha reagito il marito di sua madre alla notizia della sua gravidanza?
– Si è rallegrato. Mia madre aveva trentasei anni. Lui pensava che fosse sterile, così mi ha raccontato in seguito.
Balbetto:
– Il... il padre che l'ha cresciuta, com'era?
– È stato un ottimo padre. Gli ho voluto bene e gliene

voglio ancora. Ho preferito che sia morto senza conoscere la verità.

Il signor B. gli dice:

– Oppure la conosceva.

Guardo il signor J. che sussurra:

– Può darsi...

Torno in camera nostra. Ho ancora tempo prima che Fujiko torni dalla spiaggia. Non sapendo cosa fare, mi siedo sul divano. Accendo la televisione ma non c'è molto. Spengo sospirando.

Osservo i paraventi bianchi fra i nostri letti. Sono brutti. Mi sembra di vivere in ospedale. Questi divisori sono una sorta di messaggio di mia moglie, il rifiuto del suo passato. Y. mi ha suggerito: "Sposatevi il prima possibile e Fujiko-*san* li farà togliere". Capisco, ma recitare questa commedia mi crea troppo imbarazzo. Per giunta non sono nemmeno sicuro che accetterà di sposarmi, anche se siamo "fidanzati".

Il display del telefono fisso lampeggia. Ascolto i messaggi. Mia figlia mi informa che riaccompagnerà qui la madre intorno alle sei e mezzo. Poi, un commesso della mia libreria preferita mi informa dell'arrivo dei libri che ho ordinato. Infine, Nobuki: "Buongiorno, papà. Come stai? Ho una bella notizia da darti. Puoi richiamarmi? Mi sto riposando a casa".

Una bella notizia? Incuriosito sollevo il ricevitore. Ma mi interrompo dopo le prime cinque cifre. Rivedo il viso del signor J. La domanda mi tormenta di nuovo: Fujiko ha svelato a Nobuki la sua relazione con Rei Miwa? Riaggancio sconfortato.

Esco sul balcone. Il caldo soffocante mi assale di colpo. Il cielo è coperto per metà da nuvole scure. Stasera pioverà. Accendo una sigaretta.

Jiii… jiii… jiii… Un'*abura-zemi* frinisce sul pino che tocca il balcone. Ripenso alla cicala che la figlia più piccola di Nobuki ha liberato. Dov'è? Sarà ancora viva? Secondo mia moglie, è complicato allevare questi insetti perché hanno bisogno della linfa delle piante. Se vengono catturate, deperiscono in fretta. Ha ragione. Canto inconsapevolmente la sua canzone. *Semi, semi, semi, dove ti celi? Dopo tanti anni passati sottoterra…*

Rifletto fumando. Quanti anni mi restano?

Il mio stato di salute è buono. Con un po' di fortuna potrei vivere ancora dieci, quindici o anche venti anni e più. Potrei arrivare fino a cent'anni. Mi sembra tanto tempo, ma in fondo è solo una goccia nella storia dell'umanità. Non più delle poche settimane di vita all'aria delle cicale. E a Fujiko quanti anni di vita resteranno?

Penso al nostro passato insieme. Che cos'è stato? Ho tradito mia moglie con una ex. Lei mi ha tradito con un direttore d'orchestra e ha dato alla luce Nobuki. Il nostro matrimonio è sopravvissuto senza che affrontassimo mai i nostri problemi. Fujiko si fingeva innocente. Era molto più maligna di quanto pensassi. Poi ha dimenticato del tutto la nascita del figlio, non lo riconosce nemmeno più. Mi piacerebbe perdere la memoria come lei! E ora la cosa che più la preoccupa è rendere il denaro a Rei Miwa.

Sono sempre più nervoso. È ridicolo. Devo calmarmi. Faccio un bel respiro, provando a fugare i brutti pensieri.

"Papà!" La voce di Nobuki mi risuona in testa.

L'ho cresciuto, amato, gli ho voluto più bene che alle mie due figlie. Non dimentico com'ero felice quando è nato: "Finalmente un maschio!". Mi rassicurava che avesse il mio stesso gruppo sanguigno, B. Molto fiero del nostro futuro erede, avevo scelto i *kanji* 信樹 che significano l'albero fedele, in onore al nostro cognome Nire: "olmo".

Nobuki… Scuoto la testa. No, lui non c'entra niente con l'errore di sua madre. Non devo comportarmi in modo diverso con lui. È il mio figlio prezioso. Non importa chi lo ha generato, bensì chi lo ha cresciuto. Il passato è passato e non si può tornare indietro. Devo solo dimenticare tutta questa storia di Rei Miwa.

Finalmente mi risollevo e torno in camera. Alzo il ricevitore e compongo il numero di Nobuki.

– Pronto, sono io.

– Buonasera, papà!

La sua voce allegra che pronuncia "papà" mi conforta. Mi racconta che le figlie giocano nella piscina familiare sul retro e sua moglie è uscita a fare spese. Lui, invece, si stava esercitando con la chitarra. Gli dico che sua madre è andata sulla spiaggia con sua sorella. Ne è contento.

– Allora, Nobuki, dimmi la bella notizia.

– Riguarda il signor Miwa, il maestro.

Ancora lui! Sconcertato, non replico subito.

– Papà, mi senti?

– Sì...

– La nostra orchestra lo aveva invitato a una delle ultime prove. Verrà da noi la settimana prossima!

– Come?

– Andrà a Matsue, e nell'occasione passerà da Yonago. Eseguirò un brano di Rodrigo sotto la sua direzione. Sono molto emozionato.

Fingo di essere contento:

– Ma che bella opportunità!

– Grazie, papà. Potresti venire a vederlo con la mamma.

Balbetto:

– No... no, verremo solo al concerto.

Nobuki insiste:

– Mi avevi detto che, poco prima che nascessi, la mamma aveva assistito a un concerto diretto da lui a Matsue e ne conserva un ricordo nitido. Se rivedesse ora il signor Miwa, forse le tornerebbero in mente episodi di allora.

Gli rispondo senza entusiasmo:

– Vedremo.

Sono le sei e un quarto. Fujiko tornerà presto dalla spiaggia. Provo a leggere una rivista, ma non riesco a concentrarmi. Sono ancora turbato dalla "bella notizia" di Nobuki.

Mio figlio non vede l'ora di incontrare Rei Miwa, non sa che molto probabilmente è il suo padre biologico. Domenica prossima vorrebbe che lo ascoltassimo insieme. In genere non insiste così. Non ho voglia di andare alle prove.

Mi chiedo di nuovo se il direttore d'orchestra possa riconoscere Fujiko. Un musicista famoso e affascinante come lui incontrerà tantissima gente, soprattutto ammiratrici. Forse ha dimenticato la notte trascorsa con mia moglie, una spettatrice fra tante.

Squilla il telefono. Anzu mi informa che saranno di ritorno fra pochi minuti. Mi lavo il viso e mi avvio con calma.

Quando arrivo alla porta, Fujiko sta per scendere dalla macchina. È molto abbronzata. Nostro genero mi racconta come si è comportata sulla spiaggia. Sembra che abbia nuotato tanto insieme a lui. Nostra nipote canta ancora *Il cappello a punta*. Sua nonna la segue, pronunciando le parole più chiaramente di prima. Anzu, molto contenta, le raggiunge. Gli ospiti che passano le ascoltano e applaudono.

La macchina riparte. Tutti agitano la mano:

– Arrivederci, Fujiko-*san*!

Mia moglie fa lo stesso:

– Arrivederci, amici!

Andiamo in sala da pranzo.

Più della metà dei tavoli è già occupata. Ne troviamo uno in un angolo. Stasera c'è lo *hiyashi-chūka*. Alcuni ingredienti freschi finemente tagliati sono distribuiti sui noodles: carota, cetriolo, pomodoro, uovo, prosciutto. I bei colori stuzzicano l'appetito. Fujiko mangia parlando delle verdure che i genitori coltivano nel suo villaggio natale. A quanto pare, sono ancora vivi nella sua memoria. Resto in silenzio, ancora preoccupato per la richiesta di Nobuki.

Fujiko si blocca di colpo. Con le bacchette in aria, fissa qualcosa. Mi volto verso la finestra e adocchio il signor J. È a tavola con i nostri vicini di pianerottolo, il signor e la signora B., non li vedo in faccia. Le signore accanto a noi squadrano il nuovo arrivato. Una di loro bisbiglia a un'altra:

– È *half*. È bello e affascinante.

L'altra le risponde:

– Davvero. Sua moglie è morta l'anno scorso.

In quel momento Fujiko esclama:

– È qui!

– Chi?

– Il signor Miwa.

Cosa? Il direttore d'orchestra è venuto qui? Non è possibile. Con fare sicuro, indica il nuovo ospite. La correggo:

– No, è il signor J.

Insiste:

– È il signor Miwa. Devo rendergli subito i soldi.

Sono imbarazzato. Non bisogna contraddirla. I due uomini, in effetti, si somigliano: lineamenti delicati, naso dritto, occhi grandi. Fujiko forse li confonde. Ripete:

– Devo rendergli i soldi.

Si alza. La prendo per il braccio:

– Aspetti, Fujiko-*san*! Adesso il signor Miwa è molto occupato.

– Perché? Sta cenando come noi.

– Discute del prossimo concerto con i nostri vicini violinista e pianista. È meglio non disturbarli.

Mi chiede:

– Quando potrò renderglieli?

Le propongo controvoglia:

– Domenica prossima. Il signor Miwa dirigerà un'orchestra amatoriale nella nostra città. Si tratta solo delle prove, potremo incontrarlo in quell'occasione.

Riflette e afferma:

– Vado in banca a ritirare i trecentomila yen.

– Domani la accompagno.

– Grazie, Tetsuo-*san*. È molto gentile.

Mia moglie, più tranquilla, si siede e continua a cenare. Ho i sudori freddi. È proprio ossessionata da quei soldi.

– A proposito, Fujiko-*san*, dove abita suo figlio?

– Mio figlio? No, io ho partorito una figlia.

La fisso, attonito. Una figlia? Il neonato non era Nobuki?

– Dove vive sua figlia?

– È morta tanto tempo fa di un cancro al cervello.

– Come si chiamava?

– Kyōko.

Fujiko è seria. Tace. Parla della nostra primogenita, deceduta davvero cinque anni fa di quella malattia. La confonde con Nobuki. Mentre mangio lentamente, lei finisce il suo *hiyashi-chūka*. Con aria molto soddisfatta, esclama:

– È squisito!

Mi volto verso il tavolo accanto alla finestra. Il signor J. e i nostri vicini se ne sono andati.

L'indomani, quando mi sveglio, Fujiko è già pronta per uscire. Afferma:

– Tetsuo-*san*, andiamo ora in banca.

Mio Dio, si ricorda della promessa che le ho fatto ieri! È lunedì. Sono appena le sette. Le rispondo:

– Sì, dopo colazione andiamo.

– Grazie, Tetsuo-*san*.

Il suo sguardo si illumina. Ma dove ha messo i trecentomila yen? Dubito che li abbia versati sul nostro conto. Sono passati già trentasei anni. Non sarà facile rintracciarli. Provo a chiederle:

– Dov'è la sua banca?

– A Matsue.

La città dove aveva incontrato Rei Miwa? Continuo:

– Come si chiama la sua banca?

Dice distintamente:

– Cassa di Credito M.

La conosco. Se non vado errato, esiste dagli anni ottanta. Eppure, da quando siamo qui, non abbiamo mai ricevuto posta da quell'istituto. Nemmeno Anzu, che abita nella nostra vecchia casa, ne ha mai ricevuta. Nonostante tutto prometto a Fujiko:

– Oggi andremo insieme a Matsue.

– Grazie. È molto gentile.

Sorride. Ha un'espressione serena. Evidentemente la cosa

più importante per lei non è rivedere Rei Miwa, ma restituirgli il denaro. Se i soldi non saranno in quella banca, andrà nel panico. Decido di portare con me trecentomila yen.

– Fujiko-*san*, andremo in treno. Prima di fare colazione vado in banca a prendere un po' di soldi.

Annuisce. Esco subito.

È nuvoloso. Oggi il caldo è meno opprimente di ieri. Cammino sperando che la giornata finisca senza troppi ostacoli.

Arrivo alla filiale della nostra banca. Ritiro trecentomila yen al bancomat. Da sette o otto anni mi occupo io della gestione economica, un compito che aveva sempre assolto mia moglie fin dall'inizio del nostro matrimonio. Era molto affidabile e onesta. Avevo piena fiducia in lei. Controllo le banconote, perplesso. Perché ha depositato quel denaro in una banca a Matsue, anziché qui a Yonago?

Quando rientro le dico:

– Fujiko-*san*, non dimentichi di portare il libretto bancario e il suo *hanko*.

Mi guarda turbata:

– Libretto e *hanko*? Non so dove sono.

Non avevo dubbi. La rassicuro:

– Non si preoccupi, ci penserò io.

– Grazie, è molto gentile.

Vado in bagno a radermi. Rifletto. Alla Cassa di Credito M. deve aver depositato il denaro su un conto a termine, dal quale probabilmente non ha mai prelevato. Poi, ci siamo trasferiti qui per i suoi sintomi dell'Alzheimer. Forse non ha comunicato il nuovo indirizzo.

Esco dal bagno e prendo dalla scrivania il certificato da cui risulto tutore legale di mia moglie. Con questo documento potrò svuotare il conto facilmente. Metto il denaro prelevato poco fa in una busta marrone e la infilo nella tasca interna della giacca.

Scendiamo in sala da pranzo. La zuppa di miso profuma come ogni mattina. Lascio che Fujiko si sieda al suo tavolo preferito e vado a prendere i nostri piatti. Al bancone incontro il mio vicino di pianerottolo. Il signor B. mi dice:

– Il signor J. è partito per Montreal stamattina presto.

– Per turismo?

– Non esattamente. Va a fare ricerche sul suo padre biologico.

– Davvero? Spero che vadano a buon fine.

China la testa:

– Non so. Sarebbe un colpo per il padre biologico e per tutta la sua famiglia. Secondo me, certe cose è meglio non rivangarle.

Evito commenti. Riprende cambiando argomento:

– Mio figlio mi ha detto che domenica prossima Rei Miwa passerà dalla nostra città per offrire consigli a un'orchestra amatoriale. Lui e sua madre non vedono l'ora.

Ricordo che anche suo figlio suona la chitarra. Esito a parlargli di Nobuki, e così il signor B. prosegue:

– Una volta, a Matsue, mia moglie e io abbiamo ascoltato un concerto diretto da Rei Miwa.

– Di recente?

– Oh no, più di trent'anni fa. Il direttore era proprio bello! In quell'occasione mia moglie è diventata una sua grande ammiratrice.

Quando torno con il vassoio, Fujiko sta scrutando la sala come se cercasse qualcuno.

Dopo colazione partiamo per Matsue.

Sul treno Fujiko guarda il paesaggio in silenzio, come quando siamo andati a trovare Nobuki. Mi chiedo se devo avvertire Tami del nostro arrivo. È un giorno feriale. Probabilmente lei e il marito sono in pescheria. Rifletto un po' e alla fine evito. In fondo, ieri Fujiko non ha reagito al nome dell'amica d'infanzia.

Alla stazione di Matsue prendiamo un taxi e arriviamo alla Cassa di Credito M. in meno di dieci minuti. Si trova all'inizio della strada dei negozi del quartiere H., dove eravamo stati con Kyōko qualche mese prima che morisse.

La banca è più grande di quanto credessi. Entriamo. Un ampio schermo su cui scorrono le pubblicità è affisso alla parete e davanti ci sono delle poltrone. Lascio Fujiko lì ad aspettarmi e vado al bancone.

Un'impiegata mi accoglie con gentilezza. Le spiego che mia moglie vorrebbe chiudere un conto e io sono il suo tutore legale. Aggiungo che ha smarrito il libretto e lo *hanko* e che l'indirizzo a loro disposizione dev'essere ancora quello della nostra vecchia casa. Le mostro tutti i documenti legali necessari. Lei li porta in un ufficio in fondo.

Fujiko fissa lo schermo, sprofondata in poltrona. Parlano

di ipoteche. Una coppia sogna una casa. Ha tre figli: un maschio e due femmine, come noi. Lei guarda immobile le pubblicità che scorrono in loop. A che cosa pensa? Alla nostra futura vita familiare?

L'impiegata torna e dice:

– Il nome Fujiko Nire non figura nei nostri fascicoli né nei nostri archivi.

– Mia moglie non ha mai avuto un conto qui?

Mi risponde con tono sicuro ma compassionevole:

– No, signore. Mi dispiace.

Deluso, mi scuso per il disturbo e ripongo i documenti. L'impiegata se ne va. Prendo dalla tasca la busta marrone con i trecentomila yen e mi avvicino a mia moglie che continua a fissare lo schermo.

– Fujiko-*san*.

Si volta. Le tendo la busta:

– Ecco i suoi soldi.

Le brillano gli occhi di gioia. Esclama:

– Grazie, Tetsuo-*san*! È molto gentile.

Non controlla e fruga nella borsa. Che cosa cerca? Prende una penna a sfera e scrive sulla busta:

みわれいさまへ – Per il signor Rei Miwa

I caratteri *hiragana* sono tremolanti ma leggibili. Deve aver dimenticato i *kanji* 美輪礼. Poi ripone molto scrupolosamente la busta nella borsa.

Usciamo dalla Cassa di Credito M.

Sono quasi le undici. Potremmo passeggiare un po' prima di pranzo. Le propongo di visitare l'università, dove la nostra figlia maggiore aveva studiato. Fujiko mi risponde:

– No, preferisco vedere Tami.

Come? Adesso si ricorda della sua amica d'infanzia? Telefono alla pescheria. Tami mi risponde:

– Signor Nire! Speravamo di ricevere una sua telefonata. Avete deciso quale domenica verrete a trovarci?

Le spiego che per l'appunto siamo a Matsue e Fujiko vorrebbe vederla. Dato che lavorano tutto il giorno in negozio, Tami mi propone di pranzare insieme in un ristorante. Accetto ricordandole come sta mia moglie. Lei risponde con calma:

– Non si preoccupi, signor Nire. Mio marito e io vi tratteremo come se foste fidanzati.

Arriviamo alla pescheria in taxi.

Il negozio è stato ingrandito e modernizzato. Quando l'avevo visto circa quarant'anni fa era davvero piccolo e vecchio. Il cambiamento è considerevole. Gli affari devono andare a gonfie vele. Tami e suo marito non hanno figli. Un tempo, Fujiko mi diceva che la pescheria era il loro bebè.

Ci accolgono con affetto. Hanno volti vivaci e sorridenti. Benché siano nostri coetanei, sembrano molto più giovani di noi. Hanno cinque impiegati: tre uomini e due donne. Sono tutti molto indaffarati nei loro camici bianchi.

Fujiko saluta l'amica d'infanzia:

– Le presento il mio fidanzato, il signor Tetsuo Nire. È molto gentile.

Tami si complimenta:

– Sono contenta per voi. Avrete una bella famiglia. Ne sono certa!

La ringrazio imbarazzato. Le due donne dai capelli grigi cinguettano come ragazzine. Il marito di Tami osserva la messinscena senza interromperla. Ma quando Fujiko si mostra incuriosita da un pesce raro nel bancone le propone di fare il giro del negozio. Lo segue. Tami mi informa che abbiamo un tavolo già prenotato in un ristorante vicino. Mi chiede:

– C'è qualcosa di speciale, oggi a Matsue?

– No, siamo soltanto andati alla Cassa di Credito M.

Sgrana gli occhi:

– Alla Cassa di Credito M.?

– Sì.

Esito, poi le racconto che Fujiko credeva di aver depositato del denaro ma non è mai stato aperto un conto a suo nome in quella banca; così, per evitarle la delusione, le ho dato io i soldi che avevo portato con me, qualora... Tami mi interrompe:

– Venga nel mezzanino.

Sale le scale senza aspettare la mia risposta. La seguo pensando che questi racconti la annoino. Mi fa entrare nel suo ufficio, da cui si può vedere tutto il negozio. Suo marito di sotto sta mostrando a Fujiko vari pesci. Tami fa loro segno di aspettare qualche minuto. Poi mi chiede spiccia:

– Parla dei trecentomila yen, vero?

Sono allibito:

– Come fa a saperlo?

– Fujiko mi aveva affidato quel denaro.

Resto di stucco:

– Quando?

– All'inizio della gravidanza di vostro figlio.

Mi fissa negli occhi. Mi sento incastrato. Mio Dio... Probabilmente sa tutto sul concepimento di Nobuki. Resto un po' in silenzio. Aspetta che prenda la parola. Alla fine, mi apro:

– So di non essere il padre biologico di Nobuki. Mi racconti tutto con onestà.

– Stando così le cose, è più facile.

Tami lancia un'occhiata intenerita verso il pianterreno dove suo marito chiacchiera con Fujiko. Comincia a raccontarmi con calma:

– Un mese dopo il concerto a Matsue, Fujiko mi ha chiamata per annunciarmi la gravidanza. Sono rimasta sorpresa perché voleva divorziare, come le dicevo giorni fa al telefono.

– ...

– Una cosa in particolare mi aveva stupito: forse lei non era il padre del bambino. Secondo Fujiko, era stato un imprevisto con un conoscente. Non potevo credere alle mie orecchie. Una donna puritana come lei non poteva aver avuto un'avventura così!

– Ha saputo chi era questo conoscente?
– No. E lei?
Turbato, faccio cenno di no. Tami continua:
– Ovviamente, Fujiko era sconvolta. Il "conoscente" le aveva dato del denaro perché abortisse subito. La parola "abortire" mi aveva spaventata. Le avevo consigliato: "Divorzia e partorisci. Mio marito e io adotteremo con gioia il bambino". Mi aveva risposto: "Ci penserò".
Sono allibito. Divorziare da me e far adottare il bambino da una coppia di amici perché forse non ero il padre biologico? Che storia! Tami prosegue:
– Un mese dopo avermi chiamata, Fujiko è venuta a trovarmi. Mi ha detto: "Tengo il bambino. Mio marito non dubita di esserne il padre e mi incoraggia a partorire nonostante l'età".
Mi rivedo la scena in cui Fujiko provava a farmi decidere della gravidanza, mentre io ero disorientato dalla parola "abortire" che aveva appena pronunciato. Tami prosegue:
– Era venuta per consegnami i trecentomila yen che aveva ricevuto. Voleva che li depositassi sul mio conto.
– Perché non li ha resi al suo "conoscente"?
– Perché gli aveva promesso di abortire.
Sussurro:
– Fujiko quindi non ricordava a chi avesse consegnato quei soldi...
– A quanto pare sì. Ma mi sorprende che ricordi il nome della banca.
Tami apre un cassetto della scrivania chiuso a chiave. Tira fuori un foglio, lo spiega e me lo passa:
– Guardi, signor Nire.
Riconosco la scrittura di mia moglie. Un messaggio brevissimo:

Cara Tami,
ti prego di usarli per gli orfani.

Fujiko

Alzo gli occhi:
– Gli orfani?
– Sì. All'epoca cominciavamo ad assumere degli impiegati. Il primo è stato un ragazzo di diciotto anni, cresciuto in un orfanotrofio. Era un gran lavoratore. Da allora prendiamo giovani venuti da lì. Ogni volta che un impiegato ha un figlio, usiamo il denaro per fargli un regalo utile.
Ascolto a capo chino. Tami prende dallo stesso cassetto un fascicolo di fogli. Sono ricevute di vari oggetti: un letto, un passeggino, un seggiolino da auto e così via. Le sue parole mi commuovono:
– I nostri impiegati sono meravigliosi. Presto noi ci ritireremo e saranno loro a ereditare il negozio.
Mi sorride fiera. Vedo di sotto Fujiko che sta chiacchierando con una giovane impiegata. Tami conclude:
– Fujiko le ha quindi confessato che lei non è il padre biologico di Nobuki. Ne sono contenta. Prima o poi la verità sarebbe emersa, e non è piacevole venirla a sapere da altri.
Non reagisco. Non sa che mia moglie non mi aveva rivelato questo segreto quando era ancora lucida, ma l'ho scoperto da poco perché è ossessionata dall'idea di restituire i soldi a Rei Miwa. Le parole del signor B. mi risuonano nelle orecchie: "Secondo me, certe cose è meglio non rivangarle".
Tami mi chiede:
– Suo figlio conosce la verità?
Scuoto la testa. Sussurra:
– Capisco...
Ripone i fogli nel cassetto e lo chiude a chiave. La ringrazio. Accenna un sorriso. Guardo di nuovo di sotto. Suo marito sta mostrando a Fujiko dei grossi pesci rossi in cassette di legno. Tami li chiama:
– Andiamo a pranzo!
Fujiko si volta verso di noi e agita la mano.

Intorno alle sei torniamo alla residenza.

Sono ancora scosso dalla giornata a Matsue, mentre Fujiko sembra rifiorita. Esclama ancora una volta:

– Grazie, Tetsuo-*san*. È molto gentile.

Ha i trecentomila yen in borsa. Dovrei accertarmi che li metta al sicuro, ma sono troppo stanco per farlo.

– Fujiko-*san*, mi riposo un po'. Scendiamo fra un'ora per la cena.

Accetta di buon grado ed esce sul balcone con il cestino da lavoro. Vado nel mio angolo delimitato dai paraventi.

Mi stendo sul letto. Faccio respiri profondi a occhi chiusi. Riaffiora un ricordo: contemplavo una foto di Fujiko quando aveva ventisette anni. Sento di nuovo le parole entusiaste della coppia che mi aveva proposto il *miai*: "La signorina Kajiyama è umile, responsabile e simpatica. Piacerà anche ai suoi genitori!".

Era l'inizio degli anni settanta. Allora il matrimonio con il *miai* era molto frequente, così come la convivenza di due, tre, perfino quattro generazioni. I miei genitori pensavano che il loro figlio unico dovesse vivere con loro dopo il matrimonio e io condividevo quest'idea. Era importante, quindi, che scegliessi una moglie che andasse d'accordo con loro.

Fujiko è diventata una madre e una nuora ideali. Si occupava davvero bene dei nostri figli. I miei genitori la adoravano, soprattutto mia madre, che la trattava come una figlia. Quando uno dei due si ammalava, Fujiko se ne prendeva cura con devozione. I vicini mi ripetevano: "Sei fortunato ad avere una moglie così! Se la farai piangere, verrai punito".

Nonostante tutto, ho avuto una relazione extraconiugale con N. Fujiko doveva soffrirne molto. Lei ha avuto un'avventura di una notte con un maestro famoso. Le due infedeltà hanno avuto conseguenze diverse. La mia relazione si è chiusa senza complicazioni. Fujiko ha dato alla luce Nobuki, del quale non sono il padre. Aveva ricevuto del denaro per abortire. Si sarà sentita in colpa. Non le rimprovero di essersi confidata con la sua cara amica, Tami.

Quando avevo detto a N. della gravidanza di mia moglie, aveva commentato: "Incidente o no, è probabile che il bambino sia stato concepito per salvare il matrimonio". Queste parole mi erano apparse strane perché non avevo mai pensato al divorzio. Nondimeno, N. doveva immaginare che Fujiko nutrisse dubbi sulla mia fedeltà e valutasse l'ipotesi di divorziare. Fatto curioso: a casa nostra andavano tutti d'accordo, i miei genitori, mia moglie e le nostre figlie. Se avessimo divorziato, sarebbe spettato a me lasciare il tetto coniugale, non a lei.

Poco tempo fa, Nobuki mi ha rivelato che sua madre desiderava vivere da sola dopo il mio pensionamento. A quanto pare, Fujiko temeva il futuro insieme a me, senza più i miei genitori né i figli. Inoltre, era triste perché nostro figlio non voleva venire ad abitare con noi dopo il matrimonio. Al mio fianco doveva sentirsi vuota, dato che non avevamo molto in comune. Nel frattempo, ha iniziato a manifestare i sintomi dell'Alzheimer. La malattia è arrivata per salvare ancora una volta il nostro matrimonio?

Da quando sono di nuovo il suo fidanzato, Fujiko è calma e mi ripete di continuo: "Grazie, Tetsuo-*san*. È molto gentile". Lo dice in tono sincero, cosa che non succedeva quando era lucida. Accetterà di "sposarmi"? Se vorrà, sarà la mia ultima occasione per creare una bella unione coniugale.

Mi appisolo. Al risveglio mi sento decisamente meno stanco.

Scendo dal letto sbadigliando. Fujiko non è in camera. Vado alla portafinestra scorrevole. È ancora sul balcone, seduta sulla sedia. Con l'uncinetto in mano, osserva la gente che si avvia all'ingresso della residenza. Appena apro la porta, sento le cicale. Jiii... jiii... jiii.

Albeggia. I passeri cinguettano.

Mi sveglio intorno alle sette e mezzo. Fujiko starà ancora dormendo. Esco dal mio angolo senza fare rumore. Con mia sorpresa è già in piedi, pronta a uscire. Dove va? Mi saluta allegra:

– Buongiorno, Tetsuo-*san*! È domenica. Oggi incontrerò il signor Miwa e finalmente gli renderò il denaro!

Ha in mano il calendario. La data è cerchiata di rosso. È un miracolo che ricordi la promessa che le avevo fatto.

– Sì, lo vedremo di sicuro.

– Grazie tante, Tetsuo-*san*!

Do un rapido sguardo alla sua espressione innocente. Domenica scorsa, mentre facevamo colazione, ha confuso il signor J. con Rei Miwa. Non l'ho corretta, le ho invece promesso che avremmo visto il maestro la domenica dopo al centro culturale, quando avrebbe diretto un'orchestra amatoriale. Sono incuriosito: la sua malattia sta regredendo?

Telefono a Nobuki e gli comunico che oggi andremo alle prove. È molto contento:

– Il signor Miwa dirigerà unicamente il *Concerto* di Rodrigo, dove suono un assolo. Inizierà alle tre. Seguiranno gli altri brani.

– Ci saranno molte persone?

– Abbastanza, soprattutto musicisti professionisti che vengono per ascoltare i suoi consigli.

Gli dico a malincuore:

– Ci saremo come ammiratori del signor Miwa.

Mio figlio ride:

– Nessuno vi chiederà chi siete.

Ci incamminiamo intorno alle due. Il sole scotta. Prendiamo l'autobus. Per strada, Fujiko non parla. Sembra un po' tesa, tiene stretta la borsa con i trecentomila yen.

Sono nervoso, non so bene come avvicinare Rei Miwa. È un uomo molto impegnato. Se ne andrà subito dopo le prove. Dovrò approfittare di un momento propizio.

Mi preparo mentalmente un discorso: "Buongiorno, signor Miwa. Lasci che ci presentiamo. Siamo suoi ammiratori. Purtroppo, ormai mia moglie soffre del morbo di Alzheimer. Tuttavia, ha un bellissimo ricordo di lei. Crede che abbiate passato una notte di luna piena insieme e di essere rimasta incinta. Le aveva dato del denaro per abortire, ma lei alla fine ha scelto di partorire. Non avendo utilizzato quei soldi, insiste per restituirglieli...".

Arriviamo al centro culturale. Erano anni che non ci venivo. L'ultima volta ci sono stato per la conferenza di un economista. Nobuki mi ha detto che i musicisti dell'orchestra fanno le prove lì ogni domenica e un concerto due volte all'anno.

All'accoglienza mi informo in quale sala si terranno le prove. L'impiegata ci spiega con gentilezza:

– Nella sala degli spettacoli. Per motivi di sicurezza, chiediamo a tutti gli spettatori di inserire qui il loro nome e indirizzo.

Mi passa un modulo su cui sono già scritti una ventina di nomi. Fra questi, vedo anche quelli dei nostri vicini di pianerottolo, i signori B. Rifletto. Il cognome per mia moglie che si crede nubile è Kajiyama. Ma non posso mentire sulla nostra identità, essendo fra l'altro residenti della città. Non le faccio vedere il modulo e scrivo "Tetsuo Nire e Fujiko Nire". La receptionist ci guarda:

– Siete i genitori di Nobuki Nire, il chitarrista?

Sono spaesato. Fujiko le risponde con prontezza:

– No, signora. Siamo conoscenti del signor Miwa.

L'impiegata fa un gran sorriso e ci tende due biglietti con scritto "visitatore".

Aprendo una grossa porta imbottita, veniamo sommersi dai suoni di vari strumenti. Le luci sono basse. Sul palcoscenico illuminato, ognuno prova liberamente. Nobuki è a sinistra del podio del direttore. Accorda la chitarra.

Ci sediamo in una fila in mezzo. La maggior parte degli spettatori sono vicino al palcoscenico. Forse sono musicisti, come mi diceva Nobuki. Vedo i signori B. un po' in disparte con un uomo di mezz'età, può darsi sia il loro figlio. Sarebbero contenti di vederci, ma spero che non ci notino.

Il frastuono finisce. Rei Miwa sale sul palcoscenico dalla scaletta di destra. Benché abbia più di ottant'anni ha il passo leggero. I capelli argentati, il corpo armonioso, un bel volto elegante... È davvero il padre di Nobuki. Mi batte il cuore all'impazzata. Do un'occhiata a Fujiko, che resta impassibile.

Un musicista dell'orchestra accoglie il maestro:

– Signor Miwa, è un grande onore averla con noi!

Seguono applausi calorosi. L'ospite saluta tutti. Lo sentiamo bene, nonostante non abbia il microfono. Dopo uno scambio di battute, il responsabile gli presenta mio figlio:

– Questo è il nostro chitarrista, Nobuki Nire.

Nobuki si alza. Rei Miwa gli stringe la mano e gli chiede:

– Da quanto tempo suona?

– Da quando avevo tredici anni. Di fatto, ho scelto la chitarra ascoltando questo concerto di Rodrigo.

– Anche i suoi genitori sono musicisti?

– No, nient'affatto. Ma mi hanno incoraggiato a prendere lezioni, soprattutto mia madre.

Il maestro continua a fargli domande. Lo vedo solo di profilo, ma colgo una lieve agitazione. In effetti somiglia a Nobuki. Avvertono qualcosa di insolito fra di loro?

Rei Miwa va sul podio. La sala si fa completamente silenziosa. Ho il batticuore. Fa segno a Nobuki. Il concerto ha inizio con un assolo dal ritmo allegro. Tremo. Com'è vivace! Suona davvero bene. Sono tutto orecchie. Sfioro mio malgrado la mano di Fujiko, che si volta verso di me con un'espressione inattesa. Avevo dimenticato che per lei sono il suo fidanzato e Nobuki non è suo figlio. Temo che si sia offesa. Invece no, posa delicatamente la mano sopra la mia.

La chitarra continua. Con sguardo fisso su Nobuki, il direttore muove appena la bacchetta. Presto si uniscono i flauti e gli oboi, poi gli strumenti a corda. Non ci sono pause. Non so quanto duri, sono del tutto assorbito dalla musica e dall'armonia. Fujiko ascolta in silenzio, la sua mano ancora sulla mia.

Il primo movimento si conclude. Rei Miwa dichiara con entusiasmo:

– Straordinario! Non ho mai sentito un'orchestra amatoriale così preparata. Avete una grande potenza e una sensibilità ammirevole.

I musicisti sorridono soddisfatti.

Poi si rivolge a Nobuki:

– Signor Nire, lei ha molto talento. La sua interpretazione è commovente.

Mio figlio gli risponde felice:

– Grazie infinite, signor Miwa. È merito degli altri musicisti, con cui mi trovo molto bene.

Il maestro riprende certi passaggi dispensando consigli per una quarantina di minuti. Poi, cede la bacchetta al direttore amatoriale ed esce di scena. Si siede in sala, dietro l'uditorio. L'orchestra prosegue con l'assolo di Nobuki. Suona perfino meglio di prima. Sono ancora una volta fiero e commosso. Vedo Rei Miwa di spalle. È immobile.

La musica si conclude. Il maestro esclama:

– Eccellente!

Il responsabile dell'orchestra ringrazia di nuovo e tutti applaudono. Penso che qualcuno lo accompagni all'uscita. Invece no. Rei Miwa invita i musicisti a continuare. Poi raccoglie la sua cartellina e si accinge a lasciare la sala. Ci siamo! È da solo. Mi agito e sussurro a Fujiko:

– Andiamo. È il momento di fermarlo.

Non reagisce. Insisto tirandola per la mano:

– Si sbrighi! Non dobbiamo lasciarci sfuggire quest'occasione. Finalmente potrà rendergli i soldi.

Rifiuta di alzarsi. Non capisco. Alzo il tono:

– Che cosa c'è?

– Non è il signor Miwa.

– Come?

– Non è così vecchio. Lei si sbaglia.

Sono allibito. Mi guarda, come se niente fosse.

– Torniamo a casa, Tetsuo-*san*.

Mi volto verso l'uscita. Il maestro è già scomparso.

Usciamo dal centro culturale.

Mia moglie cammina lentamente. Deluso, sospiro: questa storia non finirà mai... Si blocca sulle scale di cemento e si guarda intorno.

– Che cosa c'è, Fujiko-*san*?

– Dove siamo?

– Davanti al centro culturale della nostra città. Abbiamo ascoltato la meravigliosa musica di Rodrigo.

Sussurra:

– Ah... Rodrigo.

– Sì, il concerto per chitarra.

– Chi era il chitarrista?

– Nobuki Nire.

– Non lo conosco.

Non puntualizzo che è nostro figlio. Evito anche di nominare Rei Miwa.

Arriviamo alla fermata dell'autobus. Non c'è nessuno. Dobbiamo aspettare quindici minuti per il prossimo. Il sole splende ancora. Ci mettiamo all'ombra di un grande pino.

Jiii... jiii... jiii... Una cicala frinisce. Fujiko alza gli occhi verso la cima dell'albero:

– Questa *abura-zemi* è sola.

Restiamo in silenzio. Dopo un po' le chiedo:

– Come può un insetto così piccolo gridare tanto?

– Tetsuo-*san*, non grida. Sfrega le ali, facendo così vibrare il ventre come un diapason.

– Davvero? Non lo sapevo.

La sua spiegazione puntuale mi impressiona. Continua:

– Cerca di attirare la femmina. Speriamo che ne trovi una.

– Le cicale che cantano sono maschi?

Fujiko annuisce. Proseguo:

– Quindi, sono come noi. Si incontrano per riprodursi.

Non replica. Penso a ciò che mi ha insegnato sulle *aburazemi*. Queste cicale vivono sottoterra cinque o sei anni, poi un mese all'aria se sono fortunate. Un mese è ben poca cosa, ma forse corrisponde a ottant'anni di un essere umano. Fujiko scruta di nuovo la cima dell'albero:

– Questa cicala morirà presto.

– Così è la vita. Siamo simili.

Sussurra:

– Tetsuo-*san*...

– Sì?

– Non siamo cicale. Non voglio che ci sposiamo solo per avere dei figli.

– Certo, Fujiko-*san*!

Finalmente sorride. Nondimeno sono imbarazzato. Come la maggior parte degli uomini, mi sono sposato per avere dei figli. I due aborti spontanei di Fujiko mi avevano rattristato oltremodo. Per fortuna, abbiamo avuto tre figli. La nascita dell'ultimo, Nobuki, mi aveva reso particolarmente felice. Che ironia che non sia figlio mio!

Mia moglie mi chiede:

– Che cosa significa vivere, per lei?

È seria. Per un momento dimentico che ha l'Alzheimer.

– Fujiko-*san*, è una grande domanda filosofica. Troppo vasta per rispondere in poche parole. Lei cosa ne pensa?

– Per me, significa amare ed essere amati. Se ci sposiamo, voglio che ci amiamo per tutta la vita.

È domenica. Piove piano piano.

Stamani Nobuki mi ha telefonato e mi ha parlato di nuovo delle prove generali di questa sera. Era emozionato come un bambino nel ricordarmi il concerto della settimana prossima. Gli ho ribadito che ci sarò con sua madre.

Dopo pranzo ci rilassiamo sul balcone. Seduta sulla sedia, Fujiko fa come al solito un altro quadretto di lana. Ogni tanto sbircia il cancello di legno della residenza. A sinistra ci sono dei grandi girasoli, tremano leggermente a capo chino. Leggo un articolo di musica classica su una rivista che ho comprato poco fa nella vicina libreria.

Do un'occhiata al pino che tocca il balcone. Al momento le cicale tacciono. Ricordo quella che nostra nipote ha lasciato su un ramo. Sarà già morta. Mi chiedo se fosse un maschio o una femmina, e se si sarà accoppiata.

Una brezza fresca mi sfiora la pelle. Siamo quasi alla fine dell'estate. Ha fatto caldo anche quest'anno. Per fortuna la canicola, come la pioggia, non è eterna. Penso a Nobuki. La sua voce mi risuona nelle orecchie: "Papà, papà!". È mio figlio. Sono suo padre. Punto.

All'improvviso Fujiko esclama:

– Eccolo!

Guarda in basso.

– Chi?

Indica il cancello. Si sente un rumore cadenzato. Qualcuno

cammina verso l'ingresso dell'edificio trascinando una valigia. Ha il viso coperto da un ombrello nero. Come fa Fujiko a capire chi è? Prende il cestino da lavoro e si alza:

– Devo vederlo.

Incuriosito le domando di nuovo:

– Chi è?

– È il signor Miwa!

– Scusi?

Sono allibito. Il direttore d'orchestra è davvero qui? È impossibile. Fujiko rientra. La seguo confuso. Va dietro i paraventi e riappare con una busta marrone. È la busta con i trecentomila yen che le ho dato alla Cassa di Credito M. Esclama:

– Finalmente posso rendergli i soldi!

Sembra decisa. Sono sconcertato. Che cosa devo fare? Mi tornano in mente le parole di Y.: "Non cerchi di convincerla, ma accetti ciò che dice". Esclamo:

– Il signor Miwa è venuto a trovarla! La accompagno giù.

È molto emozionata:

– Grazie, Tetsuo-*san*. Scendiamo subito!

Raggiungiamo il pianterreno in ascensore. Fujiko stringe gelosamente la busta al petto. Ha lo sguardo radioso. Sono incuriosito. Chi è il visitatore? O si tratta di un ospite? Lei si precipita all'entrata con passo spedito.

Ci sono l'infermiera Y. e un uomo in abiti da città. Ha un ombrello in una mano e una valigia nell'altra. Non gli vedo il viso. Fujiko lo chiama:

– Signor Miwa!

L'uomo si volta. Oh no, è il signor J.! Ricordo che era andato a Montreal a fare ricerche sul suo padre biologico. È appena tornato. Mia moglie gli si avvicina. Non so cosa fare, resto in piedi. Y. la saluta:

– Salve, Fujiko-*san*!

Fujiko non la considera e si rivolge al signor J.:

– Signor Miwa, è da tanto che la cerco.

Lui è chiaramente disorientato. L'infermiera sembra riflettere su come reagire. Fujiko continua:

– Sono molto felice di rivederla! È ancora direttore d'orchestra?

Il signor J. mi guarda con aria interrogativa: "È sua moglie?". Annuisco. Lui sa che ha il morbo di Alzheimer, come la sua defunta moglie. Risponde:

– Salve, Fujiko-*san*. Anch'io mi rallegro di vederla. Ho diretto a Montreal un'orchestra sinfonica. È stato meraviglioso. Come sta?

– Molto bene, grazie.
– Perché mi cercava?
– Volevo renderle i soldi.
Esita:
– I soldi?
– Sì, i soldi che mi aveva dato per abortire. Non li ho usati perché ho partorito.
L'infermiera sgrana gli occhi attoniti. Il signor J. è smarrito. Gli faccio cenno di continuare la commedia. Esclama:
– Fujiko-*san*, alla fine ha partorito!
– Sì, signor Miwa. Una figlia. L'ho chiamata Kyōko. Purtroppo, è morta di tumore al cervello.
– Mi dispiace. Immagino sia stato difficile per lei.
– Sì, molto. Ho dovuto convincermi che fosse il suo destino.
– Mi scuso della mia ignoranza.
China la testa. Fujiko gli risponde con dolcezza:
– Non è colpa di nessuno, signor Miwa. Nostra figlia ha gioito della vita fino all'ultimo.
– Quanti anni aveva quando è morta?
– Trentasette anni. Era bella, brillante e apprezzata ovunque.
– Aveva dei figli?
– Sì, una bambina. Ha partorito cinque giorni prima di morire. La nascita del bebè è stata miracolosa.
Il signor J. sussurra:
– Che coraggio...
– Sì, Kyōko era molto coraggiosa. Sono davvero fiera di lei.
Restano entrambi in silenzio. L'infermiera e io li guardiamo senza interromperli. Poi Fujiko dà al signor J. la busta su cui è scritto in *hiragana* "Per il signor Rei Miwa".
– Che cos'è?
– Il denaro che le rendo. Sono trecentomila yen.
Lui declina subito:
– No, non posso accettare. Li tenga per sé.
Lei insiste:
– No, signor Miwa. La prego. Aspettavo quest'occasione da tanto per potermi sentire in pace.

Il signor J. mi guarda di nuovo con aria interrogativa e gli faccio cenno di accettare. Con un po' d'imbarazzo, le risponde:

– Dal momento che insiste tanto...

– Ah, finalmente! Grazie.

Sembra essergli davvero riconoscente. Lui prende la busta. L'infermiera, sollevata, mi sorride. A quel punto Fujiko si volta verso di me:

– Tetsuo-*san*, venga!

Mi avvicino goffamente. Mi prende la mano e mi presenta al signor J.:

– Il mio fidanzato, Tetsuo Nire. È molto gentile.

Finalmente, intorno alle sei smette di piovere. Il cielo si sgombera un po'.

Dopo cena Fujiko fa un bagno e va a letto prima del solito. Leggo una mezz'ora, poi faccio una doccia. Quando esco dalla stanza squilla il telefono. È il signor J., che mi propone senza preamboli:

– Signor Nire, possiamo vederci nel salone? Voglio renderle i soldi.

– Va bene, scendo subito.

Mi rivesto. Fujiko starà dormendo profondamente. In genere, una volta addormentata non si sveglia fino al mattino. Tuttavia, per scrupolo, lascio il biglietto plastificato: "Sono nel salone". Poi esco piano piano.

Il signor J. mi aspetta a un tavolo appartato. Altri chiacchierano in gruppo. Mi siedo salutandolo.

– Mi scusi per il disturbo di questo pomeriggio.

– Si figuri. Ero abituato alle stravaganze di mia moglie.

Sorride amichevolmente. Mi rincuora. Mi passa la busta marrone. Lo ringrazio di nuovo. Scherza:

– È generosa, Fujiko-*san*. Trecentomila yen è il costo del mio viaggio a Montreal.

– Ho trovato ammirevole la rapidità con cui ha reagito. Mia moglie ha creduto che lei fosse davvero il signor Miwa e stasera si è addormentata subito, contenta.

– Meglio così! L'infermiera si è complimentata. Potrei fare l'attore. In verità mi ha lusingato essere scambiato per il maestro.

– Mia moglie la confonde con lui dalla prima volta che l'ha vista. Così almeno si è conclusa una lunga storia per lei.

– Immagino. Mia moglie inventava assurdità di ogni genere. All'inizio mi infastidiva. Mi presentava ai vicini: "Ecco mio suocero". Lei è fortunato a essere il suo fidanzato. È tenero, alla vostra età.

Scherzo:

– Aspettano tutti le nostre nozze.

Ride:

– Perché no?

Poco dopo prosegue:

– Per ignoranza, correggevo mia moglie ogni volta che diceva qualcosa di insensato. Si adirava con me. Chiaramente peggiorava. L'Alzheimer è una malattia complessa. Senza aiuti professionali, non bisogna immischiarsi.

– Concordo. I consigli della nostra infermiera mi aiutano molto.

– Mi fa piacere.

Fa una pausa, poi riprende:

– L'ultimo anno, mia moglie non mi riconosceva più. Mi abbattevo quando mi chiedeva chi fossi. Quando mi sono reso conto che dovevamo creare un nuovo rapporto, ormai era troppo tardi.

Annuisco. Il signor J. parla della sua esperienza. Deve sentirsi solo. Ascoltandolo, posso soltanto immaginare il mio futuro. Alla fine, mi racconta il suo viaggio a Montreal. Mi sembra che la città gli sia piaciuta molto. Poi mi annuncia, sorridente:

– Le mie ricerche sul mio padre biologico sono state un successo.

Mi avvicino mio malgrado. Ricordo bene la sua storia: sua madre aveva avuto un'avventura di una notte con un affascinante straniero ed era rimasta incinta. Se il signor J. non avesse fatto l'esame del DNA, sua madre non gli avrebbe mai confessato quello sgarro.

– L'ha incontrato?

– No, è morto otto anni fa, in Israele. Era un ebreo polacco. Commerciante, come me. A Montreal aveva un negozio di abiti femminili. A detta del nuovo proprietario, era divorziato da diversi anni.

– Aveva... altri figli?

– Sì, due figlie. Loro e la madre vivono in Europa.

– Vorrebbe incontrarle?

– No, ho chiuso con le mie ricerche.

– Davvero?

– In fondo, sono il frutto di una scappatella fra due sconosciuti. Il mio vero padre è quello che mi ha cresciuto, quello che io ho chiamato papà.

È molto sicuro di sé. Taccio. Se mai Nobuki facesse il test del DNA e sua madre gli raccontasse della sua relazione con Rei Miwa, capirebbe che il suo padre biologico è lui. Come si comporterebbe con me e sua sorella Anzu?

Il signor J. aggiunge:

– In queste situazioni è meglio essere discreti. Ora la penso così.

Lo guardo negli occhi, provando sentimenti confusi. Continua a parlare del viaggio a Montreal e mi invita ad andarci con Fujiko. Quando consulto l'orologio sono già le undici. Lo ringrazio ancora una volta e gli propongo di uscire insieme, un giorno. Accetta volentieri.

Torno in camera.

Fujiko dorme. Non ho ancora sonno. Ho voglia di respirare un po' di aria fresca. Sono stato dentro tutto il giorno per via della pioggia. Faccio scorrere molto delicatamente la portafinestra. La luna piena illumina il giardino.

Una brezza fresca mi sveglia. Steso sul fianco, vedo solo la parete bianca. Lì per lì penso di essere in ospedale. No, è un paravento. Sono nella nostra camera della residenza. I passeri cinguettano. La mia mente si illumina.

Penso distrattamente al sogno che ho appena fatto. Eravamo tutti nella sala degli spettacoli. L'infermiera ha presentato me e Fujiko. Dovevamo eseguire un *Notturno* di Chopin. Lei al violino e io al pianoforte, come la signora e il signor B. Non avevamo mai imparato a suonare questi strumenti. Avevo molta paura a toccare i tasti. Poi è avvenuto un miracolo. L'abbiamo interpretato in maniera splendida. Fujiko mi dava del tu e mi chiamava "caro".

L'orologio a muro segna le sette e venti. La camera è tranquilla. Probabilmente Fujiko dorme ancora. Immagino che anche le persone affette dall'Alzheimer sognino. La differenza è che non lo ricordano. In ogni caso, anche quando era lucida, capitava di rado che mi raccontasse i suoi sogni. Sono curioso di sapere come appaio ora al suo inconscio. Sono suo marito o il suo fidanzato?

È passata una settimana da quando ha restituito il denaro a "Rei Miwa". Non me ne parla più. Ogni tanto incontra il signor J. ma le è indifferente, come se non fosse successo nulla. Il suo dramma sembra chiuso.

La nostra vita di coppia andrà avanti finché uno di noi non morirà. Penso all'evenienza che anch'io possa ammalarmi di Alzheimer. Sarò di buonumore come lei o adirato con chi non mi capisce? Se in quel momento sarà ancora viva, i nostri discorsi saranno slegati. Potrò dirle: "Sono celibe". E lei replicherà: "Come? Ma se ci siamo appena sposati!". Potrebbe essere comico. Sorrido.

Jiii... jiii... cià cià... cià cià... È una *kuma-zemi*. Forse è sul pino che tocca il nostro balcone. Il suo frinire è più debole rispetto a prima. L'estate volge al termine, la stagione delle cicale lo stesso. In mente canticchio la canzone di Fujiko:

Semi, semi, semi, dove ti celi?
Dopo tanti anni passati sottoterra
Ti resta solo qualche settimana all'aria aperta
Hai nostalgia del tuo lungo passato
Nell'oscurità?

Alcuni credono che alla morte l'anima abbandoni il corpo per andare in un altro mondo privo di preoccupazioni. Se così fosse, non sarebbe brutto morire. Immagino una cicala che esce dal guscio. La vita all'aria di questi insetti dura solo un mese. È il paradiso o una sorta di passaggio?

Sbadiglio. Mi volto e resto sorpreso. Fujiko è in piedi in fondo al mio letto. È in camicia da notte. Non è mai entrata nel mio angolo da quando abbiamo messo i paraventi. È mia moglie o la mia fidanzata?

– Tetsuo-*san*...

– Sì... – rispondo, capendo che pensa ancora che sia il suo fidanzato.

– Ho un regalo per lei. Può accettarlo?

– Certo, Fujiko-*san*.

– Aspetti un momento.

Va dalla sua parte e torna con qualcosa di colorato. Mi alzo. Me lo passa con delicatezza. È un grazioso patchwork. Lo ha fatto lei con i quadretti all'uncinetto. Mi aiuta ad aprirlo e stenderlo sopra la mia coperta. È un copriletto. Rosso, blu, giallo, bianco, rosa, viola... Questi colori mi svegliano del tutto.

– Com'è bello, Fujiko-*san*! Grazie.

Si stropiccia gli occhi:
– L'ho finito stamani.
– Ha lavorato tutta la notte?
– Sì.
– Sarà stanca.
– Sì, ho sonno.
Sollevo il lenzuolo senza volere.
– Venga, Fujiko-*san*.
D'improvviso le risplende lo sguardo. Ha l'espressione di una ragazza nel fiore degli anni. Si infila maldestramente sotto le lenzuola e nasconde il viso nel mio collo. La stringo fra le braccia. Resta immobile. Le carezzo con dolcezza i capelli grigi. Chiude gli occhi. Le scendono le lacrime. Le sussurro all'orecchio:
– Fissiamo la data del matrimonio.
Annuisce e si addormenta.

Nire

Pioveva da stamani presto, ma finalmente ha smesso.

È sabato pomeriggio. Sono venuto in città a comprare della vernice per le mie due figlie. Se domani farà bel tempo, dipingeranno le loro scrivanie.

Esco dal ferramenta e guardo l'orologio. Sono le cinque. Penso che andrò a trovare i miei genitori nella residenza per anziani. In genere cenano intorno alle sei e mezzo. Potrò stare un po' con loro. Mia madre soffre del morbo di Alzheimer. Da qualche anno non mi riconosce più e mi considera un semplice conoscente. Ci salutiamo con paroline educate, quasi sempre le stesse. Spero di trovarla di buonumore, oggi.

Il vento soffia da ovest. Il sole filtra fra le nuvole. Una luce tipica di maggio. Mentre vado alla macchina, telefono a casa. Risponde Miyoko:

– Papà, sbrigati! Ti stiamo aspettando.

– Che cosa succede?

– La mamma ha comprato un dolce ai fiordalisi! A cena ci darà una bella notizia.

Una bella notizia? Sono incuriosito. Mia moglie insegna pianoforte. Oggi tre suoi allievi hanno partecipato a un concorso regionale. Forse hanno vinto dei premi? Oppure ha ricevuto un'offerta di lavoro interessante? Prometto a Miyoko di rientrare subito dopo una breve visita ai nonni.

Mentre guido accendo la radio. Intervistano un famoso violoncellista. Alzo il volume.

"...Quando avevo cinque anni ero affascinato dalla sonorità di questo grosso strumento. I miei genitori non sono musicisti. Li ho implorati di comprarmene uno e di trovarmi un professore. Erano stupiti. Ho insistito. Mia madre ha capito che facevo sul serio e ha cercato di convincere mio padre che alla fine ha accettato, a condizione che prendessi lezioni per almeno un anno. Che gioia! Nonostante tutto, sono rimasto deluso quando ho ricevuto lo strumento: era così piccolo. Non vedevo l'ora di crescere..."

Sorrido immaginando un ragazzino di cinque anni in piedi accanto a un violoncello per adulti. L'intervista finisce. Poi, ha inizio una suite di Bach. Penso al periodo in cui ho cominciato a suonare la chitarra. Avevo tredici anni. Non ho mai dimenticato quanto fossi infervorato al primo ascolto del *Concerto d'Aranjuez* di Rodrigo né il momento in cui mio padre mi ha permesso di prendere lezioni. Da allora non ho più smesso di suonare. Mia moglie mi prende in giro: "Qualunque cosa accada, la chitarra resterà sempre la tua amante".

Mia madre amava la musica classica. È stata lei a regalarmi il cd di Rodrigo e a insegnarmi i nomi dei compositori, degli interpreti, dei grandi direttori di orchestra internazionali. Citava spesso Rei Miwa, un maestro giapponese.

L'anno scorso, un'orchestra amatoriale mi ha chiesto di esibirmi nel concerto di Rodrigo. È stato il mio professore di chitarra a fare il mio nome. Ho accettato subito. Una cosa mi ha entusiasmato oltremodo: l'orchestra voleva invitare Rei Miwa perché ci offrisse i suoi consigli. Un'idea coraggiosa! E lui è venuto davvero e si è anche complimentato con me. È stata un'esperienza indimenticabile. I miei genitori hanno assistito alle prove. Purtroppo, mia madre non ha reagito alla vista del famoso musicista.

Sono sette anni che le è stato diagnosticato il morbo di Alzheimer. Da allora i miei genitori vivono in quella residenza. Lei riconosce solo mio padre e tratta mia sorella come se fosse un'amica. Non si ricorda più nemmeno della figlia maggiore Kyōko, morta sei anni fa. Crede di non avere figli. Ogni volta mi saluta accennando un sorriso: "Buongiorno, signore. Come sta?".

All'accoglienza della residenza scrivo il mio nome e scambio qualche convenevole con la receptionist. Prendo quindi l'ascensore per salire al terzo piano, dove vivono i miei genitori. Busso alla porta, mi apre mio padre:

– Nobuki!

Mi invita a entrare, molto contento. È abituato alle mie visite a sorpresa. Gli dico che ho fatto acquisti da un ferramenta lì vicino.

– C'è la mamma?

– No, tua sorella l'ha portata ai giardini. Rientreranno fra una mezz'ora.

Ho sete, gli chiedo un po' d'acqua. Mi siedo sul divano e osservo la loro stanza sempre pulita e ordinata. Sul tavolo basso davanti a me ci sono una rivista di politica, una di economia e il quotidiano. Mio padre era ingegnere meccanico automobilistico. Eccetto la lettura, non ha passatempi particolari.

Mi porta un bicchiere con del ghiaccio e si siede di fronte a me.

– Novità, *segare*?

Segare? È la prima volta che mi chiama così. Rispondo:

– Niente di speciale. A casa va tutto bene. La mamma come sta?

– Non riesce più a camminare da sola.

– Da quando?

– Da tre giorni, poco dopo la tua ultima visita. Adesso usa la sedia a rotelle.

Sono sorpreso. Aveva iniziato ad appoggiarsi al bastone solo tre mesi fa. Non pensavo che si sarebbe indebolita così presto.

– Posso fare qualcosa?

– No, nulla – dice mio padre. – Il personale si occupa di tutto ed è molto attento.

– Ha ancora appetito?

– Non molto. Dorme peggio. A volte si sveglia la notte e parla da sola.

– Davvero? – sussurro.

– Almeno non devo preoccuparmi di un'eventuale fuga.

Pronuncia la parola "fuga" con un sorrisetto dispettoso. Non so cosa dire. Cala il silenzio. Mi mette un po' a disagio. Casa mia è sempre animata da voci femminili. Riprende:

– A parte tutto, tua madre sembra relativamente tranquilla. Canticchia spesso la canzone *Semi*.

È la sua unica composizione, l'ha scritta da giovane. Le mie figlie conoscono le parole a memoria. Provo a ripeterle mentalmente: *Semi, semi, semi, dove ti celi? Dopo tanti anni passati sottoterra...* Ho dimenticato il resto.

Mio padre ha voglia di fumare. Usciamo sul balcone.

Gli piace ascoltarmi parlare del mio lavoro. Sono ingegnere civile in una ditta di costruzioni. Gli racconto del nuovo progetto di un grande ponte. Abbiamo appena ingaggiato un subappaltatore a Matsue, la città vicina. Chiacchiero osservando il Monte Daisen, ormai non più innevato.

Mi chiede:

– Quanti anni hanno adesso le tue figlie? So che sono nate a un anno di distanza l'una dall'altra.

– Miyoko ha dieci anni, Namiko nove.

– Di già? Il tempo passa troppo veloce! E nostra nuora?

– Ayako ha trentatré anni, quattro meno di me.

– Siete giovani. Desiderate altri figli?

– Direi di no. L'insegnamento del pianoforte la impegna molto. È la sua passione.

– Non è come tua madre, che si accontentava di fare la casalinga.

Commento con sincerità:

– A ognuno il proprio ruolo. Ayako ammira la mamma per il coraggio che ha avuto nel prendersi cura dei suoceri fino alla fine. Pensa che sarebbe stata un'ottima infermiera.

Lui sussurra:

– È vero... Non ci avevo mai pensato.

Aggiungo:

– Ayako ammira anche la tua pazienza. Spera che faccia anch'io come te, se mai si ammalerà.

È imbarazzato. Continuiamo a parlare di mia madre. Gli racconto ciò che mi ripeteva quando era ancora lucida: "Nobuki, la tua nascita è stata una vera gioia per tuo padre e i suoi genitori, molto più di quella provata per le tue sorelle". Mio padre mi ascolta in silenzio. Poi commenta:

– Desideravo almeno un maschio. È normale. Guarda la famiglia imperiale. Ci tengono molto ad avere eredi maschi.

Lui attribuisce grande importanza alla trasmissione del cognome. Se le mie figlie si sposeranno prenderanno quello del marito, e questa evenienza deve rattristarlo. Scherzo:

– Per fortuna, non viviamo più sotto il giogo della tradizione.

Mi lancia un'occhiata di disapprovazione. Consulto l'orologio. Sono già le sei e venti.

– Devo andare.

– Mi dispiace che tua madre non ci sia.

Rientriamo. Gli annuncio:

– Per il compleanno della mamma, Ayako vorrebbe organizzarle una serata di musica. Sarà un sabato di giugno.

– È gentile da parte sua. Verremo con piacere.

Mi accompagna alla porta. A un tratto si ricorda una cosa, va alla scrivania e fruga in un cassetto. Torna con una vecchia busta.

– L'ho trovata giorni fa in una scatola.

È già aperta. Guardo incuriosito. È un foglio ingiallito, piegato in quattro. Lo apro ed esclamo.

– Il tema che avevo fatto in prima elementare.

Leggo il titolo con nostalgia: “Il mio nome”.

– Allora te ne ricordi?

– Certo! Avevo vinto un premio e tu ne eri molto fiero.

Annuisce soddisfatto.

Scendo al pianterreno. Quando esco dall’ascensore, alla reception vedo Anzu che spinge la sedia a rotelle di nostra madre. Mi avvicino, salutando la mamma per prima:

– Buonasera, Fujiko-*san*. Come sta?

Mi fissa accennando un sorriso:

– Molto bene, grazie, signore.

Il suo tono sereno mi rassicura. Poi, mi chiede seria:

– Ci conosciamo?

Con stupore mi volto verso mia sorella che sgrana gli occhi. Rispondo alla mamma:

– Sì, signora. Mi chiamo Nobuki Nire.

Mi scruta in faccia e scuote la testa.

– No, non la conosco.

Il cielo si sgombera, tingendosi di rosso. Torno a casa.

Il traffico sembra scorrere. Ascolto il cd con *Recuerdos de la Alhambra,* un brano per chitarra classica che provo da un mese. La melodia malinconica si sovrappone al viso di mia madre. "Ci conosciamo?" La sua domanda mi assilla.

I sintomi dell'Alzheimer sono comparsi quando aveva sessantacinque anni, poco dopo aver iniziato a percepire la pensione. Prima di sposarsi con mio padre aveva lavorato per dieci anni in una biblioteca cittadina. Poi, si è dedicata esclusivamente alla famiglia, eccetto per brevi sostituzioni part-time in biblioteca. I miei genitori sono coetanei. Mio padre era già in pensione. Avevo venticinque anni e avevo appena incontrato Ayako.

Un venerdì mia madre mi ha telefonato:

– Nobuki, domani pomeriggio sei libero?

Il sabato la mia ragazza insegnava pianoforte fino alle cinque. Io, invece, volevo esercitarmi con la chitarra nel mio appartamento. Le ho risposto:

– Non esattamente. Perché?

– Hanno aperto un negozio di musica nel centro commerciale K. Vorrei comprare alcuni cd. Potresti consigliarmi?

C'ero già stato, è un posto che mi piace molto. Mia madre non vedeva l'ora di portarmi nel suo caffè preferito, dove hanno dolci deliziosi. Non guidava. Ho accettato di accompagnarla con la mia macchina.

Innanzitutto, l'ho aiutata a scegliere alcuni cd di Chopin e Mozart, poi le ho insegnato come ascoltarli in prova. Mi sono spostato quindi nel settore delle partiture per chitarra. Dopo un po' ho dato un'occhiata dove l'avevo lasciata, ma non c'era più. Ho pensato che fosse andata in bagno. L'ho aspettata qualche minuto, però non tornava. Ho fatto un giro nel negozio, invano. Mi sono informato alla cassa. La commessa mi ha risposto gentilmente: "La signora ha già pagato ed è uscita". Ero stupito. Se n'era andata senza dirmi niente? Ho pagato le partiture e sono uscito.

Doveva essere nella sua solita caffetteria, ma non sapevo quale fosse. È un grande centro commerciale con numerosi caffè. L'ho cercata ovunque. Dopo venti minuti, finalmente l'ho trovata seduta a un tavolo, dietro una vetrina. Sono entrato e l'ho chiamata con tono seccato:

– Mamma!

Ma lei ha esclamato come se niente fosse:

– Nobuki! Che coincidenza! Siediti, ordino un dolce anche per te. È squisito.

Sono rimasto allibito. Mi prendeva in giro? L'ho redarguita:

– Non è gentile sparire così.

Si è incupita. Mi sembrava confusa. Allora non sapevo che fosse un inizio di Alzheimer. Mi ha spiegato:

– Ascoltando *Le nozze di Figaro* ho avuto voglia di venire al caffè.

– Ti sei dimenticata che eravamo insieme?

Ha risposto seria:

– Nobuki, è stato un incidente.

Le ho creduto. Nondimeno mi ha supplicato:

– Non raccontarlo a nessuno per favore, soprattutto a tuo padre.

Cinque anni dopo questo episodio i miei genitori si sono trasferiti nella residenza. Il nuovo ambiente l'ha resa felice. Era ancora abbastanza lucida e contenta di partecipare alle attività culturali con gli altri ospiti. L'anno successivo Kyōko è morta di cancro e, da lì, la salute di mia madre è peggiorata in fretta.

Tre anni dopo quella tragedia, un giorno in cui ero di passaggio alla residenza, mia madre mi ha salutato:

– Buongiorno, signore. Come sta?

Signore? Ero imbarazzato. L'ho corretta senza riflettere:

– Mamma, sono Nobuki, tuo figlio.

Ha negato:

– Ho solo due figlie. Si chiamano Kyōko e Anzu.

Ho pensato che si trattasse di un momento di confusione passeggera. Una settimana dopo ho sentito che chiamava un giovane inserviente Nobuki. Lui la ascoltava senza replicare. È stato un duro colpo, anche se ho capito che quel ragazzo non voleva turbarla. Quando la mamma mi ha visto, mi ha sorriso cordialmente: "Buongiorno, signore. Come sta?". Questo comportamento mi ha sconcertato di nuovo. Da allora le sue condizioni non sono migliorate. Non è stato facile adattarsi alla realtà.

E così, mi considera un estraneo!

Il sole tramonta. *Recuerdos de la Alhambra* è finito. Sussurro:

– Ci conosciamo?

Forse mia madre ha ragione. In fondo, so davvero poco di lei.

Ho incontrato Ayako a un evento di beneficenza promosso dall'orchestra da camera della mia università. Dopo il concerto, i volontari offrivano bevande e dolciumi ai partecipanti. Mentre chiacchieravo con uno strumentista, una ragazza ha attirato la mia attenzione. Era Ayako. Abbiamo parlato. Era appena stata assunta in una scuola privata di musica. Ci siamo trovati bene insieme e ci siamo promessi di rivederci il fine settimana successivo.

Al primo appuntamento sono andato nello studio dove insegnava e abbiamo suonato la *Sonata per Arpeggione* di Schubert, trascritta per pianoforte e chitarra. Fra noi c'era intesa anche sul piano musicale. Quella sera abbiamo cenato in un ristorante. Non volevo correre il rischio di perderla, così le ho chiesto se desiderasse diventare la mia ragazza. Ha accettato senza incertezza.

Tre mesi dopo, abbiamo deciso di sposarci. Ayako mi ha presentato la sua famiglia: i suoi genitori, i due fratelli e i nonni che vivevano in una residenza per anziani. Abitavano tutti a Tottori, il capoluogo della nostra prefettura. Mi hanno accolto bene. Abbiamo annunciato i nostri progetti: prima affittare un appartamento e poi acquistare una casa, dove Ayako potesse anche insegnare. I miei futuri suoceri ci hanno appoggiato: "Fate come preferite. Desideriamo solo che viviate in armonia". È una coppia molto unita. Ho saputo che si erano sposati grazie a un *miai*, come la maggior parte delle persone della loro generazione.

Il problema erano i miei genitori. Avevo già accennato alla nostra storia. Sono l'unico figlio maschio. Si aspettavano che abitassimo insieme a loro, come loro avevano fatto con i miei nonni paterni. Era una situazione pesante e avevo chiesto ad Ayako di pazientare un po'.

Un giorno, mia madre è venuta a casa mia per portarmi delle pietanze che aveva cucinato. Ne ho approfittato per annunciarle il mio fidanzamento con Ayako. Contro ogni aspettativa, ha iniziato a dirmi quanto fosse complicata la sua vita matrimoniale.

– Fra me e tuo padre le cose non vanno bene. Non abbiamo niente in comune. Non so come passeremo il resto della vita.

Ero allibito. Mio padre era in pensione da tre mesi. Aveva lavorato sodo per la famiglia. Non aveva vizi. A quanto ne sapevo, non aveva avuto relazioni extraconiugali. Non avevo mai sentito mia madre lamentarsi. Perché farlo ora, dopo più di trentacinque anni di matrimonio? Ha aggiunto:

– Conto di abitare da sola, da qualche altra parte.

Le sue parole mi avevano proprio disorientato. Ho immaginato che la presenza di mio padre pensionato a casa avesse destabilizzato d'improvviso la sua vita e si sentisse persa. Ho pensato all'"incidente" e alla sua richiesta di non parlarne a papà.

– Mamma, dovresti trovare qualcosa che piaccia a entrambi. Viaggiare, per esempio.

Non aveva replicato. Restavo in silenzio. Mi ha detto:

– La nostra vita potrebbe migliorare se veniste ad abitare con noi. Ci occuperemmo dei nipoti e la casa sarebbe vivace come un tempo.

Mi sentivo minacciato. Ho affermato:

– No, Ayako e io non vivremo insieme a voi.

Mi ha guardato disperata. Si è innervosita di colpo:

– Sei il nostro unico figlio! Devi pensare a noi e alla nostra vecchiaia!

Ero esterrefatto. Diceva cose sconclusionate. Ha iniziato a enumerare tutti gli sforzi e i sacrifici che aveva fatto per la nostra famiglia. Ha gridato:

– Siete tutti figli egoisti e ingrati! Soprattutto tu, Nobuki!

Era la prima volta che la sentivo gridare in modo così incontrollato. Non la smetteva. Dovevo solo aspettare che si calmasse. Alla fine, mi ha promesso di riferire i nostri progetti a mio padre.

Dopo due settimane, ho presentato la mia fidanzata alla famiglia. Ai miei genitori è piaciuta molto la futura nuora, intelligente e gentile. Era la metà di agosto, Kyōko era tornata da Tokyo per il *Bon*. Mi ha sussurrato: "Ottima scelta, non avevo dubbi!". Anche Anzu era molto contenta del mio fidanzamento. Mia madre si comportava normalmente. La cosa mi rassicurava. Procedeva tutto molto bene. Poi, alla fine dell'incontro, mio padre ha invitato Ayako a visitare la grande casa e l'ampio terreno che la circonda. Le ha spiegato orgoglioso:

– Mio padre ha costruito questo edificio. Quando Nobuki era bambino eravamo tanti: mia moglie e io, i nostri tre figli e i miei genitori. Ora siamo solo in due. Saremo felici di avervi con noi.

Ayako mi ha guardato perplessa. Confuso, mi sono voltato verso mia madre che ha aggiunto:

– Ayako-*san*, potremmo costruire una dépendance all'angolo del terreno dove lei potrà esercitarsi e insegnare il pianoforte.

L'idea è sembrata meravigliosa a mio padre. La mia fidanzata era interdetta, nel frattempo mia madre ha esclamato:

– Non vedo l'ora di occuparmi dei nostri nipoti qui!

Mio padre mi ha sorriso. A quel punto ho affermato:

– Papà, non abiteremo in questa casa. L'ho già spiegato alla mamma.

Con grande stupore, lui ha guardato mia madre che non ha reagito. Ero basito: "Non avrà forse dimenticato la sua promessa?". Mio padre ha continuato:

– Nobuki, sei il nostro erede. Dobbiamo parlare insieme della famiglia Nire.

– No, si tratta della nostra vita. Ne parlerò con la mia fidanzata.

Le mie parole lo hanno scosso. Mia madre era sconcertata. Le mie sorelle non osavano immischiarsi. La riunione si è conclusa in un clima sgradevole.

La sera mio padre mi ha telefonato:

– È la tua fidanzata che non vuole vivere con noi?

Ho negato seduta stante:

– No, papà. È una decisione comune.

– Potrete trasferirvi qui quando avrete un bebè. Tua madre se ne occuperà, così Ayako potrà lavorare.

– Grazie, ci arrangeremo.

– Non vuoi ereditare questa casa?

– No. Potrai darla alle mie sorelle.

Ha taciuto, sicuramente offeso. Per calmarlo, l'ho ringraziato per tutto ciò che aveva fatto per crescermi e gli ho detto quanto fossi fortunato a essere suo figlio. Ha sussurrato:

– Buona fortuna a entrambi...

Il giorno dopo mia madre è venuta a farmi visita da sola. Ha insistito ancora perché cambiassi idea e ha ripreso a lamentarsi di mio padre. Ho cercato di farla ragionare.

– Mamma, non contare su di me né sulla mia futura famiglia. Ora sei libera, è la tua vita, fanne ciò che vuoi.

È scoppiata a piangere. Smarrito, l'ho di nuovo incoraggiata a cercare delle soluzioni per vivere meglio al fianco di mio padre. Le ho assicurato che sarei andato a trovarli regolarmente e che avrei partecipato alle riunioni di famiglia.

Dopo che Ayako e io ci siamo sposati, ci siamo trasferiti in un appartamentino in periferia. Lei continuava a insegnare all'istituto musicale. L'anno seguente ha dato alla luce la nostra prima figlia. E quando è rimasta incinta della seconda abbiamo comprato casa, anche questa in periferia, la stessa in cui abitiamo oggi.

Mia madre dimenticava le cose sempre più spesso. Aveva settant'anni quando finalmente ha accettato di consultare un medico.

Torno a casa. Prima di entrare, passo dal garage per scaricare i miei acquisti. Mentre metto i barattoli di vernice su uno scaffale, mia moglie viene a chiamarmi per la cena.

– Come sta mia suocera?

Le spiego che da tre giorni non può più camminare da sola. Ayako mi suggerisce di andare a trovarla più spesso. Evito di dirle che mia madre non mi riconosce più per niente.

– E tuo padre?

– *Oyaji* sta benissimo.

Ayako sorride alla parola *oyaji*, che dico per la prima volta davanti a lei.

– I miei fratelli hanno iniziato a usare questo termine quando studiavano. Dà una sfumatura virile, come se volesse mettere in luce rapporti maturi e paritari fra padre e figlio.

– Maturi e paritari? Interessante.

Mi racconta del concorso regionale a cui oggi hanno partecipato tre suoi allievi. Uno ha vinto la medaglia d'oro. Hanno fatto del loro meglio e i genitori hanno ringraziato Ayako per averli preparati così bene. Mi complimento, poi le chiedo:

– Allora, qual è l'altra bella notizia che vuoi darci a cena?

Abbassa la voce:

– Per te faccio un'eccezione. È per questo che sono venuta a informarti per primo.

Le guardo il volto radioso. Anche se siamo soli, mi sussurra all'orecchio:

– Sono incinta di un mese.
– Cosa?!
Posa l'indice sulla bocca:
– Sssh! Il medico mi ha chiamata questo pomeriggio. A quanto pare, procede tutto bene.
Un terzo figlio? E io che ho appena detto a mio padre che non pensavamo di averne altri. Sbircia la mia reazione:
– Non sei contento?
– Certo, sono felice! Sono solo sorpreso perché credevo che non ne volessi più. Tutto qua.
Ayako sorride. Aggiungo mio malgrado:
– Stavolta spero che sia un maschio.
Replica in tono divertito:
– Chi può dirlo? Maschio o femmina, il neonato sarà un tuo sosia come le nostre figlie. Sarò invidiosa.
– Quando è previsto il parto?
– A gennaio.
A cena, mia moglie annuncia la gravidanza alle bambine, che si rallegrano più di quanto mi aspettassi. Miyoko e Namiko esclamano:
– Che regalo! Grazie, mamma!
Tutte e due promettono di occuparsi del bebè. La maggiore dice: "Voglio un fratellino". La più piccola ribatte: "Io una sorellina!". Ci chiedono:
– Chi sceglierà il nome?
La madre risponde:
– Se sarà un maschio lo sceglierà papà, se sarà una femmina deciderò io.
Avevamo fatto così per la sua prima gravidanza. Le bambine si divertono a proporre nomi a caso. Le osservo. In effetti somigliano più a me che ad Ayako. Immagino di avere un maschio che prenda da me. Capisco la grande gioia di mio padre quando sono nato, dopo quella provata per le mie due sorelle.
La cena si conclude con il dolce ai fiordalisi. Non indugiamo a finirlo. Lavo le stoviglie e le bambine le asciugano. Poi prendo il tavolo da ping-pong dal garage e lo sistemo in un angolo del giardino. Giocano bene per l'età che hanno. Sono

fisicamente molto dinamiche, preferiscono lo sport alla musica e praticano nuoto e karate. Facciamo una partita.

Entro in salotto, Ayako si riposa leggendo una rivista. Nonostante la stanchezza della giornata è di buonumore. Parliamo di nuovo del futuro bebè e di come approntare un'altra camera. Ayako pensa di prendere un anno di congedo maternità a partire dall'inizio di dicembre.

Dopo, vado a esercitarmi con la chitarra nello studiolo al pianterreno. Ho lezione con il mio professore mercoledì. È spagnolo. Di giorno, insegna nella stessa scuola di Ayako. Ci troviamo molto bene e faccio notevoli progressi.

Apro la partitura di *Recuerdos de la Alhambra*. Di recente, un'orchestra amatoriale della nostra regione mi ha proposto di partecipare a un concerto che si terrà la prossima primavera. In quel periodo sarò impegnato con il bebè, ma se posso scegliere un paio di brani da suonare in un assolo accetterò.

Dopo un'ora torno in salotto. Ayako mi dice:

– Mentre facevi le prove mi ha chiamata tuo padre.

– Ti ha telefonato *oyaji*?

– Sì. Abbiamo parlato del compleanno di tua madre. Si chiedeva se potessimo cantare la canzone *Semi* e se volessi accompagnarla al pianoforte. Ho acconsentito molto volentieri.

– Sei gentile, Ayako.

Aggiunge:

– Si è congratulato per la mia gravidanza.

– Glielo hai già detto?

– Io no. È stata Miyoko che ha risposto al telefono. Ha esclamato: "Nonno, la mamma è incinta! Voglio che sia un maschio!".

Stasera le bambine, eccitate per la gravidanza della madre, non hanno voglia di andare a letto alla solita ora. Le faccio venire in salotto per leggere insieme il tema che avevo scritto da piccolo e che ha ritrovato mio padre. Si unisce anche mia moglie, incuriosita.

Spiego loro che avevo fatto questo breve testo come compito per le vacanze estive e il titolo per gli studenti del mio livello era "Il mio nome". Avevo sette anni. Miyoko e Namiko sono al quarto e terzo anno, quindi capiscono facilmente la mia scrittura. Lo leggono a voce alta.

Nobuki Nire: 楡信樹 *(にれのぶき)*
Il mio cognome, Nire, vuol dire "olmo". Nella nostra famiglia lo hanno tutti: i miei nonni, i miei genitori, le mie due sorelle e io. Il mio nome, Nobuki, vuol dire "albero fedele". Quindi io sono l'olmo, albero fedele. Mi piace molto. È stato mio padre a chiamarmi così. Sperava che diventassi onesto e forte...

Miyoko commenta:
– I tuoi genitori dovevano essere fieri.
– Già, soprattutto mio padre.
Aggiungo che avevo vinto il primo premio delle tre classi. Namiko mi chiede:
– Ti ha aiutato qualcuno?
– Ma no, per niente. Ho fatto tutto da solo.

– In prima non si imparano i *kanji* del cognome. Sono troppo complicati. Te li aveva fatti vedere tua madre?

– No, era stato mio padre.

In realtà, mia madre si era opposta: "Perché così presto? I suoi compagni non sapranno leggerli". Aveva ragione. Tuttavia, lui aveva insistito: "Basterà che Nobuki aggiunga anche i *furigana*. È il suo nome, deve conoscerne i *kanji* già ora".

Mia moglie mi domanda:

– Tuo padre si è occupato anche dell'istruzione delle tue sorelle?

– No, solo della mia.

Racconto della mia infanzia. Quando sono nato, le mie sorelle avevano cinque e sette anni. Mio padre mi voleva bene come alla pupilla dei suoi occhi. Giocavamo a palla insieme, pescavamo nel fiume, nuotavamo in mare. Quando ho iniziato la scuola, era lui a controllarmi i compiti e a partecipare alle feste scolastiche. Le mie sorelle scherzavano: "Nobuki è il cocchino di papà!". Mia moglie mi stuzzica:

– Se nostro figlio sarà un maschio, farai come tuo padre.

Miyoko conta il numero totale dei *kaku* dei miei *kanji*: 楡信樹. Esclama:

– Trentotto! Sono troppi a sette anni!

– In effetti – rido. – In ogni caso mi divertivo, era come disegnare una macchina.

Racconto alle mie figlie che un mio compagno si chiamava Hajime Naka: 中一. I suoi due *kanji* erano composti da solo cinque *kaku*, si imparano in prima. I miei, invece, "nobu 信" e "ki 樹", si imparano solo al quarto e al sesto anno, e "nire 楡" non si studiano a scuola dato che è una scrittura antica. Aggiungo:

– Il mio compagno scriveva il suo nome in tre secondi. Lo invidiavo. Ma ho finito per amare molto il mio: "l'olmo, albero fedele". Mi sembra tuttora splendido.

Namiko afferma:

– Anch'io d'ora in poi scriverò Nire in *kanji*.

Miyoko chiede a sua madre:

– Tu hai il cognome di papà. Ma prima del matrimonio avevi il tuo. Perché hai rinunciato?

– Bisogna scegliere uno dei due e io ho seguito la tradizione.

– Perché ogni persona non può tenersi il suo?

– In Giappone la legge è ancora così.

La figlia più piccola mi chiede:

– Qual è il cognome da ragazza di Fujiko-*san?*

– Mia madre? Kajiyama.

– Fujiko Kajiyama? È bello! Mi piace più di Fujiko Nire.

L'altra aggiunge:

– Nobuki Kajiyama. È bello anche questo, papà.

Il giorno dopo c'è il sole e l'aria è asciutta. Il meteo prevede che la temperatura raggiunga i ventitré gradi. Un po' troppo caldo per questo periodo.

È domenica. Abbiamo dormito bene e facciamo colazione tardi tutti insieme. Stamani aiuterò le mie figlie a dipingere le loro scrivanie. Non vedono l'ora, sono soddisfatte dei colori che hanno scelto.

Mi telefona mia sorella. Innanzitutto si congratula per la gravidanza di Ayako, poi mi parla di alcuni mobili conservati nella rimessa di casa sua, l'ex abitazione dei nostri genitori. Ci sono ancora delle cose che appartenevano a me e alle mie sorelle. Anzu parla di nostra madre e mi suggerisce: "Chiedile della sua infanzia, ne sarà felice". Le rispondo che ci proverò.

Dopo pranzo, mentre mia moglie fa le pulizie, porto giù le scrivanie delle ragazze e le appoggio sul retro. Quella di Miyoko era mia quando ero bambino. Quella di Namiko era di Kyōko. Mi metto una maschera per scartavetrarle.

La figlia più piccola mi fa delle domande sulla mia sorella deceduta:

– La zia Kyōko era studiosa?

– Sì. Aveva solo bei voti. Ho sentito i suoi ex professori coprirla sempre di lodi: "Kyōko Nire era intelligente, educata, affidabile. Aiutava gli studenti meno dotati. Era una studentessa modello".

– Era bella?

– Sì, bellissima.

Kyōko piaceva molto ai ragazzi. Esuberante e dinamica com'era, attirava l'attenzione. I compagni la paragonavano ad Anzu, che aveva un carattere opposto. Alcuni le canzonavano: "Siete davvero sorelle?". In realtà, somigliavano entrambe a nostro padre.

– Quanti anni aveva quando è morta?

– Trentasette.

– L'età che hai tu ora, papà.

– Proprio così.

Kyōko è rimasta carina fino alla fine. Rivedo il suo bel viso, i capelli neri, il fisico slanciato. La più piccola sussurra, come un'adulta:

– Povera nonna... Sarà stata dura per lei.

Annuisco senza dire niente.

Kyōko ha vissuto in maniera molto libera, senza badare alla salute. Era oltremodo sicura e orgogliosa, forse non tutti la apprezzavano. Eppure, ammiravo tanto la sua indipendenza e il suo femminismo. Quando ho cominciato a lavorare come ingegnere civile, mi ha detto una cosa interessante: "Nobuki, sei un po' ingenuo con le ragazze, sei troppo assorbito dal lavoro e dalla chitarra. Diffida di chi vuole solo la stabilità e fare figli. Scegli una ragazza colta, con una mentalità indipendente, che svolga una professione degna di te. Potrebbe essere una musicista, dilettante o no, con cui divertirti. Non pensare troppo alle tue responsabilità di erede della famiglia Nire".

La sua morte prematura mi ha molto rattristato. Ma la cosa che mi ha addolorato di più è stata la sofferenza di nostra madre. Non dimenticherò mai le sue parole: "Kyōko, sei stupida! Sei un'ingrata! Nessuno deve morire prima dei genitori!".

Finisco di scartavetrare la scrivania di Namiko. Le ragazze iniziano a dipingerla insieme, continuando a chiacchierare. Nel frattempo, io mi occupo di quella di Miyoko, che è stata mia fino alla fine delle elementari. Mi piaceva molto. Ha tre cassetti profondi da ogni lato e uno lungo e stretto in mezzo dove conservare fogli, matite, righelli. Purtroppo, il quarto cassetto non si apre più, forse perché l'umidità ha fatto gonfiare il legno.

Mia moglie esce dalla cucina e ci propone:

– E se nel pomeriggio facessimo una passeggiata sulla spiaggia? Poi, potremmo cenare al nostro solito ristorante.

L'idea entusiasma le ragazze. Mi informa:

– S. ti ha lasciato un messaggio in segreteria.

S. è un mio amico del liceo. I suoi genitori vivono in una residenza privata di lusso, non lontano da qui. Ogni tanto quando va a trovarli passa a farci visita.

– Che cosa dice?

– La residenza dove vivono i suoi genitori ha appena dichiarato fallimento.

Il tempo è sempre splendido. La mia famiglia e io andiamo sulla spiaggia.

S. ci raggiungerà dopo essere stato dai suoi genitori. Non voleva disturbare la nostra uscita di famiglia. Ma mia moglie mi ha suggerito di invitarlo, scherzando: "Ne avrai fin sopra i capelli delle chiacchiere di noi ragazze. Ti lasciamo un po' tranquillo con il tuo amico, approfittane". S. è ingegnere come me e anche lui suona la chitarra per passatempo. È sposato e ha due figli maschi. Vive a Okayama con la famiglia.

Mi piace il profumo del mare. Respiro profondamente osservando il paesaggio. In lontananza, a destra, splende il Monte Daisen. I gabbiani volteggiano sopra di noi garrendo. Quando eravamo piccoli, la mamma ci portava qui, me e le mie sorelle. Fino all'anno scorso nuotava ancora. Due mesi fa, ho camminato con lei su questa spiaggia. Era un pomeriggio di sole come oggi. Indicando il Monte Daisen, con la cima ancora innevata, mi ha detto: "Signore, quello è il Monte Fuji".

Mia moglie legge una rivista seduta su una sedia pieghevole. Le nostre figlie fanno un castello di sabbia continuando a parlare. Il mio amico arriva e saluta tutti. Dice che le bambine sembrano gemelle e mi somigliano davvero tanto. I suoi figli, invece, hanno preso dalla madre. Sogna di avere anche una femminuccia.

S. e io passeggiamo in riva al mare. Sembra molto preoccupato per il fallimento della residenza, una delle più costose della prefettura. Immagino come siano angosciati i suoi genitori. Spero che i miei non vivano una sventura simile. Ma chissà? Chiedo al mio amico:

– Avevano pochi ospiti?

Nega risoluto. Secondo lui, è dipeso dalla cattiva gestione, nonostante gli affari andassero molto bene. Mi spiega che suo padre e sua madre si trovano in una situazione complicata e devono consultare un avvocato. Hanno venduto la loro casa e versato un grosso anticipo per poter vivere lì fino alla fine. La cifra veniva ammortizzata ogni mese e così le spese mensili erano ridotte. Sospira:

– I miei genitori hanno vissuto là solo tre anni e devono recuperare il denaro. Aspettano che il loro avvocato verifichi quali disposizioni aveva stabilito il proprietario per proteggere gli ospiti.

Aggiunge che, seppure qualcuno acquistasse la residenza, i suoi genitori non vorrebbero più viverci. Rifiutano anche di trasferirsi in un'istituzione pubblica, come lui ha consigliato loro. Gli suggerisco mio malgrado:

– A casa tua?

– No, non se ne parla!

Precisa che alla madre non piace sua moglie. Anche se decidesse di invitare temporaneamente i suoi genitori a casa loro, la madre non accetterebbe. Sottolinea:

– Ha un carattere difficile. Peggio per lei, non ho sposato la mia compagna per farle piacere.

Sorrido con amarezza alle sue ultime parole. Ha una sorella maggiore, ma non va d'accordo con i genitori perché si erano opposti al suo matrimonio. Ogni famiglia ha i suoi problemi.

S. mi chiede informazioni sulla residenza dove vivono mio padre e mia madre, visto che ne sono molto soddisfatti. Una coppia la gestisce insieme ai figli e sono tutti molto scrupolosi. Il personale esperto, numerose attività gratuite, niente da pagare in anticipo, spese mensili ragionevoli...

– Quanto hanno dovuto aspettare per avere il posto?

– Un mese, rispondo. Ma adesso ci vorrebbero circa due anni.

– Due anni! È troppo tempo per i miei genitori.

Fa un altro sospiro. Poi mi chiede notizie di mia madre. Lo informo brevemente sulle sue condizioni. Mi racconta con tono nostalgico:

– La ricordo come una persona semplice, onesta, attenta. Le volevo molto bene. Quando eravamo al liceo, venivo a casa tua a fare le prove per i duetti di chitarra che suonavamo alle feste della scuola. Ogni volta ci preparava un dolce o degli *onigiri*. Era tutto squisito. Ero impaziente di rivederla. Sognavo addirittura che mia madre fosse come lei.

Avevo dimenticato del tutto quel periodo. Non sapevo nemmeno che la mamma gli piacesse tanto. Sua madre gestiva un negozio di abiti per signore. Era a casa raramente, l'ho incontrata in un'unica occasione.

– Quando hai visto mia madre l'ultima volta?

S. riflette e mi risponde:

– Forse un anno dopo che ti sei sposato. In un caffè in centro. Era da sola. L'avrei salutata volentieri, ma sembrava così intenta a scrivere che non avevo osato disturbarla.

– A scrivere?

– Sì, scriveva qualcosa su un quaderno.

La spiaggia si estende davanti a noi ancora per qualche centinaio di metri. Torniamo piano piano verso il punto dove abbiamo lasciato la mia famiglia.

Parliamo di amici comuni. A suo avviso, K. sta divorziando. Lui e la moglie hanno una figlia della stessa età della mia maggiore. Il motivo della separazione mi sconvolge. K. avrebbe messo alla figlia il nome della sua ex. È patetico.

– Nella nostra famiglia è stata Ayako a scegliere i nomi.

S. scherza:

– Sei stato prudente a incaricare lei.

– No, è stata una sua scelta. Se fosse stato un maschio, invece, sarebbe spettato a me.

– Pensate di avere altri figli?

– Ayako è incinta di un mese.

– Davvero? Congratulazioni! Anche i tuoi genitori saranno contenti.

– Mio padre, sì. Mia madre non so proprio.

– Capisco...

S. resta un po' in silenzio. Poi riprende titubante:

– Nobuki, so che non hai legami di sangue con i tuoi genitori, ma...

Come? Cosa va dicendo? Guardo confuso il mio amico, che prosegue:

– Ciò nonostante, sembrate una famiglia molto unita, decisamente più di noi. Perfino adesso che tua madre è malata...

Lo interrompo gridando:

– Non sono stato adottato!

Il mio amico se n'è appena andato. Ayako legge, ancora seduta sulla sedia pieghevole. Raggiungo le bambine che, piene di energia, giocano a badminton. Intorno alle cinque, visto che abbiamo tutti fame, andiamo via dalla spiaggia per cenare nel nostro solito ristorante.

Rincasiamo poco dopo le sette. Le nostre figlie corrono subito sul retro a vedere le scrivanie ridipinte che porto nelle loro camere. Molto soddisfatte, fanno il bagno insieme e vanno subito a letto. Mia moglie e io guardiamo il notiziario alla televisione in salotto.

Sono ancora turbato.

– È ridicolo... – sussurro.

S. credeva davvero che fossi stato adottato. Aveva avuto quest'informazione da M., un nostro compagno del liceo. Gli ho detto seriamente: "Se vuoi, ti faccio vedere il mio *koseki*". Si è scusato, promettendomi che avrebbe spiegato a M. il suo errore.

Quando il telegiornale finisce, racconto ad Ayako questo pettegolezzo. Scoppia a ridere:

– Questa è bella! Ho visto le foto di quando eri un bebè con tua madre all'ospedale. Mi sembra che le somigliassi molto.

Ha ragione. Sono invece molto diverso da mio padre. Sono magro e alto mentre lui ha una corporatura media. Il mio viso è ovale, mentre il suo è squadrato. A scuola, mi ripeteva: "Mi ricordi mio nonno. È un atavismo". Ma ho il gruppo sanguigno B, come mio padre.

Faccio il bagno con Ayako. Dopo mi metto a rovistare nell'*oshiire*. Mia moglie mi chiede sbadigliando:

– Che cosa cerchi?

– Un album di fotografie.

– Quale?

– Quello che mia madre mi ha dato poco dopo il nostro matrimonio.

– Ah, l'album della tua prima infanzia. So io dov'è.

Prende una scatola di cartone da un angolo.

– Eccolo, tesoro. Così puoi farlo vedere a S.

Lo porto in salotto. Sono anni che non lo apro. Lo sfoglio sul divano. Ci sono le mie foto fino alla fine della scuola materna. Sono disposte accuratamente in ordine cronologico. Credo che mia madre avesse fatto la stessa cosa per le mie sorelle.

In prima pagina appare una grande foto di me bebè, avvolto in una copertina bianca. Sopra, ci sono alcune parole scritte a mano: *Terzo giorno, 3,480 kg*. Nella seconda, sono in braccio a mia madre. Sembra sfinita. Siamo in una camera d'ospedale.

Andando avanti, trovo due foto scattate nello stesso posto. In una si vedono le mie due sorelle, in piedi accanto a mia madre mentre mi sta allattando. Kyōko ha sette anni e Anzu cinque. Fissano l'obiettivo. Dietro di loro ci sono diversi vasi di fiori sul davanzale della finestra. Nell'altra, mio padre mi tiene in braccio. Sembra felice. Mia madre è seduta sul letto. La foto è un po' sfocata. Dev'essere stata scattata da Kyōko o Anzu.

Giro la pagina. La famiglia Nire riunita davanti all'ingresso dell'ospedale: i miei genitori, i nonni, le mie sorelle e io in braccio alla nonna. Mio nonno poggia le mani sulle spalle delle mie sorelle. Mia madre è in piedi accanto a mio padre. Sorridono tutti, eccetto lei che ha ancora l'aria stanca.

Proseguo attentamente, come non avevo mai fatto prima. Era stata soprattutto Ayako a mostrarsi molto interessata all'album quando me lo avevano regalato. Voleva sapere com'eravamo io da neonato e i miei genitori. Si era meravigliata: “Tua madre aveva quarant’anni? Che coraggio, a partorire a quell’età!”.

Nelle pagine più avanti trovo molte foto mie insieme a mio padre. Mi tiene in braccio, sulle spalle, sulla schiena; siamo in diversi luoghi: nel nostro giardino, al parco, sulla spiaggia, in un caffè, al ristorante, in un negozio di giocattoli, nell’area giochi. Mi sembra di sentire le mie sorelle che mi prendono in giro: “Nobuki è il cocchino di papà”.

Ci sono anche alcune foto con i miei nonni paterni, io in mezzo do una mano all’una e all’altro. Appaiono sempre entusiasti del loro primo nipote. Esamino il fisico del nonno, è robusto come mio padre. Noto che dopo i miei tre anni non compaiono mai più. È strano. Mio nonno è morto quando avevo nove anni e mia nonna l’anno successivo. Hanno abitato con noi fino alla fine.

Nell’ultima pagina, poso davanti a casa con indosso un completo blu scuro. Era il giorno della cerimonia per la fine della scuola materna. Richiudo l’album.

Sbadiglio. Sono già le undici e mezzo e domani è lunedì. Devo andare a letto.

– Nobuki, svegliati. È ora di andare a scuola.

– No, mamma, resto a casa.

– Ti senti male?

– No, non mi piace più la scuola.

– Che cosa è successo?

– M. dice delle cattiverie. Racconta ai miei compagni che tu e papà non siete i miei veri genitori.

– È ridicolo! Fagli vedere il tuo *koseki*.

– *Koseki*? Che cos'è?

– È un documento di nascita ufficiale. Ci sono i nostri nomi, per attestare che siamo i tuoi genitori.

– Lo posso vedere?

– Certo, Nobuki.

Mia madre me lo porta subito.

– Eccolo qua. Guarda, ci sono il nome di tuo padre e il mio, poi il tuo. Non c'è scritto da nessuna parte che sei *yōshi*, cioè un "figlio adottato".

Mi scrive su un foglio *yōshi* in *kanji*: 養子. Osservo il documento pieno di caratteri complicati. Riesco a leggere solo il mio nome, 楡信樹, ma mi accerto che la dicitura "figlio adottato" non compaia. Mi alzo, soddisfatto:

– Grazie, mamma. Lo porto a scuola.

Entro in classe. Il crudele M. mi aspetta con i suoi amici per infastidirmi. Gli tendo con orgoglio il documento. Lo legge facilmente, come se fosse un adulto. È sorprendente. All'improvviso scoppia a ridere:

– Ci sono solo i nomi dei tuoi genitori! Tu non esisti nemmeno!

Cosa? Gli strappo il documento di mano. Ha ragione. Impallidisco sconvolto. Gridano tutti in coro:

– Nobuki è un bugiardo!

Torno a casa in lacrime:

"Mamma, mamma!".

Mia madre mi chiede:

– Chi sei? Ci conosciamo?

Colto dal panico, esclamo:

– Sono tuo figlio, Nobuki!

Una settimana è passata. Arriva un'altra domenica di sole.

Questo pomeriggio le mie figlie hanno partecipato a una gara di karate in città. L'ho vista fino in fondo, è stata interessante. Nonostante tutto l'impegno, né Miyoko né Namiko hanno vinto una medaglia. Sono fiero di loro perché hanno gareggiato con lealtà. Alla fine, ho ringraziato la loro allenatrice per l'ottimo lavoro. Prima di tornare a casa, ho deciso di andare a trovare i miei genitori.

Siamo alla residenza verso le quattro. Mio padre ci apre la porta:

– Ah, ecco le mie nipoti!

Ci invita in camera. Le bambine gli raccontano subito della gara e lui le ascolta divertito. Li lascio e vado sul balcone, dov'è mia madre. Contempla il Monte Daisen da una sedia. La saluto:

– Buongiorno, Fujiko-*san*. Come sta?

Si volta lentamente verso di me e mi risponde:

– Buongiorno...

Poi mi chiede:

– Chi è lei?

– Mi chiamo Nobuki Nire. Sono il fratello della sua amica Anzu.

Sorride. Le propongo:

– È una bella giornata. E se andassimo a fare una passeggiata in giardino?

Rifiuta educatamente:
– È gentile da parte sua, signore. Ma non posso seguire uno sconosciuto.
Non so più che cosa dire. Ricordo il consiglio di mia sorella: "Chiedile della sua infanzia". Mentre cerco le parole, ci raggiungono le mie figlie. Miyoko saluta la nonna senza imbarazzo:
– Buongiorno, Fujiko-*san*. Oggi abbiamo fatto una gara di karate.
Mia madre esclama:
– Karate? Mamma mia! È uno sport da maschi.
Namiko ride:
– No, Fujiko-*san*, lo sport è per tutti.
– Non è vero. Prendete il *sumo*.
– Sì, ma questo vale per i lottatori professionisti. Una mia compagna di classe lo pratica in un club.
– Davvero? Non lo sapevo.
Miyoko le chiede:
– Fujiko-*san*, lei aveva molte compagne a scuola?
– No, non molte. Ma avevo una migliore amica. Si chiamava Tami. Abitavamo nello stesso quartiere e giocavamo insieme tutti i giorni.
Namiko la interrompe:
– Quale materia le piaceva?
– Amavo molto l'aritmetica. Ero brava in *soroban*.
– Aveva animali a casa dei suoi genitori?
– Sì, un cane e un gatto, Shiro e Kuro.
– Chi aveva scelto questi nomi?
– Io. Avevo trovato quei due animali per strada.
– Allora erano stati abbandonati.
– Sì. I nostri vicini volevano portarli al canile.
– Li ha salvati!
– Sì, ma i miei genitori non erano contenti. Mio padre ha esclamato: "No, no! Non possiamo tenerli". Ero molto triste. Ho promesso di occuparmene da sola e alla fine la mamma ha convinto papà. Quando ero malata, Tami portava fuori il cane al posto mio.

Miyoko le chiede:
– Le piaceva qualcuno alle elementari?
Lo sguardo di mia madre si illumina. Risponde:
– Sì. Uno studente che chiamavamo Gaku-*chan*. Tutti lo adoravano perché era bello, intelligente e gentile.
– Era innamorata?
– Sì, molto.
Le mie figlie lanciano grida di approvazione. È la prima volta che sento mia madre raccontare queste cose. Inoltre, parla con grande naturalezza, come se non soffrisse più di Alzheimer. Namiko ricomincia:
– Quale sport le piaceva?
– Il nuoto... e anche l'alpinismo.
Allunga il braccio in direzione del Monte Daisen:
– Guardate il Monte Fuji. L'ho scalato tante volte.

È l'inizio di giugno. Secondo il meteo, la stagione delle piogge inizia fra una settimana.

È un caldo sabato di sole. Nel pomeriggio mia moglie parteciperà a uno stage organizzato dalla sua vecchia scuola. Penso di portare le bambine nel laboratorio in campagna, dove da ieri ci sono mia sorella e la sua famiglia. Telefono ad Anzu. Le fa molto piacere che sua figlia, la piccola Suzuko, possa giocare con le cugine. Il figlio, Tōru, non ci sarà perché ha un torneo di karate al liceo. Spaccherò la legna per i *kamataki* con mio cognato.

La famiglia di mia sorella è insolita. Anzu ha divorziato dal padre di suo figlio quando lui aveva sette anni e, dopo cinque anni, ha sposato Yūji. Di fatto lui era il fidanzato di Kyōko, morta poco dopo il parto. Quando si sono sposati, Anzu ha adottato sua nipote e suo figlio è stato adottato da Yūji. Un matrimonio di convenienza. Perlomeno è ciò che tutti credono. Non è importante, sembrano felici con i loro figli che vanno molto d'accordo. Anche loro hanno tutti il cognome Nire.

Mio cognato mi piace, ha una mentalità aperta ed è saldo. È direttore della succursale dell'azienda farmaceutica T., qui a Yonago. Ha perso i genitori nel grande terremoto del Tōhoku. Non avendo fratelli né sorelle, considera i Nire la sua famiglia. Quando mia madre l'ha visto per la prima volta ha detto: "Come ha fatto Kyōko, così altezzosa, a conquistare un uomo tanto dolce e gentile? Spero che Anzu trovi uno come lui".

Kyōko aveva incontrato Yūji a Tokyo. Lavorava per un'azienda americana e lui nella sede di T. Poco dopo il loro fidanzamento, lei è rimasta incinta. Ed è stato allora che ha scoperto di avere un grave tumore al cervello. Yūji aveva già accettato il posto da direttore della succursale qui. Kyōko lo ha seguito per riposarsi. Lui si è occupato di lei con una pazienza e una devozione incredibili. Al funerale, mia madre lo ha ringraziato per tutto ciò che aveva fatto per sua figlia. Lui l'ha abbracciata senza dire niente, lasciandola piangere finché ha voluto.

Arriviamo al capanno. Le mie figlie e la cugina di sei anni vanno a giocare in giardino. Anzu è impegnata nel laboratorio, mentre suo marito e io spacchiamo la legna all'ombra degli alberi.

Dopo due ore di lavoro estenuante, ci riposiamo all'interno. Anzu ci offre dei *dango* con *mugicha* fresco. Sono deliziosi. Le bambine chiacchierano allegre. Osservo le ceramiche sugli scaffali, che aspettano di essere cotte. Mia sorella è un'artista famosa per i suoi vasi per ikebana creati all'antica.

Mia figlia maggiore chiede alla zia:

– Chi ha costruito questo capanno?

Anzu risponde con fierezza:

– È stato il mio nonno paterno. Ha costruito anche il forno a legna. Perfino la nostra casa in città è opera sua.

– Era carpentiere?

– No, era un funzionario. Gli piaceva molto lavorare la ceramica. Mi ha insegnato tante cose sulla magia di quest'arte. Ho scoperto la mia passione grazie a lui.

Penso all'album di foto dove il nonno non compare più dopo i miei tre anni. Questo fatto insolito mi punzecchia di nuovo. La mia figlia più piccola mi chiede:

– E a te, papà, non interessava la ceramica?

– No, per niente.

In realtà, mio nonno non mi aveva mai incoraggiato. "Nobuki è ancora troppo piccolo." Erano le parole che ripeteva a mia madre. A Kyōko, invece, non piaceva la campagna e addirittura rifiutava di venire qui. In ogni caso, a differenza di Anzu, Kyōko e io non siamo mai stati legati a lui.

Dopo la pausa, mio cognato porta le bambine a fare il bagno nel fiume. Aiuto mia sorella a mettere a posto i tronchi.

Anzu è orgogliosa del forno per la ceramica. Lo esamino. In effetti, sembra molto solido. Parliamo di nostro nonno, morto di un cancro al polmone. Era un gran fumatore. Prima di spirare è stato allettato per sei mesi. Nostra nonna non stava più molto bene, quindi la mamma si era presa cura di lui. Mia sorella mi chiede:

– Avevo quattordici anni quando è morto e tu nove. Ricordi quel giorno?

– Vagamente. Giocavo in giardino con un amico.

Faccio una pausa, poi proseguo:

– Mi sentivo piuttosto sollevato per la mamma. Era un vecchio capriccioso. Non ero molto legato a lui.

Anzu mi guarda con aria interrogativa:

– È per questo che non hai voluto ereditare la sua casa?

– Non proprio – rispondo. – Ayako è una donna autonoma come te. Ha una mentalità indipendente, voglio dire. Nostra madre non è così, lei avrebbe desiderato costruire la sua vita intorno ai figli. Speravo che si concentrasse sulla sua quotidianità con papà, o anche senza di lui.

Mia sorella riflette. Continuo:

– Sapevi che la mamma aveva pensato di vivere da sola? Mi ero appena fidanzato con Ayako.

Mi guarda con aria stupita:

– Litigavano?

– No. Non comunicavano. È peggio dell'alterco. La mamma si sentiva sola con lui.

– Doveva essere il periodo in cui ero tormentata dal mio matrimonio. Non ero in condizione di ascoltarla.

– Ironia della sorte, il tuo divorzio ha salvato il loro matrimonio.

– Perché?

– Avevi bisogno del loro aiuto per il piccolo Tōru e durante i *kamataki*. In questo modo, erano obbligati a fare qualcosa insieme. La mamma non si lamentava più, soprattutto dopo essersi trasferita nella residenza. Ho notato questo.

– Meglio così.

Mia sorella parla di Suzuko. Di recente un compagno di classe l'ha commiserata: "Poveretta. Non hai una madre, sei stata adottata". Suzuko ha replicato seduta stante: "Sbagli. Io ho due vere madri. La mamma che mi ha messa al mondo e la mamma che mi cresce. E sono stata io a sceglierle". Queste parole mi ricordano Kyōko, che aveva un carattere molto forte.

– A proposito, dico, il mio amico S. credeva che anch'io fossi stato adottato.

Anzu scoppia a ridere:

– Che assurdità! Quando sei nato, papà ha portato me e Kyōko in ospedale. Erano tutti estasiati. La tua nascita ha rallegrato tanto anche i nonni. Il primo maschio della famiglia Nire. Purtroppo, hai rinunciato all'eredità!

Rido per la sua ironia affettuosa. Subito dopo, mi torna in mente ciò che Kyōko mi aveva detto poco prima di morire: "Nobuki, non sentirti in colpa per aver rifiutato di vivere con i nostri genitori. Sai perché? Il nonno desiderava che la casa e il terreno in campagna con il capanno andassero in eredità ad Anzu".

Una sera, mentre provo *Recuerdos de la Alhambra*, Miyoko entra nel mio studio.

– Papà, scusami se ti disturbo. Penso sia tua.

Mi fa vedere una vecchia busta marrone sigillata, sembra contenere un libro. Non c'è scritto niente sopra. Le chiedo:

– Dove l'hai trovata?

– Nel cassetto bloccato della scrivania.

– Come hai fatto ad aprirlo?

– L'ho scosso e all'improvviso ha cominciato a muoversi.

Rifletto. Una volta tinta, la scrivania è rimasta al sole tutto il pomeriggio. Deve essersi asciugata un po' dall'umidità. Miyoko esce dal mio studio dicendo:

– Finalmente il cassetto serve a qualcosa!

Apro la busta con cura. È un grosso quaderno con la copertina rigida blu scuro. Non l'avevo mai visto. Sulla prima pagina vedo una data imprecisata dell'anno e alcune frasi scritte con inchiostro nero. Una calligrafia di adulto. Poco dopo, esclamo:

– È della mamma!

Il quaderno ha circa duecento pagine. Ne sfoglio un paio e capisco che è il suo diario. Non ne sapevo niente. Quando l'ha scritto? Mi tornano in mente le parole di S. A detta sua, un anno dopo il mio matrimonio ha visto mia madre in un caffè, intenta a scrivere.

– Che scoperta... – sussurro.

Sono molto contento, ma anche incuriosito. Perché la mamma ha lasciato il suo diario nella mia vecchia scrivania? Quando ce l'ha messo? Perché non l'ha portato alla residenza, dove avrebbe potuto trovarlo mio padre?

Poso la chitarra e ne leggo qualche pagina.

Sabato 28 giugno, piovoso, 15.25. Al caffè M.

Oggi è il mio compleanno. Stamattina, quando mi sono svegliata, ho deciso di iniziare un diario.
Finché Nobuki non si è trasferito nel suo appartamento, tenevo un libretto delle spese. Visto che mi piace la contabilità, questo esercizio non mi pesava. Non mi era mai interessato un diario. Avevo provato a scriverlo quando avevo compiuto vent'anni, ma ero andata avanti solo qualche settimana.
Allora, perché proprio adesso? Perché negli ultimi tempi dimentico molte cose. Prima non davo troppa importanza alla faccenda, riuscivo sempre a ricordare ciò che sembrava sfuggirmi. Ma adesso non è più così. Ogni volta che la gente mi corregge sono turbata: "Fujiko, te l'ho già detto l'altro giorno!" oppure: "Sei stata tu a promettermelo!". Non voglio che questa situazione si aggravi. Certo, temo l'Alzheimer. Non oso parlarne con mio marito né con i miei figli, ma ho bisogno di comunicare. E questa è la mia soluzione. Scriverò tutti i giorni i fatti della vita quotidiana, ciò che penso o qualunque altra cosa.
La stagione delle piogge finirà fra due settimane. Non vedo l'ora che arrivi l'estate. Mi piace sentire frinire le cicale. Da bambina era la mia passione osservare questi insetti, di cui conosco tutte le specie. Un giorno svanirà anche questo ricordo piacevole? Se perderò completamente la memoria e non riconoscerò più nessuno, chi diventerò? Sarò qualcun'altra?

Domenica 29 giugno, nuvoloso, 14.30. A casa.

Dopo pranzo mio marito è andato in centro a comprare dei libri. Scrivo il mio diario, seduta in un angolo del giardino, circondata da enormi ortensie. Ogni cespuglio di fiori sfoggia un colore delicato. Lilla, rosa tenue, bianco, blu pallido... Li abbiamo piantati mia suocera e io.

Ieri sera, mio marito Tetsuo mi ha portata nel nostro solito ristorante per festeggiare il mio compleanno. Seduti al bancone, abbiamo mangiato sushi e yakitori. *Mi sono piaciuti i* nigiri *di sgombro. La zuppa di miso alle alghe e tofu era squisita. Cos'altro ho mangiato? Ma certo, la melanzana cotta nella salsa di soia.*
Tetsuo conosce lo chef fin dalle elementari. Comunicano in un dialetto di qui, che non padroneggio per niente. Lo chef mi ha fatto domande sulla regione in cui sono nata, sulla mia famiglia e sul perché ho scelto di vivere a Yonago. Mi sono espressa con ricchezza di particolari e precisione. Mio marito mi guardava impressionato.
Riscrivo qui ciò che ho detto.
"Sono originaria della prefettura di Shizuoka, nota per il suo tè, la fabbricazione di strumenti musicali, ma soprattutto per il Monte Fuji. Mio padre era ragioniere in una fabbrica di pianoforti e mia madre casalinga. Avevano tre are di terreno dove coltivavano verdure e fiori per passatempo. Ho due fratelli maggiori e una sorella minore che vivono ancora laggiù. Quando ero al liceo pensavo di trovare lavoro altrove. Desideravo abitare vicino all'acqua, ma anche alle montagne. Viaggiando nella regione del Sanin, mi hanno affascinato il Monte Daisen e il Mare del Giappone. Questa città mi sembrava perfetta. Una volta finiti gli studi, mi sono trasferita a Yonago e ho iniziato a lavorare in una biblioteca comunale. Dieci anni dopo, ho sposato Tetsuo grazie a un miai."
Il cuoco era contento di sapere che la sua città mi piaceva tanto. Chiacchierava di buonumore con noi senza smettere di preparare il sushi. Lui e Tetsuo hanno molti ricordi in comune. Pensavo alla mia amica di scuola, Tami, che era la mia confidente.
Anche Tami si è trasferita in questa regione. Abita a Matsue, dove si è sposata. Non ha figli. Lei e il marito hanno una pescheria e sembrano una coppia unita. Andavo a trovarla regolarmente, da sola o con le mie figlie. Ma ho smesso quando sono rimasta incinta di Nobuki. Da allora ci inviamo solo qualche cartolina, a Capodanno e per il Bon.
Sono trentasei anni che vivo con Tetsuo. Siamo coetanei. Ho

smesso di lavorare dieci anni fa. Mio marito andrà in pensione l'anno prossimo. Non sono abituata alla sua presenza quotidiana. Mi chiedo come passeremo il resto della nostra vita. Desidero che Nobuki si sposi presto e che viviamo tutti insieme. Non vedo l'ora di occuparmi dei nipoti.

Il giorno dopo porto il diario di mia madre al lavoro.

È venerdì. In ufficio, il capo mi annuncia che a luglio incontreremo il nostro nuovo subappaltatore a Matsue. Penso alla coppia di cui la mamma parla nel suo diario iniziato il giorno del suo sessantaquattresimo compleanno. Sono passati tredici anni. I pescivendoli continuano ad abitare in quella città? Come si chiama il negozio? Esiste ancora? Forse Anzu o nostro padre se ne ricordano. Ma preferisco non chiederglielo.

Oggi non ho portato il *bentō*. A mezzogiorno compro un bel panino al pollo, un'insalata e un caffè e vado a mangiare in un giardino vicino all'ufficio. Il cielo è leggermente coperto. Mi siedo a un tavolo da picnic e continuo a leggere mangiando.

Lunedì 30 giugno, piovoso, 16.45. A casa.

Stamani ho telefonato ad Anzu. Sono preoccupata per lei. Temo che il marito la tradisca. È una figlia riservata e premurosa. Anche quando era bambina non si lamentava mai per non disturbare me e suo padre. Le ho domandato: "Come va in famiglia?". Mi ha risposto: "Tutto bene, mamma. A mio figlio piace tanto la sua scuola. Io sono molto impegnata con un nuovo progetto. In autunno penso che parteciperò a un concorso regionale". Non ha menzionato il marito.

La nostra figlia maggiore, Kyōko, è ancora nubile. Vive a Tokyo da nove anni, lavora per un'azienda americana. Ma è come se abitasse all'estero, viene qui solo in due occasioni: per il Capo-

danno e per il Bon. *È brillante, socievole, dinamica, molto bella. Deve avere tanti ammiratori. Tuttavia, non ci presenta mai nessuno. Spero che un giorno si sistemi con qualcuno di solido. Le mie figlie hanno caratteri opposti. Mi sento più vicina ad Anzu. Kyōko è troppo "smart" per me. La gente mi chiede se sono davvero sorelle, ma fisicamente si somigliano molto. Hanno preso dal padre.*
Nobuki se la cava molto bene nel lavoro. È intelligente, gentile, calmo. Mio marito è sempre orgoglioso di lui. Avevo quasi quarant'anni quando l'ho partorito. Nobuki Nire, 楡信樹, *"olmo, albero fedele". Che bel nome, con questi* kanji*! Adora la musica classica come me. È diverso dal padre sotto tutti i punti di vista. Ricordo il giorno in cui mi ha chiesto di comprargli la sua prima chitarra. Gli avevo regalato da poco il* Concerto d'Aranjuez *di Rodrigo. Il brano lo aveva affascinato, tanto che voleva prendere lezioni private. Il suo entusiasmo mi aveva reso felice, mio marito invece no. Ha accettato storcendo il naso.*
– A casa nostra nessuno suona. Sarà un capriccio.
Ho insistito:
– Lo studio non è tutto. Avere un passatempo è importante, soprattutto per un adolescente. Protegge dai problemi legati a quest'età.
Alla fine mio marito ha ceduto, a patto che Nobuki non trascurasse i compiti e facesse regolarmente anche sport. Ho trovato subito un chitarrista che mi ha consigliata per l'acquisto di uno strumento. Non dimenticherò mai l'espressione radiosa di Nobuki. Era un ragazzo serio, non ero preoccupata per gli studi.
Kyōko, Anzu e Nobuki. Mi segno l'età che hanno quest'anno: 31 anni, 29 anni e 24 anni. Ogni volta che me lo chiedono, mi serve un po' di tempo per rispondere.
Mi stupisco sempre di avere tre figli. Quando ero giovane avevo paura di partorire. Prima di Kyōko avevo avuto due aborti spontanei e temevo che il mio corpo non fosse adatto per accogliere un bebè.

Interrompo qui la lettura e finisco il panino e l'insalata. Bevo il caffè, ripensando a quel periodo. Sapevo che a mio padre non interessava la musica, soprattutto classica, e mia madre evitava di parlarne in sua presenza. Ero pronto a un suo rifiuto. Pensavo di comprare una chitarra economica con i miei risparmi e di imparare da autodidatta. Ovviamente sono rimasto sorpreso quando mia madre mi ha annunciato: "Papà è d'accordo! Presto potrai prendere lezioni private. Ti esorta a fare anche sport". Sembrava davvero soddisfatta. Sussurro:

– Mamma...

Guardo l'orologio. Ho ancora qualche minuto. Posso concludere le pagine dedicate a quel giorno.

Ricordo perfettamente la nascita di Kyōko. Il parto era stato molto complicato. Avevo paura di non farcela. Poi, ecco una bellissima bambina piena di vita. La prima della famiglia Nire. Mio marito e i miei suoceri erano così felici, come i miei genitori a Shizuoka. Kyōko era già ammirata da tutti. All'ospedale le infermiere parlavano di lei in continuazione.

Dopo due anni è arrivata Anzu. Questa volta il parto è stato abbastanza facile. Era una bambina calma, tranquilla, sorridente. La sua espressione molto dolce mi rassicurava. Mio marito e i suoi genitori desideravano un maschio, quindi sembravano un po' delusi, ma io ero felicissima di avere due figlie. Avendo già trentacinque anni, speravo che sarebbe stata la nostra ultima figlia.

Cinque anni più tardi, invece, è nato Nobuki, il maschio. Ovviamente suo padre e i nonni erano estasiati. È stato un incidente. Non avevo pianificato questa gravidanza. Cerco di ricordarmi la sua nascita, ma non riaffiora niente. È come se non lo avessi partorito io.

Chiudo il diario. Devo tornare al lavoro. Se avrò tempo, continuerò a leggerlo stasera a casa. Domani sarò impegnato: festeggeremo il compleanno della mamma a casa nostra. Sparecchiando il tavolo da picnic, mi ripeto queste parole: "È stato un incidente". Questa affermazione non mi sorprende. L'aveva già detta davanti a me poco prima che si trasferisse nella residenza. Mi aveva spiegato: "Avevo quasi quarant'anni. Non volevo un bebè alla mia età, né maschio né femmina".

Stasera tutta la mia famiglia è a cena a casa nostra per festeggiare il compleanno della mamma. Siamo dieci: i miei genitori, mia sorella e suo marito, Ayako e io e i quattro ragazzi.

Intorno alle sei, il nostro solito ristorante ci consegna del sushi a domicilio. Mia sorella e mia moglie hanno appena preparato dei budini *chawan-mushi* e degli *yakitori*. Sono tutti a tavola.

Mia madre è silenziosa. Mio padre pronuncia parole di ringraziamento al posto suo e annuncia:

– L'anno prossimo avremo tutti e due settantotto anni e festeggeremo le nozze d'oro.

Esclamiamo all'unisono:

– Cinquant'anni di matrimonio!

Cominciamo a mangiare, allegri. I ragazzi hanno molto appetito, in particolare Tōru, il nostro nipote liceale. Gli *yakitori* vengono spazzolati. Mio padre aiuta mia madre a mettere il tovagliolo sulle ginocchia. Le posa davanti uno *chawan-mushi* e toglie con cura le code ai gamberetti. Lei reagisce con educazione:

– Grazie, caro. Lei è molto gentile.

I miei genitori si danno del lei dall'estate scorsa, quando mia madre ha iniziato a pensare di essere ancora la sua fidanzata.

Poi assaggiamo il dolce di frutta che ha preparato Ayako. Sulla glassa bianca è disegnato il Monte Fuji con la scritta

Buon compleanno, Fujiko-san*!* Con espressione commossa, mia madre dice alla nuora:

– Grazie, signora. È molto carino.

Le viene servita una fetta. Gustandola, sussurra:

– È delizioso...

Mio padre le versa una tazza di tè:

– Cara, è ancora caldo. Aspetti un po'.

È molto cambiato, penso.

Dopo il dessert, vanno tutti in salotto per ascoltare il piccolo concerto organizzato da Ayako. Per cominciare, Tōru si esibisce all'ukulele. Non sapevo che sapesse suonarlo. Afferma con orgoglio:

– Lo imparo da autodidatta. Eseguirò un *natsumero* con Suzuko. Si intitola *Il cappello a punta*.

Pizzicando le corde, mio nipote canticchia le parole. Il ritmo sembra un po' lento, ma le note sono corrette. Dopo la prima strofa, Suzuko si unisce al fratello. Mia madre dondola la testa e mio padre tiene il tempo. Poi, la bambina canta da sola una canzone che le hanno insegnato a scuola. Ha talento, intonazione perfetta e una bellissima voce. Mi stupisco sempre vedendo come somigli poco a Kyōko. Ha gli stessi lineamenti del padre.

È la volta delle mie figlie, che cantano accompagnate da Ayako al pianoforte. Hanno il senso del ritmo. Le loro voci sono più gradevoli di quando chiacchierano. Si sono esercitate volentieri per la nonna. Mia sorella mi bisbiglia:

– Le tue figlie sono la tua copia esatta. Sarà così anche per il terzo, maschio o femmina.

Anzu annuncia al marito:

– Ora, suoneremo *L'avvampare del sole al tramonto* all'armonica.

All'armonica? Sono tutti sorpresi. Tōru e Suzuko restano a bocca aperta. Nemmeno mia moglie lo sapeva. La coppia inizia: *Il cielo avvampa, la notte scende, sulla montagna suona la campana del tempio. Torniamo a casa mano nella mano, insieme con i corvi.* Mia madre canticchia. Una dolce nostalgia le attraversa lo sguardo.

Tocca a me. Prendo la chitarra e interpreto *Recuerdos de la*

Alhambra. È la prima volta che la eseguo davanti alla mia famiglia. Ogni tanto do un'occhiata a mia madre. Fissa immobile lo strumento. Mio padre posa la mano sulla sua.

Alla fine, cantiamo *Semi*, composta da mia madre quando era giovane.

Semi, semi, semi, dove ti celi?
Dopo tanti anni passati sottoterra
Ti resta solo qualche settimana all'aria aperta
Hai nostalgia del tuo lungo passato
Nell'oscurità?

Mia madre canta allegra, mentre mio padre continua a tenerle la mano. Li osservo in faccia. Una normale coppia di anziani che hanno vissuto insieme quasi cinquant'anni. La mamma appare sempre calma vicino a lui, sembra che abbia dimenticato il periodo in cui pensava seriamente di lasciarlo.

Finalmente la stagione delle piogge è finita. Fa davvero caldo e ovunque si sentono le cicale. Le bambine non vedono l'ora che arrivino le vacanze estive, nel frattempo continuano le attività sportive dopo la scuola. Mia moglie sta bene. È al terzo mese di gravidanza. Insegna regolarmente pianoforte all'istituto e a casa.

Ogni settimana dopo il lavoro vedo mia madre. La sua situazione è stabile. Non ho ancora concluso la lettura del suo diario. Ieri ne ho letto una decina di pagine sorvolando sui dettagli. Dopo le prime confidenze molto personali, ha annotato solo cose insignificanti, come ciò che aveva mangiato o comprato. Niente di rilevante per me. La sua scrittura è più incerta, quindi ho difficoltà a decifrare alcune parole. Sarà stata stanca. Ho comunque evitato di saltare pagine per essere certo di non perdere passaggi interessanti.

Da poco sono diventato capo del settore ingegneristico. Sotto la direzione del signor A., il titolare e fondatore della ditta, sembra procedere tutto molto bene. La cosa che apprezzo in questa azienda è il rispetto per la vita privata. Non vengono organizzati eventi dopo il lavoro, come viaggi di piacere, cene, partite a golf o a mah-jong. I giovani impiegati fanno dei corsi serali, al liceo o all'università. Il signor A. li incoraggia e non impone loro ore di straordinario.

È lunedì. Nel pomeriggio il titolare e io incontreremo il nostro nuovo subappaltatore a Matsue. È il primo viaggio che facciamo insieme. Partiremo a mezzogiorno con un'auto aziendale. Il tempo è nuvoloso e opprimente. Il meteo annuncia un temporale nel tardo pomeriggio.

Prima pranziamo in un ristorante casalingo vicino all'ufficio. Conosco bene il menu. Scelgo i miei piatti preferiti: *hiyashi-chūka* e maiale al salto marinato al miso. Il signor A. ordina lo stesso. Rilassati, parliamo dei nostri progetti per le vacanze estive, durante il *Bon*. Ayako e io andremo con le nostre figlie a Tottori a trovare i miei suoceri.

Il titolare mi dice:

– Sono cresciuto a Matsue e ho vissuto là fino a ventidue anni.

– Davvero? Pensavo che fosse originario di qui, come me.

Mi spiega che si è laureato in Ingegneria civile all'Università M., la stessa che frequentava Kyōko. Quando studiava invitava spesso me e Anzu. Ero alle scuole medie. Da allora non ho più avuto l'occasione di tornarci.

– Quindi, è nato a Matsue?

– Sì e no...

Risposta strana. Prosegue in tono titubante:

– Sono orfano.

Sorpreso, gli osservo il viso abbronzato. Gli chiedo:

– È stato adottato?

Il signor A. scuote la testa:

– No, ho vissuto in orfanotrofio fino a diciotto anni. Le dispiace se le racconto un po' la mia vita?

– No, si figuri!

Sorride e prosegue con calma. La struttura era gestita da una coppia che gli orfani chiamavano "papà" e "mamma". Il mio capo ha fatto il liceo e l'università lavorando nei fine settimana e durante le vacanze. Capisco perché sproni i giovani a continuare a studiare.

– L'orfanotrofio esiste ancora?

– Sì. I fondatori sono morti qualche anno fa e ora se ne occupano alcuni ex ospiti.

– Che lavoro faceva quando era studente?

– Pescivendolo. Un negozio assumeva i ragazzi di quell'orfanotrofio.

Pescivendolo? Gli chiedo:

– Quel negozio è ancora aperto?

– Sì, continua a gestirlo la coppia che l'aveva aperto. Hanno quasi ottant'anni. Ammiro il loro dinamismo, soprattutto della donna. Vivrà altri vent'anni!

Sono sempre più incuriosito:

– Come si chiama?

– Tami D. È molto conosciuta nel quartiere.

Tami la pescivendola? Sarà forse l'amica di mia madre? Il signor A. aggiunge:

– Non hanno nemmeno figli.

– Chi prenderà il loro posto?

– I loro impiegati. In verità, quando ho finito gli studi mi hanno proposto di gestire il negozio insieme a loro. Ho rifiutato perché sognavo di fondare un giorno la mia ditta di lavori pubblici.

Ci portano i piatti che abbiamo scelto. Comincia a mangiare il maiale al salto marinato al miso, continuando a raccontare dei pescivendoli, che gli hanno insegnato molto. Sono lavoratori alacri, con intuito per la gestione degli affari.

– Festeggiavano – dice – il compleanno di ogni impiegato. La sera prima preparavano da mangiare e l'indomani a mezzogiorno lo gustavamo in negozio. Per ogni nascita compravano un regalo ai neogenitori. Dicevano che il denaro era il dono di un'amica, Fujiko...

Lo interrompo:

– Conosce il suo cognome?

– No. Perché?

– Anche mia madre si chiama Fujiko.

– Sarà una coincidenza. Tami diceva che era una sua compagna di scuola della sua città natale, nella prefettura di Shizuoka.

Eccoci! Tutto torna. Esclamo:

– Quella Fujiko è mia madre! È originaria di là.

Il signor A. mi guarda esterrefatto:

– Mio Dio. Com'è piccolo il mondo!

È ora di andare. Per arrivare a Matsue ci vorranno meno di quaranta minuti in macchina. Il titolare conosce già la strada e si mette al volante. Suggerisce di passare dalla pescheria dopo il nostro appuntamento. Accetto con piacere.

Il cielo si rannuvola ancora di più. Speriamo che non ci colga il temporale.

A Matsue, l'incontro con il nostro subappaltatore va molto bene. Dopo andiamo alla pescheria, che è vicino alla stazione.

Il mio capo mi presenta ai proprietari:

– Questo è il signor Nire. Lavora nella mia ditta.

La coppia mi accoglie cortesemente. Mi rivolgo subito a Tami D.:

– Mia madre si chiama Fujiko Nire e il suo cognome da nubile è Kajiyama. È nata nella prefettura di Shizuoka. Credo che foste amiche.

T. mi guarda, piena di stupore. Le dico ciò che mi ha raccontato il mio titolare poco fa.

– Allora lei è il suo terzo figlio, Nobuki?

– Proprio così, signora.

Mi fissa, gli occhi sgranati. Anche suo marito sembra molto sorpreso e sussurra:

– Com'è piccolo il mondo...

Il mio titolare fa un cenno con la testa e afferma di aver saputo solo oggi del legame che c'è fra me e loro. Apprendo che la signora T. e il marito sono al corrente della malattia di mia madre. Mio padre glielo ha detto qualche anno fa, quando Tami ha chiamato la residenza.

Il mio titolare chiacchiera con il marito. Chiedo a Tami:

– Si ricorda delle mie sorelle maggiori?

– Sì, certo. Si chiamano Kyōko e Anzu, vero? Sua madre

le portava spesso qui quando facevano la scuola materna. Come stanno?

Rispondo che Anzu è ceramista e suo marito è direttore della succursale dell'azienda farmaceutica T., hanno un figlio al liceo e una figlia alla scuola primaria. Tami è sconvolta alla notizia che Kyōko è morta di cancro sei anni fa. Con le lacrime agli occhi, sussurra:

– Poveretta… una ragazza così carina e piena di vita…

Capisco che Kyōko non ha mai visto questa coppia quando studiava qui.

– Lei ha figli?

– Sì, due bambine. Ne aspettiamo un altro a gennaio.

– Così, Fujiko avrà cinque nipoti.

– Sì, ma non riconosce più nessuno, eccetto mio padre. Conserva, invece, molti ricordi dell'infanzia.

Aggiungo che mia madre mi considera un estraneo e non sembra trovarsi a suo agio con me. Tami mi ascolta in silenzio. Riprendo:

– Mi piacerebbe parlarle della sua infanzia. Se lei ricordasse aneddoti di quel periodo, me li potrebbe raccontare?

Le faccio l'esempio del cane e del gatto che aveva mia madre. Tami esclama:

– Certo! Si chiamavano Shiro e Kuro, erano stati abbandonati.

Mi racconta come mia madre li aveva trovati. La sua memoria precisa mi stupisce.

Mi propone:

– Se ha tempo, possiamo andare al caffè qui accanto.

L'idea mi fa piacere. Mi consulto con il titolare, lui andrà a fare una visita all'orfanotrofio e tornerà fra un'ora. Gli propongo di rientrare a Yonago da solo, io prenderò il treno. Accetta e se ne va. Telefono a mia moglie per avvertirla che stasera arriverò più tardi.

Quando usciamo dalla pescheria, ci sorprende un acquazzone.

Entriamo nel caffè vicino.

La cameriera ci accoglie molto affabilmente. Tami mi consiglia un gelato con sciroppo e frutta. Accetto. Quando ci servono, mi dice:

– Kyōko ne andava matta, da piccola!

Non lo sapevo. A occhi chiusi e mani giunte, sembra pregare per mia sorella. Poi, inizia a raccontarmi di quando lei e mia madre erano bambine.

– Fujiko e io abitavamo nello stesso quartiere. Alle elementari, dopo la scuola, giocavamo insieme quasi tutti i giorni. In terza prendevamo lezione di *soroban* due volte alla settimana in un centro ricreativo. Lo abbiamo fatto per un anno. Fujiko era bravissima nel calcolo e imparava molto in fretta.

Tami prosegue con entusiasmo. Alle medie frequentavano il club dei lavori manuali e imparavano la maglia. Mi segno tutto su un quadernino. Dopo un po' le chiedo:

– Ricorda di un ragazzo soprannominato Gaku-*chan*?

Scoppia a ridere:

– Fujiko gliene ha parlato?!

– Non a me, alle mie figlie.

Me lo descrive esattamente come aveva fatto mia madre: uno studente gentile e intelligente che piaceva a tutti. Aggiunge con un sorriso malizioso:

– Gaku-*chan* era anche bello e affascinante. Eravamo innamorate di lui, come tutte le ragazze.

Assume un'espressione graziosa e infantile. Per un attimo dimentico la sua età. Riprende:

– Tutti lo rispettavano, è stato presidente dell'associazione degli studenti alle elementari e alle medie. Gli insegnanti avevano totale fiducia in lui.

– Era vostro coetaneo?

– No, aveva quattro anni di più. Dopo le medie ha scelto di frequentare un liceo a Hamamatsu e poi l'università a Tokyo. Dicevano che studiava musica classica e tornava a Shizuoka di rado.

Le brilla ancor più lo sguardo. Osservando il suo viso radioso, mi sembra di rivivere la mia gioventù. Continua:

– Fujiko e io andavamo in due licei diversi, ma ci sentivamo regolarmente. Quando eravamo in prima, mi ha parlato di un'idea audace. Scrivere una lettera d'amore a Gaku-*chan*!

– Mia madre? Una lettera d'amore?

Mi stupisce. Rifletto e riprendo:

– Allora lui viveva già a Tokyo.

– Proprio così! Fujiko mi aveva fatto leggere il suo testo per accertarsi che non fosse troppo imbarazzante.

– Conosceva il suo indirizzo?

– No. L'aveva spedita a casa dei genitori di lui, che abitavano in un quartiere vicino al nostro. Non l'aveva firmata perché voleva soltanto esprimergli la sua ammirazione.

– Si ricorda che cosa gli aveva scritto?

– Sì, più o meno. Diceva all'incirca così:

*Caro Gaku-*chan,
una volta, quando avevo otto anni, l'ho sentita suonare il pianoforte nell'aula magna della scuola. Ero al secondo anno e lei al sesto. Non conoscevo il titolo del brano, ma mi è venuta voglia di piangere, affascinata dalla bellezza del pezzo e dalla sua esecuzione. Da allora sono una sua ammiratrice segreta...

– È commovente – dico. – Mia madre non suona, ma le piace ascoltare la musica classica.

Tami annuisce. Poi mi spiega perché gli studenti l'avevano

soprannominato Gaku-*chan*: "gaku" deriva dal termine "*on-gaku*: musica". Mi racconta altri aneddoti su di lui. La ascolto divertito e commento:

– Doveva essere un ragazzo molto speciale.

– Senza dubbio!

Tami mi fissa come quando mi sono presentato. Mi imbarazza.

E all'improvviso afferma:

– Lei somiglia un po' a quel ragazzo. Potrebbe far finta di essere lui, con sua madre.

Mi metto a ridere:

– Che idea bislacca!

Piove ancora. Torniamo alla pescheria.

Osservo il bancone; sembra tutto fresco e a prezzi onesti. Compro due orate rosse, delle vongole e anche i *kamaboko* che piacciono molto alle mie figlie. Il marito mi mette tutto in una scatola di polistirolo con il ghiaccio. Tami mi presta un ombrello. Prometto che tornerò fra un mese, quando incontrerò di nuovo il subappaltatore.

Prendo al volo un treno rapido e arrivo alla stazione di Yonago in meno di trenta minuti. Da lì un autobus mi porta direttamente nel mio quartiere. Quando scendo non piove più. Vado a casa a piedi.

È stato un pomeriggio fruttuoso. Al ristorante, le rivelazioni del mio titolare sulla sua infanzia, l'incontro con il nuovo subappaltatore a Matsue, la conversazione con Tami su mia madre. Continua a sorprendermi questa coincidenza: il legame fra la coppia di pescivendoli e il mio capo.

Tami fa anche volontariato in una casa di riposo. Mi ha consigliato: "Ascolti sua madre con rispetto. Quando le parla si abbassi al suo livello, sorrida, le tocchi delicatamente le braccia o le mani. Non cerchi di correggere ciò che dice...". Mi comporto così, come suggerisce il personale della residenza. Tami ha ribadito: "La faccia camminare, altrimenti la malattia si aggraverà rapidamente e sarà costretta a letto per il resto della vita". Ha proprio ragione. Devo spronare la mamma a muoversi da sola. Spero che alla fine si fidi di me, come fa con mio padre e mia sorella.

Entro in casa. Le bambine giocano a ping-pong sul retro. Sono contente per i *kamaboko*. Mia moglie sta lavando il riso. Entusiasta per le orate rosse e le vongole fresche, si mette subito a prepararle.

– Caro, questo pesce è simbolo di felicità. Dobbiamo festeggiare qualcosa?

– Sì, sei incinta di tre mesi.

– Allora festeggiamo ogni tre mesi.

Mi chiede se a Matsue è andato tutto bene. Le spiego brevemente di cosa abbiamo parlato con il nostro subappaltatore, di cui ormai mi occuperò da solo. Le accenno all'infanzia del mio titolare in orfanotrofio. È sorpresa.

– Conosce i suoi genitori?

– No. Lo hanno trovato davanti alla porta dell'istituto.

– La sua vita dev'essere stata dura.

– Sì e no...

– Cosa vuoi dire?

– È una persona estremamente positiva – rispondo. – Quando gli ho chiesto se da bambino provasse rabbia, mi ha risposto: "Non nutro risentimento per nessuno. La coppia dell'orfanotrofio mi ha cresciuto con tantissimo affetto e sostegno. Sono stati i miei veri genitori. La mia madre biologica deve aver avuto le sue ragioni per abbandonarmi. È triste, ma la ringrazio di avermi lasciato in quell'istituto. Se mi lamentassi della mia sorte, il cielo mi punirebbe".

Mia moglie commenta con espressione commossa:

– Credo che molto dipenda dal suo carattere. Mi fa pensare a tua nipote.

– Suzuko?

Ricordo ciò che mia sorella mi ha raccontato l'altro giorno sulla figlia: un compagno la commiserava perché non ha la mamma e Suzuko ha ribattuto dicendo che lei era felice con le due vere madri che si era scelta. Sorrido chiedendomi chi abbia potuto metterle in testa quest'idea.

La cena è pronta. C'è un buon profumo. Assaporiamo le

orate rosse alla griglia e la zuppa di vongole in bianco. È un vero banchetto. Le bambine mangiano diverse fette di *kamaboko*. Parlano con entusiasmo della scuola e delle attività sportive. Penso al bebè che nascerà, sperando sempre che sia un maschio. In questo caso, quale nome si accorda con Nire?

Mia moglie mi chiede:

– Hai riportato un ombrello nero che non mi sembra nostro. Di chi è?

Le rispondo che me lo ha prestato il pescivendolo e glielo renderò la prossima volta che andrò a Matsue. Mi suggerisce di tornare da loro a comprare il pesce. Le bambine ribadiscono:

– Sì, papà, molto *kamaboko*!

Rivedo l'immagine di Tami, energica e allegra. È difficile pensare che sia coetanea dei miei genitori. Mentre raccontava la storia del ragazzo soprannominato Gaku-*chan* sfoggiava un'espressione infantile. Il suo corpo è invecchiato ma la sua mente è ancora giovane. Mi piace molto.

Per dessert mangiamo la frutta. Ayako pela abilmente una grossa mela rossa. Le nostre figlie osservano la spirale di buccia allungarsi senza rompersi. Rievoca episodi dell'infanzia: le uscite con la famiglia per cogliere l'uva e le pere in un frutteto. Le bambine le chiedono cosa facesse con i compagni di scuola per divertirsi. Ayako racconta aneddoti che non avevo mai sentito prima.

Penso a mia madre. Decido che stasera continuerò a leggere il suo diario.

Mi esercito con la chitarra per una mezz'ora nel mio studio. Poi riprendo il diario di mia madre e lo apro dove avevo lasciato il segno.

Per alcune settimane ancora prosegue con brevi descrizioni di acquisti e piatti che ha preparato. Le sue annotazioni si fanno via via più sporadiche. Passa mesi senza scrivere niente. L'anno non viene indicato sempre. Poi ricompaiono pagine fitte.

Venerdì 25 luglio, nuvoloso. A casa.

Sono le tre. Per pranzo ho scelto il menu con salmone alla griglia, il mio pesce preferito, con uno chawan-mushi *e un'insalata di pomodori. Era tutto squisito. E per colazione? Ah, una frittata con gli spinaci, un po' di* hijiki, *una zuppa di miso e del riso. Ieri per cena? Di questo non sono sicura. Frugo nella memoria, ma non riaffiora niente.*
Ogni giorno segno sul calendario il nome delle persone che ho incontrato o con cui ho parlato al telefono. Ma dopo, quando li rileggo, non li ricordo più. Mi crea un vuoto inquietante.
Sono passati due mesi dacché ci siamo trasferiti in questa residenza.
Qui sono tutti molto gentili. Soprattutto l'infermiera Y., che mi tratta con grande rispetto, mai come una malata. La mia memoria svanisce a poco a poco, ma la sensibilità aumenta. Spero di non cambiare personalità.

Y. mi ispira fiducia, cerco di ascoltare i suoi consigli. Mi incoraggia: "Continui a fare ciò che le piace, come lavorare a maglia. Non si imponga di seguire le attività di gruppo organizzate dalla residenza. Qui niente è obbligatorio. Le consiglio solo di fare esercizio con regolarità". È contenta che scriva un diario. Mi promette di non dirlo a nessuno, nemmeno a Tetsuo.
In ogni caso mi sembra che tutto vada meglio di prima. Incontrare altre persone e partecipare a dei laboratori sono cose stimolanti. Non sono particolarmente socievole, ma ogni tanto mi piace vedere un po' di gente. Mio marito preferisce leggere anziché uscire o chiacchierare con me. La musica classica non gli interessa ed evito di parlargliene.
Nobuki aveva ragione quando insisteva perché abitassimo in una residenza per anziani. Sapeva che non ero sicura di voler continuare a vivere da sola con suo padre. Eppure, non credeva che il divorzio fosse una buona soluzione alla nostra età. Mi ripeteva che dovevamo trovare qualcosa che piacesse a entrambi. Le sue parole mi rattristavano. Mi aveva fatto capire che soffrivo per la mancanza d'affetto di mio marito. Mi aveva perfino proposto: "Mamma, se non riesci a parlarne con papà, potrei accennarglielo io".
Mancanza d'affetto... Non immaginavo che fosse questo il problema.

Lunedì 28 luglio, c'è il sole. A casa.

Mi accorgo che non apro il diario da tre giorni.
Stamani mio marito e io siamo stati al corso di ginnastica. Mi ha fatto bene. Dopo, lui è andato da solo alla biblioteca comunale vicino alla residenza.
Sono sul balcone. Fa caldo umido, ma all'ombra si sta bene. Il frinire delle cicale mi affascina e mi riporta sempre ai ricordi dell'infanzia. Sussurro la canzone che avevo scritto in gioventù. Mi è rimasta ben impressa nella memoria. Semi, semi, semi, dove ti celi? Dopo tanti anni passati sottoterra... *Mi torna in mente il bel volto di Gaku*-chan.
Poco fa ho visto in televisione una bambina di tre anni che rac-

contava alla madre come si sentiva quando era nella sua pancia. Disegnando, la piccola rammentava il motivo per cui aveva scelto la sua mamma. Non ricordo più i dettagli. Un mondo spirituale. Chissà se è vero? Comunque sia, mi chiedo perché ho avuto due aborti spontanei, perché quei primi bebè non hanno voluto nascere e gli altri tre invece sì.
Kyōko, Anzu e Nobuki. Hanno caratteri diversi. Kyōko e Anzu sono come il sole e la luna. Nobuki sta in mezzo. Tuttavia, mi sembra che tutti e tre abbiano una cosa in comune: un forte spirito di indipendenza.

Martedì 29 luglio, c'è il sole. A casa.

Ho scoperto che l'infermiera Y. è vedova e sta crescendo da sola due adolescenti. Ha tre anni più di Kyōko. Una donna in carriera come le mie figlie. Sembra seria e matura. Quando le parlo, dimentico del tutto la sua età.
Poco fa le ho raccontato la storia della bambina di tre anni che ho visto ieri in televisione. Y. non ha confermato né negato questa memoria di prima della nascita. Mi ha invece confessato che rimpiange di non aver avuto abbastanza tempo per ascoltare i suoi figli quando erano piccoli. E io, che ero una casalinga, ho ascoltato abbastanza i miei figli?

Mi fermo qui. Mia madre ha continuato a scrivere il diario nella residenza. Ma perché questo quaderno era nella mia scrivania di bambino? La casa dei miei genitori è rimasta vuota per qualche mese. Poi Kyōko, malata, e il suo fidanzato si sono trasferiti lì. Un anno dopo la morte di Kyōko, Anzu e Yūji si sono sposati e hanno comprato la casa, lasciando intatta la rimessa. Forse la mamma ha "nascosto" il diario nella scrivania durante una visita alla sua vecchia casa. Ma perché ha scelto questo mobile?

Sono le cinque meno dieci. Comincio a mettere in ordine i documenti prima di lasciare l'ufficio. È giovedì, e come sempre le mie figlie hanno il corso di karate. In genere vado a prenderle io dopo il lavoro, ma stasera andrà mia moglie perché vuole vederle allenarsi. Decido di rientrare dopo aver fatto una breve visita ai miei genitori.

Arrivo alla residenza alle cinque e venti. Un impiegato alla reception mi informa che sono usciti per una passeggiata e saranno di ritorno per cena. Immagino che siano nel loro solito parco, non lontano. Riprendo l'auto.

Entro a piedi nel giardino pubblico circondato da alberi maestosi. Le cicale cantano. *Kanakanakana*... Dev'essere una *higurashi*. È stata mia madre a insegnarmi questo nome quando andavo a scuola. Cammino lungo la vasca abbellita da una fontana. Li vedo quasi subito. Mio padre legge su una panchina all'ombra di un olmo. Mia madre osserva le anatre selvatiche, seduta sulla sedia a rotelle.

Sorpreso di vedermi, mio padre mi invita a raggiungerli:

– Siediti, Nobuki.

– Grazie, ma vorrei parlare con la mamma.

Mi esorta:

– Spero che oggi ti accolga con gentilezza. Buona fortuna!

Mi avvicino e la chiamo con dolcezza:

– Buongiorno, Fujiko-*san*.

Si volta. Mi inginocchio vicino alla sedia a rotelle. Mi chiede:

– Ci conosciamo?
Le rispondo con calma:
– Lei non mi conosce, ma io conosco lei. Sono un amico di Tami.
Sgrana gli occhi. Cerca conferme:
– È davvero un amico di Tami?
– Sì, signora. Qualche giorno fa ci siamo visti nella sua pescheria a Matsue.
Sussurra:
– Pescheria... Matsue...
Poi tace. Capisce ancora di che cosa si tratta? Continuo:
– Abbiamo parlato del cane e del gatto che lei aveva salvato. Si chiamavano Shiro e Kuro, vero?
La sua espressione si addolcisce. Aggiungo:
– Abbiamo parlato anche di Gaku-*chan*.
All'improvviso esclama:
– Gaku-*chan*! Come fa a conoscerlo?
Mento:
– Abbiamo studiato nello stesso liceo a Hamamatsu.
Riflette ripetendo:
– Gaku-*chan*... liceo, Hamamatsu...
Il suo sguardo si riempie di nostalgia. Sembra ricordare il nome di quella città. Resto in ginocchio, di spalle a mio padre. Dopo qualche parola, le propongo:
– E se facessimo il giro della vasca? Vado ad avvisare suo marito.
Annuisce, accennando un sorriso:
– Volentieri, signore.
Ha accettato! Torno da mio padre.
– *Oyaji*, vado a fare una passeggiata con *ofukuro*.
Le parole *oyaji* e *ofukuro*, al posto di "papà" e "mamma", mi sono venute spontanee. È la prima volta che le utilizzo con lui. Sono stupito, è come se diventassi adulto di colpo. Mio padre mi lancia un'occhiata incuriosita. Si congratula:
– Oggi mi sorprendi. Allora buona passeggiata!
Mi volto verso mia madre.
– Andiamo, Fujiko-*san*!

Spingo con attenzione la sedia a rotelle. Percorriamo il viale che fiancheggia la vasca. *Kanakanakana*... La *higurashi* canta. Mia madre contempla in silenzio la fontana, gli alberi, i fiori, il cielo. Pur non vedendole il viso e non parlandole, provo una sensazione di pace e armonia.

Mi sono serviti tanti anni per arrivare a una cosa così semplice. In fondo ero arrabbiato con lei. L'accusavo silenziosamente: "Come si può dimenticare l'esistenza di un figlio?". Ma, dopotutto, la mamma aveva ragione a non aprirsi con me. Anzu sa adattarsi con naturalezza a questa malattia e fin dall'inizio non ha mai avuto difficoltà con nostra madre. Secondo mia sorella, anche nostro padre ha attraversato momenti complessi prima di ottenere la sua fiducia incondizionata.

– Signore!

– Sì, Fujiko-*san*.

– Mi fermi qui, per favore.

Indica la nostra sinistra. Ci sono dei girasoli fioriti prima rispetto agli altri anni. Mi arrivano al petto. Vedo i piccoli petali gialli e i pistilli ancora verdi. Mia madre, da seduta, non può ammirarli. Mi chiama:

– Signore, per favore.

Mi invita a spostarmi davanti a lei. Mi metto alla sua altezza.

– Sì, Fujiko-*san*.

Con mio stupore, mi stringe forte le mani e cerca di alzarsi. È un gesto così spontaneo che non credo ai miei occhi. L'aiuto a stare in piedi. Poi si avvia goffamente verso i girasoli.

Cammina! Osserva i petali, i pistilli, le foglie larghe, gli steli robusti.

– Che meraviglia! Adoro questo fiore, simbolo dell'estate, come le cicale.

È già la fine di ottobre. Le foglie si tingono di rosso. Non fa né caldo né freddo. È il mio mese preferito, insieme a maggio.

A casa nostra sembra procedere tutto bene. Le bambine fanno karate con passione e sognano di seguire le orme del loro cugino Tōru, che è campione dipartimentale. Ayako non ha complicazioni di salute. La pancia è molto evidente. Il parto è previsto per la metà di gennaio. Ha già comunicato al lavoro che sarà in congedo di maternità da dicembre.

Prendo lezioni di chitarra regolarmente. Ad aprile suonerò a un concerto promosso da un'orchestra amatoriale. Per la mia esibizione ho scelto *Giochi proibiti* e *Recuerdos de la Alhambra*. Essendo due assolo, dovrò essere presente unicamente alle ultime prove.

Lavoro sodo. Dopo la mia promozione, i miei rapporti professionali con il capo sono diventati più solidi. Vado d'accordo anche con i colleghi. Visto che i profitti della società sono in crescita, assumeremo tre nuovi ingegneri civili. Mi occuperò io della loro formazione.

Dall'agosto scorso vado da solo dal nostro subappaltatore a Matsue, due volte al mese. È un'occasione per passare dalla pescheria e parlare con Tami e suo marito. Tami è contenta perché le cose con mia madre migliorano e lei cerca di camminare di nuovo. È tutto merito suo. Ogni volta che ci vado compro del pesce, i *kamaboko* e altri prodotti che suo marito mi consiglia. Mia moglie e le nostre figlie li gradiscono molto.

In primavera farò conoscere a Tami e a suo marito la mia piccola famiglia con il neonato.

Ormai la mamma e io facciamo una passeggiata una volta alla settimana dopo il lavoro. La porto con la sedia a rotelle nel giardino della residenza dove si muove piano piano fra le aiuole, reggendosi al mio braccio. Continua a chiamarmi "signore", ma ora lo dice con affetto. Una sola cosa è importante: la sua pace interiore, come mi ripete mia sorella dall'inizio della malattia. Anzu ha ragione. Dato che finalmente non sono più arrabbiato né frustrato, mi sento leggero e mia madre mi accetta con serenità.

Canta spesso *L'avvampare del sole al tramonto* che Anzu e suo marito hanno suonato all'armonica alla sua festa di compleanno. *Il cielo avvampa, la notte scende... Torniamo a casa mano nella mano...* Tami mi spiega che i malati di Alzheimer provano una grande nostalgia per l'infanzia, che avvertono come un periodo felice. Anche se sono a casa loro dicono: "Voglio tornare a casa". Mi chiedo quale posto la mamma consideri la sua casa.

Non ho ancora finito di leggere il suo diario. Non lo apro da luglio perché sono troppo impegnato. Riprenderò uno di questi giorni.

Il tempo passa davvero in fretta. L'anno prossimo avrò trentotto anni. I miei genitori ne avranno settantotto e festeggeranno le nozze d'oro. Mia madre sarà sicuramente ancora viva quando nascerà il mio terzo figlio. Spero che lo accolga con gioia. Il bebè del "signore".

Il mio amico S. mi telefona quasi sei mesi dopo che ci siamo visti sulla spiaggia. Allora era preoccupato per i suoi genitori, perché la residenza dove si trovavano era fallita. Si ferma due giorni nella nostra città per lavoro. È venerdì. Lo invitiamo a cena. È molto contento, e viene verso le sei. Ha un'espressione più distesa.

Dopo cena, S. e io prendiamo il tè sul retro mentre le mie figlie giocano a ping-pong. Inizia a raccontarmi cosa è successo dopo il fallimento. La residenza è stata comprata da un'altra compagnia. S. sorride:

– I miei genitori sono riusciti a recuperare quello che spettava loro. Si trattava di una cifra considerevole, dato che avevano vissuto lì solo tre anni.

– Un bel sollievo! E adesso dove vivono?

– A Tottori. Hanno comprato una casa in centro.

Sono sorpreso. Credevo che sarebbero andati in un'altra residenza per anziani. Hanno quasi settant'anni, sono senza dubbio più giovani dei miei, ma non immaginavo che avrebbero fatto questa scelta. Il mio amico continua:

– In realtà, mia madre in quella residenza lussuosa si annoiava. Voleva avere la stessa vita dinamica di prima. Come sai, ha un carattere forte.

Commento:

– Si può restare dinamici ovunque.

– Sì, ma in genere le case di riposo sono in luoghi tranquilli, lontano dai quartieri più animati. Si sentiva fuori dal mondo. Poi, lei e mio padre stanno ancora bene.

Pensando ai miei genitori, gli chiedo:

– Sono pentiti di aver venduto la loro casa?

– Certo, ma ormai era troppo tardi. Devono abituarsi ai nuovi vicini. In fondo, vogliono vivere e morire in casa loro. Lo capisco.

– In futuro chi si occuperà di loro? Tu o tua sorella?

– Nessuno dei due. Riceveranno cure a domicilio. Hanno già assunto una colf.

Penso all'abitazione che mio nonno aveva costruito. Mio padre aveva esitato tanto prima di lasciarla. La vicenda mi rattrista ancora. Il mio amico continua allegro:

– In realtà, dopo il fallimento della residenza i miei genitori si sono informati su svariati istituti nella regione. Mentre ne vedevano uno a Matsue hanno incontrato una volontaria, molto più anziana di loro. Con stupore, hanno scoperto che l'anziana signora, insieme al marito, gestiva perfino una pescheria con molti impiegati. È stata l'occasione per riconsiderare il loro futuro.

Resto a bocca aperta. È Tami! Che piacere sentire parlare di lei, soprattutto da parte del mio amico. Glielo dirò. Di sicuro sarà contenta della coincidenza.

Chiacchieriamo delle nostre conoscenze comuni. A questo punto rammento M., il nostro compagno delle medie.

– E M. che credeva fossi stato adottato! Gliene hai parlato?

– Sì, Nobuki. Adesso conosce la verità.

– Come ha reagito?

– Solo con un "davvero?". Ricordava a malapena quell'equivoco.

Confesso, imbarazzato:

– Ho avuto un incubo a questo proposito.

– Un incubo?

– Sì, ho sognato che M. mi prendeva in giro in classe, insinuando che ero stato adottato. Allora gli portavo una copia del mio *koseki* per dimostrare che ero davvero figlio dei miei genitori. Ma quando M. lo guardava, il mio nome era scomparso! Ero colto dal panico.

S. esclama:

– Scusami per aver creduto a questa voce!

– Non preoccuparti – sorrido amaramente.

Resta un po' in silenzio, poi mi ripete:

– Una cosa è certa: volevo molto bene a tua madre e ti invidiavo perché avevi una mamma gentile, sempre al tuo fianco. Di sicuro lei non si ricorderà più di me, ma io ho ben impressi nella mente la sua dolcezza e i suoi deliziosi *onigiri*.

Lo ascolto senza commentare. Da bambino ero abituato ad avere la mamma a casa. Quando tornavo da scuola, mi faceva fare merenda con ciò che aveva preparato lei. Credevo che fosse così anche nelle altre famiglie. S. mi chiede:

– Ora come sta?

Lo aggiorno. Si meraviglia:

– Ha ricominciato a camminare? Che bel progresso!

Dopo aver bevuto il tè, gioca una partita a ping-pong con le mie figlie, poi rientra in albergo. Vado nel mio studio a esercitarmi una mezz'ora con la chitarra. Poi, mi dedico di nuovo alla lettura del diario di mia madre.

Domenica 3 agosto, c'è il sole. A casa.

Fa troppo caldo per uscire. Resto in camera. Mio marito gioca a shōgi *con un amico nel salone comune.*
Stamani ho telefonato a Kyōko per sapere se verrà per il Bon. *Mi ha risposto: "No, mamma. Sono già venuta a maggio con il mio fidanzato. L'hai già dimenticato?". Era andata proprio così, ma il suo tono accusatorio mi ha offesa. Mentre cercavo le parole, ha interrotto di colpo la comunicazione: "Mamma, sono molto occupata. A presto". Proprio allora, mi sono ricordata che era incinta di quattro mesi. Come ho fatto a dimenticare una cosa tanto importante? Il bambino nascerà a gennaio. Partorirà a Tokyo? Se sarà così, dovrò andare là per aiutarla.*
La gente la ammira per la sua bellezza e il suo dinamismo. Io invece non apprezzo il modo in cui si rivolge a me, sua madre. Usa

un tono aspro e freddo. Mi rammarico ogni volta che le parlo. Mi mette di fronte al fatto che sono più sensibile e vulnerabile di prima. Penso ai miei genitori morti. Non mi sono mai comportata così con loro. Kyōko è proprio diversa da Anzu e Nobuki. Si addolcirà con l'arrivo del bambino? Speriamo...
Ho paura. Se l'Alzheimer si aggraverà, come mi comporterò con mio marito e i nostri figli, soprattutto con Kyōko? Conosco il caso terribile di una vicina con la mia stessa malattia. Insulta suo figlio: "Sei brutto, stupido e cattivo! Sei come tuo padre. Vattene! Ti odio!". Prima era considerata una madre gentile e dolce. Forse ha soltanto svelato la sua vera natura?

Faccio una pausa. "Ci conosciamo, signore?" Mia madre ha pronunciato questa frase scrutandomi in viso. La sua vicina offende il figlio, ma almeno l'ha ancora impresso nella mente. Preferirei che la mamma mi trattasse così, anziché come uno sconosciuto gentile? Non lo so.

Scrive i suoi pensieri sulle mie sorelle e su di me, ma poco su nostro padre. E quasi niente sui nonni paterni, eppure si è occupata di loro fino alla fine. Ha iniziato questo diario qualche anno prima che si trasferissero nella residenza, quando la malattia non era ancora grave. C'è qualcosa di strano.

Proseguo la lettura.

Domenica 10 agosto, piovoso. Al caffè B.
Mi chiedo se qualcuno leggerà questo diario dopo la mia morte. I miei figli o mio marito, se sarà ancora vivo? È meglio che lo bruci finché sono cosciente? Mi controllo per non scrivere cose imbarazzanti.
D'altronde, questo diario è il mio unico confidente. Prima che la memoria svanisca, desidero confessargli il segreto che custodisco da una trentina d'anni. Da trentuno, a essere precisi.

Il segreto? Di cosa si tratta? Indugio a voltare pagina, colto da una certa apprensione. Ha scritto questo paragrafo tre mesi dopo la visita di Kyōko e del suo fidanzato Yūji. Mia sorella aveva appena compiuto trentasette anni e avevamo festeggiato il suo compleanno a casa dei miei genitori. Che cosa è successo un anno prima che nascessi? Volto la pagina incuriosito. E man mano che vado avanti, mi vengono i brividi per lo shock.

Faccio spesso un incubo che riguarda i miei suoceri. Il padre di mio marito è morto quando Nobuki aveva nove anni e sua madre l'anno successivo. Sono passati una ventina d'anni. Eppure, albergano in me vividi, mentre io vorrei tanto cacciarli via dai miei ricordi. È strano: l'Alzheimer non li cancella facilmente.
Nel mio sogno mi accusano insieme: "Fujiko, sappiamo la verità. Hai tradito tuo marito, il nostro unico figlio. Nobuki non è suo. Lui non è l'erede della famiglia Nire". A volte piango chiedendo loro perdono: "È stato un incidente. Non succederà mai più. Accettate Nobuki come il vostro vero nipote, vi prego".
A volte grido contro di loro: "È stato Tetsuo a tradirmi con un'altra donna! Lo sapete, vero? Non avete il diritto di biasimarmi".
I miei suoceri tremano.
In verità, non mi hanno accusata apertamente e io non li ho mai affrontati. Ma sapevano che Nobuki non è figlio di Tetsuo, e anche che lui era infedele. Mio marito ha avuto una relazione con una sua ex per un anno, fino alla mia gravidanza.
Nobuki aveva tre anni quando mia suocera ha iniziato ad avere dei sospetti.
Un giorno, piantavo dei fiori in giardino con lei. Nobuki giocava da solo raccogliendo i sassi. Cantava una filastrocca con voce limpida. Ero colpita dal suo ritmo e dalla sua intonazione. Lo seguivo canticchiando orgogliosa. A un certo punto mi sono voltata verso mia suocera per dirle qualcosa. Lei osservava il bambino senza sorridere e con sguardo alquanto cupo. Non le avevo mai visto un'espressione così tesa. Ha sussurrato: "Nobuki è diverso dalle sue sorelle... Non somiglia al padre...". Queste parole mi hanno scossa. Ero certa che avesse scoperto il mio "segreto". È stato un incidente. Una relazione di una sola notte. Non avevo programmato di avere un figlio da quell'uomo. Purtroppo, sono rimasta incinta! Ho mentito a Tetsuo sulla data del concepimento. Mi ha creduta. Forse è per questo che ha rotto con la sua

amante. L'arrivo di un maschio gli aveva procurato una gioia infinita. Voleva molto più bene a Nobuki che alle figlie.
I miei suoceri mostravano con orgoglio il primo nipote maschio ai nostri vicini e ai loro amici. Si occupavano volentieri di lui. Ma dopo quell'episodio in giardino non è più stato così. Non hanno rivelato niente a nessuno. Lo hanno fatto per il bene del bambino, di mio marito, della famiglia Nire? Del resto, davanti a tutti mi elogiavano, presentandomi come una moglie fedele e devota. Forse non volevano essere derisi.

Sono le dieci. Ayako va a letto. Sconvolto dalle rivelazioni di mia madre, non ho per niente sonno. Per fortuna, domani è sabato e non abbiamo impegni particolari per la mattina. Faccio un bagno per calmarmi.

Che cos'è questa storia? I miei genitori si sono traditi a vicenda. L'uomo che ho considerato mio padre per tutta la vita, in realtà non lo è. Anzu e Kyōko sono le mie sorellastre. I miei nonni paterni sapevano tutto... E questi fatti non tormentano più mia madre dal momento che mi ha cancellato dalla sua memoria come figlio. Si ricorderà invece dell'uomo con cui aveva trascorso una notte, il mio "padre naturale"?

Tutti questi pensieri mi ronzano in testa. Mio padre, Tetsuo Nire, conosce forse il segreto sulla mia nascita? Da quando ho l'età della ragione, non ha mai manifestato perplessità nei miei confronti, né con le parole né con le azioni. "Nobuki è il cocchino di papà", così dicevano le mie sorelle. Abbiamo rapporti solidi e sono il primo a cui si rivolge per le questioni familiari. Come reagirebbe se sapesse che non sono il suo figlio biologico?

Finalmente ho capito perché i nonni paterni non figuravano più nell'album dopo che ho compiuto tre anni. In effetti, non ricordo di aver passato del tempo insieme a loro. Il nonno non mi invitava nemmeno nel capanno, con la scusa che ero ancora piccolo. Dopotutto, era naturale che non volesse lasciarmi ciò che lui stesso aveva costruito.

Penso alle mie sorelle. Mi sembra che Anzu non ne sappia niente. Kyōko, non saprei. Mi tornano in mente le sue parole di conforto quando ho rifiutato di abitare con i nostri genitori.

– Mamma... – sussurro.

Ha avuto un'avventura di una notte e mi ha concepito accidentalmente. Ha continuato a sostenere che ero figlio di suo marito. Non ha mai pensato che la verità potrebbe venire a galla con un semplice test del DNA?

Mia madre ha tradito mio padre, che a sua volta la tradiva. Stranamente, mi affiora un sorrisetto sulle labbra.

Il giorno dopo mi sveglio intorno alle dieci. Le bambine mettono in ordine le camere. Scendo in cucina, Ayako prepara la colazione. Mi chiede:

– Che cosa hai fatto ieri sera fino a tardi? Hai dormito bene?

Sbadiglio:

– Niente di particolare. Dopo essermi esercitato con la chitarra, mi sono steso in vasca.

È una giornata di sole. Mi propone di uscire nel pomeriggio per ammirare i colori dell'autunno e cenare nel nostro solito ristorante. Accetto. Sbatte le uova. Mi sorride con dolcezza. Mi accosto alle sue spalle e la abbraccio. Le carezzo la pancia più rotonda. Abbiamo scelto di non sapere in anticipo il sesso del bambino. Penso a un nome se sarà un maschio. Deve accordarsi con Nire, come il mio, anche se ormai quel cognome mi è estraneo.

Squilla il telefono. È Anzu. Mi annuncia in tono allegro:

– Una bella notizia, Nobuki!

– Che cosa succede?

– Ieri sono stata alla residenza. Ho visto la mamma alzarsi da sola dalla sedia a rotelle. Mi ha chiesto, cercando il bastone: "Quel signore oggi non viene a trovarmi? Mi piace molto".

Non so che cosa dire, sono ancora sconcertato dalle rivelazioni di mia madre. Mia sorella continua a chiacchierare a ruota libera. Non sa niente del diario. Un giorno farei meglio a svelarglielo? Aggiunge:

– Una giovane inserviente mi ha detto: "La signora Nire sembra molto felice quando passeggia con suo fratello". Spero che papà non sia geloso di te!

Rido. Parla dei suoi programmi per il pomeriggio: porterà i nostri genitori al capanno, suo marito e papà spaccheranno la legna. Quel posto mi ricorda, come pochi altri, il viso del nonno che mi fissa severo. Cambio argomento:

– Anzu, ho una domanda su *oyaji*.

– Su papà? Che cosa c'è?

– Sapevi che aveva avuto un'amante prima che nascessi?

Resta in silenzio, poi risponde titubante:

– Sì... chi te l'ha detto?

– La mamma.

– Quando?

Mento:

– Diversi anni fa, poco prima che Kyōko morisse.

– Davvero? Credevo che la mamma ne fosse all'oscuro.

– Come l'hai saputo?

– È una vecchia storia – dice. – Kyōko e io eravamo alla materna. Abbiamo visto papà in macchina con una sconosciuta. Non lo abbiamo detto alla mamma.

– Come potevate essere sicure che fosse la sua amante?

– Era un giorno in cui papà avrebbe dovuto trovarsi in ufficio. Inoltre, in quel periodo, la mamma si lamentava che lui stava poco a casa.

Mi stupisce che ricordi così bene un fatto tanto remoto. Aggiunge:

– Non sono affari nostri. Spero che non lo racconti a papà.

Da quanto dice, sono convinto che non sappia dell'adulterio di nostra madre.

– Certo che no – rispondo.

Poi mi racconta che giorni fa, quando Suzuko ha chiesto alla nonna se fosse felice, lei ha risposto: "Sì, sono tanto felice perché mio marito è molto gentile. Sta sempre con me". Mia sorella conclude:

– È commovente, vero?

– Molto.

Mi ricorda anche le parole di Suzuko: “Ho due vere madri. La mamma che mi ha messo al mondo e la mamma che mi cresce. E sono stata io a sceglierle”. Mi chiede:

– Sai chi è stato a suggerire questo pensiero a mia figlia?

– No.

– La nonna.

– La mamma?

– Sì. L’ho saputo solo ieri.

Mi viene in mente il documentario che lei cita nel suo diario: una bambina spiegava perché aveva scelto sua madre, già prima della nascita. Non credo al mondo spirituale, né lo nego. Eppure, mi chiedo: “Mia madre ha mai pensato di abortire? Perché ha deciso di portare a termine una gravidanza casuale e indesiderata?”.

È l'inizio di gennaio, il periodo del grande freddo.

Il parto si avvicina. Come previsto, Ayako è andata in maternità all'inizio di dicembre. Secondo il ginecologo, la madre e il bebè stanno molto bene. Le bambine non vedono l'ora che arrivi un fratellino o una sorellina.

È domenica. Nevica da stamattina presto.

Dopo pranzo, le bambine escono sul retro per fare un pupazzo di neve. Bevo un caffè in sala da pranzo. Sfoglio una rivista di musica classica. Le pubblicità di alcune chitarre attirano la mia attenzione. Vorrei comprarne una nuova, ma non è il momento opportuno. Sento la melodia del pianoforte. Ayako suona in salotto.

Continuo a riflettere su un nome se nascerà un maschio. Mia moglie ne ha pensato uno per una bambina. Fumiko. Suona come il nome di mia madre, Fujiko, che si scrive solo in *kanji*: 富士子, e significa "la figlia del Monte Fuji". Fumiko, invece, combina *hiragana* e *kanji*: ふみ子. Ayako preferisce gli *hiragana* perché la loro forma rotonda appare più dolce e femminile. La capisco: il *kanji* del nostro cognome Nire è un po' pesante. Aveva già adottato la combinazione dei due caratteri per le nostre figlie: みよ子 e なみ子. Ironia della sorte, sono diventate tutte e due piuttosto mascoline.

Adesso Ayako suona *Tristezza* di Chopin. Una melodia nostalgica.

Non so perché, ma il titolo mi fa venire in mente la storia

del ragazzo soprannominato Gaku-*chan*, a cui mia madre aveva scritto una lettera di ammirazione. A detta di Tami, *gaku* deriva da "*ongaku* 音楽, musica", e questi *kanji* vogliono dire "suono e gioire" o "gioire del suono".

Penso a un nome con il carattere 楽 *gaku*, gioire. Mi scorrono in testa, uno dopo l'altro: Gakuya, Gakushi, Gakuma... o semplicemente Gaku. Alla fine, mi viene in mente Gakuto, con i *kanji* 楽斗. "*To*, 斗" significa "attingitoio", un vecchio recipiente per raccogliere i liquidi. "Gakuto" vuole quindi dire "gioia e attingitoio" o "attingitoio di gioia". Ascoltare la musica è come raccogliere l'acqua, indispensabile alla vita...

Ayako mi raggiunge in sala da pranzo. Si versa una tisana calda. Le annuncio:

– Ho appena trovato un nome per il maschio.

– Finalmente! E che cosa hai pensato?

Ga-ku-to, Gakuto.

Lo pronuncio scrivendo i caratteri su un foglio. Esulta:

– È proprio adatto a noi musicisti! Un nome romantico e virile al tempo stesso, perché il *kanji* "*to*, 斗" si riferisce alla costellazione dell'Orsa Maggiore.

Aggiungo, soddisfatto:

– Lo potremmo soprannominare Gaku-*chan*.

Replica divertita:

– Gaku-*chan*? Carino! Tua madre ne sarà molto contenta, anche se non considererà il neonato suo nipote.

Sono sorpreso. Mia moglie non sa che cosa mi ha raccontato Tami. Le chiedo:

– Perché credi che questo soprannome faccia piacere a mia madre?

– Perché era innamorata di un ragazzo che avevano soprannominato Gaku-*chan*.

– Come fai a saperlo?

– Me lo hanno detto le bambine. Un giorno, quando le hanno chiesto che cosa ricordasse delle elementari, Fujiko-*san* ha parlato loro di questo ragazzo. Quel giorno le avevi accompagnate tu alla residenza.

Rifletto. Deve essere stato il giorno in cui le bambine avevano avuto una gara di karate. Ayako mi sorride:

– A quanto pare, malati o no, ovunque siamo, non dimentichiamo i momenti belli dell'infanzia.

Annuisco. Continua:

– Le bambine mi hanno raccontato anche che Fujiko-*san* aveva un cane e un gatto, Shiro e Kuro. Inoltre, so che la sua migliore amica si chiamava Tami.

È sabato 15 gennaio. È un bel tempo stranamente mite per la stagione.

Verso l'una mia moglie ha le prime contrazioni, due giorni prima del termine. Per esperienza sa che il bambino non tarderà a nascere. Prendiamo la macchina e corriamo in centro, all'ospedale. Le nostre figlie sono da mia sorella da ieri sera, le informo della nostra partenza.

Probabilmente il parto non durerà più di quattro ore. Infilo nello zaino una rivista che ho appena comprato. Penso al diario di mia madre: dopo la scoperta della sua confessione sconvolgente, non l'ho più ripreso. Mi restano ancora una trentina di pagine, porto anche quello.

Siamo in ospedale. Ayako fa profondi respiri. Non assisterò al parto. Preferisce essere da sola in sala travaglio e io rispetto la sua volontà, come è stato per le nostre figlie. È un'attenzione anche nei miei confronti: sono sensibile al sangue. Aspettiamo in una stanza tranquilla. L'abbraccio con dolcezza, poi mi chino e rivolgendomi al ventre:

– Ciao, Fumiko o Gakuto. Ti auguro di venire al mondo con facilità. Sii dolce con mia moglie, per favore. A fra poco!

Ayako ride allegra. Quando esco dalla camera mi dice:

– Buona lettura, caro!

Il medico mi avverte che dovrò aspettare più o meno tre ore. Gli rispondo che resterò in zona e potranno chiamarmi al cellulare quando vogliono. Prima di uscire dall'ospedale faccio diverse telefonate: ai genitori di mia moglie a Tottori, a mio padre, ad Anzu, e anche al mio titolare per informarlo che prenderò un giorno di congedo. Papà non risponde, gli lascio un messaggio.

Fuori c'è un bel sole e non tira vento. Gironzolo senza meta. Dopo una ventina di minuti arrivo in un bel parco: si chiama Sazanka. È la prima volta che ci vengo. Sento il canto dei passeri fra le camelie invernali. Contemplo i loro fiori meravigliosi.

Mi squilla il cellulare. È mio padre.

– Ho ascoltato il tuo messaggio. Vi auguro che il parto vada per il meglio!

– Grazie. L'hai detto alla mamma?

– Sì. Ha subito reagito: "Il signore gentile avrà un bebè? Maschio o femmina?". Le ho risposto: "Non lo sappiamo ancora". È impaziente di rivederti.

Prometto di richiamarlo non appena il bambino sarà nato e riaggancio.

Rifletto. Mio padre non sa "dell'incidente" di mia madre né che io e le nostre figlie non siamo discendenti dei Nire. Se scoprisse la verità sarebbe un duro colpo, anche se in parte quanto accaduto è dipeso dal suo tradimento. O forse sa già tutto? No, non credo.

Il sole è ancora tiepido e piacevole. Faccio profondi respiri, come Ayako. Prendo la rivista dallo zaino, ma la ripongo subito. Decido di leggere il diario di mia madre. Aprendolo nel punto in cui avevo inserito il segnalibro, esclamo: "Che coincidenza!". La data è la stessa di oggi. Non solo: anche il luogo e il clima sono gli stessi.

Giovedì 15 gennaio, c'è il sole, mezzogiorno. Parco Sazanka. Osservo le camelie invernali. Mi piacciono tanto questi fiori con i loro petali rosa scuro e il cuore giallo. Restano così perfino sotto la neve. Come sono vivaci! Aspetto che torni mio marito, è andato a prendere da mangiare al ristorante di un suo amico. Stamani Tetsuo mi ha detto:

– Nel pomeriggio saranno quindici gradi. È una temperatura

insolita per questo periodo. Approfittiamone. Facciamo un picnic in un bel posto.
Mi ha sorpresa, perché pranziamo sempre nella sala da pranzo della residenza. Amiamo la loro cucina leggera, equilibrata e squisita. Inoltre, il menu di oggi è il mio preferito: salmone alla griglia, insalata verde, riso, zuppa al tofu e ai funghi. Ha insistito:
– Ordinerò dei bentō *al ristorante.*
Ho accettato senza troppo entusiasmo. Non mi ha nemmeno chiesto che cosa volessi. Lui è così: egoista.
Guarda un po', è già tornato! Scende dalla macchina con un sacchetto di plastica. Sembra di buonumore. Che cosa ha ordinato? Sushi?

Sono le otto.
Tetsuo gioca a shōgi *con il suo amico nella sala comune. Ho ripreso il diario per parlare del picnic di questo pomeriggio. Devo scriverne per potermelo ricordare quando lo leggerò in futuro.*
Tetsuo aveva ordinato onigiri *e tè. Nient'altro! Né un'insalata, una zuppa, né sushi né carne o pesce, solo polpette di riso. Trascrivo la nostra conversazione.*
Mentre metteva la confezione sul tavolo da picnic, mi ha chiesto:
– Fujiko, stamani avevo voglia di mangiare degli onigiri. *Sai perché?*
Gli rispondo un po' delusa:
– No, come potrei saperlo?
– Mi ricordano il periodo in cui eravamo fidanzati da poco. Una domenica mattina siamo usciti a fare una passeggiata alle pendici del Monte Daisen. Pensavo che avremmo pranzato al ristorante. Invece tu avevi portato dei bentō. *Con gli* onigiri. *Il ripieno era sorprendente: bocconcini di salmone e maiale grigliati, uova strapazzate, sesamo bianco e nero, fiocchi di* shiso *essiccato e palamita, alghe variegate,* umeboshi*... E il riso era cotto alla perfezione, né troppo molle né troppo duro. Non avevo mai assaggiato degli* onigiri *così squisiti.*
L'ho guardato confusa. Non ricordavo niente di quella passeggiata.

Tetsuo ha aggiunto:
– Ero convinto che una giovane capace di preparare un cibo tanto semplice con una tale cura doveva essere una persona onesta. Mi ero convinto ancor più del nostro matrimonio.
Mi ha elencato i diversi ripieni del riso. Li ho osservati da vicino. Erano davvero gli stessi di cui mi aveva appena parlato.
– Assaggiamoli, Fujiko! Il mio amico li ha preparati apposta per noi.
Ne ho mangiato uno in silenzio. Era saporito.
Rattristata di aver dimenticato quell'episodio passato, ho alzato la testa al cielo velato da nuvole un po' scure. All'improvviso, ho rivisto la scena di una scarpinata durante la quale ci aveva sorpresi un acquazzone. Non avevamo gli ombrelli. Tetsuo si era subito tolto la giacca e me l'aveva posata sulle spalle, poi mi aveva coperto con il telo da picnic. Lui era già fradicio sotto la pioggia...
Ho preso un altro onigiri. *Tetsuo mi ha versato del tè caldo in un bicchiere di carta. Mi è scesa una lacrima sulla guancia...*

Suona il cellulare. È l'ospedale. L'infermiera mi annuncia lieta:

– Signor Nire, è nato suo figlio! Venga subito!

– Di già?! Va tutto bene?

– Sì, molto bene. È un maschio.

Esco dal parco. Diretto all'ospedale, chiamo a casa di mia sorella. Stavolta risponde Miyoko. Le comunico la notizia. Mia figlia esclama:

– È un maschio!

Grida subito a Namiko:

– Abbiamo un fratellino! Papà ha già scelto un nome per lui. Gakuto!

La sento ripetere a mia sorella:

– Zia Anzu, è un maschio! Si chiama Gakuto.

Poi, Anzu prende la cornetta. Si congratula e mi assicura di portare le bambine in ospedale fra un'ora.

Telefono di nuovo ai miei suoceri e a mio padre, sono tutti contenti che la madre e il bambino stiano molto bene. Mio padre mi chiede:

– Gakuto? Come si scrive?

Gli elenco i *kanji*. Sussurra i loro significati:

– Gioire... attingitoio... Orsa Maggiore...

Dopo una pausa, osserva:

– Certo, si accorda perfettamente al nostro cognome, come il tuo nome. Bello, Gakuto Nire.

Gli chiedo:

– C'è la mamma?

– No, è al corso di ginnastica. Rientrerà fra pochi minuti. Verremo all'ospedale domani pomeriggio.

Soffia la brezza e la temperatura scende. Cammino osservando il cielo azzurro e limpido. Parlo a me stesso, come se scrivessi un diario.

Sabato 15 gennaio, c'è il sole, 15.30. Parco Sazanka.
Gakuto è appena nato. Grazie, Ayako. D'ora in poi saremo sicuramente più impegnati, ma ce la caveremo con le nostre figlie brave e allegre. Mio padre è felice per il suo quinto nipote. Anche mia madre lo sarà per il bebè del "signore gentile".
Oggi finalmente ho finito di leggere il diario della mamma.
I ricordi spiacevoli si sono dissipati dalla sua memoria e vive una vita tranquilla. Come ha detto a sua nipote Suzuko: "Sì, sono tanto felice perché mio marito è molto gentile. Sta sempre con me". Indipendentemente dal suo passato, devo rallegrarmi perché adesso lei è felice anche se non esisto più come suo figlio.
Penso a mio padre. Non potrò continuare a far finta di essere il suo figlio biologico. È una cosa che lo riguarda. Sento il dovere di parlargliene.

Arrivo all'ospedale. L'infermiera di turno mi accoglie congratulandosi.

– Signor Nire, il bambino le somiglia tanto!

La ringrazio con gioia. Dopo una breve attesa, posso entrare in camera di mia moglie. Distesa sul letto, Ayako tiene in braccio nostro figlio, avvolto in un panno bianco, molto morbido. Non sembra troppo stanca. Me lo presenta:

– Ecco Gakuto. Grazie alle tue parole, è nato senza difficoltà.

Mi rivolgo a nostro figlio addormentato:

– Gakuto, benvenuto nella famiglia Nire. Grazie di essere stato gentile con mia moglie. Dovrai essere forte con le tue sorelle, che sono molto vivaci, va bene?

Sbadiglia, spalancando la bocca. Sorridiamo. Ayako scherza:

– Purtroppo, anche lui è un tuo sosia!

Le dico che le bambine verranno stasera con mia sorella, i suoi genitori e i miei domani. Nel frattempo, bussano alla porta. È l'infermiera.

– Signor Nire, sono arrivati i suoi genitori.

Di già? Esco dalla camera, sorpreso. Sono in sala d'attesa. Mia madre, seduta sulla sedia a rotelle, guarda fuori dalla finestra. Mio padre si avvicina e mi sussurra:

– Tua madre ha insistito: "Devo andare a trovare il bebè subito. Il signore gentile aspetterà la mia visita".

Vado da lei. Mi chino al suo fianco e la saluto:

– Fujiko-*san*, grazie di essere venuta. Mi fa veramente molto piacere.

Con lo sguardo pieno di gioia, mi stringe forte le mani. Poi si alza tenendosi al mio braccio. Camminiamo piano piano, mentre mio padre ci segue spingendo la sedia a rotelle.

Presento mia moglie alla mamma. Si salutano educatamente.

– Buongiorno, signora. Congratulazioni per il suo bambino!

– Grazie tante, Fujiko-*san*. Sono felice della sua visita.

Mia madre si siede di nuovo sulla sedia a rotelle. Le affido il neonato e lei lo stringe al petto. Le comunico:

– Si chiama Gakuto. Avrà il soprannome di Gaku-*chan*.

– Gaku-*chan*?

Annuisco, credendo che ne sia contenta. Ma si fa perplessa. Esamina a lungo il volto del bebè, non sorride, non parla. Che cosa c'è? Mia moglie mi fa cenno di tacere. Mio padre resta di stucco. Cala il silenzio. La mamma continua a fissare Gakuto. D'un tratto, la sua espressione si addolcisce. Sussurra:

– È mio figlio, Nobuki...

Le mie figlie arrivano con la zia. Chiamano già il fratellino con il suo nomignolo, Gaku-*chan*. Dopo aver salutato sua cognata, Anzu accompagna nostra madre alla caffetteria.

Mio padre e io siamo nel corridoio, seduti su una panchina. Commenta:

– Gakuto ti somiglia davvero tanto. Non c'è da sorprendersi se tua madre lo confonde con te.

– Credevo che il mio nome fosse scomparso dalla sua memoria.

– Anch'io. Non si sa mai come funziona il cervello.

Mi racconta della mia nascita. Ascoltandolo, ripenso alle foto della famiglia fatte in ospedale. Mio padre, i suoi genitori e le mie sorelle sorridevano, mia madre invece sembrava turbata.

– Nobuki, fu una vera gioia per la famiglia Nire. Puoi immaginare quanto fossi felice di avere anche un maschio.

Balbetto:

– *O... oyaji...*

Mi risponde con affetto:

– Sì, *segare*. Sei adulto e padre di tre figli ormai. L'appellativo *oyaji* mi fa sentire più a mio agio di "papà".

Balbetto ancora:

– Ho... ho una cosa molto importante da dirti.

– Davvero? A che proposito?

– Sulla mia nascita.

Mi guarda spalancando gli occhi. Non proferisce parola. Poi alza gli occhi al soffitto. Ne è al corrente? Prima che io apra bocca, mi chiede:

– Come hai fatto a scoprirlo?

Allora lo sapeva! Ammetto:

– Ho letto il diario della mamma.

– Il diario?

Gli spiego come e quando l'ho trovato, e in quale periodo lo ha scritto. Ne resta sorpreso. Mi scuso:

– Mi dispiace di non avertene parlato subito.

– Va bene, Nobuki. Hai saputo la verità. Questa è la cosa importante.

Fa una pausa. Oso chiedergli:

– Sai chi è il mio padre biologico?

– No. Se un giorno lo scoprirai, me lo dirai. Sei mio figlio, i tuoi figli sono i miei nipoti. Fra noi non cambierà mai niente.

Mi trema la voce:

– *Oyaji...*

Mi batte dolcemente sulla spalla.

La porta della camera di mia moglie si apre ed escono le mie figlie. Non appena ci vedono, si avvicinano in fretta. Miyoko chiede al nonno:

– Alle elementari, Fujiko-*san* era innamorata di un ragazzo, anche lui si chiamava Gaku-*chan*. Ti ricordi?

Mio padre le sorride:

– Sì, tesoro. Dev'essere un ricordo prezioso per la nonna.

No-no-yuri

La macchina percorre una discesa. I fari illuminano lo stradello sinuoso coperto di foglie morte.

O. e io abbiamo appena cenato in un ristorante in collina. Abbiamo mangiato deliziose bistecche annaffiate con un vino rosso cileno squisito, ascoltando musica per pianoforte. Il ristorante si chiama No-no-yuri. Non mi aspettavo tanta qualità in un locale dal nome così campagnolo. Cullata dall'atmosfera distesa, ho bevuto più del solito. Il mio amante mi faceva complimenti a non finire sulla bellezza del mio viso e sull'eleganza del mio abbigliamento: una camicetta plissettata e una gonna lunga di mussola. Non mancavano apprezzamenti anche per la spilla e gli orecchini con rubini verdi che ho comprato in una famosa gioielleria a Ginza.

La macchina corre nel buio. Non incrociamo nessuno. Non è la strada che abbiamo fatto per salire. Dove siamo? Mi assale una paura sottile. Poco dopo, d'un tratto, attraverso gli alberi spogli, appare la vista di Tokyo. Le luci risplendono a perdita d'occhio. O. si ferma.

– Ti piace, Kyōko?

– Sì, è meraviglioso.

– Osservando il paesaggio, penso alle megalopoli che adoro: New York, Los Angeles, Londra, Mosca, Parigi, Roma... Una delle cose che amo di più è cenare ammirando la città di notte. Per lavoro vado spesso all'estero. Non vedo l'ora di partire per il prossimo viaggio.

O. rimette in moto. La strada si fa ripida. Lui è concentrato nella guida. Ancora alticcia, guardo il suo profilo. Ha i lineamenti regolari e mi piace molto il suo naso dritto.

Stasera, prima di andare al ristorante, abbiamo fatto l'amore in un *love-hotel*. Mi sembrava molto eccitato, io invece ero piuttosto passiva. Usciamo insieme da sette mesi. Mi chiedo: per quanto ancora sarà il mio amante? Mi volto verso il finestrino. Non si vede più niente.

La discesa adesso si è ammorbidita. O., rilassato, parla del suo capo e dei colleghi. È ingegnere informatico in una banca prestigiosa. Gli rispondo senza entusiasmo con vari "sì?", "davvero?" o "non lo sapevo". È un modo per essere una buona interlocutrice. Continua a parlare di buonumore.

All'improvviso mi chiede:

– Ti trovi sempre bene con il tuo capo americano?

– Sì, molto. Perché?

– Sai bene il perché.

Il legame fra un direttore e la sua segretaria lo intriga: sono in contatto quotidiano e viaggiano perfino insieme. Rispondo:

– È un uomo molto rispettoso. Fra noi non c'è niente, è un rapporto esclusivamente professionale.

– Riprende in tono insoddisfatto:

– Come può mostrarsi freddo accanto a una donna bella e sexy come te? Sarà forse omosessuale?

– Non credo. È sposato e ha due figli. Conosco bene sua moglie, americana anche lei. Mi sembrano una coppia molto affiatata.

– Sono lo stesso geloso.

Lo provoco:

– Non dimenticare che sei sposato.

– Non c'entra niente, ai sentimenti e al desiderio non si comanda. Un mio amico ha divorziato per sposare la sua segretaria.

– Immagino che il suo matrimonio fosse già finito. Ha fatto meglio ad andarsene, anziché persistere nell'adulterio.

– Vuoi forse che divorzi?!

– Certo che no! Ti consiglio piuttosto di non trascurare

tua moglie. La ami ancora e avete una figlia. Se scoprisse che la tradisci, ti butterebbe fuori di casa.

Resta in silenzio. Una volta l'ho vista in foto. A quanto dice lui, non ha mai lavorato ma cucina bene. Sussurra:

– Se mi metterà alla porta, mi trasferirò da te...

– Spiacente, non c'è posto a casa mia. Sto benissimo da sola. Non devo cucinare per nessuno.

– Kyōko, sii gentile, sono innamorato pazzo di te. Dimmi piuttosto la verità sulla relazione con il tuo capo.

Mi stupisce questa sfacciataggine. Il mio superiore è a Boston da quattro giorni con la moglie e fra altri tre tornerà a Tokyo. Ripeto:

– Fra noi non c'è niente. Non provo alcun sentimento per lui.

– Come fai a esserne certa?

Butto là:

– Non è bello come te.

O. ride, ritrovando finalmente il buonumore. Poi mi dice:

– A breve andrò a New York. Abbiamo una succursale laggiù.

La notizia mi giunge del tutto inattesa. Anche la mia azienda ha la sede là.

– Per quanto tempo?

– Sei mesi. Parto fra tre settimane, all'inizio di gennaio.

– Andrai con la famiglia?

Scuote la testa. Mi spiega che sua moglie resterà a Tokyo con la loro figlia, che sta preparando l'esame di ammissione al liceo. Pensa che lo raggiungeranno durante le vacanze di primavera. Replico:

– Goditi il celibato all'estero!

– Non ti mancherò?

– Certo – rispondo meccanicamente.

– New York ti piace molto. Spero che verrai a trovarmi almeno un paio di volte.

– Volntieri, se capiterà l'occasione.

O. mi racconta i suoi progetti professionali. Capisco perché stasera fosse tanto eccitato a letto. Poco dopo ferma la macchina sul bordo della strada buia e spegne il motore.

– Che cosa c'è?

Accende la luce dell'abitacolo.

– Kyōko, ascoltami. La mia vita senza di te è vuota. Vorrei addirittura divorziare.

Evito di guardarlo in faccia. Teme che incontri qualcun altro durante la sua assenza. Mi prende la mano.

– Non sopporto l'idea che un altro ti tocchi.

Cerco di resistere al suo gesto:

– Aspetta, devo dirti una cosa...

All'improvviso mi stringe con forza e mi bacia. Rifletto, immobile. Gli piacciono le donne e le avventure. Come posso credere alle sue promesse sdolcinate? Inoltre, non ho alcuna voglia di sposarlo. Quando si calma, gli chiedo:

– Puoi farmi scendere alla fermata della metro più vicina?

– Perché?

– Vorrei camminare un po' per smaltire l'alcol. Sono già le dieci. Tua moglie ti starà aspettando.

– Crede che sia andato con i colleghi a festeggiare il mio incarico a New York.

Insisto. Riparte controvoglia.

Per strada lo ascolto chiacchierare. Arriviamo a una stazione della metro. Quando scendo dall'auto, mi rivolge un sorriso affettuoso:

– Il ristorante No-no-yuri ti è piaciuto?

– Sì, molto, nonostante il suo nome banale. Il vino era ottimo.

– Allora ci torneremo prima che parta.

– Perché no?

Mi dirigo all'entrata della metro senza voltarmi indietro.

Arrivo a casa poco dopo mezzanotte, ho smaltito la sbornia.

Ho sete. Non mi tolgo nemmeno il cappotto, vado in cucina e prendo una bottiglia d'acqua dal frigorifero. Me ne verso un bicchiere e osservo il fornello elettrico, usato poche volte. Sul piano da lavoro ci sono un microonde, un tostapane, un bollitore e una macchina da caffè. O. non ha mai visto il mio appartamento, e nemmeno i miei amanti precedenti.

Mi infilo la camicia da notte e mi siedo alla toilette. Mi strucco osservandomi il viso allo specchio. La forma degli occhi e delle sopracciglia è armoniosa. Ho i lineamenti fini e regolari come O. Secondo lui, ho le labbra sensuali. Mi accarezzo la pelle liscia, senza rughe né macchie.

Ho trentacinque anni. Nessuno mi crede quando lo dico. Anche mia sorella, che ha due anni meno di me, sembra più giovane della sua età. Forse è un fattore genetico. Per tutto il resto, invece, siamo molto diverse.

Rispetto a me, è poco istruita e poco colta. Inoltre, è divorziata e ha un figlio, vive ancora nella nostra cittadina natale e non esce mai dalla sua regione sperduta. Si dedica alla ceramica. Lavora perlopiù da sola nel suo laboratorio. Non si cura dell'abbigliamento né del trucco, come se avesse già messo da parte la civetteria. Non siamo fiori. Una donna ha il dovere di farsi più bella fino alla fine. Poveretta. Mai un viaggio, un'avventura, uno stimolo intellettuale! Una vita completamente vuota. Le voglio molto bene lo stesso e cerco di spronarla perché approfitti del suo nubilato con un amante, sposato o meno.

Mi spazzolo con cura i lunghi capelli lisci, come nella pubblicità di uno shampoo in tv. Al lavoro li raccolgo in uno chignon per apparire più professionale. Sto molto bene anche con quell'acconciatura. Canticchio una canzone pop americana. All'improvviso mi vedo qualche capello bianco sopra la fronte, a sinistra. Non è possibile... Li conto, sconvolta. Uno, due, tre... sei. Li strappo, uno dopo l'altro.

Li avrà visti O., stasera, mentre facevamo l'amore? Spero di no. Non mi importa, fra noi è finita. Glielo dirò la prossima volta che ci sentiamo. È una fortuna che sia in partenza per New York. Lontano dagli occhi, lontano dal cuore. I sei mesi di assenza lo aiuteranno a dimenticarmi.

Tutti gli amanti che ho avuto erano sposati, ma non ho mai voluto che divorziassero per me. Anzi, non appena facevano la più piccola allusione li lasciavo, come O. stasera. Non intendo cambiare. Cerco uomini felici del loro matrimonio. Evito quelli che si lamentano delle mogli. Sono gli stessi che ripetono all'amante: "Lascerò mia moglie, te lo prometto. Aspetta ancora un po'". È uno stereotipo penoso. Vorrei gridare loro: "Vigliacco! Divorzia, invece di lamentarti e fare promesse campate in aria!".

Il matrimonio o la convivenza sono fuori questione. Con lo stesso uomo mi annoio nel giro di nemmeno un anno. Ho bisogno di un compagno con cui passare qualche ora piacevole, possibilmente una volta alla settimana, tutto qua. È un'abitudine che mi porto dietro dagli anni dell'università.

Scelgo uomini che vestono con eleganza e a cui piacciono i ristoranti. Ci muoviamo in macchina. Per riposare o dormire in genere frequentiamo un *love-hotel*. Ci vediamo spesso all'estero. Ognuno paga per sé. Nessuno scambio di regali. Così è più facile al momento degli addii. È un accordo tacito fra di noi.

Mi osservo ancora il viso. Dai miei lineamenti traspare una leggera stanchezza. Sembro invecchiata di colpo. La cosa mi spaventa. Non ho paura di morire, ma non tollero l'idea di invecchiare. Non voglio vivere con un bastone o allettata. Meglio sparire prima.

Mi infilo nel letto. Chiudo gli occhi e penso a domani. Andrò nel quartiere di Ginza. Mi comprerò una camicetta, un paio di pantaloni, della biancheria intima e alcuni accessori nei miei negozi preferiti. I miei vestiti sono tutti di altissima qualità. Spendo molto, ma posso permettermelo perché ho un ottimo stipendio.

Sbadiglio. Mi addormento immaginando di camminare in una strada chic e animata.

Tac, tac, tac... I miei tacchi alti risuonano sul pavimento. I miei lunghi capelli neri ondeggiano al ritmo dei miei passi. Il trucco raffinato, gli abiti dai colori sofisticati, la borsa e le décolleté di pelle color ebano. Gli uomini si voltano ammirati. Un gentleman affascinante si ferma e mi rivolge un sorriso seducente. Mi attrae. Gli parlo dentro di me: "È sposato? Ha una vita felice? Se è così, lei sarà il mio prossimo amante".

A differenza delle mie relazioni con gli uomini, la mia carriera è molto stabile.

Lavoro da tredici anni presso la Anderson, un'azienda americana di cosmetici. Sono entrata nella succursale di Tokyo alla fine degli studi universitari. Desidero restare lì il più a lungo possibile come segretaria di direzione.

Quest'anno la nostra filiale ha festeggiato il trentesimo anniversario. Ha oltre quattrocento impiegati: metà sono giapponesi e gli altri stranieri. All'inizio distribuivamo solo prodotti occidentali, in particolare americani. Quindici anni fa, poi, abbiamo aperto un laboratorio per produrre i nostri cosmetici, che ormai vendiamo sia in Giappone sia all'estero. Le entrate di questa divisione rappresentano il trentacinque per cento del fatturato.

Il direttore si chiama B. Smith. Ha sessantadue anni e riveste questo ruolo da vent'anni. Sono la sua segretaria da quando sono stata assunta e mi trovo molto bene con lui. Apprezza le mie capacità e mi consulta regolarmente sulle questioni importanti, come se fossi la sua vice. Non mischia vita pubblica e privata. È un uomo energico, affidabile e imparziale. È stato lui a creare la nostra linea di prodotti. La nostra succursale è risultata una delle più fiorenti dell'azienda. Immagino che il signor Smith manterrà il suo incarico anche dopo i sessantacinque anni.

In verità, la Anderson non era stata la mia prima scelta.

All'inizio, avevo fatto domanda per un posto all'ambasciata americana. Frequentavo l'ultimo anno dell'Università M. Mi stavo specializzando in letteratura americana, avevo ottimi voti in tutte le materie, soprattutto in inglese. Avevo preso il certificato di primo livello dell'*Eiken*. La sera seguivo dei corsi privati in segreteria e gestione. Brillante, efficiente e intraprendente, ero certa che mi avrebbero presa. E invece mi avevano scartata! Era stato uno shock, non avevo mai fallito.

Disperata, avevo cercato un altro lavoro, sempre a Tokyo. Un giorno, un annuncio su un giornale aveva attirato la mia attenzione: "Cercasi segretaria di direzione bilingue. Anderson". Lo stipendio era più alto di quello all'ambasciata. Avevo inviato immediatamente il curriculum. Eravamo oltre cento candidate. Ero preoccupata anche perché non avevo esperienza. Era stato un sollievo quando avevo ricevuto una risposta positiva.

Appena conclusi gli studi, mi ero trasferita a Tokyo con i risparmi messi da parte dando lezioni private. Sognavo di vivere nella metropoli e viaggiare spesso all'estero. Andarmene una volta per tutte dalla mia cittadina natale non mi creava alcun rimpianto. Avevo approfittato dell'occasione per lasciare l'amante sposato di allora.

La succursale mi aveva presa in prova per un anno. Mi aveva formato la signora K., l'ex segretaria del signor Smith, che era stata promossa direttrice del personale.

Dovevo memorizzare subito i nomi dei dirigenti della sede, dei prodotti e dei clienti. Il signor Smith aveva conoscenze rudimentali di giapponese, quindi parlava perlopiù inglese. Mi faceva piacere perché così avrei potuto migliorare il mio livello della lingua. Le piccole mansioni, come fare le fotocopie e occuparsi dell'*ochakumi*, erano affidate a un'altra impiegata, in questo modo potevo concentrarmi sul mio lavoro principale.

Un anno è volato. Mi hanno rinnovato il contratto a tempo indeterminato, con un aumento dello stipendio del dieci per cento e altri vantaggi. Al momento della firma, il signor Smith si è complimentato:

– Kyōko-*san* siamo molto soddisfatti della sua efficienza

e presenza di spirito. Attribuiamo grande importanza all'armonia, e lei l'ha pienamente rispettata. I clienti la adorano. La sede e io ci auguriamo che resti a lungo con noi.

Ero felice di queste parole. Il direttore ha espresso apprezzamenti anche per il mio inglese, molto migliorato. Ha inoltre aggiunto che da quel momento lo avrei accompagnato nei suoi spostamenti all'estero. Questa notizia mi ha resa ancora più felice. Infine, mi ha ricordato la condotta morale sul lavoro: non sono tollerati abusi di potere, molestie e ogni comportamento che vada contro il buoncostume. Mi ha assicurato:

– Questa regola implicita vale indistintamente per i dirigenti e per tutti i dipendenti. Se qualcuno la mettesse a disagio, avverta la signora K. o me.

Sono trascorsi tredici anni dalla mia assunzione. Il mio inglese è ormai perfetto. Il personale della sede e i nostri clienti ammirano il mio modo di comunicare conciso, puntuale e piacevole. In ufficio rispetto tutti e non approfitto mai della mia posizione a stretto contatto con il direttore. I colleghi e i giovani impiegati mi stimano per l'atteggiamento imparziale e collaborativo.

Le relazioni umane in genere sono piuttosto semplici e dirette. Nessuno mi infastidisce su questioni private: perché non mi sposo, perché non presento il mio partner ai colleghi e così via. E nemmeno io mi immischio nelle faccende altrui.

Ricordo distintamente una conversazione avuta con la signora K. nel periodo della mia formazione. La direttrice del personale mi aveva raccontato alcuni aneddoti interessanti sulla moralità sul lavoro, cui accennava il signor Smith.

La signora K. mi dice:

– Kyōko-*san*, la nostra succursale ha licenziato tre persone per cattiva condotta.

La notizia mi incuriosisce. Chiedo:

– Che genere di condotta?

– Nel primo caso si è trattato di un abuso di potere. Un capoufficio sfruttava i sottoposti e se ne prendeva i meriti. Quando invece insorgevano problemi, scaricava la responsabilità su di loro. Alcuni avevano finito per ammalarsi. Il signor Smith ha preso subito provvedimenti.

La cosa mi rassicura. Esiste una giustizia anche per gli impiegati.

– Il capoufficio era giapponese o straniero?

La signora K. taglia corto:

– Qui la nazionalità non conta.

Poi prosegue con il secondo caso: due colleghi dello stesso reparto avevano una relazione clandestina. Commento:

– Forse erano innamorati. È un problema?

– L'amore è una questione privata, Kyōko-*san*. Il punto è che erano sposati, e la moglie è venuta in ufficio. Ha inveito contro l'amante: "Lo so che lei ha sedotto mio marito. Non divorzierò mai, le chiederò i danni con gli interessi!".

Che stupidaggine! Non sono mai stata additata così. La signora K. aggiunge:

– Non solo. Anche lo sposo della collega accusata è venuto in ufficio e ha minacciato il rivale: "Nel mio paese, lei sarebbe finito in prigione! Delinquente!". Queste scenate ci hanno lasciati esterrefatti.

– In prigione? – rido mio malgrado.

Precisa:

– In certi paesi entrambi gli adulteri vengono puniti.

– Incredibile. Che cosa è successo ai due impiegati?

– Hanno rassegnato le dimissioni.

– L'azienda può licenziare per adulterio?

– No, Kyōko-*san*. Le ripeto che le questioni personali non ci riguardano. Quando il direttore ha sentito le voci su questi impiegati, li ha avvertiti di comportarsi in modo consono sul posto di lavoro. Ma loro non lo hanno ascoltato e per giunta mettevano in nota spese alberghi e ristoranti dopo i loro incontri.

– Può succedere di essere licenziati in tronco?

– Siamo in Giappone. Non esiste la clausola "Employment At-Will", come negli Stati Uniti. Il codice del lavoro giapponese si applica a tutte le organizzazioni, comprese quelle straniere.

– Che cosa significa "Employment At-Will"?

– In sostanza, vuol dire che il datore di lavoro può licenziare un dipendente quando crede e senza giusta causa; allo stesso modo può licenziarsi il dipendente.

– Davvero?

– In ogni caso, il licenziamento è sempre preceduto da un preavviso. Se si pensa che l'azione sia ingiusta, ci si può rivolgere a un avvocato e fare opposizione.

La spiegazione mi sembra chiara. Non mi preoccupo. Diventerò un'ottima segretaria di direzione, senza cadere in trappola così stupidamente.

La signora K. mi racconta il terzo caso:

– Una ragazza, bellissima e brillante come lei, seduceva i superiori in cambio di vantaggi. Un dirigente se n'è innamorato follemente. Quando ha scoperto che anche un suo collega andava a letto con lei, ingelosito e adirato, ha assestato un pugno al rivale.

Esclamo:

– Mamma mia! Erano sposati?

– Eh già. Gli uomini sono spesso ingenui ed è facile che commettano errori sciocchi al punto da rovinarsi il matrimonio e la carriera.

Penso ai miei ex amanti. Mi fissa negli occhi:

– Kyōko-*san*, lei è giovane e bella, mi auguro che non cada in questi imbrogli. Se avesse problemi, non esiti a rivolgersi a me in qualunque momento.

La ringrazio della premura e le faccio un'altra domanda:

– Le frequentazioni fra colleghi sono scoraggiate?

– No – risponde. – Il direttore, anche se un po' puritano, non ha una mentalità chiusa. Il signor Smith si oppone semplicemente alle relazioni malsane sul posto di lavoro, come accaduto negli ultimi due casi. In realtà, cinque coppie si sono sposate in seguito a *shanai-ren'ai* e alcune continuano a lavorare qui.

Affermo:

– Lo *shanai-ren'ai* non mi interessa. Non sono qui per trovare il principe azzurro.

La signora K. mi rivolge un sorriso malizioso:

– Chi può dirlo? L'amore arriva quando meno ci si aspetta. È nella natura umana. D'altronde, qui ci sono molti uomini attraenti, sposati o celibi.

Sono le nove. In ufficio preparo i documenti che il signor Smith firmerà al ritorno. È ancora in ferie a Boston con la famiglia.

Suona il telefono fisso. È L., un mio collega. Mi propone di pranzare nel ristorante italiano qui accanto. È bel tempo, ho voglia di uscire, per cui accetto. Non appena riaggancio, squilla di nuovo. Compare il nome di mio padre. Sono sorpresa. Di solito è mia madre a lasciarmi messaggi sul cellulare. Quando tardo a richiamarla, si lamenta con mio padre. Gli è successo qualcosa? Senza preamboli, chiedo:

– Che cosa c'è, papà?

– Vorremmo sapere se verrai per Capodanno.

– Penso di sì – rispondo scorrendo un documento.

– Da sola?

– Certo.

– Non hai ancora trovato un fidanzato?

Che cosa va dicendo? Mia madre mi fa di continuo questa domanda sciocca. Non ne posso più. E ora comincia anche lui a immischiarsi degli affari miei?

– Papà, non ho tempo di chiacchierare.

Una pausa. Dev'essersi offeso per il mio tono secco. Riprende:

– Ti spiego brevemente. Una coppia che conosco bene vorrebbe proporti un *miai* con un professore che insegna all'Università M., dove hai studiato. È tuo coetaneo e non si è mai sposato. Abita qui a Yonago...

Lo interrompo:

– Se mi sposasse, si trasferirebbe a Tokyo?

– Ma no! Dovresti spostarti tu.

– Non voglio lasciare un lavoro che mi piace. Proponilo a mia sorella.

Mio padre alza la voce:

– Kyōko, non ti sto parlando di un prodotto o di un regalo! Questo professore desidera che la sua futura moglie sia istruita e colta come te. Anzu non è andata oltre il liceo. Poi, ha divorziato da meno di un anno. Non è pronta.

Sorrido all'espressione "istruita e colta come te". Mia sorella non ha curiosità intellettuali, non potrebbe essere una buona compagna per un professore universitario. Realizzo che non mi ha più chiamata dall'ultima volta che siamo state dai nostri genitori.

– Come sta?

– Ha appena vinto un premio nazionale e il suo negozio sta andando molto bene.

Mi stupisco. Anzu e "nazionale" mal si armonizzano. Mio padre aggiunge:

– Tua sorella vuole creare un vaso per te. Sa che prepari gli ikebana per l'ufficio del tuo capo.

– È gentile da parte sua.

Faccio una pausa, poi gli chiedo:

– La mamma sta meglio?

– Non proprio. È distratta e perfino insofferente. Comincia a perdere le cose. Per favore, chiamala più spesso. È impaziente di rivederti.

Capisco che vorrebbe raccontarmi più in dettaglio delle condizioni di mia madre. Compare una chiamata sul display. È un cliente importante. Saluto mio padre in tutta fretta.

Intorno alle dieci e mezzo, le incombenze della mattina sono finite e vado nel cucinotto a prendere un caffè. C'è un buon profumo. La signora S. mi saluta cordialmente. Mi serve una tazza di caffè e una fetta di dolce al cioccolato. È lei ad affiancarmi per le fotocopie, l'*ochakumi* e altre piccole mansioni. Ha una sessantina d'anni e lavorava già qui part-time quando sono arrivata. Apprezzo la sua riservatezza e educazione.

Mi siedo al tavolo davanti alla finestra. Il sole splende. Mentre bevo il caffè, osservo il paesaggio urbano di questo enorme quartiere moderno. Provo un certo orgoglio, come se fossi al centro del mondo.

Mangiando la fetta di torta, mi viene in mente un episodio dell'infanzia. Avevo sei anni, mia sorella quattro, era l'anno prima che nascesse nostro fratello. Era un lunedì, il giorno dopo la manifestazione sportiva annuale della materna. Visto che la scuola era chiusa, la mamma ci aveva portate in treno nella città vicina. Un pomeriggio di sole proprio come oggi. Rivedo la scena come se fosse un'opera teatrale.

Camminiamo in una strada di negozi. Mia sorella e io siamo estasiate per le bambole che la mamma ci ha comprato. Lei si ferma davanti a una pasticceria. Prima di entrare ci ordina:

– Aspettatemi qui. Non muovetevi. Non parlate con nessuno.

Giochiamo, sedute su una panchina. Dopo un po', dall'altro lato della strada noto una macchina familiare. Ma è la nostra! C'è papà dentro. Dapprima penso che sia venuto a prenderci. Sta a capo chino, quindi non ci vede. Una donna esce dalla pasticceria con una scatola di cartone bianca. Va verso l'auto. Chi è? Apre la portiera e si siede accanto a nostro padre. Parlano sorridendo. Poi la macchina parte. Resto perplessa. La mamma ci raggiunge poco dopo con una scatola bianca:

– Bambine, un dolce al cioccolato. Stasera lo mangeremo con papà.

Mia sorella è contenta e le chiede:

– Dov'è andato oggi?

– È lunedì, è in ufficio come sempre.

– A che ora rientrerà?

– Alle sette. Papà ha molte cose da fare, soprattutto questo pomeriggio. Sii paziente, come tua sorella.

A mezzogiorno e un quarto raggiungo il mio collega L. al nostro solito ristorante, molto frequentato dagli impiegati dell'azienda. Salutandolo, noto facce familiari. Ordino un'insalata di pasta e lui lasagne vegane.

Il mio collega lavora nell'ufficio commerciale della divisione dei cosmetici di nostra produzione. È un immigrato ispanico sulla trentina che parla un ottimo giapponese. Un ragazzo piacevole, bello, intelligente e ancora celibe. È omosessuale. La prima volta che l'ho visto, ignorandone l'orientamento sessuale, mi ha affascinata. All'inizio, mi sono offesa per la sua indifferenza. Ma ha il dono di essere un buon interlocutore e siamo diventati amici.

Chiacchieriamo con entusiasmo dei nostri progetti di vacanza. Visto che la nostra società è americana, abbiamo due settimane di ferie, fino al 3 gennaio. L. andrà qualche giorno a sciare in una prefettura vicina, poi verrà a trovarlo sua madre. Io invece sarò una settimana in Austria, perlopiù a Vienna, dove ho un'amica. Dopo andrò dai miei genitori a Yonago.

All'improvviso L. abbassa la voce:

– Kyōko, circola una triste voce sul nostro direttore.

– Il signor Smith?

Annuisce imbarazzato. Gli ricordo che il mio capo ha preso sei giorni di ferie e domani tornerà in ufficio. Il mio collega mi risponde:

– Lo so, ma...

– Non mi piacciono i pettegolezzi su di lui.
– Concordo! È un uomo rispettabile.
– Di cosa si tratta allora?
L. si guarda intorno e mi sussurra:
– A breve il signor Smith andrà in pensione.
Esclamo mio malgrado:
– Cosa?! Chi te l'ha detto?
– Ssst!
Mi racconta sottovoce che la moglie ha una malattia incurabile e lui vuole accudirla a Boston, dove vivono i loro figli. Rifletto, sconcertata. In genere, il mio capo è riservato sulla sua vita privata, ma questa notizia mi sembra un po' troppo grossa. Sussurro:
– Chi sostituirà il signor Smith...? Forse il vicedirettore?
L. reagisce in tono ironico:
– Il signor Green? Non penso.
Il vero nome del vicedirettore è D. Glenn. Però lo chiamiamo signor Green perché indossa sempre qualcosa di verde, di solito la cravatta. Ricopre questo ruolo da sette anni e si occupa principalmente della comunicazione esterna della divisione dei cosmetici di nostra produzione, creata dal signor Smith. È un bell'uomo affascinante. Commento:
– Il signor Green capisce il giapponese alla perfezione e ha un ottimo accento. Ama la nostra cultura. I clienti apprezzano molto queste cose.
L. replica, insoddisfatto:
– Detto fra noi, Kyōko, per quanto sia popolare, non ha la stoffa del direttore. Inoltre, è talmente pieno di sé che si risente per un nonnulla. È molto invidioso del successo del signor Smith.
– Perché sei così negativo?
– Odia gli omosessuali.
– Davvero?
– Il signor Smith sembra austero. Ma non giudica in base alla razza, alla nazionalità o all'orientamento sessuale. Il signor Green non è così. Finché posso, lo evito.
– Peccato.

Aggiunge:
– La cosa riguarda anche te, Kyōko.
Sgrano gli occhi:
– Me? E perché mai?
– Crede che tu sia lesbica.
– Questa poi! Chi te l'ha detto?
– La sua assistente, la signorina N.
È una giovane impiegata che ho aiutato quando era all'inizio. Parla bene inglese, ma ha ancora difficoltà con il giapponese. Chiedo a L.:
– E tu le credi?
– No. Non mi interessano le preferenze sessuali altrui. Ma se diventasse direttore, sceglierebbe un'altra segretaria. Kyōko, preparati a questa evenienza.
Non credo alle mie orecchie. Non ho mai immaginato di poter perdere questo lavoro. Gli rispondo dandomi un contegno:
– Grazie del consiglio. Ma non sappiamo ancora se il signor Smith andrà davvero in pensione. Dobbiamo aspettare il suo annuncio ufficiale.
L. mi corregge:
– No, quello della sede.

Sono tornata in ufficio.

Rifletto sulla voce che circola sul signor Smith. Ho insistito perché il mio collega mi rivelasse la fonte. È stata ancora una volta la signorina N., l'assistente del signor Green. Mi sento strana. Perché il vicedirettore non me ne ha parlato prima? N. non sa tenere la bocca chiusa. Se il suo capo occuperà i vertici della nostra succursale, sceglierà lei come segretaria? Comincio a innervosirmi.

Squilla il telefono. La signora K., la direttrice del personale, mi chiede:

– Kyōko-*san*, potrebbe venire nel mio ufficio? Devo parlarle del signor Smith.

Ci siamo. Esco subito. Finalmente capirò che cosa sta davvero accadendo.

La signora K. mi accoglie rattristata. Fingendomi ignara, le domando:

– È successo qualcosa?

– Purtroppo, sì. Sua moglie è malata di sclerosi multipla. Sta facendo degli accertamenti a Boston.

Il mio collega non sapeva quale malattia avesse. Sussurro:

– Povera signora Smith...

– Il signor Smith tornerà all'inizio di gennaio. Prima di rientrare andrà alla sede di New York per discutere del proprio futuro.

– Il proprio futuro? Prenderà un lungo congedo?

– Al momento non so niente.

– Per fortuna, le informazioni di L. non sono del tutto esatte. Aggiunge:

– In caso di necessità, il signor Glenn si occuperà dell'interim.

– Il signor Green?

– Sì. Non si preoccupi, Kyōko-*san*. È molto gentile e cortese.

Non replico. Poi mi dà una notizia inattesa. Anche lei fra un anno lascerà il lavoro per trasferirsi in Nuova Zelanda con il marito. Dimenticavo che ha quasi sessant'anni.

– Chi prenderà il suo posto?

– È presto per parlarne, ma vorrei proporre lei come vicedirettrice del personale.

L'idea mi sorprende. Quel ruolo non mi attira. Restare confinata in ufficio tutto il giorno non fa per me. La signora K. mi sorride come se la proposta mi interessasse. Precisa:

– Lei, quando me ne andrò, potrebbe diventare direttrice del personale. Se accetterà, potrò occuparmi della sua formazione da gennaio. Ci pensi.

Non so che cosa rispondere. Immagino che vogliano dare il mio posto a qualcun altro. In realtà, la succursale mira sempre più ai mercati cinese e russo con i cosmetici di nostra produzione. Sarebbe preferibile, quindi, che la segretaria parlasse anche quelle lingue, oltre al giapponese e all'inglese. Non accorgendosi delle mie perplessità, la signora K. esclama gioiosa:

– Lei padroneggia le sue mansioni alla perfezione. Tiene un comportamento esemplare. Mai uno scandalo. Le faccio i miei complimenti, Kyōko-*san*!

È il primo gennaio. Sono rientrata dal viaggio in Austria e sono a Yonago, a casa dei miei genitori, da tre giorni.

Stasera tutta la famiglia si riunirà qui per cena: mia sorella divorziata, suo figlio, nostro fratello e sua moglie insieme alle loro due bambine. I ragazzi sono molto contenti dei regali che ho portato loro da Vienna. Come ogni volta, tutti mi tempestano di domande sui miei viaggi. In genere rispondo con entusiasmo, ma stavolta sono poco loquace. La proposta della signora K. mi angoscia.

Alla fine della cena, mia sorella Anzu mi chiede se l'indomani voglio accompagnarla nel suo laboratorio in campagna. Deve prendere alcuni vasi finiti per portarli nel negozio in città. Suo figlio sarà dal padre, aggiunge. Preferirei andare in centro. Purtroppo, i negozi e i caffè sono tutti chiusi. Dato che non mi piace starmene confinata qui tutto il giorno con i miei, accetto il suo invito per ingannare il tempo.

Il pomeriggio del giorno dopo, Anzu passa a prendermi con il suo furgoncino. Indossa abiti da contadina. La prendo in giro:

– Non hai proprio stile. Come pensi di attrarre un uomo?

Senza alcun imbarazzo, scherza:

– Non ho nessuno da sedurre in campagna. Vedo solo animaletti selvatici che, oltre tutto, preferisco agli umani.

Che mentalità! Ha una vita davvero strana.

Partiamo. Chiacchieriamo. Capita di rado che usciamo noi

due da sole. Parla del *miai* che mi avevano proposto i nostri genitori: un matrimonio con un professore dell'Università M. Mi chiede perché ho rifiutato perfino di incontrarlo. Le rispondo che il matrimonio non mi interessa, per giunta ricorrendo al *miai*. Aggiungo:

– Non ho alcuna voglia di tornare in questa cittadina. Nemmeno se il candidato fosse bello e ricco.

– Chi può dirlo? Se avessi un colpo di fulmine per un uomo, lo seguiresti ovunque.

– Dubito, a meno che non viva a Tokyo. E tu? Saresti disposta a spostarti per il lavoro di tuo marito?

– Certo che no! Io sono già sposata con la mia arte, come ripeti sempre. Qui ho tutto ciò che mi serve per il mio lavoro.

Mia sorella non sembra troppo provata dal divorzio. Oppure fa finta? Il suo ex correva dietro alle donne e sperperava denaro. Poco dopo il matrimonio ha ricevuto una bella eredità dal padre. Gli ho presentato un mio conoscente che cercava un socio. Il progetto lo ha subito entusiasmato. Era innamorato pazzo di me e ha iniziato a frequentare Tokyo per vedermi, con la scusa del lavoro. Mia sorella ne è all'oscuro. Comunque, non era un buon amante, forse il peggiore che abbia mai avuto.

Anzu ricomincia in tono beffardo:

– Siamo due fallimenti come figlie. Una madre divorziata e una "old miss". Poveri i nostri genitori!

Esclamo:

– "Old miss"?! Non sapevo che si usasse ancora. È ridicolo! Non è nemmeno davvero inglese.

– La mamma dice così quando parla di te. Allora qual è il modo corretto?

– Magari "old maid" o "spinster". Ma hanno una sfumatura offensiva e maleducata. In genere si evitano.

– Sul serio?

– Le donne moderne desiderano essere single e indipendenti come me. Congratulazioni per il tuo divorzio, Anzu!

Mi lancia un'occhiata significativa. Distolgo lo sguardo. Allora, non so perché, mi torna in mente la scena in cui aspettiamo la mamma davanti alla pasticceria. Continuo:

– Noi saremo anche un fallimento ai loro occhi ma, a mio avviso, nemmeno loro sono stati un gran modello.

– Non sono stati un gran modello? In che senso?

– Non sono mai stati davvero affiatati.

Rivedo il viso della mamma all'uscita dalla pasticceria. La macchina di nostro padre era già ripartita. Mia sorella replica:

– Kyōko, sono grati l'uno all'altra, soprattutto papà. La mamma si è presa cura dei suoceri fino all'ultimo senza lamentarsi. Vivere in coppia tanto tempo e non avere problemi è un bel traguardo. Guarda me, il mio matrimonio non è durato nemmeno dieci anni.

– Il tuo ex non era l'uomo giusto. Avresti dovuto lasciarlo prima.

– Hai ragione. Mi tradiva e si assentava di continuo. In sostanza, abbiamo vissuto davvero insieme non più di sei anni.

La ascolto in silenzio. Mi chiede:

– Hai qualcuno di speciale adesso?

– No. Ho appena lasciato un tizio.

– Spero che non fosse sposato.

La sua voce suona ironica. Conosce le mie abitudini. Rispondo con sincerità:

– Sì, lo era e aveva una figlia adolescente. Dopo sette mesi, mi annoiava come gli altri. Per fortuna, se n'è andato a New York per lavoro.

Mia sorella esclama:

– Resterai single tutta la vita!

Dal finestrino osservo il panorama familiare. Non è cambiato niente dalla mia infanzia: campi, montagne, fiumi, alberi, vecchie case... Non posso immaginare di tornare a vivere in questa regione sperduta.

Sbadiglio di continuo. Non vedo l'ora di tornare a Tokyo. Ma l'incertezza sulla mia carriera mi pesa sempre più. Non voglio perdere il mio attuale posto di lavoro per nessuna ragione.

Arriviamo al capanno dove mia sorella crea le ceramiche. Erano anni che non ci venivo, apparteneva a nostro nonno. Entro, attenta a non sporcarmi le scarpe e i pantaloni nuovi. L'interno è stato completamente rinnovato, ci sono due salette tatami, dove dormono suo figlio e i nostri genitori durante i *kamataki*. In un angolo sono ammonticchiati sacchi di argilla. Su grandi scaffali addossati al muro ci sono delle opere di argilla che aspettano la cottura.

Mia sorella mi mostra una ventina di vasi per ikebana finiti e allineati su un lungo tavolo di legno. Osservo i colori rossastri, naturali e raffinati. Ha migliorato molto la tecnica. Non sono esperta di ceramica, ma posso coglierne il valore. Mi tende una delle sue opere:

– Un regalo per te, Kyōko. Puoi usarlo per l'ufficio del tuo capo.

Rifiuto immediatamente:

– Oh, no! Sei troppo generosa.

– Dai! Tutti gli anni porti souvenir a mio figlio. È un modo per ringraziarti.

Penso alla signora Smith, la moglie del nostro direttore. Le propongo:

– Allora lo compro. Ho un'amica americana che pratica l'ikebana. Ha una malattia incurabile. Glielo regalerò.

– Va bene, ma ti farò uno sconto.

– Accetto.

Guardo il fondo del vaso, c'è scritto Anzu in *kanji*, 杏子. Ci sono anche delle parole inglesi, *lily of the field*. Mi stupisco. Perché non ha scelto il giapponese? Commento:

– Queste parole sono del Vangelo? Ho studiato l'Antico e il Nuovo Testamento per il corso di letteratura americana.

– Sì, Kyōko. Prima di andare a Tokyo hai lasciato due copie della Bibbia, la versione inglese e quella giapponese, a casa dei nostri genitori. Per curiosità ho letto tutta la versione giapponese.

Osservo stupefatta il suo viso acqua e sapone. Non ho mai pensato che fosse in grado di leggere tutta la Bibbia. Prosegue:

– Mi sono rimasti impressi alcuni passi, in particolare dell'Antico Testamento: "Io sono un narciso della pianura di Saron, un giglio delle valli. Come un giglio fra i rovi...".

Recita frasi che ho dimenticato. Poi aggiunge:

– Ho amato molto questo passo del Vangelo di Matteo: "E per il vestito, perché vi preoccupate? Osservate come crescono i gigli del campo...". All'inizio, pensavo di incidere in giapponese 野の百合: *no-no-yuri*. Ma, considerando il lavoro che fai, ho preferito scegliere l'inglese, *Lily of the field*.

Mi viene in mente il ristorante No-no-yuri dove ho cenato con O., il mio ultimo amante. Una strana coincidenza. Mia sorella mi sorride:

– Spero che questo vaso per ikebana piaccia alla tua amica americana.

– Lo troverà magnifico, ne sono certa.

Anzu avvolge le opere in carta di giornale e le ripone in scatole di cartone. Non mi piacerebbe restare troppo a lungo in un posto così isolato. Come fa a lavorare in questa solitudine? È un peccato, poi, che rinunci alla sua femminilità. Eppure, nonostante le impressioni negative, provo una sorda gelosia per la sua arte.

Continuando ciò che fa, mia sorella mi chiede:

– Resterai alla Anderson?

La domanda mi turba. Non sa che cosa sta succedendo in azienda. Replico fingendomi contenta:

– Certo! Perché?

Chiude una scatola di cartone e risponde:

– Parli fluentemente inglese, conosci tutte le grandi città straniere, ti interessi di moda. Ogni tanto ti vedo donna d'affari a capo di un'agenzia di traduzioni, di un'agenzia turistica oppure di un negozio di abbigliamento...

I miei genitori mi accompagnano all'aeroporto di Yonago, da cui prenderò il volo diretto per Tokyo. Arriviamo al terminal. Quando scendo dalla macchina, mia madre mi passa una busta di pietanze che mi ha preparato stamattina. Tirando fuori la valigia dal bagagliaio, mio padre mi dice:

– Allora ti aspettiamo per il *Bon*!

Mia madre insiste, con aria delusa:

– Kyōko, sei mesi senza vederti sono troppo lunghi. Da Tokyo a qui c'è solo un'ora di volo. Potresti venire più spesso invece di andare in vacanza all'estero.

Ogni volta ripete la stessa cosa. È irritante. Poi mi parla di nuovo del rifiuto del *miai* con il professore universitario. Si lamenta:

– Che peccato! Hai sprecato una buona occasione.

Ci siamo. Metto il muso. Lei non la smette:

– Non potrai tenere il posto di lavoro per sempre. Quando lo lascerai tornerai subito qui, va bene? La nostra casa è troppo grande per due, potresti vivere con noi.

Non replico. Mio padre la asseconda:

– Sarai sempre la benvenuta. La nostra regione è ricca di natura e aria pulita. La città cerca di spingere la gente a vivere qui, in particolare giovani coppie con figli. Conosciamo abitanti di Tokyo che si sono trasferiti qui dopo la catastrofe di Fukushima. Sembrano molto contenti.

Mia madre aggiunge:

– Devi pensare innanzitutto alla tua salute.

Lascio perdere le loro chiacchiere. Quando finalmente la smettono, li saluto e mi incammino verso la hall dell'aeroporto.

Dopo le formalità dell'imbarco, entro in una sala di attesa.

Ci sono molti cinesi e coreani. In questo aeroporto fanno scalo anche i voli da Seul, Hong Kong e Shanghai. Il terminal è ormai moderno e spazioso, ma lo troverò sempre provinciale. Seduta davanti alla vetrata, osservo gli aerei piccoli e medi spostarsi sulla pista.

Penso alla signora K. Non voglio nella maniera più assoluta che mi assegnino all'ufficio del personale. Se non potrò conservare il posto, tanto vale che cerchi un lavoro altrove. Mi preoccupa però la difficoltà di trovarlo in un'altra società americana con uno stipendio ugualmente alto.

Mia sorella mi immagina donna d'affari. In verità, penso spesso all'eventualità di aprire una boutique. Ho l'occhio allenato e buon gusto per l'alta moda. Quando sono all'estero per lavoro, ne approfitto per andare nei negozi di moda dei quartieri eleganti delle grandi città. Mi vedrei bene a dare consigli alle signore straricche.

Rifletto. La mia boutique ovviamente dovrebbe trovarsi in un quartiere di gran classe a Tokyo, a Ginza per esempio. Non avendo i fondi necessari per acquistare o affittare un locale, avrei bisogno di un investitore. Un amante, anche sposato, è fuori discussione. Non voglio che mi considerino la donna di qualcuno. Si tratterebbe di affari seri. Saremmo soci e dovremmo assumere delle assistenti...

Torno con i piedi per terra e realizzo che la cogestione non è facile. Somiglia troppo alla vita di coppia. Molti fallimenti dipendono da punti di vista e caratteri divergenti. È quanto accadrà a breve all'azienda dell'ex marito di mia sorella. Il suo socio non si trova bene con lui e conta di vendere le sue quote.

Annunciano la partenza del volo per Tokyo prima in giapponese, poi in inglese e infine in coreano. I passeggeri iniziano a lasciare la sala d'attesa. Li seguo lentamente. Proprio allora sento una voce maschile.

– Kyōko-*san*.

– Mi volto. Con mio grande stupore, è il vice del signor Smith. Indossa un foulard verde. Esclamo:

– Signor Green! Mi scusi, signor Glenn.

Replica in modo cordiale:

– Mi chiami pure signor Green, come tutti. Del resto, anche i nostri clienti mi conoscono con questo soprannome.

A differenza del direttore, parla fluentemente giapponese. Mi sorride:

– Che sorpresa imbattersi in qualcuno dell'azienda!

– Sì, soprattutto in un aeroporto così piccolo.

Ride. Ci scambiamo gli auguri di buon anno. Poi andiamo insieme al gate di imbarco. Annunciano che il volo atterrerà a Tokyo alle diciannove come previsto. Siamo seduti in posti distanti. Il signor Green mi chiede:

– Domani saremo già in ufficio. Ha passato buone vacanze?

– Sì, sono stata una settimana in Europa, poi ho festeggiato Capodanno qui con la mia famiglia. E lei?

– Sono andato a Seul a trovare mio figlio, quindi ho visitato Tsuwano.

– Suo figlio?

Mi spiega che la sua ex moglie è coreana, si erano sposati in Giappone e, dopo il divorzio, lei e il figlio sono andati a vivere in Corea. La sua espansività mi sorprende. Sembra molto diverso dal signor Smith. Per un attimo ripenso alle parole del mio collega L.: "Il signor Green odia gli omosessuali. Pensa che tu sia lesbica".

Il signor Green mi chiede:

– Ha fretta di rientrare?

Incuriosita, rispondo:

– Non proprio. Perché?

– Vorrei invitarla in un bar dell'aeroporto di Haneda.

Dopo un'iniziale esitazione, accetto. Aggiunge soddisfatto:

– In verità, cercavo un'occasione per parlarle. Devo chiederle alcune cose importanti.

– A quale proposito?

– Il nostro direttore, il signor Smith. Sa della malattia di sua moglie?

– Sì, la direttrice del personale me l'ha detto prima delle vacanze.

– Allora potrò andare dritto al punto.

Saliamo in aereo. Mi lascia per andare a sedersi in fondo.

Decolliamo. Dall'oblò, osservo la mia città natale allontanarsi. Finalmente! Una settimana a Vienna, due giorni a Tokyo e cinque a casa dei miei genitori. Ero troppo preoccupata per gli sviluppi della mia carriera per godermi le vacanze.

Penso al signor Green. È stato buffo incontrarlo qui. Secondo la signora K., se necessario sarà lui il direttore ad interim in assenza del signor Smith. Saprà che lei mi ha proposto di diventare vicedirettrice del personale? Che cosa vorrà chiedermi sul nostro direttore? Inizio ad agitarmi.

All'aeroporto di Haneda, il signor Green e io entriamo in un bar ristorante.

Seduti al bancone, ordiniamo uno scotch per lui e un calice di vino rosso per me. Mi racconta il suo viaggio a Tsuwano facendomi vedere delle foto sul telefono. Una è di una chiesa cattolica edificata originariamente da un prete tedesco e ricostruita dopo un incendio. Ne loda l'interno.

– Guardi, Kyōko-*san*. Al posto delle panchine hanno messo dei tatami. Si prega seduti alla giapponese. È semplice, comodo ed elegante.

La osservo per educazione. La conosco. L'avevo visitata con un amante, che avevo lasciato quando mi sono trasferita a Tokyo. Il signor Green mi fa vedere anche alcune foto del figlio a Seul. Parla di nuovo dell'ex moglie. Poi mi chiede:

– Lei è fidanzata?

Che domanda! Allibita, vedo brillargli gli occhi maliziosi. Il simpatico vicedirettore sta sondando il mio orientamento sessuale? Rispondo:

– No, perché?

– È difficile immaginare che una donna bella come lei sia single.

Queste parole mi fanno venire in mente O., che adesso è a New York. Sorrido:

– Così mi lusinga. A dire il vero, mi sono appena lasciata con un uomo.

Sottolineo apposta "uomo". Dice che è dispiaciuto, ma il suo sguardo lo contraddice. È rassicurato ora? Mi chiede:
– Quando è finita?
– Poco prima delle vacanze. In questo momento lui lavora negli Stati Uniti.
– È americano?
– No, giapponese.
– Che cosa fa?
– È ingegnere informatico.
– Un dipendente, quindi.
– Sì.
È molto diverso dal signor Smith, che difficilmente fa domande personali. È troppo impegnato per immischiarsi negli affari altrui. Anche se venisse a sapere della mia relazione con un uomo sposato, non se ne curerebbe finché non interferisse con il lavoro. Punzecchio il signor Green:
– Se continua così, poi toccherà a me farle le stesse domande.
– Prego, faccia pure! Non c'è niente di interessante nel mio caso.
Ordina già un altro scotch. Deve reggere bene l'alcol. Mangio qualche stuzzichino per sopportare meglio il vino. Mi racconta del suo matrimonio finito. Lo ascolto inframezzando con "Davvero?", "Non ci credo!", "Assurdo!". Quando finalmente conclude, gli chiedo:
– Che ne dice di arrivare al nocciolo della questione?
Mi guarda accennando un sorrisetto:
– Lei si comporta come un'americana e io come un giapponese. Lei è diretta, e io no.
Rido di questa osservazione ironica. Alla fine, affronta l'argomento. Mi informa che il signor Smith ha deciso di dimettersi e la sede cerca un sostituto. Lo sospettavo. Gli chiedo con calma:
– Arriverà qualcuno da New York?
– Questo è il punto.
Il suo volto si vela di una leggera timidezza. Fa una pausa, poi annuncia in tono incerto:

– La sede mi ha invitato a candidarmi.

Sgrano gli occhi. Esclamo a malincuore:

– È una bella notizia! Complimenti, signor Green!

Incoraggiato dalla mia reazione positiva, cerca conferme:

– Dice sul serio?

– Certo! Lei piace molto ai nostri clienti giapponesi perché rispetta la nostra cultura e parla la nostra lingua alla perfezione.

Mi ringrazia mostrandosi soddisfatto. I miei commenti non si riferiscono però alle sue capacità dirigenziali. Sembra un po' ingenuo. Gli chiedo:

– Quando l'hanno chiamata?

– Un giorno prima delle vacanze. Devo dare una risposta domani.

– Intende accettare?

– Dipende da lei, Kyōko-*san*.

– Da me?

Annuisce e prosegue:

– La signora K. vorrebbe cederle il posto di vicedirettrice del personale. Le piacerebbe quel lavoro?

Capisco che cosa vuole suggerirmi. Ovviamente, l'idea della signora K. non mi va molto a genio. Ma rispondo in modo equilibrato:

– Se così fosse deciso, non avrei alternative. E il nuovo direttore, chiunque sarà, sceglierà la propria segretaria, come ha fatto il signor Smith con me. Un direttore e la sua segreteria devono operare in armonia.

Il signor Green annuisce. Mi fissa:

– Allora, se diventassi il nuovo direttore, vorrebbe lavorare per me?

Lo guardo in faccia. L'espressione "lavorare per me" non mi piace, ma non è il momento di sottilizzare.

– Sarebbe un piacere. Ho tredici anni di esperienza. Sotto la sua direzione andrà tutto bene, ne sono certa.

Gli si illuminano di nuovo gli occhi. Afferma:

– Be', per lei è tutto chiaro. Se la sede mi nominerà direttore, chiederò che lei sia la mia segretaria. Invierò la mia candidatura domattina.

– Buona fortuna, signor Green.
Sorride con espressione molto contenta:
– Conto su di lei, Kyōko-*san*.
Poggia delicatamente la mano sulla mia e la stringe con forza.

Una volta a casa, innanzitutto metto in frigo i piatti preparati da mia madre, poi disfo la valigia. Il vaso che ho acquistato da mia sorella è già avvolto in carta di seta. Lo consegnerò così al signor Smith.

Sono quasi le dieci. Non ho per niente sonno: sono ancora su di giri per la serata con il signor Green. Per calmarmi faccio un bagno. E, finalmente, poco prima di mezzanotte vado a letto. Ah, che sollievo! Rilassata, apro un romanzo che ho cominciato a leggere nell'albergo in Austria all'inizio delle vacanze. Mi rendo conto che in queste due settimane ho accumulato molto stress.

Secondo la signora K., se diventassi vicedirettrice del personale il mio stipendio resterebbe immutato. Ma per me non conta solo lo stipendio. Mi piace incontrare clienti all'estero, comunicare con la sede, organizzare riunioni, preparare documenti in inglese.

Ormai tutto sembra andare per il meglio. La signora K. doveva sapere che il signor Green sarebbe stato un possibile candidato per il posto di direttore e che probabilmente lo otterrà. Tuttavia, non immaginava che mi volesse come segretaria. La notizia la sorprenderà.

Continua a stupirmi la differenza di carattere fra il signor Green e il signor Smith. L'attuale direttore è sempre diretto e chiaro. Quando parla non è mai ambiguo né contorto. Questo agevola il lavoro dei dipendenti. Non si preoccupa del consenso.

Il signor Green, invece, è amabile ma falso e si preoccupa delle apparenze. Riguardo alle capacità, forse il mio collega L. ha ragione: non ha la stoffa del direttore. Nondimeno investe molte energie nella divisione dei cosmetici di nostra produzione, che sta andando molto bene. Non escludo che sia questo il motivo per cui la sede ha pensato a lui. Se non si rivelerà all'altezza, sarà semplicemente licenziato. Dopotutto, è un dipendente come gli altri.

Il signor Green è strano. Sorrido pensando alle domande sul "mio fidanzato". Prima di affrontare il nocciolo della questione, mi ha parlato a lungo del viaggio a Tsuwano e a Seul, poi dell'ex moglie coreana. Cercava timidamente di sapere se fossi "normale", secondo i suoi criteri. Se fossi stata lesbica, mi avrebbe proposto lo stesso di diventare la sua segretaria? Ormai poco importa. Una cosa è certa: ha bisogno di me e io voglio mantenere il posto. Andrà tutto bene fra noi.

È già l'una e mezzo. Sbadigliando, poso sul comodino il romanzo di cui ho letto solo qualche riga. Spengo la luce.

Oggi è il primo giorno di lavoro dell'anno nuovo.

Stamattina per poco non faccio tardi. Mangio al volo qualche boccone dei piatti preparati da mia madre ed esco di casa portando il vaso in una busta di carta. Nevica, mi affretto verso la stazione della metro.

In ufficio i colleghi si scambiano gli auguri e parlano delle dimissioni del direttore. Nessuno sa ancora chi sarà il successore. Evito quindi di chiacchierare con loro.

Vado alla reception a ritirare la posta arrivata durante le vacanze. Proprio allora il signor Smith esce dall'ascensore con un trolley. Lo saluto e gli esprimo la mia vicinanza per la moglie malata. Mi ringrazia scusandosi per la lunga assenza. Entra in ufficio.

Gli porto un raccoglitore.

– Qui ci sono alcuni documenti da firmare.

Mi fa un cenno con la mano:

– No, Kyōko-*san*, ormai questo compito non spetta più a me.

– Ma lei è ancora direttore.

– Solo formalmente. Dopo aver dato le dimissioni, ho preso un mese di congedo retribuito. Sono tornato per salutare gli impiegati e prendere le mie cose.

– Sono sorpresa. Noto che ha già portato via quasi tutto, non so quando. Toglie le foto di famiglia che teneva dietro il telefono e le infila in valigia. Mi permetto di chiedergli:

– È stato lei a proporre il signor Green, scusi, il signor Glenn come suo successore?

Mi fissa allibito, poi risponde:

– No, non sono stato io. Perché?

– Il signor Glenn mi ha chiesto di diventare la sua segretaria qualora la sede lo nominasse direttore della succursale.

Sgrana gli occhi.

– Quando?

– Ieri. L'ho incontrato per puro caso all'aeroporto di Yonago.

Assume un'aria interrogativa e prosegue:

– Ho suggerito alla signora K. di affidarle la vicedirezione del personale. Speravo che dopo le sue dimissioni sarebbe diventata lei direttrice.

– Grazie per la stima, ma ho già accettato la proposta del signor Glenn. Come sa, il lavoro che faccio mi piace molto.

Sussurra:

– Capisco...

Lo ringrazio per l'ottima direzione e per la fiducia che mi ha accordato. La sua espressione si addolcisce. Mi dice:

– Avrei potuto raccomandarla perché subentrasse al mio posto. Lei è stata una partner per me.

– Non esageri, signore!

– Kyōko-*san*, è stato un vero piacere lavorare con lei. Nel corso degli anni, ha consolidato molto le sue competenze. Parla un ottimo inglese. Potrebbe rivestire un ruolo simile negli Stati Uniti. Se fossi alla sede, la assumerei là.

Le sue parole mi commuovono. Mi incoraggia:

– Allora, buona fortuna con il nuovo capo!

Lo ringrazio ancora. Mi spiega che l'indomani la signora K. organizzerà una cena di addio e che fra un paio di giorni lui rientrerà a Boston. Vado subito nel mio ufficio e torno con la scatola dov'è riposto il vaso. Gliela tendo:

– È per sua moglie.

– Che cos'è?

– Un pensiero. La signora Smith ama molto l'ikebana. Ho

comprato un vaso da una ceramista a Yonago. Spero che le piaccia.

Lo prende, commosso:

– Com'è premurosa! Helen si dedica ogni giorno all'ikebana, la sua attività artistica preferita. Sarà felice. Grazie, Kyōko-*san*.

Il signor Smith tira fuori dalla valigia una vecchia foto a colori incorniciata. Sua moglie è ai piedi di un olmo. Indossa un vestito estivo semplice. Ha i capelli biondi, gli occhi azzurri e la pelle bianchissima.

– Qui Helen aveva trentacinque anni, come lei ora. Era l'anno in cui ci siamo incontrati. È stato un colpo di fulmine reciproco.

Questa rivelazione mi stupisce. Continua:

– Ero divorziato senza figli e lei sposata, madre di due adolescenti. Lavoravamo in un'azienda farmaceutica a Boston. Era la mia assistente.

Ha sposato quindi una sua subordinata. Mi sorprende anche questo. Non sapevo che non avesse figli suoi. Prosegue:

– Abbiamo mantenuto la riservatezza e nessuno sapeva della nostra relazione. Due anni dopo ha divorziato dal marito. Il secondogenito si è trasferito in Inghilterra per gli studi e noi, finalmente, ci siamo sposati. Avevo già trovato un nuovo lavoro presso la sede della Anderson. Helen mi ha seguito a New York e poi a Tokyo.

Lo ascolto in silenzio. Sua moglie ha cambiato vita dopo un colpo di fulmine? Che follia. A me non succederà mai. Il signor Smith mi parla della malattia della moglie. Non sanno quanto vivrà ancora, due, cinque, dieci anni o più. Nonostante la tristezza, scherza:

– Forse Helen vivrà più di me!

Chino lo sguardo, spaesata. Mi sorride:

– Non deve compatirmi, Kyōko-*san*. Sono molto felice di restarle vicino. Siamo ancora innamorati. Non è cambiato niente dal nostro primo incontro. Finalmente, ormai vivremo solo per noi.

Guardo un'altra volta la foto della moglie: mi sembra una

donna molto comune. Come può risultare tanto speciale per un uomo dinamico e stimato come lui? Il signor Smith non ha mai provato a corteggiarmi.

Mi stringe la mano:

– Quando verrà a New York passi a trovarci a Boston. Se ha un compagno, porti anche lui. Sarà un immenso piacere per noi, Kyōko-*san*.

È lunedì della terza settimana di gennaio. Oggi il signor Glenn assume ufficialmente il ruolo di direttore della succursale.

Mi sveglio prima del solito. Dopo la doccia, faccio la mia colazione abituale: croissant, macedonia di frutta, yogurt e caffè. Sono molto emozionata. Il signor Green ha quarantacinque anni, diciassette in meno rispetto al predecessore. È alto e bello. Ripenso alla signora K., sorpresa di apprendere che lui mi abbia nominata segretaria. Deve aver trovato qualcun altro da proporre per la vicedirezione del personale, ovviamente con l'approvazione del signor Green.

Mi trucco con estrema cura e indosso un profumo di una grande marca, acquistato a Parigi. Scelgo una camicetta e un tailleur con gonna in lino del Belgio. È l'ora di andare in ufficio. Infilo il lungo cappotto di lana e gli stivali neri italiani. Al lavoro metterò un nuovo paio di décolleté leggere ed eleganti, anche quelle italiane.

Il cielo è azzurro e limpido. Respiro a pieni polmoni e cammino con passo allegro. Stamattina gradisco molto l'aria fredda invernale. Sulla strada per la metro, passo dalla mia fioraia preferita.

Arrivo alle otto e venti. Visto che abbiamo gli orari flessibili, alcuni entrano alle sette e mezzo. Li saluto cordialmente e loro mi augurano buona fortuna con il nuovo capo.

Innanzitutto, preparo due ikebana nel cucinotto, poi li

porto nell'ufficio del direttore. Ne poso uno sulla libreria contro la parete bianca e l'altro sul tavolo basso davanti al lungo divano. Infine, consegno la ricevuta della fioraia all'ufficio contabilità.

Quando torno nella mia stanza, inizio a redigere un documento molto importante per la sede. Riguarda una riunione annuale che si terrà qui fra un mese. I responsabili americani visitano le succursali straniere per verificare i risultati dell'anno precedente e stabilire i budget per il successivo. Organizzo e dirigo questi incontri. Inoltre, devo occuparmi di prenotare gli alberghi, vari ristoranti e anche i bar. Le segretarie americane con cui collaboro apprezzano molto la mia efficienza.

Squilla il telefono fisso. Il signor Green mi chiede gentilmente di andare nel suo ufficio. È già arrivato! Vado subito.

Il nuovo capo mi accoglie calorosamente. Indossa anche oggi una cravatta verde. Nel taschino della giacca ha un fazzoletto dello stesso colore. Gli dona. È accurato. Mi invita a sedermi sul divano ed esclama:

– È stata gentile a pensare a questi ikebana! Spero che non le abbiano preso troppo tempo.

– Nient'affatto. Lo faccio un paio di volte al mese, a seconda della vita dei fiori. È un piacere.

– Ammiro quest'arte delicata e molto giapponese.

– Anche la moglie del signor Smith adora e pratica l'ikebana...

All'improvviso corruga la bocca come se le mie parole lo irritassero. Accidenti! Non avrei dovuto accennare ai signori Smith. Ripenso all'osservazione del mio collega L.: il signor Green è invidioso del successo del signor Smith. Passo subito all'ordine del giorno. Innanzitutto, a mezzogiorno, il ricevimento in suo onore al ristorante H., famoso per il sushi. Riacquista presto il buonumore.

– Ho riservato una sala tatami – dico. – Pensa di fare un discorso?

– Certo!

Mi fa vedere un foglio.

– Eccolo, Kyōko-*san*. Potrebbe rileggerlo? Lei ha studiato letteratura americana ed è risaputo che scrive molto bene.

La sua fiducia mi lusinga.

– Molto volentieri, signor Green!

Leggo il testo scritto in inglese, la sua lingua materna. Non ci sono errori di ortografia né di grammatica, ogni frase è abbastanza scorrevole. Ma il contenuto è privo di entusiasmo e originalità, come un romanzo da quattro soldi. Do un'occhiata alla sua espressione piena di orgoglio. Se gli dicessi ciò che penso non lo apprezzerebbe, a differenza del signor Smith. In fondo si tratta solo di un breve discorso di circostanza. Affermo:

– Bello! La ringrazieranno dei suoi auspici incoraggianti.

Sorride, molto soddisfatto. Gli suggerisco:

– Se pronunciasse qualche parola nella nostra lingua, ai giapponesi farebbe molto piacere.

– È proprio ciò che volevo fare. Grazie, Kyōko-*san*. Ci vediamo a mezzogiorno!

Lo saluto accennando un inchino. Quando arrivo alla porta, mi chiede in tono amichevole:

– Una tazza di caffè, per favore.

Rispondo con un sorriso cordiale:

– Prema il tasto tre, la signora S. glielo porterà subito.

Mia sorella e io giochiamo con le bambole. Anzu mi fa alcune domande:
"Cara principessa, dove siamo?".
"A Vienna."
"Dov'è nostra madre?"
"In pasticceria."
"Che cosa compra?"
"Una grande torta al cioccolato! La mangeremo con papà."
Anzu muove la bambola in kimono:
"Evviva! Non vedo l'ora. Dov'è nostro padre?".
"Al lavoro, ovviamente. È lunedì."
All'improvviso esclama:
"No, papà è lì!".
Indica una macchina parcheggiata dall'altro lato della strada. All'interno, papà parla con una signora sconosciuta. Mia sorella mi dice:
"Ci aspetta. Vado a chiamarlo".
Grido, afferrandola per il braccio:
"No! Non ti muovere!".
Mi sveglio. Rannicchiata sotto la coperta, rifletto sul mio sogno. Il contenuto è un po' diverso dai miei ricordi, ma nella sostanza corrisponde alla mia intuizione di bambina: papà ha un segreto che la mamma non deve conoscere.
Sono quasi le dieci. È sabato. Entro in cucina sbadigliando. Mi preparo il caffè e scaldo un croissant nel microonde.

Poi metto qualche fetta di emmenthal su un piatto con un grappolo di uva. Inizio a fare colazione mentre guardo il notiziario alla televisione.

Non ho particolari programmi per oggi. È una giornata piovosa, grigia e fredda. Potrei andare a vedere la mostra di un artista americano che mi piace in un museo di arte contemporanea. Dopo, posso bere qualcosa da X., il mio bar preferito. Mi piace chiacchierare con il capo barman, affascinante e intelligente. Mi attrae. Purtroppo è omosessuale, come il mio collega L. Trovo gli amanti in posti così, ma mai in quel bar.

Bevendo il caffè rivedo la faccia di O. Da quando ci siamo lasciati non ci siamo più sentiti e non ho più fatto l'amore con nessuno. La situazione al lavoro si è normalizzata e spero di poter ricominciare presto la mia vita sentimentale.

Suona il cellulare. È Nobuki, il mio fratello minore.

– Kyōko, ti chiamo per la mamma.

– Che cosa è successo?

– Come sai, dimentica le cose sempre più spesso.

– Sì, ma papà si prende cura di lei.

Nobuki è nato l'anno dopo l'episodio che ho sognato. È sposato, ha due figlie ed è ingegnere civile in un'azienda. In quanto unico figlio maschio, i nostri genitori parlano con lui delle questioni familiari.

– Nonostante le sue condizioni – dice, – la mamma si preoccupa di continuo per te.

– Perché? Sto molto bene.

– L'inquinamento radioattivo di Tokyo la rende paranoica.

– Come? Ancora con questa storia? È incredibile. Qui la vita scorre normalmente, come prima.

Sono passati due anni dall'incidente nucleare di Fukushima, avvenuto in seguito ai forti terremoti nel Tōhoku. Anche Tokyo ne è stata molto colpita. Ero in ufficio quando la terra ha cominciato a tremare. Ho temuto di morire. Nobuki prosegue:

– La mamma vuole che torni a Yonago. Papà sta cercando di organizzare un nuovo *miai* per te.

Rispondo sbadigliando:

– Non posso cambiare la mia vita per i nostri genitori né per nessun altro. Devono capire che mi piace essere single e vivere a Tokyo.

Insiste con tono paterno:

– Sì, ma la salute e la sicurezza vengono prima di tutto, come papà ci ripete fin da quando eravamo piccoli.

– Nobuki, non esiste alcun luogo sicuro. Tutto il Giappone è zona sismica. Vicino alla tua città c'è perfino una centrale nucleare.

Mio fratello sospira ascoltando le mie esagerazioni:

– La mamma pensa al tuo benessere fisico, tutto qua. Sii gentile con lei. Potresti andare a trovarla più spesso.

Rispondo in modo evasivo e riaggancio. Poi riscaldo il caffè e continuo a fare colazione.

Penso al signor Green. Sono quattro settimane che è subentrato al signor Smith. Si è adattato abbastanza bene alle sue funzioni: in gran parte è merito mio. Se avesse assunto un'altra persona, come la sua ex assistente N., sarebbe stato molto complicato. Capisco che in un primo tempo volesse sincerarsi delle mie intenzioni. Il posto di vicedirettore non è ancora stato occupato. Mi sembra strano.

Il cellulare suona di nuovo. Ma guarda, è lui!

Cala la sera. Arrivo al bar X. intorno alle sette.

Il capo barman si rallegra di vedermi dopo due mesi. Mi siedo al bancone e ordino un cocktail che ha appena creato. Una cosa mi piace molto di lui: non fa mai domande personali ai clienti. Rilassata, gli racconto le vacanze a Vienna. Lo informo che a breve mi raggiungerà una persona.

Quella "persona" è il signor Green. Stamattina, quando ho visto il suo numero sul telefono, mi sono chiesta se fosse successo qualcosa nella succursale. Invece no, desiderava soltanto invitarmi a bere qualcosa. Mi ha sorpreso. Uscire privatamente con il capo? È una faccenda delicata, anche se è divorziato. Sul momento ho esitato, poi gli ho proposto di vederci qui, a patto che ci saremmo comportati come conoscenti. Ha accettato ridendo: "È un onore diventare un suo conoscente!".

Osservo i clienti che discutono allegri, seduti intorno a tavoli bassi. Si sentono parlare diverse lingue: inglese, spagnolo, cinese, hindi. Secondo il barman, il quartiere è abitato per oltre il cinquanta per cento da lavoratori immigrati e la situazione "peggiora" di anno in anno. Ironizza, scontento:

– Dove sono i giapponesi? Mi sembra di vivere all'estero.

– Mi piace molto l'atmosfera cosmopolita – rispondo. – Il Giappone deve aprire ancor più le sue porte.

Replica in tono burbero:

– Però così è troppo! La cosa più brutta è che alcuni insistono perché parliamo in inglese. Grido loro: "Go home!".

Il cocktail è pronto. È bianco, disseminato di erbe fresche. Ha un buon profumo e un buon sapore. Gli chiedo:

– Ha un nome?

Risponde fiero:

– Sì, l'ho battezzato Suzuran!

Ha messo l'accento apposta su "zu" come se fosse americano. È buffo. Gli confesso:

– È il fiore del mio compleanno. Il primo maggio.

– Mi fa piacere saperlo!

– In inglese si chiama *lily of the valley*.

– Lo so.

Racconta qualche aneddoto su questo fiore. Mi interessano soprattutto per il loro legame con la mitologia greca. Si diverte a spaventarmi: "Questa pianta è velenosa, perfino fatale". Proprio allora, una mano mi tocca la spalla destra.

– Buonasera, Kyōko-*san*.

Il signor Green indossa un maglione di cachemire verde scuro. Pur trattandosi di un appuntamento, il suo arrivo mi fa venire in mente il nostro incontro casuale all'aeroporto di Yonago. Il barman lo squadra: non sapeva che il mio compagno fosse straniero. Prima che apra bocca, il mio capo si presenta in giapponese:

– Piacere, sono Green. Sono americano.

Il suo bell'accento colpisce il barman. Saluta il nuovo cliente:

– Benvenuto. Il colore del suo pullover suggerisce già il suo nome.

Il signor Green scoppia a ridere. Incuriosito, guarda il mio cocktail. Esclama:

– Suzuran? Che nome affascinante!

Il barman se ne rallegra. Il mio compagno chiede uno scotch e si siede accanto a me. Ci diamo del lei come in ufficio, ma evitiamo di parlare di lavoro.

Il signor Green mi chiede come ho passato il pomeriggio piovoso. Gli faccio vedere il libro che ho comprato al museo di arte contemporanea. Lo sfoglia ascoltando i miei commenti sul pittore in mostra. Replica di ottimo umore: "Davvero?",

"Non lo sapevo!", "Sul serio?", "Affascinante!". Gli racconto alcuni aneddoti divertenti sull'artista. Ridendo, mi sfiora la mano, il braccio, la spalla, mi fa perfino piedino. Questi gesti mi sembrano un po' troppo confidenziali ma, essendo già un po' alticcia, non mi oppongo.

Il signor Green ordina un altro scotch e io un terzo cocktail. Il barman si unisce alla conversazione. Divento loquace e chiacchieriamo allegramente di alcolici, in particolare dei vini europei. Dimentico il tempo e, man mano che la serata scorre, mi ubriaco.

Mi sveglio, la testa pesante e la mente annebbiata.

Dopo un attimo sobbalzo. Non sono nel mio letto! Non solo: indosso una T-shirt da uomo, anziché la mia camicia da notte. Dove sono? Mi rivedo a chiacchierare allegramente con il signor Green e il capo barman, mandando giù robusti cocktail. Mi tornano in mente le voci rumorose dei clienti, ma non ricordo quando e come ho lasciato il bar.

Osservo la camera. La porta è chiusa. La finestra è coperta da graziose tendine di pizzo. A sinistra, c'è una libreria. Ci sono libri in inglese e in giapponese e grossi dizionari di *kanji*. Una grande foto del Monte Fuji decora la parete. Deve essere la casa del mio capo...

I miei vestiti sono sistemati su una poltrona davanti alla scrivania: pantaloni, maglione, camicetta e reggiseno. La mia borsa è sulla scrivania. C'è anche il mio orologio. Non ho nemmeno idea di come mi sia infilata questa T-shirt.

Bussano.

– Sì?

– Posso?

È proprio il signor Green. Mi tiro su.

– Prego.

È in *yukata*. Mi saluta restando in piedi sulla porta:

– Buongiorno, Kyōko-*san*. Spero che abbia dormito bene.

Seduta sul letto, cerco di scusarmi:

– Mi dispiace, ma come...

Mi interrompe sorridendo:

– Non si preoccupi. Si senta come se fosse a casa sua. Intanto, se vuole, faccia una doccia. Il bagno è in fondo al corridoio. Qui ci sono uno *yukata*, un asciugamano e uno spazzolino da denti.

Li posa su una sedia vicino alla porta. Lo ringrazio e chiedo che ore sono.

– Quasi le undici. Ho appena fatto una doccia. Ora vado a preparare il brunch. Dopo, le spiegherò che cosa è successo ieri sera.

La porta si chiude. Il mio capo si comporta come un gentleman. Mi piace. Nondimeno esito a usare la sua doccia. Devo tornare a casa subito dopo pranzo.

Scendo dal letto. Che aspetto avrò? In camera non c'è uno specchio. Nella borsa trovo solo un rossetto, un fard e un pettine. Accidenti! Ho dimenticato la trousse con i trucchi.

Mi guardo nello specchietto del fard. Gli occhi un po' gonfi, la pelle leggermente grassa, i capelli unti. Che orrore! Sono inoltre sudata e ho la bocca impastata. Devo lavarmi subito.

Esco di camera e vado in bagno. Passando davanti alla cucina, vedo il signor Green preparare la colazione che consumeremo tardi. C'è profumo di miso. È proprio un nippofilo.

Il bagno è pulito e perfettamente ordinato. Per prima cosa, mi lavo i denti e mi rinfresco il viso con acqua fredda. Poi mi faccio una doccia accurata. Mi lavo anche i capelli.

Dopo essermi asciugata, mi guardo nel lungo specchio sulla porta. Finalmente ho un aspetto migliore. Mi osservo il corpo ben proporzionato. La vita sottile. Le gambe lunghe. Il seno sodo come quello di una ragazza. La pelle bianca e liscia. Nemmeno un rotolino. Sono alta un metro e settanta circa. Ancora oggi mi capita di essere fermata da qualche agente di modelle. Mi metto in posa e mi sorrido.

Mi infilo lo *yukata* blu, nuovo, del mio capo. Mi spalmo sul viso una crema lasciata accanto al rubinetto. Ha un buon profumo. Esco dalla stanza chiedendomi: quando il capo mi ha chiamata ieri mattina, pensava già di portarmi qui la sera?

In sala da pranzo, il signor Green mi accoglie con un gran sorriso.

– Questo *yukata* le sta benissimo. L'ho comprato a Tsuwano. Il blu scuro mette in risalto il candore del suo viso. Senza trucco è ancora più bella.

– Le sue ultime parole mi mettono a mio agio. Guardo i piatti disposti con cura, come al ristorante: ciotole di riso, zuppe di miso, omelette, salmone grigliato. Ci sono anche *nori*, *umeboshi*, *tsukemono* di rafano. Queste tipiche pietanze giapponesi non sono proprio le mie preferite. Ciò nonostante, esclamo:

– Che banchetto! Così mi vizia.

– Il signor Green ha un'espressione fiera come un bambino. Ci sediamo l'uno di fronte all'altra. Ho molta fame e mangio ripetendogli: "È squisito!". Sembra felice di avermi lì. Nondimeno provo una strana sensazione a pranzare con un uomo, nel suo appartamento, soprattutto trattandosi del mio capo. Gli chiedo:

– Mi dica, che cosa è successo ieri sera?

Mi spiega, un po' imbarazzato:

– Era mezzanotte passata. Lei era completamente ubriaca e non poteva tornare a casa da sola. Ho chiamato un taxi. Le ho chiesto dove abitasse, ma non mi rispondeva in modo chiaro. Borbottava: "No, non permetto agli uomini di entrare in casa mia". Non avevo altra scelta se non portarla qui.

– Che vergogna! Essermi ubriacata così! Sono davvero dispiaciuta.

– Non si preoccupi. Intanto, sono stato io a proporle di uscire a bere.

Guardo verso la finestra. Oggi è bel tempo. Vedo il muro grigio di un edificio vicino.

– Dove siamo?

Mi dice il nome del quartiere, non lo conosco.

– Stia tranquilla, Kyōko-*san*. Qui abitano solo immigrati come me. I residenti non si immischiano negli affari altrui.

Lo provoco:

– Adora la cultura giapponese, ma evita i giapponesi?

– Voglio evitare soltanto i pettegolezzi.

– Capisco.

Prosegue allegro:

– È stata una bellissima serata! Ho trovato il capo barman molto simpatico, potremmo tornarci un giorno.

Lo guardo con aria maliziosa:

– Sa che è omosessuale?

Il signor Green mi fissa a bocca aperta.

Finiamo di mangiare. Mentre prepara il caffè, mi dice:

– Non ho programmi particolari per il pomeriggio. Può restare ancora qui a rilassarsi.

– Grazie, ma fra un'ora vado a casa.

Ci spostiamo in salotto con le tazze di caffè. La luce del sole entra dalla grande finestra. Dal divano osservo le pareti decorate con foto incorniciate: paesaggi giapponesi e templi scintoisti e buddisti. Il signor Green sprofonda in una poltrona e chiacchiera, sempre di buonumore.

– Come sa, quando ero vicedirettore ho avuto tre assistenti, una dopo l'altra. Ora apprezzo la differenza fra un'assistente e una segretaria. Lei è una vera professionista.

– La prego, signore.

Penso alla signorina N., che aveva raccontato delle dimissioni del signor Smith al mio collega L.

– Fare la segretaria significa innanzitutto saper mantenere i segreti.

– Ha proprio ragione, e lei ispira fiducia.

Fa una pausa, poi riprende:

– La nostra succursale sta andando molto bene, sono orgoglioso di dirigerla. Spero che lavoreremo a lungo insieme.

– Mi auguro lo stesso, signor Green.

Sorride proprio contento. Passa a parlare della sua vita privata: i genitori divorziati che abitano a New York, suo figlio che vive a Seul con la madre. Dal modo in cui racconta, sembra che il matrimonio non gli interessi più. Ricorda ciò che gli avevo detto all'aeroporto di Haneda: avevo rifiutato un *miai* con un professore universitario. Mi dice:

– Ha fatto la scelta giusta, Kyōko-*san*. Mi congratulo. Se avesse accettato di sposare quel professore, avrei avuto difficoltà a trovare una segretaria come lei.

– Non l'ho nemmeno incontrato perché il matrimonio non mi interessa proprio.

Ride. Dopo un po' di esitazione, oso chiedergli:

– È stato lei a mettermi la T-shirt?

Arrossisce e balbetta:

– Be'... sì. Mi creda, non ho fatto niente di sconveniente.

Reagisce come un adolescente. Trattengo un sorriso, giocando con la tazza quasi vuota.

– Kyōko-*san*...

– Sì?

– Mi piacerebbe uscire con lei. Crede che sia possibile?

– Scusi?

– Dalla prima volta che l'ho vista l'ho sognata spesso. Ero geloso del signor Smith.

Le sue parole mi ricordano O. Lo fisso, sbalordita. Gli dico:

– Fra me e l'ex direttore non c'era niente. I nostri rapporti erano strettamente professionali.

Il signor Green resta in silenzio. Continuo:

– E ora, lei è il mio capo e mi chiede...

Mi interrompe:

– Lei è single e io divorziato. Siamo liberi. E anche se fossimo sposati, la relazione fra noi sarebbe una questione esclusivamente privata. La cosa importante è rispettare i nostri ruoli al lavoro ed essere discreti.

– È una situazione delicata.

– Lo so. O forse non le piaccio?

– No, non è questo, lei mi piace molto...

– Allora, qual è il problema? Non faremmo trapelare nulla ai colleghi.

Rifletto. È attento ai pettegolezzi. Non girano voci di scandali su di lui. Bello, educato, gentile. Sembra molto attratto dalle donne. Immagino possa essere un buon amante. Alla fine, rispondo:

– Va bene, accetto.

– Davvero?

Annuisco. Si siede subito accanto a me e mi abbraccia, il viso vicinissimo al mio. Sento il buon profumo del suo sapone. Mi accarezza il viso. Chiudo gli occhi e mi bacia delicatamente sulle labbra.

E così la nostra relazione è cominciata. Perfino in privato continuiamo a darci del lei. Lo chiamo signor Green e lui Kyōko-*san*.

Ci vediamo il sabato nel suo appartamento. E durante i viaggi d'affari andiamo nello stesso albergo e facciamo l'amore in una delle due camere. Anche a lui piacciono i paesaggi urbani notturni. Andiamo spesso in cima a un monte o a una collina e ceniamo in un ristorante chic. Conosce luoghi affascinanti e appartati molto più dei miei precedenti amanti.

Non lo invito mai a casa mia. Crede che lo faccia per i vicini e non si offende. Lascio la domenica tutta per me, è una cosa essenziale. Lui va spesso a Seul a trovare il figlio.

Capita che ci vediamo al bar X. Scherziamo con il barman continuando a comportarci da conoscenti. Il signor Green tollera la sua omosessualità e ammira la sua completa discrezione sulla vita privata dei clienti. Intorno a mezzanotte, rientriamo a casa sua in taxi e stiamo insieme fino al sabato pomeriggio.

Abbiamo una buona intesa sessuale. È un amante navigato, e questo mi piace molto. Non è fedele, è evidente. Se fosse sposato, si comporterebbe come gli altri. Ho questa sensazione e non spero certo di monopolizzare la sua attenzione. Non riesco a immaginare di condividere la vita con lui. Forse pensa la stessa cosa di me.

I nostri rapporti sul lavoro sono impeccabili. E questo è l'aspetto più rilevante.

In ufficio mi colpisce il suo atteggiamento nei miei confronti: è davvero professionale. Anche se non c'è nessuno intorno a noi, si comporta come un capo rigoroso. È impressionante come riesca a mantenere separate vita pubblica e privata, in lui sembrano convivere due persone. È un bravo attore, e questo mi diverte. Il mio collega L. è preoccupato: "Stai bene? Il signor Green sembra un po' troppo severo con te". Sorrido: "Sto bene, sopravvivo". La signora K., la direttrice del personale, mi compiange: "Non pensavo che il signor Green sarebbe stato tanto esigente". È un bene che nessuno sospetti della nostra avventura.

Quest'anno andremo a Mosca e Singapore, i proprietari dei grandi magazzini sono interessati ai cosmetici di nostra produzione. Devo organizzare gli incontri con i clienti. Non vedo l'ora di visitare nuovamente queste due splendide città.

Innanzitutto, verranno a farci visita i dirigenti della sede di New York. Si tratta di una riunione annuale molto importante, a cui sono abituata dagli anni con il signor Smith. Il signor Green parteciperà per la prima volta in qualità di direttore della succursale. Preparo scrupolosamente tutti i documenti perché possa presentarli con agio. La riunione andrà bene: le vendite dello scorso anno sono state ottime. Il signor Green vorrebbe proporre alla sede di estendere il laboratorio e di assumere altri tre chimici. Di sicuro l'idea sarà accettata.

Il capo cerca di consolidare i rapporti con tutti. Invita a cena i dirigenti con regolarità ed esce a bere o a giocare a golf con i clienti importanti. Si rende popolare con i suoi bei discorsi. Tuttavia, il suo predecessore era molto più affidabile e rispettato. Non dipende dalla differenza di età ma dalle diverse personalità. Il signor Smith aveva autorevolezza naturale, energia e levatura.

Il posto che occupava prima il signor Green è ancora vacante. Un giorno gli ho chiesto:

– La sede ci manderà presto un nuovo vicedirettore?

Ha risposto pensoso:

– A quanto pare no, ma va bene così.

– Perché?

– Sanno che amministro ancora bene la divisione dei cosmetici di nostra produzione. Non abbiamo bisogno di altri. Quando mi assenterò, prenderà lei il mio posto.

Mi lusinga. Aggiunge in tono semiserio:

– Siamo buoni amanti e ottimi partner. Se fondassimo un'azienda nostra, andrebbe a gonfie vele.

È metà febbraio.

Oggi è mercoledì e abbiamo la riunione annuale con i quattro responsabili americani dell'azienda. Sono arrivati a Tokyo due giorni fa. Ieri hanno visitato il nostro laboratorio cosmetico. Ho fatto da interprete. Hanno parlato a lungo con il direttore della divisione, che è giapponese come tutti i chimici. Erano stati assunti dal signor Smith, biologo di formazione. Grazie a lui, conosco bene la terminologia tecnica in inglese. Gli americani, ormai abituati alla mia presenza, si rivolgevano spontaneamente a me, e ogni volta dovevo reindirizzarli al signor Green. La visita si è conclusa senza intoppi.

La riunione di stamattina comincia alle nove.

I quattro americani si siedono intorno al tavolo. La signora S. porta i caffè. Distribuisco le copie dei rapporti sull'ultimo anno. Il signor Green mostra quindi sullo schermo i risultati in dettaglio per i cosmetici di nostra produzione, le cui vendite sono aumentate del quindici per cento rispetto all'anno precedente. I dirigenti esaminano attentamente le cifre. Impressionati, ripetono: "Ottimo! Fantastico!".

Il signor Green illustra certe convenzioni sociali giapponesi.

– Come sapete, signori, con i clienti giapponesi si comunica diversamente da come si fa con gli americani. Per conquistare la loro fiducia, bisogna instaurare rapporti personali a lungo termine. Da quando sono arrivato, cerco di adattarmi.

Un dirigente chiede:
– Che cosa fa, per esempio?
– Quando mi invitano a bere o a giocare a golf, accetto. Invio loro biglietti di auguri per compleanni, matrimoni, nascite, Capodanno. Partecipo spesso al banchetto di nozze di un loro familiare e così via. Tutte le spese sono giustificate nella contabilità.
L'interlocutore annuisce con un sorrisetto e commenta:
– Potrebbe affidare questo incarico a qualcun altro. Non la impegna troppo?
Il signor Green spiega:
– Sono relazioni sociali. Ci vorrebbe tempo per un cambiamento del genere. Ai clienti fa molto piacere che mi adegui alle loro consuetudini. Mi esprimo in giapponese.
È molto abile a parlare e i responsabili lo ascoltano senza interrompere. Poi espone il progetto di estendere il laboratorio, assumendo tre nuovi chimici. Stavolta non replicano, sembrano pensierosi. Il mio capo insiste per convincerli. Uno di loro risponde con calma:
– Capisco perfettamente le sue intenzioni. Esporremo il piano al presidente. Si rimetta alla sua decisione.
Il signor Green, sollevato, passa a illustrare i risultati dei prodotti occidentali, i cui profitti stagnano da qualche anno. Un altro indaga:
– Quali sono le sue strategie per rilanciare le vendite?
Il capo risponde con pacatezza:
– Finora la succursale puntava sull'élite, come stabilito dal mio predecessore. Cambieremo rotta: dobbiamo attrarre la classe media. D'ora in poi investiremo nei media più popolari come la tv, le riviste di moda...
Il dirigente lo interrompe:
– Mi auguro che non userete i proventi dei cosmetici di vostra produzione.
L'osservazione sorprende il signor Green.
– No – replica, – cercheremo di sbrigarcela senza sforare il budget. Trattiamo il settore dei prodotti occidentali come un'azienda indipendente.

Annuiscono tutti.
La riunione si conclude intorno a mezzogiorno. I responsabili vanno a pranzo nel solito ristorante americano. Il capo, molto fiducioso, mi sussurra all'orecchio:
– È andata davvero bene. Il presidente accetterà la mia proposta senza battere ciglio.

È l'inizio di aprile, la stagione dei ciliegi in fiore.

Il signor Green si dà un gran daffare per incrementare le vendite dei prodotti occidentali attraverso la pubblicità sui media. Pretende molto dai venditori e dagli addetti al settore commerciale. Il mio collega L. lamenta un sovraccarico di lavoro. Ironizza: "Non sarà la pubblicità a portarci risultati a lungo termine". La sede non si è ancora pronunciata sulla possibilità di estendere il laboratorio dei cosmetici di nostra produzione, con grande frustrazione del nostro direttore.

In questo periodo è molto impegnato, vado meno a casa sua e ci vediamo poco al bar X. Durante i viaggi d'affari, invece, facciamo l'amore in albergo. Dopo, girovaghiamo in macchina. Gli piace molto guidare, soprattutto nei boschi e in montagna. Quando usciamo, trova sempre buoni ristoranti con carne di qualità e ottimi vini.

È venerdì mattina. Organizzo gli orari del capo per la settimana prossima. Ci sono molte richieste di appuntamenti con clienti importanti, perfino nei weekend. Mi rendo conto che stasera è libero. Se non avesse altri programmi, potrei andare a casa sua.

Squilla il telefono. Il signor Green mi convoca nel suo ufficio senza precisare il motivo. Mi precipito. Mi accoglie molto calorosamente e mi chiede:

– Kyōko-*san,* potrebbe accompagnare il signor B. e la sua famiglia da qualche parte interessante a Tokyo?

La richiesta mi giunge inattesa. È un uomo d'affari, proprietario di negozi di cosmetici in diversi paesi europei e in Medio Oriente. Ieri ha visitato il nostro laboratorio con la figlia e il genero, che lui chiama assistenti. È stato piacevole seguire queste persone educate e gradevoli.

– Sì, certo. Quando?

– Nel pomeriggio. Dopo le due.

– Oggi?

– Sì. Ripartono domani. Ieri sera li ho portati in un bar molto giapponese. Si sono divertiti. Hanno accennato alla sua ottima traduzione e vorrebbero che li accompagnasse in un quartiere popolare.

Rifletto su dove potrei portarli. Propongo:

– Potrei far vedere loro la fioritura dei ciliegi nel parco Sumida. Potremmo fare anche una gita in battello. Che cosa ne pensa?

– Buona idea, Kyōko-*san*!

Telefona subito al signor B. e lo informa che li raggiungerò in albergo alle due. Gli chiedo:

– Ha deciso di acquistare i nostri prodotti?

– Non ancora, ma sembra molto propenso. Cerchi di trattarlo come un futuro cliente e sia altrettanto gentile con la figlia e il genero.

– Perfetto, signore.

Il capo prosegue con lo sguardo pieno di malizia:

– Non dimentichi che si tratta di un pesce grosso. Quando avremo concluso l'affare, chiederò alla sede dei bonus per me e anche per lei, ovviamente.

Ha sottolineato "per lei". Un bonus? Perché no? Trovo comunque strana l'idea di includermi come se fossi un dirigente. Aggiunge:

– Non si tratta di un'azienda giapponese. Quando si hanno buoni risultati, si pretende sempre di più. Il signor Smith aveva uno stipendio molto alto grazie al successo dei nostri cosmetici.

Il signor Green mi guarda con insistenza. Capisco le sue

ambizioni, ma ho l'impressione che il signor B. non firmerà tanto facilmente. Vedremo.

– È venerdì – dico. – Dopo averli riaccompagnati in albergo, potrei venire a casa sua?

– Certo, Kyōko-*san*. Ma se il signor B. la inviterà a cena, accetti. Tutte le ore le saranno pagate come straordinario. Ne approfitti!

Arrivo in albergo in taxi alle due meno cinque.

È un grand hotel di lusso frequentato da ricchi turisti. La livrea elegante del personale attira la mia attenzione. Osservo l'abbigliamento dei clienti. Formale o casual, sembra di alta qualità. Si sentono parlare tante lingue. Mi sembra di camminare in un quartiere straniero di classe. Il prossimo viaggio lo farò a Mosca. Non vedo l'ora.

Entro nella sala di attesa, dove il signor B. e i suoi assistenti devono raggiungermi. Mi siedo su una poltrona comoda e leggo un dépliant dell'albergo. Passano dieci minuti. Non si vede nessuno. Proprio mentre prendo il cellulare, vedo avvicinarsi il signor B. Indossa una giacca beige raffinata. Benché un po' corpulento, lo si può includere fra gli uomini affascinanti. Mi alzo. Mi fa il baciamano e mi saluta cordialmente.

– Buongiorno, signora Nire. Grazie infinite per aver accettato di farmi da guida.

– Si figuri. Anche i suoi assistenti sono pronti?

– Mia figlia e mio genero? Sono appena usciti per andare a visitare il quartiere di Ginza.

Gli lancio un'occhiata, stupita. Il signor B. alza le spalle:

– Avevo avvertito il suo capo che non sarebbero venuti. Dev'esserci stato un malinteso. Le spiace?

Non ho scelta.

– No, devo però modificare la prenotazione del battello.

Dice:

– Mi scusi.

Richiudo il cellulare e sfodero un sorriso accogliente:

– Eccoci! Spero che la mia compagnia sia di suo gradimento. La prego di chiamarmi Kyōko-*san*.

– Benissimo, Kyōko-*san*. Andiamo!

Mi posa delicatamente una mano sulla schiena e con l'altra mi fa cenno di precederlo per uscire. Mi sussurra all'orecchio:

– È un onore avere una donna così bella come guida.

Ci incamminiamo verso il portone. Al nostro passaggio, gli impiegati in livrea ci salutano in modo molto rispettoso e educato.

In taxi il signor B. diventa loquace. Parla della famiglia. È sposato e ha tre figlie. "A mia moglie non piace viaggiare," mi confida. Poi mi fa domande personali: da quanto tempo abito a Tokyo, da quanti anni lavoro presso la Anderson e così via. Sembra che già sappia che sono single. Mi racconta della serata trascorsa al bar con il mio capo. Mi dice di buonumore:

– Mi sono piaciute molto le entraîneuse in kimono. La delicatezza, la bellezza e le loro premure: è stato incredibile!

Arriviamo al parco Sumida. Davanti a noi, i ciliegi in fiore rosa pallido costeggiano il sentiero da entrambi i lati per centinaia di metri. Scendendo dal taxi, il signor B. esclama incantato:

– Che meraviglia! È un peccato che mia figlia non sia qui. Ama i ciliegi.

Camminiamo lentamente. Alcune persone fanno un picnic sotto gli alberi. Seduti su teli blu, mangiano, bevono, cantano allegramente. C'è rumore ovunque. Gli spiego che è una tradizione giapponese, si chiama *hanami*. Incuriosito, il signor B. osserva le persone fare il picnic. Fra questi, c'è un gruppo di uomini e donne in abiti da ufficio. Sono una decina. Il signor B. mi chiede:

– Perché hanno l'uniforme?

– Devono essere venuti direttamente qui all'uscita dal lavoro. Molte aziende organizzano gli *hanami*, oppure gli impiegati ci pensano da soli.

– È obbligatorio partecipare?

– No, ma è una consuetudine che i dipendenti accettano volenti o nolenti. È un modo per incoraggiare le relazioni sociali. Vengono organizzati anche viaggi o piccole uscite di gruppo. In sostanza, sono iniziative per creare lo spirito comunitario fra gli impiegati.

– Ah, ecco! Questo è alla base del successo del Giappone. Ammiro i loro grandi sforzi collettivi, in particolare dopo la disfatta del 1945.

Annuisco senza commentare. A essere sincera, non condivido per nulla questa mentalità. Non faccio mai viaggi né sport di gruppo. Per fortuna, alla Anderson non sono previsti.

Il signor B. continua:

– Perché ha scelto un'azienda americana?

– Preferisco la mentalità razionale e pragmatica.

Esclama:

– "Time is money!" Un mondo esigente. Dev'essere difficile, per lei che è giapponese.

– Nient'affatto. Finché dimostriamo competenza, riceviamo un buon trattamento. In ogni caso, tutte le società hanno una duplice faccia. Conosco americani felici nelle aziende giapponesi.

– Il suo capo è fortunato ad avere una segretaria come lei. Intelligente, efficiente, affascinante. Lo invidio e sogno di assumerla io...

Con sguardo infervorato, si prodiga in un altro baciamano. Do un'occhiata all'orologio e dico:

– È ora di andare al molo.

Prendiamo un taxi. Spero che la mia missione finisca fra due ore e che il signor B. non mi inviti a cena. Così, stasera potrò riposarmi a casa del signor Green. Mi preparerà una bistecca, uno dei miei piatti preferiti. Penso al vino da portare.

Arriviamo al molo. Prendo i biglietti. Nell'attesa della partenza, ci sediamo sulla terrazza di un grazioso caffè. Il signor B. continua a chiacchierare, ancora di buonumore. Meglio così. Spero che diventi nostro cliente.

Saliamo a bordo. La crociera dura circa un'ora. Ci sono più di cinquanta posti, tutti occupati. Lascio il posto vicino al finestrino al signor B. Contempla i grattacieli lungo il fiume. Davanti abbiamo una coppia di anziani occidentali e dietro due giapponesi di mezz'età. Scambio qualche battuta in inglese con la coppia che viene dall'Inghilterra.

L'imbarcazione parte lentamente. Si sente un annuncio registrato, prima in giapponese, poi in inglese. Il signor B. ascolta, la testa verso il vetro. Approfitto del suo silenzio e guardo le torri che svettano nel cielo azzurro primaverile. Penso a New York e mi torna in mente il mio ex amante O.

O. lavora ancora là, in una filiale della sua banca giapponese. Rientrerà fra due mesi. Ieri mi ha contattata al cellulare. Mi ha sorpresa, ma la cosa che mi ha stupito di più è stato il suo messaggio: *La Anderson non naviga in buone acque*. Che cosa va dicendo? È ridicolo! Mi ha scritto anche: *Mi manchi tanto. Quando sarò tornato a Tokyo, ti inviterò di nuovo al ristorante No-no-yuri. Ti era piaciuto molto il loro vino cileno...* Gli rispondo: *È impossibile. Ho già un altro. Addio.*

L'imbarcazione scivola sull'acqua piatta. I raggi del sole filtrano dal finestrino. Osservo il paesaggio, distratta. I due inglesi davanti a noi discutono della Tokyo Skytree. I due giapponesi dietro, invece, restano in silenzio. Cullata dal rollio dell'acqua, mi viene sonno. Reprimo uno sbadiglio.

È passata mezz'ora da quando siamo saliti a bordo. Il signor B. osserva le vecchie case di legno, la testa rivolta ancora verso il finestrino. Il contrasto con i grattacieli deve impressionarlo. L'imbarcazione rallenta e beccheggia leggermente. Sonnecchio.

A un tratto sento sfiorarmi la mano destra. Senza dargli troppo peso, mi giro verso il signor B., non lo vedo in faccia. Con mio stupore, inizia ad accarezzarmi le gambe sopra la gonna. Cosa sta facendo?! Il sonno svanisce. Gli prendo la mano, tentando di respingerla. Lui fa resistenza e, anzi, continua imperterrito. Reagisco con maggiore fermezza, ma non molla.

– Signore, la smetta! – dico con voce soffocata.

Mi sorride spudoratamente e mi sussurra all'orecchio:

– Kyōko-*san*, sono innamorato pazzo di lei. Ieri, quando l'ho vista nel laboratorio, ho desiderato intensamente incontrarla di nuovo prima di partire dal Giappone.

Sono allibita. Con la mano ancora sulla mia gonna, prosegue con tono dolce ma determinato:

– Stasera, ceneremo insieme in un ottimo ristorante, poi andremo insieme al bar. Mi è giunta voce che apprezza molto il vino e la carne rossa.

Sembra convinto di compiacermi. Il suo sorriso inizia a disgustarmi. Il signor Green ha insistito che accettassi il suo invito a cena ma, se sapesse come si comporta con me quest'uomo d'affari, si adirerebbe. Rispondo:

– Purtroppo, stasera ho già un impegno alle sei. Visto che ho ricevuto questo incarico all'ultimo minuto, non posso annullare l'altro appuntamento.

Il signor B. ride rumorosamente, come se la nostra conversazione fosse divertente. Poi abbassa la voce:

– Non è vero! Sono già d'accordo con il suo capo. Mi ha garantito che sarebbe rimasta con me finché avessi voluto.

Cosa? Resto di stucco, spaventata. Mi annuncia con un sorriso insistente:

– Sono quasi deciso a concludere l'affare con la Anderson.

Non replico. Mi supplica con tono mellifluo:

– Kyōko-*san*, la prego, sia un po' più gentile con me. Dalla mia camera si può ammirare un meraviglioso panorama notturno di Tokyo...

Sta per fare buio. Sono quasi le sei.

Il taxi è diretto all'ufficio. Il signor Green dev'esserci ancora. Voglio parlargli subito, ma non per telefono. Che farabutto! Mi ribolle il sangue. Risento la sua voce: "Non dimentichi che è un pesce grosso".

La macchina si ferma davanti all'edificio. All'entrata mi accerto con il custode che il signor Green non sia già andato via. Salgo in fretta. Non c'è nessuno al nostro piano. Busso alla porta.

– Avanti!

Mentre apro, vedo che si sta infilando la giacca. Mi chiede con aria molto stupita:

– Kyōko-*san*, che cosa succede?

Mi chiudo la porta alle spalle e rispondo:

– Ho appena finito la missione.

Mugugna:

– Dove sono il signor B. e i suoi assistenti?

– Ho incontrato solo il signor B.

– Davvero? E dov'è?

– In albergo, immagino. Se n'è andato da solo in taxi.

– Non l'ha invitata a cena?

– Sì, ma ho rifiutato.

Il mio capo alza la voce:

– Come? Le avevo detto di accettare perché sarebbe stata pagata.

Ribatto con sarcasmo:
– Sono piaciuta tanto al signor B. da esserne rimasta disgustata.
– Non capisco... è un gentleman. Spero che non lo abbia indispettito.
Esclamo:
– È stato lui a farmi adirare! E anche lei, signor Green!
– Si calmi, Kyōko-*san*. Che cosa le è successo?
– Non faccia l'ingenuo!
Il mio capo sgrana gli occhi. Non mi ha mai vista furibonda. Continuo:
– Che cosa gli ha raccontato su di me?
– Ovviamente solo cose positive.
– Davvero? Se vuole le ripeto le sue stesse parole!
Con la bocca contratta, usa dei sotterfugi:
– Ascolti. Ieri sera al bar ero completamente ubriaco. Ricordo solo di averla elogiata.
– Non credo a una sola parola.
– Aspetti... Mi ha raccontato anche che aveva una relazione con la sua segretaria e sua moglie lo mandava in viaggio solo con una delle figlie.
– E allora?
Abbassa la voce come se qualcuno ci ascoltasse.
– Il signor B. credeva che fossimo amanti.
– Ah, è per questo che gli ha suggerito: "A Kyōko-*san* non piacciono i single o i divorziati, soprattutto quelli come me, divorziati e con un figlio. A lei piacciono gli uomini sposati come lei. Non se la lasci sfuggire!".
Si irrita:
– Smetta di aggredirmi. Era solo una battuta fra ubriachi. Non è colpa mia se l'ha presa sul serio.
– Poco importa! Siete spregevoli.
In quel momento mi sorride in modo sornione.
– Che cosa ci trova di divertente?
– Prima di me, frequentava solo uomini sposati. Io rappresento un'eccezione. O sbaglio?
Cosa? Mi spia? Sconvolta, riparto all'offensiva:

– La mia vita privata non la riguarda!

– E invece sì, perché è la mia amante. Voglio che la nostra relazione duri il più a lungo possibile. Non dimentichi che è anche la mia principale partner di lavoro. Ho bisogno di lei.

– Eppure, non si fa problemi a spingermi fra le braccia di altri uomini per il profitto della succursale? Strano!

All'improvviso si avvicina e mi prende con forza per un braccio. Lo respingo:

– La smetta!

Insiste nella sua lingua materna:

– I love you, Kyōko. I hope we will strengthen our ties, so that we can think seriously about a future together.

Ironizzo:

– What kind of future, Mister Green? Pimp and prostitute?

– What?

Gli racconto che cos'è successo sul vaporetto. Alla fine, si scusa e prosegue:

– I love you and I need you! We are excellent lovers and partners, we could live together and run a business together.

Queste parole mi sorprendono. Pensa davvero di fondare un'azienda con me? Mi insospettisce. Chiude la porta a chiave.

– Non verrà a cercarci nessuno a quest'ora – dico.

– Meglio così.

Mi invita a sedermi sul divano. Poi inizia a togliersi la giacca e la cravatta. Mi rialzo:

– Cosa fa?

Non mi ascolta e mi spinge sul divano:

– La smetta!

Mi dà del tu per la prima volta:

– Sei troppo seducente, Kyōko. Non posso resistere.

Si stende sopra di me. È eccitato. Mi bacia la fronte e sussurra con voce melliflua:

– Ti amo. Discutiamo seriamente del nostro futuro.

È metà aprile. Fra due settimane inizia la *golden week*. La nostra succursale ha inserito nel calendario questa festività giapponese, quindi resterà chiusa per cinque giorni. Penso di andare a trovare i miei a Yonago, anche se di solito non lo faccio.

Sono appena rientrata da un viaggio a Mosca. Per prima cosa, il mio capo e io abbiamo visitato il punto vendita dei cosmetici di nostra produzione, aperto due anni fa su iniziativa del signor Smith. Abbiamo incontrato i proprietari russi di tre grandi magazzini di lusso e abbiamo concluso buoni affari.

Benché al lavoro mi comporti normalmente con il signor Green, evito di uscirci insieme. Durante l'ultimo viaggio a Mosca non sono andata a letto con lui, con la scusa del mal di testa.

Mi ripete "I love you" e cerca di discutere del "nostro futuro insieme". Ogni tanto parla anche di "matrimonio". Credo che ormai abbia soprattutto paura che scoppi uno scandalo. Il signor B. conosce molta gente nel mondo della cosmesi. Non è escluso che diffonda voci volgari: il direttore della succursale giapponese della Anderson va a letto con la sua segretaria e la spinge perfino a sedurre un potenziale ricco cliente.

La sua domanda di matrimonio dev'essere un modo per fingere che siamo davvero "innamorati". Non dovrebbe temermi, come nessun altro. Non sono più una ragazzina, mi assumo le mie responsabilità senza recriminare. In fin dei conti, mi è piaciuto fare sesso con lui in questi tre mesi. Dobbiamo limitarci a rapporti professionali.

Il signor Green ha bisogno di me. Organizzo le riunioni e gli incontri con i clienti in modo impeccabile, scrivo le relazioni in inglese. Tuttavia, a lui interessa una cosa sola come direttore: ottenere buoni risultati. Se così non fosse, perderebbe il posto. È la dura realtà nel mondo degli affari americano. Di fatto, le vendite dei cosmetici occidentali stagnano ancora, nonostante le ingenti spese pubblicitarie. Inoltre, ho notato che beve più del solito.

Per la *golden week* mi ha proposto di andare a visitare il parco nazionale di Killarney, in Irlanda. Ho declinato l'invito dicendo che dovevo vedere mia madre ammalata, anche se in quel momento non ci pensavo nemmeno. È vero che i miei insistono perché torni durante questi giorni di festa. Proveranno a organizzarmi altri *miai*. Se dicessi loro che il mio capo vuole sposarmi, di sicuro ne sarebbero contenti.

Ma le nostre avventure galanti per me sono chiuse. Il punto è quando comunicarglielo. È un uomo instabile e fragile. Non so proprio come potrebbe reagire.

Mi torna in mente un ricordo dell'infanzia, sempre lo stesso.

Una donna sconosciuta esce dalla pasticceria con una scatola di cartone bianco e sale in macchina. La sera papà rientra a casa di buonumore. Mia madre gli mostra una grande torta al cioccolato. Papà fa un'espressione corrucciata...

Tutti gli uomini ingannano la moglie. Quest'idea sembra stampigliata in me. Gli amanti precedenti, che avevo sedotto facilmente, erano felici delle nostre avventure. Sono stufa. Ormai mi divertirò da sola passeggiando, visitando musei, andando all'estero.

Come ogni mattina, prendo la posta per il signor Green alla reception. Oggi c'è una lettera per me con timbro americano. L'indirizzo e il mio cognome sono scritti in una bella calligrafia in corsivo. È da parte della signora Smith, la moglie del mio ex capo. Mi chiedo come stia. La leggo in ufficio.

Cara Kyōko-san,
come sta? Le scrivo per ringraziarla del suo regalo.
Mi scuso del ritardo. Prima di andarmene dal Giappone, avrei voluto tanto salutare gli impiegati della succursale, in primo luogo lei. Purtroppo, le mie condizioni di salute me lo hanno impedito. Al rientro a Boston, sono stata subito ricoverata per degli accertamenti. Dopo, mi sono trasferita nella nostra casa in periferia. Visto che la mia vita adesso è più organizzata, cerco di riallacciare i rapporti con le amiche in Giappone.
Il vaso per ikebana mi è piaciuto molto. Come sa, amo le composizioni floreali, soprattutto in stile giapponese. È stata lei ad avvicinarmi a quest'arte tradizionale. Non ho mai visto un vaso così bello. Da quanto mi ha detto mio marito, l'ha comprato da una ceramista della sua città natale. I colori naturali trasmettono tanta serenità... è così elegante, semplice, originale! La sua sensibilità mi ha commossa. Mio marito mi ripete che lei ha buongusto.
La cosa che mi ha sorpreso di più sono state le parole in inglese incise alla base: Lily of the field. *Dato che sono cristiana, mi*

hanno fatto pensare al passo del Vangelo: E per il vestito, perché vi preoccupate? Osservate come crescono i gigli del campo: non lavorano e non filano. *È un nome perfetto per il vaso. C'è anche il nome dell'artista in* kanji*:* 杏子*. Con il mio giapponese rudimentale non riesco a pronunciarlo. Nemmeno mio marito. Per fortuna, una conoscente a Boston mi ha spiegato: possiamo leggere i* kanji "anzu*: albicocca" o "*kyōko*: figlia dell'albicocco". All'inizio ho pensato che l'avesse modellato lei. Ma mio marito mi ha detto: "A quanto ne so, Kyōko-*san *non si dedica alla ceramica". Se ha modo di rivedere questa grande artista, la prego di farle i miei complimenti.*
*Mio marito ammirava le sue qualità come segretaria: efficiente, precisa, estremamente rispettosa del segreto professionale. Non dimenticherà mai le sue ottime competenze. È stato fortunato ad avere una persona così qualificata al suo fianco. Le confesso che all'inizio mi facevo inutili scrupoli su di lei. Forse ne riderà. È una donna intelligente, bella e affascinante con cui tutti gli uomini sognano di uscire. Quando l'ho incontrata la prima volta mi ha turbata. Aveva appena finito l'università. Mio marito aveva quasi cinquant'anni. Ero preoccupata. Lavorerà ufficialmente con una segretaria così giovane e attraente? Viaggerà addirittura insieme a lei? Ma ho capito presto che la mia inquietudine era infondata. Lei svolgeva il lavoro con molta dedizione, comportandosi senza ambiguità. Mio marito mi prendeva in giro: "A Kyōko-*san *non interessa un uomo tanto innamorato della propria moglie".*
Come le ha raccontato mio marito, ero la sua assistente in un'azienda farmaceutica a Boston. È stato un colpo di fulmine reciproco. Per circostanze complesse, ci abbiamo messo due anni prima di metterci insieme. Mio marito scherza: "L'amore è una malattia e noi saremo sempre ammalati insieme". Non so quanti anni mi restano. Nonostante tutto, mi sento più realizzata che mai potendo passare ogni giorno con l'uomo che amo.
*Kyōko-*san*, la ringrazio ancora di cuore per il suo regalo. Mi dedico con regolarità all'ikebana, cercando di avvicinarmi, almeno un po', alla qualità di questo vaso che lei ha scelto apposta per me.*

A Boston fa ancora fresco. Aspetto con impazienza l'arrivo dell'estate. Quest'anno pianteremo fiori, verdure e alberi nel nostro giardino. Lei è sempre la benvenuta a casa nostra. Spero che potremo trascorrere una giornata di sole insieme a contemplare la bellezza della natura.
Con affetto.

Helen

PS Ho imparato come si dice Lily of the field *anche in giapponese.* No-no-yuri. *È un nome delizioso! Chiamerò così il nostro giardino.*

È la *golden week.* Sono a casa dei miei genitori a Yonago da due giorni.

Stasera ci raggiungerà il resto della famiglia per cena: Anzu e suo figlio, mio fratello Nobuki, sua moglie e le loro due figlie.

Mia sorella e io aiutiamo la mamma nei preparativi.

Nonostante i suoi problemi di memoria, non ha dimenticato che ho rifiutato il *miai* che mi avevano proposto. Continua a lamentarsi perché ho sprecato una buona occasione. Inoltre, paranoica come sempre, cerca di spaventarmi: "Tokyo è tutta contaminata dalle radiazioni". Poco gentile, ironizzo dicendo che un terremoto violento o un forte tsunami mi fanno più paura della radioattività. Mio padre mi rimbrotta.

La cena inizia. Vogliono sapere com'è andato il mio viaggio d'affari a Mosca. Mi ascoltano tutti mentre racconto del successo che abbiamo avuto con i grandi magazzini russi. Non dico niente sul nuovo capo con cui lavoro da quattro mesi. Mi domando ancora: come e quando comunicargli la fine della nostra relazione? È un peso.

Ora assaggiamo la torta di frutta che ha preparato mia cognata. Dopo, distribuisco i regali ai bambini. Stavolta ho portato loro delle matrioske. Mio nipote nota che somigliano alle *kokeshi.* Mia sorella cita un articolo in cui si spiega che sono ispirate alle bambole giapponesi che chiamano *Shichifukujin* di Kamakura, ma la loro culla probabilmente è stata la Cina dell'epoca Song. L'argomento mi incuriosisce, ma sono troppo distratta e non ho voglia di partecipare alla conversazione.

I bambini vanno a giocare in giardino. Gli adulti chiacchierano bevendo il tè. All'improvviso mio padre mi dice:

– Un amico mi ha parlato di un avvocato scapolo. Ha fatto l'università a Osaka. Ha lo studio nella nostra città. Ti interessa?

Reagisco bruscamente:

– No, grazie, papà. Proponilo ad Anzu.

Mia sorella rifiuta in modo categorico:

– No, grazie, nemmeno a me interessa. Un matrimonio mi basta e avanza. Ho un'amica che vorrebbe tanto sposarsi. Potresti proporlo a lei. Ne sarebbe molto felice.

Nostro padre si offende, come la volta scorsa al telefono. Ci sgrida:

– Non è il souvenir di un viaggio! Siete ancora giovani. Dovreste pensare sul serio al vostro avvenire con un marito affidabile.

Mia madre sospira:

– Le nostre figlie pensano solo alla carriera.

A quel punto, mio fratello Nobuki le chiede:

– Sono quasi quarant'anni che siete sposati. Qual è il tuo più bel ricordo?

La mamma riflette. Resta a lungo in silenzio. Ha avuto due aborti prima della mia nascita. Poi è venuta Anzu, un'altra figlia, mentre papà desiderava un figlio. La aiuto scherzando:

– Sarà stata la nascita di Nobuki.

Con aria smarrita, non risponde. È grave se non lo ricorda più. Dopo un po' afferma:

– È stato un incidente. Avevo quasi quarant'anni. Non volevo un bebè a quell'età, né maschio né femmina.

Nobuki esclama, offeso:

– Io? Un incidente? Grazie!

Giocando con una matrioska, Anzu parla alla mamma:

– Ho ancora la *kokeshi* che mi avevi comprato. A Kyōko avevi preso una principessa. Ti ricordi?

– No. Quando?

– Eravamo alla materna, l'anno prima che nascesse Nobuki.

Mia madre scuote la testa. Anzu aggiunge:

– Quel giorno avevi comprato anche una grande torta al cioccolato. La sera l'abbiamo divorata con papà.

Guardo mia sorella con stupore. Aveva solo quattro anni, ma anche lei ha in mente quell'episodio. Sono sicura però che non abbia visto nostro padre in macchina. Mi volto verso papà, sta parlando con Nobuki.

– Non me lo ricordo – dice la mamma.

La serata finisce. Dopo che mio fratello e la sua famiglia se ne sono andati, Anzu e io laviamo le stoviglie. Penso al mio capo, ora in viaggio da solo in Irlanda. Asciugando un piatto, mia sorella mi chiede:

– Alla tua amica americana è piaciuto il regalo?

– Quale regalo?

– Il vaso che ho fatto io.

– Ah, il tuo vaso per ikebana... Sì, è stata molto contenta e mi ha scritto per ringraziarmi.

– Il nome "Lily of the field" le è piaciuto?

– Sì, certo. Ha perfino chiamato il suo giardino No-no-yuri.

– Allora capisce il giapponese!

– No, l'ha aiutata una giapponese di là.

Anzu, di buonumore, canticchia una canzone popolare. Resto in silenzio. Prosegue:

– Poco prima di Capodanno avevi chiuso con un uomo. Hai qualcun altro?

Esito:

– Sì...

– È sposato anche questo?

– No, è divorziato con un figlio.

Mia sorella, sorpresa, commenta:

– Non capita spesso che frequenti uno scapolo. Potresti venire con lui per il *Bon*. I nostri genitori sarebbero contenti.

– No, è impossibile.

– Perché?

– Vuole sposarmi.
– Capisco. Il matrimonio non è nel tuo stile.

La sera stessa, intorno alle dieci, comunico al signor Green che fra noi è finita. Dopo aver ricevuto il messaggio, mi risponde senza indugio: *Me l'aspettavo, Kyōko*-san. *Non si preoccupi, rispetto i suoi sentimenti. Resteremo solo direttore e segretaria. A presto!* Questa risposta piuttosto pacata mi sorprende e mi solleva. Mi dico: "È migliore di quanto immaginassi".

Siamo alla fine di giugno, nel pieno della stagione delle piogge. Fa caldo umido ogni giorno. Di tanto in tanto ho leggeri mal di testa e devo prendere degli antidolorifici. A parte questo, mi sembra che vada tutto bene.

Il signor Green e io non ci vediamo al di fuori del lavoro. Ha capito che non ci sono margini. In ufficio ci comportiamo come se non fosse successo niente. Ricomincio ad andare da sola al bar X. Come scusa dico al capo barman che "il mio conoscente" ha lasciato il Giappone.

Secondo i miei colleghi, negli ultimi tempi il signor Green è di cattivo umore. Le vendite dei prodotti occidentali continuano a stagnare nonostante tutta la pubblicità. Ha iniziato a ridurre il numero delle consulenti di bellezza e fa più pressioni che mai sugli addetti del commerciale. Sono passati quattro mesi dalla visita dei responsabili americani. E lui non ha ancora ricevuto l'assenso per la divisione dei cosmetici di nostra produzione.

Un mattino piovoso, mentre sto preparando una lettera per la sede, il signor Green mi chiama dal numero interno. Mi chiede:

– Mi porti un caffè macchiato senza zucchero, per favore.

Sono stupita. Non è compito mio. Gli domando:

– La signora S. oggi non c'è?

– Non lavora più qui. L'ho licenziata comunicandolo alla sua agenzia.

Non credo alle mie orecchie.
– Perché mai? Abbiamo bisogno di lei...
Mi interrompe bruscamente:
– Fare le fotocopie e preparare il caffè sono compiti elementari. Ho già assegnato il posto a un'altra impiegata. E lei mi porti il caffè qui.
– Riaggancio. Mi sento strana. L'assegnazione di quel posto spetta alla signora K., la direttrice del personale. Vado nel cucinotto, delusa. La signorina N., l'ex assistente del signor Green, sta armeggiando goffamente alla caffettiera. Mi saluta con tono ironico:
– Ecco il mio nuovo lavoro, occuparmi dell'*ochakumi*! Il direttore ama molto questa vecchia usanza giapponese. Mi ha rimosso dal mio ruolo nella divisione dei cosmetici di nostra produzione e, anziché licenziarmi, mi ha affidato questo prestigioso incarico. Com'è gentile!
Confusa, porto al capo una tazza di caffè. Afferma con aria soddisfatta:
– Grazie, Kyōko-*san*! Continui a lavorare così.
Quando torno in ufficio, ricevo una chiamata da parte di L., il mio collega. Mi propone di pranzare al ristorante italiano vicino. Non ci vado da mesi. In verità, evitavo di vedere L. mentre frequentavo il mio capo. Guardo la finestra. Piove ancora. Sono incerta, poi lui mi annuncia:
– Kyōko, ho due notizie: una di lavoro e l'altra è una sorpresa.
Accetto incuriosita.

Entro nel ristorante. Il mio collega mi aspetta a un tavolo appartato, legge una rivista. Ordiniamo gli spaghetti alla napoletana. Appena seduta, gli chiedo:

– Quali sono le novità?

– Il signor Green mi ha spostato alla divisione dei cosmetici occidentali. Non mi occupo più della vendita della nostra linea di cosmetici.

– Perché questo cambiamento?

– Secondo lui, la sede vuole che la divisione dei cosmetici di nostra produzione sia gestita solo da giapponesi.

– Non lo sapevo...

Strano. Perché il capo non mi ha informata? In realtà, comunica sempre meno con me. È una vendetta perché ho rifiutato di sposarlo?

Il mio collega mi fa vedere la rivista. È un settimanale di divulgazione. Apre alcune pagine colorate e dice:

– Kyōko, guarda questa enorme pubblicità. Il signor Green la fa inserire di continuo.

La osservo. Le foto sono belle. Lo stile però è troppo nipponico e non richiama per niente i cosmetici occidentali. Prosegue:

– Il signor Green invita spesso i giornalisti a bere al bar, sperando che i media parlino di lui. Vedremo presto una sua gigantografia al centro della pubblicità.

Gli racconto che il capo ha licenziato la signora S., che

aveva piccole mansioni al nostro piano, e l'ha sostituita con la signorina N. Il mio collega mi dice:

– Nemmeno al nostro piano c'è più la signora che aveva lo stesso ruolo. Il signor Green è a favore dei tagli del personale. Presto toccherà a me.

– Perché a te?

– Come ti ho già detto, odia gli omosessuali. Se decide che non ho raggiunto gli obiettivi, mi licenzierà su due piedi.

– Spero di no...

Resto in silenzio. Il mio capo è in realtà più crudele di quanto credessi? Pensa forse di licenziare anche me? Di fatto, ora cerca di sbrigarsela senza il mio aiuto. Ho uno stipendio alto. Potrebbe sostituirmi con qualcuno da pagare meno. Il mio collega mi avverte:

– Kyōko, inizia a cercarti un impiego da un'altra parte.

Non dico niente. Ripenso al signor Smith che mi aveva raccomandata alla signora K. come vicedirettrice del personale. Immaginava che avrei avuto problemi con il signor Green?

Cambio argomento:

– Allora, qual è la sorpresa?

L. mi annuncia con gioia:

– Fra sei mesi mi sposo.

– Come? Ma con...

– Con uno spagnolo. Celebreremo le nozze nel suo paese e abiteremo là. Non vedo l'ora di rassegnare le dimissioni!

– Vi conoscete da tanto?

– Da tre mesi. Un colpo di fulmine reciproco.

– Sei fortunato.

– Senza dubbio! Spero che un giorno succeda anche a te.

Il mio collega mangia gli spaghetti di gusto. Guardo fuori. Sta diluviando. Rifletto sul mio futuro.

È già ottobre.

Lavoro ancora presso la Anderson, ma spero di rassegnare presto le dimissioni. Cerco un impiego in un'altra azienda americana a Tokyo. Di recente ho trovato diverse offerte. Purtroppo, nessuna prevedeva uno stipendio alto come quello che ho adesso. Del resto, le descrizioni delle funzioni richieste non miravano a trovare qualcuno con le mie qualifiche, ma solo un'assistente. Proseguo con le ricerche.

È mercoledì. Mi sveglio presto. Faccio una doccia e mi preparo la solita colazione: croissant al burro, yogurt, macedonia di frutta e caffè. Sono stata malata per due giorni e oggi finalmente torno in ufficio. Mentre mangio, rivedo il viso del signor Green. Diventa sempre più brusco e autoritario nei miei confronti. Sarà contento quando rassegnerò le dimissioni.

La settimana scorsa, come previsto, sono andata a Singapore. Era la prima volta che accompagnavo il direttore della divisione cosmetici di nostra produzione. Gli ho fatto da interprete. Là abbiamo incontrato nuovi clienti. Il lavoro è stato intenso. Esausta, nel fine settimana mi sono riposata a casa. Poi, lunedì e martedì ho avuto mal di testa e non sono potuta uscire.

Quando mi sono sentita male la prima volta, lunedì, ho chiamato il capo per avvertirlo della mia assenza. Visto che non mi ha risposto, ho lasciato un messaggio. Ho contattato anche la direttrice del personale. La signora K. era dispiaciuta per me e ha detto che forse il signor Green era impegnato con un cliente.

Stessa cosa ieri mattina. Ho provato di nuovo a telefonargli, ma invano. La signora K. mi ha detto anche stavolta che doveva essere impegnato con un cliente. È strano. Nel tardo pomeriggio la mia emicrania è diminuita. Ho avvisato direttamente la signora K. del mio rientro odierno.

Mi siedo alla toilette e inizio a truccarmi con cura. Il mio viso convalescente sembra inespressivo. Mi metto un rossetto più acceso del solito. Indosso un tailleur lussuoso acquistato a Singapore e mi alzo in piedi davanti allo specchio. Niente male. Questo abbinamento almeno mi invoglia a uscire.

Esco di casa verso le sette e mezzo. Benché il sole sia tiepido, soffia un vento fresco. Mi affretto a entrare nella stazione della metro. Camminando, penso al mio ex capo, il signor Smith. Per merito suo, ho svolto la mia professione in maniera completa per tredici anni. Mi manca. Il signor Green è proprio un farabutto. Devo trovare un altro lavoro quanto prima... Sospiro.

Uscita dalla metro, mi dirigo verso il nostro edificio a passo lento.

– Aspettami, Kyōko!

È il mio collega L. Lo saluto. Mi chiede:

– Dov'eri ieri e l'altro ieri?

– A casa. Non mi sentivo molto bene.

– Mi spiace, non lo sapevo. Che cosa ne pensi di quanto sta succedendo?

La domanda mi lascia perplessa.

– Di cosa parli?

Esclama:

– Mio Dio! Sei la segretaria del signor Green e non sai la novità!

Lo fisso, sempre imbarazzata. L. abbassa la voce:

– Riguarda la divisione dei cosmetici di nostra produzione.

– Sembra ancora fiorente. Qual è il problema?

Gli accenno al viaggio a Singapore, durante il quale alcuni grandi magazzini erano entusiasti dei nostri prodotti. Mi sussurra:

– Un gruppo giapponese comprerà l'intera divisione!

– Come mai?!

– Stando ai miei calcoli, la Anderson era in trattative con questo gruppo già prima che il signor Smith se ne andasse. Il signor Green è diventato direttore senza saperne niente. E, quando i responsabili americani hanno visitato la succursale nel febbraio scorso, erano già a conoscenza di questa possibilità.

Il mio collega non mi svela la fonte di queste voci. Poco importa, presto scopriremo la verità. Sussurro:

– Perché vendere la maggiore risorsa della succursale...

L. si stringe nelle spalle:

– Non lo so.

Ripenso all'ultimo messaggio di O.: *La Anderson non naviga in buone acque*. Non l'avevo preso sul serio. Mi chiedo se la nostra succursale potrebbe chiudere. Mentre L. continua, altri impiegati si avvicinano all'entrata. Ci affrettiamo a entrare in ascensore per raggiungere il nostro piano. Devo parlare con il signor Green. Spero che sia tornato in ufficio.

La porta del direttore è chiusa a chiave. Entro nel mio ufficio. Innanzitutto, metto in ordine i documenti che si sono accumulati in mia assenza. Poi ascolto i messaggi in segreteria, ma non c'è niente da parte del signor Green. Dov'è? Non è professionale. Una cosa del genere non sarebbe mai successa con il signor Smith.

"Un gruppo giapponese comprerà l'intera divisione." Non riesco a credere a questa voce. Se fosse vera, la nuova azienda "comprerà" anche il signor Green? Lui ha relazioni strette con i clienti della divisione dei cosmetici di nostra produzione. Perché no? Così potrei restare al mio posto con un altro direttore...

Vado alla reception a prendere la posta. Incontro la signora K.

– Bentornata, Kyōko-*san*! Mi fa piacere vedere che si è rimessa.

La ringrazio e le chiedo dove si trovi il capo. Mi risponde in modo evasivo:

– Pare che il direttore abbia un appuntamento importante.

Poi, mi invita ad andare nel suo ufficio perché deve comunicarmi una cosa seria. La seguo. Chiudendo la porta, mi dice:

– Riguarda la divisione dei cosmetici di nostra produzione.

Ci siamo. Fingo di non sapere:

– Come?

Mi ripete quanto mi ha appena detto il mio collega. Le chiedo:

– Anche gli impiegati della divisione se ne vanno?

– Sì, certo. Ma a parte questo, qui non cambierà niente e nessuno perderà il posto. Stia tranquilla, lei la terranno di sicuro, viste le sue competenze.

Non replico. Resterà anche il signor Green. Peccato! Ora, la signora K. mi parla del futuro della succursale: il personale che rimarrà perlopiù non sarà giapponese e si comunicherà in inglese. Quando conclude, le chiedo:

– Lo scorso autunno diceva che sarebbe andata in pensione quest'anno. Quando ci lascerà esattamente?

– Prima delle vacanze di Natale.

Mi ricorda che lei e il marito andranno a vivere in Nuova Zelanda. Rassegnerà le dimissioni fra due mesi. La notizia mi rattrista benché non sia molto legata a lei. Continua con aria nostalgica:

– Ho lavorato vent'anni sotto la direzione del signor Smith. Era una persona seria, dinamica, di buon carattere. È stato geniale a creare quella divisione.

La interrompo:

– Il signor Smith prevedeva che forse la sede sarebbe stata venduta a una compagnia giapponese?

Sorpresa, mi fissa e risponde scuotendo la testa:

– Non saprei.

Dopo una piccola pausa, mi dice con allegria:

– Tutto è già deciso. Continuiamo a lavorare con passione!

Taccio. L'avvenire della Anderson non mi riguarda più. È essenziale che cerchi un lavoro altrove. Mi sto alzando, quando la signora K. mi ferma:

– Aspetti, Kyōko-*san*. Ho un invito per lei.

– Un invito?

– Sì. Una mia cara amica organizza incontri di gruppo.

– Intende un *gōkon*?

– Sì. Le interessa?

Esclamo:

– Oh no! I miei genitori mi assillano già abbastanza con proposte di *miai*.

La signora K. ride:

– Nessuno la obbligherà a sposarsi!

Mi spiega entusiasta. Il prossimo *gōkon* sarà sabato, stavolta la sua amica ha scelto dieci persone colte come me: cinque uomini e cinque donne.

– Questo sabato? Perché me lo dice così all'ultimo?

– Una partecipante ha dovuto annullare l'appuntamento stamattina per un lavoro urgente e la mia amica mi ha chiesto di aiutarla. Ho subito pensato a lei.

Scherzo:

– La sua amica cerca quindi un rimpiazzo.

– Che importa? La quota e il ristorante sono già stati pagati. Dovrà solo presentarsi.

Esito. La signora K. si scusa:

– Mi perdoni! Forse nella sua vita c'è già qualcuno.

– In questo momento, no.

– Allora ne approfitti! La mia amica ha bisogno di una risposta entro oggi. Se non la chiamerà, troverà qualcun'altra. Questi sono i suoi contatti.

La signora K. mi dà un biglietto da visita. Sussurro:

– Grazie, ma non penso di...

Insiste sorridendo:

– È solo una cena, Kyōko-*san*. Si diverta!

Una volta in ufficio, mi metto al lavoro.

Ascolto di nuovo i messaggi in segreteria, poi consulto le e-mail: inviti a cena per il signor Green e conferme di appuntamenti. Alcuni clienti aspettano una risposta con urgenza, ma non posso fare niente. Comincio la relazione sul viaggio a Singapore, che dovrò inviare alla sede di New York con l'approvazione del mio capo. Poi calcolerò le spese sostenute che l'amministrazione mi rimborserà.

Sono già le dieci. Sbadigliando, vado a prendermi un caffè. La signorina N. lo sta preparando nel cucinotto. Seduta su una sedia, osservo i suoi gesti ancora goffi. Borbotta:

– Questa caffettiera è vecchissima. Bisognerà comprarne una nuova, non crede?

– Certo.

Mi fa pena, ma le parlo il meno possibile. Quando ha iniziato come assistente del signor Green, mi contattava spesso per chiedermi consigli e l'aiutavo con pazienza. Mi piaceva il suo modo di fare riconoscente e positivo. Ben presto, però, ha cominciato a voler parlare di questioni private e da allora la evito.

Il caffè è pronto. Dispone le tazze su un vassoio. È per i dirigenti della divisione dei cosmetici occidentali. Uscendo dal cucinotto, si volta:

– Kyōko-*san*, venerdì sarà il mio ultimo giorno.

– Scusi?

– Ho dato le dimissioni una settimana fa.

La guardo allibita. Aggiunge in tono allegro:

– Fra due giorni il mio onorato *ochakumi* volge al termine.

Non so cosa dire. Accenna un sorriso ironico:

– Buona fortuna, Kyōko-*san*!

Esce. Per cosa mi augura buona fortuna? Mi prende in giro? Il signor Green mi imporrà di sostituirla? Sarebbe ridicolo e impossibile.

Mi avvicino alla finestra con una tazza. Sotto il cielo grigio si succedono innumerevoli edifici. Osservo distrattamente le nuvole scure. Nel pomeriggio pioverà.

Ho lavorato con orgoglio in quest'azienda per tredici anni e mezzo. Non avrei mai immaginato che le cose sarebbero andate così. Questo nippofilo dall'apparenza melliflua ha un lato molto poco razionale. Per aumentare le vendite dei prodotti occidentali ha investito tanto in pubblicità, facendo tagli al personale. Probabilmente me ne andrò prima delle vacanze di Natale, come la signora K. Grazie ai risparmi che ho da parte, non devo trovarmi subito un altro impiego.

Non so perché, ma ho voglia di piangere. Mi viene in mente la parola "vuoto". Rivedo O. che mi dice: "Senza di te, la mia vita è vuota". Mi sfilano davanti agli occhi i volti dei miei amanti. Gli uomini che ho scelto per vivere un'avventura, come il signor Green. Non provo nostalgia, solo un senso di vuoto. Mi succede perché non sono mai stata innamorata? No, in fondo al cuore ho sempre avuto paura di essere tradita...

All'improvviso sento un peso al petto. Respiro a fatica. Sono malata? Non è possibile. I mal di testa sono quasi scomparsi. Dev'essere l'angoscia per questa situazione stressante. Aspetto che il dolore si calmi, restando seduta su una sedia. Pochi minuti e sto meglio. Vado in bagno, non c'è nessuno. Piango soffocando i singhiozzi.

Torno in ufficio e mi rimetto al lavoro. Non riesco a concentrarmi. Poco dopo tiro fuori il biglietto da visita che mi ha lasciato la signora K. Leggo i recapiti della sua amica che aspetta una chiamata da parte mia oggi. È la signora Z. Una cena con cinque professionisti e altre quattro donne. Non ho mai pensato di trovare un partner ricorrendo a un *gōkon*. Anzi, disprezzo questi incontri. Rifletto. In fondo si tratta di una serata con facce nuove. Potrebbe essere un modo per distrarsi un po'.

Le telefono. La signora Z. esclama:

– Kyōko Nire! La ringrazio di accettare il mio invito.

La ringrazio anch'io. Mi dice il luogo e l'ora dell'appuntamento, e mi chiede di non arrivare oltre le sette. Mi assicura che dovrò limitarmi a partecipare al *gōkon*. Se invece – aggiunge – volessi diventare socia del suo club, sarei la benvenuta. Precisa ridendo:

– A patto che sia ancora single, è chiaro!

È quasi mezzogiorno. Il capo non è ancora arrivato. Mi preparo per andare a pranzo. All'ultimo chiamo il mio collega L. per invitarlo nel nostro solito ristorante. Risponde:

– Kyōko, chiami proprio nel momento giusto! Ho appena saputo alcune cose incredibili.

– Ancora? Su chi o cosa?

– Sul signor Green. È uno scoop! Ti racconto tutto a tavola. A fra poco!

Il mio collega e io siamo al ristorante italiano. Mi chiede:

– Sai che la signorina N. si dimetterà fra due giorni?

– Sì, l'ho saputo. Ma che cosa c'entra il signor Green?

– Lei ha scritto alla sede una lettera in cui lo accusa.

Esclamo:

– Cosa?! Perché è stata demansionata?

– No. Il signor Green insisteva perché "si occupasse" di un cliente innamorato di lei.

Distolgo lo sguardo. Ovviamente quest'episodio mi rimanda all'esperienza sul battello. L. aggiunge:

– Era la sua amante.

– La sua amante?

Annuisce, con aria sicura. Gli chiedo:

– Da quando?

– È cominciato prima della scorsa *golden week*. Il signor Green ha invitato N. al bar sapendo che le piacciono gli alcolici. Lei ha bevuto troppo e lui ne ha approfittato per portarla nel suo appartamento.

Mio Dio, le ha fatto lo stesso giochetto che aveva usato con me? Balbetto:

– L'ha violentata?

– È una faccenda delicata. Il signor Green sa usare abilmente le parole con le donne. N. si è lasciata ingannare con poco. Il problema: l'ha sedotta promettendole di assumerla come segretaria.

– Cosa? Pensava di cedere il mio posto a quella giovane impiegata?

– A quanto pare sì. A patto che accettasse di diventare la sua amante.

– Non capisco. Lei non ha le competenze per svolgere le mie funzioni.

– Lo so, ma è ingenua. Ha creduto a questa promessa. Poi, sono andati insieme in Irlanda per la *golden week*.

Sono esterrefatta. E così era con lei quando gli ho comunicato che fra noi era finita. L. prosegue:

– Si sono lasciati quando il signor Green le ha chiesto di "occuparsi" di un cliente. Lei, molto adirata, ha gridato: "Vuoi che faccia la prostituta?!".

Sussurro:

– È pazzo...

L. prosegue:

– N. inoltre ha rivelato alla sede che il signor Green usava i soldi dell'azienda per i suoi viaggi personali e per acquistare alcolici carissimi, fingendo che fossero spese di rappresentanza o di beneficenza.

Ripenso all'appartamento del signor Green. Aveva sempre decine di scotch, tutti di grandi marche. L. aggiunge:

– Il signor Green è alcolizzato.

– Non lo sapevo... Dov'è adesso?

– Probabilmente a casa. Al momento gli hanno vietato di presentarsi in ufficio.

– Sarà licenziato?

– Se la sede accerta la veridicità delle accuse della signorina N., penso proprio di sì. Inoltre, lui non ha fatto niente di speciale per la succursale. Anzi, ha licenziato inutilmente diversi impiegati. Ci vuole poco a sbarazzarsi di lui.

– In effetti...

Resto in silenzio. Dopo un po' L. mi fissa negli occhi:

– Hai mai avuto problemi con lui?

Nego senza esitazioni:

– No, no! Abbiamo avuto rapporti strettamente professionali, com'era stato con il signor Smith. Come sai, mi ha sempre trattata con molta severità.

Sono a letto. La sveglia segna quasi le dieci. Sono agitata, non credo di riuscire a dormire. Spero che il mio capo venga licenziato subito.

Vorrei parlarne con qualcuno. Penso a mia sorella, ma evito. Non ho l'abitudine di chiamarla. Inoltre, non sa dell'esistenza del signor Green. Durante la *golden week* le ho solo lasciato capire che il mio amante era divorziato e padre di un figlio. Non sapevo che fosse in viaggio in Irlanda con la signorina N. Non mi sorprende che abbia reagito come un gentleman al mio messaggio di rottura.

Sfoglio una rivista di moda. Per un attimo ripenso al dolore al petto, al senso di vuoto e disperazione. Mi rivedo piangere in bagno. Non sono cose da me. Voglio dimenticarle. Scuoto la testa e spingo fuori l'aria con energia, come per cancellare tutto. Poi riprendo a leggere.

Ci sono foto di modelle con eleganti cappotti. Il *gōkon* sarà fra tre giorni. Penso a come vestirmi. Secondo l'organizzatrice, tutti gli ospiti devono indossare abiti da città. È da tanto che non partecipo a una cena di gruppo che non sia per lavoro. Andrò soltanto per divertirmi, come mi suggerisce la signora K. Sono sicura che attirerò l'attenzione di tutti gli uomini.

Squilla il telefono fisso. Chi sarà a quest'ora? Temo che sia il signor Green. Controllo il nome controvoglia. Guarda un po'! È mia sorella.

– Pronto, Anzu. Che cosa c'è?

– Niente di particolare. Volevo solo sapere come stai.

– Sei gentile. Dopo un viaggio d'affari a Singapore mi sono sentita poco bene, ma ora mi sono rimessa.

Esclama:

– Hai già fatto un altro viaggio dopo Mosca!

Le annuncio:

– Presto avremo un nuovo direttore.

– Davvero? Quello che c'è adesso ha ricevuto una promozione?

– No, sarà licenziato. Se lo merita perché è un incompetente.

– È tutto così americano. Da quanto tempo occupa quel posto?

– Dieci mesi.

– Così poco? È arrivato nella succursale come capo?

– No, aveva già lavorato sette anni come vicedirettore.

– E perde il lavoro in questo modo? Peccato.

Non ho voglia di entrare nei dettagli. Anzu mi racconta del periodo in cui aveva lavorato in una filiale di T., una grande azienda farmaceutica. Il capo del suo settore adesso dirige la succursale e presto andrà in pensione. Aggiunge:

– Non era particolarmente brillante, ma sapeva motivare i dipendenti e creare un ambiente molto piacevole. Lavoravamo in armonia. Del resto, pare che gli affari vadano ancora a gonfie vele sotto la sua direzione.

– Tanto meglio per gli impiegati. Ma le aziende americane non funzionano così. Ognuno dev'essere indipendente ed efficiente.

– Non siamo macchine, Kyōko. Non riesco a pensare in una maniera tanto semplicistica. Ognuno ha le proprie competenze e deve essere rispettato.

Com'è ingenua! Era solo un'impiegata e ha rassegnato le dimissioni poco dopo il matrimonio. Conosce solo il suo piccolo mondo ristretto. Ribadisco:

– Hai ragione, Anzu, ma un'azienda non è un ente di beneficenza.

Poi cambio argomento:

– Come stanno i nostri genitori? Pensano di andare a vivere in una residenza per anziani?

– Stanno bene e sperano di restare ancora nella loro casa.

Mia sorella mi racconta come passano le giornate. Sono molto legati ai nipoti: suo figlio e le due figlie di nostro fratello. La invitano sempre a risposarsi e sperano che presto io presenti loro il mio fidanzato. Repentinamente le dico:

– Voglio svelarti un segreto che custodisco dall'infanzia. Riguarda papà.

– Quale segreto?

Riparto dal giorno in cui la mamma ci aveva regalato due bambole. Mentre comprava una torta in una pasticceria, noi giocavamo fuori. Anzu mi risponde:

– Sì, ricordo. Stavamo rientrando da una gita a Matsue, dove avevamo incontrato una coppia di pescivendoli. E allora?

– Mentre aspettavamo la mamma, ho visto la macchina di papà parcheggiata dall'altro lato della strada. Lui era sopra e una bella donna lo ha raggiunto.

Anzu mi interrompe:

– Ah, sì. Anch'io ricordo quest'episodio.

La sua risposta mi stupisce. Lo aveva notato anche lei, come nel sogno che ho fatto all'inizio dell'anno. Le chiedo:

– L'hai raccontato alla mamma?

– No, mai. Credevo che sarebbe stato spiacevole per lei.

– Sapevi che papà aveva un'amante?

– Avevo solo quattro anni, non pensavo in questi termini. Ma la mamma si lamentava perché papà tornava tardi dal lavoro. E, quando ho visto questa donna, ho capito il motivo. Sai chi era?

– No...

Mia sorella prosegue:

– Era un'impiegata di banca. L'ho rivista per caso una volta che ho accompagnato la mamma. Chiacchierava con un cliente, aveva una divisa blu.

Mi sorprendono anche questi dettagli. Le chiedo:

– Ne hai mai parlato con papà?

– No, mai. Perché avrei dovuto? In fin dei conti, i nostri genitori sono sopravvissuti al loro matrimonio e ora papà si prende cura della mamma davvero bene.

È sabato. Stasera andrò a cena con altri nove single. Partecipano tutti con la prospettiva del matrimonio, tranne io. Vestita con eleganza, vado in taxi all'indirizzo indicatomi dalla signora Z., la nostra ospite.

Arrivo alle sette. È un ristorante galiziano che non conosco. All'ingresso c'è un vaso di rose rosse fresche. Un cameriere in abiti tradizionali mi accoglie cortesemente e chiama la signora Z. al cellulare. Poco dopo appare una signora raffinata sulla sessantina. Mi saluta con un gran sorriso:

– Buonasera, lei deve essere Kyōko Nire.

La ringrazio di nuovo per l'invito. Esclama:

– La mia amica aveva ragione! È davvero bella ed elegante!

Le consegno due regali: uno per lei e l'altro per la persona che ha dovuto annullare all'ultimo momento. La signora esclama di nuovo:

– Che gesto premuroso! Siamo noi che la ringraziamo per l'aiuto.

Mi spiega che lei e il marito hanno iniziato quest'attività tre anni fa e il loro club sta diventando sempre più conosciuto fra i miei coetanei. Mi annuncia con orgoglio che a oggi si sono formate venticinque coppie. Commento con tono malizioso:

– Venticinque! Allora stasera mi auguro di incontrare l'uomo della mia vita.

Sussurra:

– Kyōko-*san*, detto fra noi, temo che tutti gli uomini si innamoreranno di lei.

Replico con modestia:

– Signora, lei mi lusinga! Ognuno ha i propri gusti, è per questo che resto single.

– Non le credo. Lei ha molti spasimanti ma non desidera sposarsi. Spero che stasera cambi idea.

La signora Z. mi fa strada all'interno. Passiamo fra i tavoli, tutti abbelliti con rose rosse. Cammino con grazia. I miei lunghi capelli neri ondeggiano. I clienti si voltano. Sento un uomo sussurrare: "Com'è bella!".

Entriamo in una sala riunioni. Gli altri invitati sono già seduti intorno a un lungo tavolo. A quanto pare sono l'ultima. La signora Z. fa cenno al marito di avvicinarsi. È un gentleman con i capelli grigi. Anche lui si complimenta:

– Che eleganza!

La sala si affaccia su una terrazza con poltrone di giunco e guéridon bassi. Gli organizzatori mi spiegano che, dopo il dessert, lì serviranno il caffè e distribuiranno i contatti dei partecipanti.

La signora Z. mi accompagna al mio posto. Prima di accomodarmi saluto i miei due vicini, evidentemente ammaliati. Davanti a me c'è un segnaposto con il mio nome. Mi portano un bicchiere di vino bianco della Galizia. È squisito. Avverto lo sguardo insieme ammirato e geloso delle altre donne. Staranno osservando i miei lineamenti regolari, i miei abiti di ottimo taglio, la pettinatura che mi fa sembrare più giovane. Accenno loro un sorriso educato e cordiale, e tutte ricambiano. Sono la più bella, penso. Mi basta questo per essere soddisfatta.

Esamino velocemente gli uomini. Niente male! Sono tutti più belli di quanto immaginassi. Ho fatto bene ad accettare l'invito. Hanno tutti la cravatta, a parte quello di fronte a me. Ha un'aria più rilassata degli altri. Leggo il suo nome sul segnaposto: Yūji Yamada. Un nome facile da ricordare.

Il signor Yamada indossa un maglione a collo alto blu scuro. Non sono di mio gusto né l'abbigliamento né il colore.

Nemmeno il suo aspetto ha niente di speciale. Ciò nonostante, mi attrae. Ho perfino il batticuore. Questa agitazione inaspettata mi turba. Lo fisso. Mi sorride imbarazzato. All'improvviso le guance mi scottano. Distolgo lo sguardo.

L'organizzatore dà inizio alla serata e propone un brindisi. Gli invitati sembrano un po' tesi. Il signor Z. scherza:

– Non siete a una riunione di lavoro. Stasera non parlerete di economia, scienza o istruzione. Siete qui per innamorarvi!

Qualcuno ride con fragore e l'atmosfera finalmente si rilassa. Io, invece, sono sempre più frastornata dall'uomo che ho davanti. Il cuore mi batte all'impazzata. È forse un colpo di fulmine? Chino la testa per mascherare il turbamento.

Inizia la cena. Come antipasto ci propongono polpo alla galiziana, morbido e delizioso. Segue una zuppa saporita, chiamata "caldo". Mi piace la sua consistenza corposa. Mentre aspettiamo le portate principali, la signora Z. chiede alle donne di presentarsi: nome, luogo di nascita, professione e passatempi. Io sono l'ultima.

Ci sono una pediatra, una consulente, un'operatrice sociale e un'infermiera. Si esprimono con pacatezza. Osservo di sfuggita Yūji Yamada ascoltarle a braccia conserte. Si volta verso l'infermiera che indossa una camicetta rosa pallido. Mi sembra simpatica e femminile. Ha il viso innocente di una ragazza di campagna. Quando dice: "Mi piace cucinare e passeggiare nella natura", Yūji Yamada spalanca gli occhi. Mi ingelosisco. Non voglio che lo seduca per nessuna ragione.

Ora tocca a me:

– Mi chiamo Kyōko Nire. Sono originaria di Yonago, nella prefettura di Tottori. Dopo gli studi in letteratura americana all'Università M., mi sono trasferita a Tokyo. Da allora lavoro come segretaria gestionale presso la Anderson, una società americana. Adoro viaggiare e visitare musei di arte contemporanea.

Non accenno di proposito alla mia passione per la moda e il vino. Yūji Yamada mi ascolta attentamente. Non sta più a braccia conserte. Ci scambiamo un sorriso. Vedo che è interessato a me, come tutti gli altri. Sono ancora più eccitata.

Sarà mio a prescindere dalla sua professione! La mia determinazione mi sorprende.

L'organizzatore passa quindi la parola al signor Yamada. Con imbarazzo inizia:

– Sono nato a Sendai. Ho finito gli studi di chimica all'Università del Tōhoku. A Tokyo lavoro come ricercatore nell'azienda farmaceutica T., ho pochi passatempi eccetto, direi, giocare a *shōgi* e ammirare oggetti di arte antica.

L'azienda T.? Nella sua succursale di Yonago era stata impiegata mia sorella. Gli piace l'arte. Allora abbiamo qualcosa in comune. Non gli interessa lo sport, e questo mi rasserena. Che importa poi? Mi ha conquistato il cuore e non voglio perderlo. Sembra timido. Dovrò prendere io l'iniziativa...

Dopo il signor Yamada, si presentano gli altri uomini. Ci sono un professore universitario di economia, un medico, un commercialista e un avvocato. Non li ascolto nemmeno.

Sono quasi le undici. Sono appena rientrata a casa.

Dopo il *gōkon*, Yūji mi ha riaccompagnata. Per la prima volta in vita mia, ho accettato che un uomo fermasse la sua macchina davanti al mio appartamento. Prima di salutarci ci siamo promessi di uscire domani pomeriggio.

Faccio una doccia veloce. Poi, mi riposo sul divano sfogliando una rivista di moda. Penso al *gōkon* di stasera, mi ha messo allegria. Ho attirato l'attenzione di tutti e sedotto l'uomo di cui sono innamorata.

Al ristorante, dopo il dessert, quando ci siamo spostati in terrazza, mi sono subito avvicinata. Ero decisa ad accaparrarmelo. Non volevo che parlasse con altre donne, in particolare con l'infermiera. Per iniziare, gli ho chiesto informazioni sulle sue ricerche in chimica. Gli hanno fatto piacere e mi ha risposto con entusiasmo. Era meno timido di quanto pensassi. Mi ha chiesto:

– Com'è la città dov'è nata?

Gli ho risposto con molta onestà:

– Dopo due giorni, morirebbe di noia. Non c'è niente, proprio niente di speciale!

Ha riso e mi ha detto:

– La nostra azienda ha una succursale laggiù. Un giorno vorrei vederla.

D'istinto gli propongo:

– Alla fine dell'anno andrò a trovare la mia famiglia. Potrebbe accompagnarmi.

La mia spontaneità l'ha sorpreso, ma anche affascinato. Così abbiamo cominciato a chiacchierare.

Erano tutti increduli che dedicassi tanto tempo all'uomo che sembrava corrispondere meno alla mia apparenza.

Poco fa Yūji in macchina mi ha confessato:

– Mi sono sentito lusingato quando mi ha rivolto la parola. Lei è bella e attraente come un'attrice. Ho temuto tutta la sera la gelosia degli altri uomini.

– È stato un colpo di fulmine. Pensavo solo a lei.

Ha sussurrato:

– Ho avuto una gran fortuna stasera, e pensare che...

– E pensare che?

Ha esitato. Ho insistito perché proseguisse. Alla fine, ha detto:

– Sostituivo un amico medico che ha annullato il *gōkon* per il funerale di suo nonno.

Ho esclamato:

– Anch'io sostituivo una persona!

Yūji era stupefatto. Gli ho spiegato che una delle signore aveva dovuto disdire all'ultimo per un impegno di lavoro e l'organizzatrice ha contattato una sua amica, la direttrice del personale della mia succursale.

– Ho accettato l'invito soltanto per aiutare la mia superiore.

Ha esclamato:

– E così tutti e due abbiamo approfittato gratuitamente della serata!

Poi mi ha raccontato un'altra cosa imprevista: un suo compagno di università lavora nella divisione dei nostri cosmetici. Yūji sapeva perfino che questa divisione sarebbe stata comprata presto da un gruppo giapponese. Ho avuto un tuffo al cuore. Il suo amico era forse a conoscenza del comportamento dubbio del signor Green? Non voglio che si scopra la mia relazione con lui. Sono impallidita e ho taciuto. Yūji ha aggiunto in tono divertito:

– Il mio amico mi ha detto una volta: "Da qualche mese abbiamo un nuovo direttore americano. Ogni giorno che passa notiamo che la sua segretaria è più competente e intelligente di lui". E stasera ho capito che quella persona era lei!

È quasi mezzanotte. Mi infilo nel letto.

Domani pomeriggio Yūji verrà a prendermi. Devo riposare bene per farmi trovare nella forma migliore. Fremo di gioia come un'adolescente. Che tempo farà? Che cosa indosserò? Gonna o pantaloni? Dove andremo a passeggiare? In quale ristorante ceneremo? E dopo, mi inviterà a casa sua? Oppure vorrà passare la notte da me? Non è opportuno perché il giorno dopo lavoriamo. Potremmo però concederci un momento di intimità da qualche parte.

Non riesco ad addormentarmi per la forte emozione. Non sono mai stata così nervosa per un appuntamento con un uomo. Avverto una cosa in Yūji: non è il tipo che tradisce la propria donna. Dopo la brutta esperienza con il signor Green ho ricevuto questo dono inatteso dal cielo. Ho messo del tutto fine alle mie avventure. Ossessionata dal passato di mio padre, ho sprecato fin troppo tempo con gli amanti.

Per Capodanno Yūji andrà da solo a Sendai, la sua città natale. Lo presenterò alla mia famiglia durante la prossima *golden week*. Senza dubbio i miei genitori saranno felici di incontrare il mio fidanzato. Sono impaziente di vedere come reagirà mia sorella. Il mio cambiamento radicale la sorprenderà, ma sarà contenta della nostra unione.

Sbadiglio. Finalmente il sonno prende il sopravvento.

Il sole illumina tiepido il pomeriggio.

Yūji e io passeggiamo in un parco, le foglie cominciano a diventare rosse. Ha deciso lui di venire qui. Pur non avendo una predilezione per la natura, mi sento radiosa. Parliamo di vari argomenti, osservando gli aceri e i crisantemi. Continuiamo a darci del lei. Lo prendo sottobraccio e gli suggerisco:

– E se ci dessimo del tu?

– Va bene, Kyōko.

Camminiamo intorno a un grande stagno. Le piante acquatiche crescono disordinatamente e le anatre nuotano ovunque. Questo paesaggio mi ricorda la piccola città dove sono nata e per la quale non provo alcuna nostalgia. Mi piace la vita cittadina. Gli racconto con passione dei miei viaggi d'affari all'estero. Mi ascolta con attenzione e mi chiede:

– Sai perché la tua filiale cederà una divisione fiorente a un gruppo giapponese?

– No. È stata una decisione della nostra sede a New York.

– Questo cambiamento avrà ripercussioni sul tuo lavoro?

– Sì, avrò meno occasioni per viaggiare.

– Ti dispiace?

– Certo. Ma avrò più tempo per la vita privata. Potremo viaggiare insieme, non credi?

Yūji annuisce accennando un dolce sorriso. Aggiungo:

– Ora il mio ex capo e sua moglie abitano a Boston. Vorrebbero che andassi a trovarli. È una città che mi interessa. Mi piacerebbe andarci con te.

– Perché no?

Gli stringo di più il braccio e poso la testa sulla sua spalla. Era tanto che non uscivo con un uomo senza preoccuparmi dello sguardo altrui. Mi chiede:

– Ti trovi bene con il tuo attuale capo?

– Il direttore della succursale? Si dimetterà presto.

– Davvero? Ti mancherà?

– Nient'affatto! Anzi, non vedo l'ora di lavorare con qualcun altro.

Non voglio dilungarmi su questo argomento. Gli propongo di parlarmi dell'amico medico che ha sostituito al *gōkon*. Yūji risponde prontamente:

– Mi ha chiamato stamattina. Voleva sapere com'era andata la serata. Gli ho detto di aver incontrato una donna di una bellezza inenarrabile e che oggi sarei uscito con lei. Ha esclamato: "È mia!".

Rido, felice che Yūji sia fiero di me. Scherzo:

– Anche se ieri sera ci fosse stato il tuo amico, non sarebbe cambiato niente.

– E perché?

– Pensaci! Se avessi accettato di uscire con lui, ti avrei comunque incontrato. Avrei avuto un colpo di fulmine per te e l'avrei lasciato.

– Che onore!

Parliamo della serata. Scopro che anche a lui piacciono i vini e i cocktail. Potremmo andare al bar X. la settimana prossima. Il signor Green non lo frequenta più. Il capo barman sarà contento di vedermi con il mio fidanzato.

Yūji mi propone:

– C'è un ristorante che ha ottimi vini. Possiamo cenare lì ascoltando musica classica o jazz. Cosa ne pensi?

– Buona idea! Passeremo un momento romantico.

Prende il cellulare e riserva un tavolo per le sette.

– Dov'è il ristorante?

– Vedrai – dice. – È una sorpresa.

Dev'essere un posto molto speciale. Sono proprio impaziente di discutere del nostro fidanzamento. Se il matrimonio gli sembra troppo affrettato, intanto potremo convivere per conoscerci meglio. Di sicuro sarà d'accordo con me.

Ci sediamo su una panchina. Yūji mi parla brevemente della sua famiglia. Non ha fratelli né sorelle. I suoi genitori sono morti durante il terremoto del Tōhoku due anni e mezzo fa. Suo padre era architetto.

– E la tua famiglia, Kyōko?

Gli racconto della mia: i miei genitori sono in pensione, mio padre era ingegnere automobilistico, ho una sorella e un fratello più piccoli, vivono tutti a Yonago.

– Tuo fratello che lavoro fa?

– È ingegnere civile. Sua moglie insegna pianoforte e hanno due figlie.

– E tua sorella?

– Ha un negozio di vasi per ikebana.

– È sposata?

– È divorziata, madre di un bambino.

– Suo figlio abita con lei?

– Sì.

– Quanti anni ha?

– Nove anni, mi pare.

– Dev'essere difficile crescere un figlio da sola.

– Non penso. Il suo ex correva dietro alle donne. Dopo il divorzio, mia sorella sta molto meglio e sono felice per lei.

Poi cambio argomento. Non mi piace perdere i nostri preziosi momenti a chiacchierare della mia famiglia. Yūji ne saprà di più quando la incontrerà a Yonago.

Sono quasi le cinque. Abbiamo ancora un po' di tempo prima di cena. Dopo la passeggiata al parco, Yūji mi propone di vedere una mostra di antichità, lì vicino. Ci andiamo a piedi.

Arriviamo in un vecchio quartiere che non conosco. Attraversiamo una stradina stretta, un po' buia. Entriamo in un negozio dove varie persone vendono opere di ogni tipo. Yūji comincia a esaminare alcuni oggetti di ceramica. Accanto a lui osservo dei gioielli eterogenei abbastanza carini. Una commessa mi chiama:

– Signora, questo le starebbe molto bene.

Mi fa vedere una spilla decorata con uno smeraldo. Yūji ci raggiunge:

– Sì, ti sta molto bene, Kyōko. Lascia che te la regali.

Rifiuto a malincuore.

– Grazie, ma questo colore non mi piace più.

Mi lancia un'occhiata interrogativa.

Sono le sei passate. Torniamo alla macchina e ci avviamo al ristorante.

In centro troviamo un ingorgo. La gente è impaziente. Yūji guida con prudenza. Non ho alcuna idea della destinazione che lui continua a nascondermi. Dopo la lunga passeggiata a piedi, ho fame e non vedo l'ora di cenare.

Trascorsi venti minuti, usciamo dalle strade dei negozi. Ormai la macchina procede verso nord. Presto ci addentriamo in un sottobosco. Osservo la strada rischiarata dai fari. Qui le foglie illuminate appaiono più rosse che in città. Siamo soli nel buio. Ho un po' paura, Yūji invece mantiene la calma.

Provo una strana sensazione. Yūji Yamada. Chi è quest'uomo? L'ho incontrato soltanto ieri. Lui è venuto al *gōkon* al posto di un amico e io per sostituire una sconosciuta. In sostanza gli organizzatori non sanno niente né di me né di lui. Avevo un'unica informazione: tutti i partecipanti erano più o meno miei coetanei e avevano almeno una laurea. Dato che non stavo cercando un futuro compagno, mi bastava essere la star della serata.

E invece ho trascorso un pomeriggio con quest'uomo che mi ha folgorata. Yūji Yamada non è molto bello, non come gli amanti precedenti che sceglievo innanzitutto per il loro aspetto. Ne sono naturalmente attratta. Mi piace il suo profumo. Desidero con tutta me stessa che stasera mi baci e che ci promettiamo di vivere insieme.

Il pendio si fa più scosceso. Ho l'impressione di un déjà vu. Quando uscivo con il signor Green, prima di cenare in città, girovagavamo in macchina per stradelli come questo. Ma non ricordo più nel dettaglio perché era sempre di sera. Chiedo a Yūji:

– Dove siamo?

Concentrato, mi fa cenno di non disturbarlo. Il pendio è sempre più ripido. Dopo dieci minuti, all'improvviso rallenta e dice:

– Kyōko, guarda a destra.

Ecco le luci della città che risplendono come una distesa di gemme. Esclamo:

– È meraviglioso! Mi ricorda le megalopoli estere che prediligo. New York, Parigi, Roma, Mosca, Londra, Singapore...

Evocando queste città, ho di nuovo l'impressione di un déjà-vu. Forse di Los Angeles o Shanghai? Mentre rifletto Yūji mi dice:

– Avrai fame. Ceniamo, poi torniamo qui.

Concordo. Mi spiega che c'è una strada principale per arrivare in cima ma ha scelto l'altra apposta per mostrarmi questo splendido panorama. Apprezzo molto la sua premura. In pochi minuti arriviamo. Siamo davanti a negozi, ristoranti e un albergo moderni. Questo ambiente mi mette allegria. Yūji parcheggia in un angolo illuminato da lampioni neri in stile europeo. Davanti a noi c'è una lunga aiuola di crisantemi fioriti. Rosso, giallo, bianco, rosa, arancione, viola. Com'è graziosa!

Scendo dalla macchina. D'un tratto mi blocco. È lo stesso posto dove O. mi ha portata circa un anno fa. Yūji mi guarda:

– Tutto bene, Kyōko?

– Sì... – rispondo nascondendo l'imbarazzo.

Mi fa cenno alla nostra sinistra:

– Ecco il nostro ristorante. Si chiama No-no-yuri.

Questo nome mi turba ancora di più. Vedo l'insegna ornata con un giglio bianco. Mi cinge la spalla:

– Hanno un ottimo vino cileno.

– Ci sei già stato?

– No. Me lo ha consigliato il mio amico.

– Il medico che hai sostituito al *gōkon*?

– Proprio lui. Stamani quando gli ho parlato del nostro primo appuntamento, ha insistito perché cenassimo qui. Andiamo?

Lo seguo con passo lento.

Yūji si ferma davanti all'insegna a sinistra dell'entrata. Alcune frasi sono scritte sulla tavola di pino. Legge sottovoce: *E per il vestito, perché vi preoccupate? Osservate come crescono i gigli del campo: non lavorano e non filano*. Poi, apre la porta. Risuona un motivo classico al pianoforte. Esito. Mi esorta a entrare sfiorandomi la vita.

Urushi

Scendo dall'autobus e mi incammino verso lo stradello che conduce a casa mia. In basso si vede la nostra abitazione con il tetto di tegole grigie. Cammino lentamente. Lo zaino mi pesa sulle spalle per via di un grosso volume che ho preso in prestito dalla biblioteca della scuola.

L'orologio indica le sei e cinque. È mercoledì. Mia madre deve essere rientrata dal laboratorio e starà preparando la cena. Stasera mangeremo il *sukiyaki*, il piatto preferito di mio padre. Ho molta fame: ho cantato per più di un'ora nella corale del liceo e nel pomeriggio abbiamo fatto una corsa di tre chilometri con la mia classe. È stata una giornata sfiancante.

Nonostante tutto sono di buonumore. Stamattina ho saputo che mio fratello Tōru tornerà venerdì dalle Hawaii, dove ha fatto uno stage di karate con un collega. La mamma ha ricevuto un suo messaggio e, secondo lei, si tratterrà tutto il fine settimana qui a Yonago e tornerà al lavoro a Nagoya lunedì. Sono passati sei mesi dalla sua ultima visita. Sono davvero impaziente di rivederlo.

Devo parlargli di una cosa molto importante. Presto dovrò decidere che cosa studiare all'università. Al liceo seguo il curriculum generale e non ho ancora un'idea precisa della professione che vorrei fare. Mi piace molto cantare, ma preferisco che questo resti un hobby. A prescindere dalla scelta, voglio andare a Nagoya. Desidero vivere vicino a Tōru o anche insieme a lui se accetterà.

È metà ottobre. Le foglie cominciano a ingiallire. Ai lati dello stradello osservo le erbe selvatiche crescere liberamente, punteggiate di cosmee, genziane, grappoli di amarilli. Il mughetto, che era ovunque in primavera, è sfiorito.

Do un'occhiata più in basso, c'è un folto bosco. Fra gli arbusti spunta un *urushi* altissimo. Ha già le foglie tutte rosse, molto in anticipo rispetto all'anno scorso. Mi colpisce il loro colore vivace. All'improvviso, dei passeri mi sorvolano a una velocità impressionante, pigolando. Planano in picchiata verso il bosco e si posano sull'*urushi*.

Mi volto. In lontananza, a sinistra, scintilla il Mare del Giappone. A destra il Monte Daisen, che presto avrà la vetta ricoperta di neve. Nostra nonna Fujiko-*san* lo scambiava sempre per il Monte Fuji. Soffriva del morbo di Alzheimer da diversi anni. Aveva una forma abbastanza grave, ma non ha mai smesso di lavorare all'uncinetto, la sua passione giovanile. Conservo gelosamente la sciarpa di lana che mi ha regalato per il mio primo compleanno.

Fujiko-*san* è morta un mese dopo le sue nozze d'oro. Ero in seconda elementare e mio fratello all'ultimo anno di liceo. Non ci riconosceva più. Dimenticava con facilità tutto ciò che le dicevamo o che faceva. Ma non era importante per me, perché mi ascoltava sempre con gentilezza. Quando ero triste mi consolava, mi incoraggiava e mi dava perfino dei consigli. Era la mia confidente.

Non scorderò mai la nostra ultima conversazione, qualche giorno prima che morisse. Aveva risposto in uno sprazzo di lucidità.

– Fujiko-*san*, ho un segreto da confidarle. Mi potrebbe ascoltare?

– Certo, signorina.

– Amo mio fratello.

– Io ne ho due e anch'io li amo molto. Non è un segreto.

– No, è una cosa diversa. Voglio diventare sua moglie.

– Vorresti sposare tuo fratello? No, la legge lo vieta.

– Ma per prima cosa lui è mio cugino.

– Tuo cugino? Non capisco.

– La mia mamma biologica è morta poco dopo avermi dato alla luce. Mio padre era il suo fidanzato.

– È un evento molto triste, signorina! Mi dispiace.

– E papà si è sposato con la sorella della mia madre naturale.

– E così tua zia è diventata la tua nuova mamma.

– Proprio così, Fujiko-*san*. E ha un figlio, avuto dall'ex marito.

– Quel ragazzo, a sua volta, è diventato tuo fratello?

– Sì, ma questo non ha alcun peso, perché prima di tutto siamo cugini. Possiamo sposarci allora, vero?

– Credo di sì, se anche lui ti ama. L'amore a senso unico non funziona.

Arrivo alla fine dello stradello. La nostra casa è a pochi passi.

Mentre salgo le scale di legno che portano nel cortile posteriore, sulla sinistra vedo un uccellino immobile nell'erba. È un passero. È morto? Lo guardo da vicino. Muove la testa, ha gli occhi aperti. Sembra avere un'ala spezzata. Ha paura di me, ma non riesce a volare. Trema di freddo. Lo poso su un fazzoletto di carta e decido di prendermene cura. Canticchio una canzone da bambini: *Passero, passero, dov'è la tua casa? Cip cip cip, cip cip cip, è proprio qui...*

Mi chiamo Suzuko Nire. Fra tre mesi compirò sedici anni.

In famiglia siamo quattro: i miei genitori, Tōru e io. Mio padre è direttore di una succursale dell'azienda farmaceutica T., mia madre adottiva è ceramista e mio fratello, ingegnere automobilistico. Dalla fine del liceo abita a Nagoya.

Quando sono nata Tōru aveva undici anni. Mi coccolava, ero la sua nuova sorellina. Mi portava dappertutto e mi presentava con orgoglio ai suoi amici. Altruista, calmo e coraggioso, era rispettato dai suoi compagni. Nel quartiere i bambini mi chiamavano "la cocchina di Tōru". Ero felice e sognavo di vivere al suo fianco per sempre.

Il punto era che volevo la sua attenzione tutta per me. Ero gelosa delle ragazze che gli parlavano, perfino delle nostre cugine Miyoko e Namiko. Tōru ne era infastidito e aveva finito per portare a casa solo ragazzi. E comunque, era troppo assorbito dalle sue attività sportive per avere una fidanzata.

Un giorno, facevo la seconda elementare, mi ha annunciato:

– Vado a studiare ingegneria in un'università a Nagoya.

Ciò significava che se ne sarebbe andato da Yonago. Non potevo immaginare la mia vita senza di lui. Per giunta, Fujiko-*san* era appena morta. Presa dal panico, ho gridato:

– Nagoya è troppo lontana. Quattro anni sono troppo lunghi!

L'anno successivo Tōru è stato ammesso all'università che

aveva scelto a Nagoya. L'ho pregato, disperata, di rinunciare e scegliere una facoltà nella nostra città. Piangevo. La mia reazione ha sorpreso i nostri genitori. La mamma cercava di calmarmi promettendomi che saremmo andati a trovarlo a Nagoya. Il giorno in cui è partito, Tōru mi ha detto:

– Suzuko, ogni tanto tornerò. Scrivimi e ti risponderò sempre.

Poi mi ha abbracciato forte finché non ho smesso di piangere.

Dopo essersi trasferito a Nagoya, tornava a Yonago tre volte all'anno. In autunno la mamma partecipava sempre a un importante concorso di ceramica a Tokyo. Al rientro, approfittavamo per andare a trovarlo. Abitava da solo in un appartamentino. Papà continuava a vederlo anche in quella grande città perché la sede della sua azienda si trova lì.

Dopo la fine degli studi, Tōru è stato assunto dalla società per cui lavora tuttora. Si è trasferito subito in un appartamento più spazioso. Si è iscritto al club di karate aziendale e ad altre attività sportive. La sua decisione di restare a Nagoya mi ha sconcertata: ero sicura che sarebbe tornato a Yonago.

Gli scrivevo con regolarità e lui mi rispondeva sempre. Ci telefonavamo. Nonostante tutto, mi mancava sempre più. Avevo bisogno di lui. Era troppo occupato e veniva a trovarci sempre meno. Papà, che non capiva i miei sentimenti, ripeteva che forse Tōru aveva una ragazza. Mi faceva ingelosire da matti.

Un giorno, allora, sono scappata per raggiungerlo a Nagoya. Avevo dodici anni.

Era la fine di marzo, avevo terminato l'ultimo anno delle elementari. Ci godevamo le vacanze primaverili prima di cominciare le medie. Tōru aveva festeggiato il Capodanno da noi e a maggio pensava di passare la *golden week* a casa nostra. Dovevo aspettare solo un altro mese.

Un sabato mattina mi sono svegliata provando un'improvvisa e irresistibile voglia di rivederlo subito a Nagoya. Ovviamente i miei genitori non mi avrebbero lasciata partire da sola. Non potevo rassegnarmi ed ero decisa ad andare anche senza il loro permesso.

Erano circa le sette. I miei genitori sembravano dormire ancora. Mi sono vestita, ho rotto il salvadanaio e infilato tutti i risparmi nella borsetta. Sono scesa in cucina in punta di piedi. Ho scritto un breve messaggio su un pezzo di carta e l'ho messo in bella mostra sul tavolo.

Per papà e mamma.
Fa bel tempo. Vado in spiaggia con la mia amica S. Porto dei panini per pranzo. Rientro prima delle quattro, al più tardi per cena. Buona giornata.

Suzuko

Avevo deciso di svelare la vera destinazione solo una volta arrivata a casa di mio fratello. Così, al risveglio, i miei non si sarebbero preoccupati per la mia assenza. Ci volevano almeno cinque ore per arrivare a Nagoya. Speravo che S. non passasse a trovarmi inaspettatamente.

Avevo il batticuore. Non avevo mai detto una bugia così grossa ai miei genitori. Ero troppo nervosa per preparare dei panini. Ho messo nello zaino una mela, una banana, uno yogurt e una bottiglia d'acqua. Sono uscita di casa alle otto meno cinque e sono scesa lungo lo stradello per prendere l'autobus. Alla stazione di Yonago ho comprato un biglietto di sola andata per Nagoya.

Sul treno mi sono accorta di aver dimenticato di portare qualcosa da leggere. Guardavo sfilare il paesaggio. Nessuno pensava che avessi dodici anni perché dimostravo più della mia età. Se me lo avessero chiesto, avrei risposto "quattordici". Si trattava comunque del mio primo viaggio da sola. Mi sforzavo di mantenere la calma.

Pensavo a Tōru: "Sarà già in piedi? Come reagirà vedendomi?". Avevo con me il cellulare ma non osavo chiamarlo. Se al mio arrivo non fosse stato in casa, avrei dovuto chiedere le chiavi alla coppia di portinai al pianterreno. Tōru ce li aveva presentati, a me e alla mamma, quando eravamo passate a trovarlo l'anno scorso. Avevo memorizzato la strada dalla stazione. Ero sicura di riuscire a raggiungere il suo appartamento senza difficoltà.

A Okayama ho preso lo *shinkansen*. Sono arrivata a Nagoya verso l'una e mezzo. Sono salita sull'autobus che va diretto nel quartiere di mio fratello, un tragitto di altri quaranta minuti. Mi frullavano in testa le immagini dei miei genitori. Forse erano usciti insieme, credendo che fossi in spiaggia con la mia amica S.

Dopo essere scesa dall'autobus ho camminato ancora dieci minuti fino al palazzo dove Tōru abitava al terzo piano. Il portone si affacciava su una veranda comune. Dovevo solo salire le scale. L'ho chiamato con il cellulare.

– *Onīchan*, sono io.

– Ah, Suzuko. Come stai?

– Ho fame.

– Mangia qualcosa. La mamma non c'è?
– Non sono a casa.
– Dove sei?
– Sul marciapiede davanti al tuo palazzo.
– Davvero? Con chi?
– Da sola. Sono scappata per venire a trovarti.
– Cosa?!
È ammutolito, chiaramente perplesso. Ho continuato:
– Ti disturbo?
– No, nient'affatto. Ma... i nostri genitori sanno che sei qui?
– No, non ancora. Li informiamo da casa tua.
– Briccona! Ti è andata bene che fossi a casa. Ho appena pranzato con...
Prima che finisse la frase, ho esclamato:
– Con la tua ragazza?!
Non avevo pensato a quest'evenienza. Turbata, ero già pentita di essere venuta. Per fortuna era solo una mia fantasia. Tōru mi ha spiegato:
– No, con un collega del club di karate e la sua sorella minore. Stanno per andarsene. Puoi salutarli.
Un bel sollievo. Ho salito subito le scale a quattro a quattro e ho suonato il campanello. Quando lui ha aperto, gli sono saltata al collo gridando: "*Onīchan!*". In quel momento si è avvicinata una ragazza molto graziosa, seguita da un bell'uomo.

Dopo che i suoi amici se ne sono andati, per prima cosa Tōru mi ha fatto mangiare ciò che restava e mi ha chiesto spiegazioni su com'ero venuta. Poi, ha telefonato ai nostri genitori per tranquillizzarli. Sono rimasti esterrefatti. Mi sono subito scusata per la bugia.

Mio fratello mi ha portata in un museo del quartiere e mi ha comprato un libro d'arte. Abbiamo passeggiato in una strada di negozi e la sera abbiamo preparato insieme le polpette stufate. A cena mi ha parlato dei suoi ospiti: il collega di karate e la sua sorella minore, studentessa all'università. Venivano da Tottori, la capitale della nostra prefettura. Ho provato molta invidia per la ragazza quando ho saputo che viveva in casa del fratello.

L'indomani era domenica. Tōru mi ha detto che avremmo visitato Tokyo. Ero stupita. Perché andare così lontano? Avrei preferito restare a Nagoya. Mi ha spiegato:

– La zia Kyōko ha lavorato a Tokyo per quindici anni in una succursale della Anderson, un'azienda americana specializzata in cosmetici. L'edificio si trova in un bellissimo quartiere.

La donna che chiama "la zia Kyōko" è la mia madre biologica. Era stata segretaria di direzione e aveva incontrato papà a Tokyo. Sapevo già tutto, visto che mio padre e la mia seconda mamma rispondevano con trasparenza alle mie domande.

Non avevo mai pensato di visitare l'azienda. Tōru sembrava deciso. Alla fine ho accettato. Ha aggiunto:

– Stasera dormiremo da qualche parte a Tokyo.

– Domani è lunedì. Non lavori?

– Sì. Vado in ufficio nel primo pomeriggio. E tu, da Tokyo, tornerai direttamente a Yonago con un volo della mattina. Ti accompagnerò all'aeroporto di Haneda.

Che delusione! Avrei voluto passare più tempo con lui. Ma non avevo scelta e ho avvertito i nostri genitori. La mamma ha promesso di venirmi a prendere all'atterraggio. Papà ci ha proposto di dormire a casa di un suo amico medico a Tokyo, che ha una figlia mia coetanea. Tōru ha acconsentito e papà ha subito contattato l'amico. E così hanno organizzato tutto per me. Un'altra delusione.

Sullo *shinkansen* per Tokyo ho tirato fuori il libro che mi aveva regalato Tōru al museo. Abbiamo osservato insieme alcune foto di opere di artisti giapponesi del XIX secolo. Di tanto in tanto guardavo il paesaggio sfilare veloce: città grandi e piccole, paesi, montagne, fiumi, campi, fabbriche... Il nostro primo viaggio insieme senza i genitori. Avrei voluto che il treno non si fermasse più. Tōru mi ha parlato di nuovo della mia madre naturale:

– La zia Kyōko amava l'arte. Ogni volta che veniva a Yonago mi portava cose molto raffinate. Mi piaceva ascoltarla raccontare le sue esperienze a New York, Londra, Parigi, Mosca, Singapore...

Gli ho chiesto:

– Avevi solo undici anni quando è morta. Com'era?

– Secondo me era bella, affascinante, dinamica, intelligente, appassionata del suo lavoro e di viaggi. La ammiravo molto. Ora capisco quanto fosse mentalmente indipendente.

– "Mentalmente indipendente"? Che cosa significa?

– Essere autonomi, non lasciarsi influenzare dagli altri.

Sono rimasta in silenzio. Ha ripreso:

– Guarda anche la mamma. Ha il suo universo da ceramista. Quando mi parla della sua arte con entusiasmo, sono felice per lei.

L'ho interrotto:

– Fujiko-*san* era casalinga. Adorava cucinare e lavorare a maglia.

– La cosa importante è sentirsi liberi.

Non ho replicato. Pensavo sempre a Fujiko-*san*, le volevo molto bene e la consideravo l'unica persona a cui potessi confidare i miei segreti. A quel punto Tōru mi ha chiesto:

– Che cosa vorresti diventare da grande, Suzuko?

Avrei desiderato rispondere "tua moglie". Ma ho sussurrato a capo chino:

– Non lo so... Ho solo dodici anni...

Mi ha incoraggiata:

– Un giorno spero che troverai qualcosa che ti renda felice.

Qualcosa? Le sue parole mi hanno rattristato.

Siamo arrivati alla stazione di Tokyo intorno alle undici, abbiamo preso la metro per raggiungere il quartiere A., dov'era la succursale della Anderson. Si trattava di un quartiere davvero carino, molto elegante. L'azienda era al decimo piano di un grattacielo. Gli uffici erano chiusi, ma i negozi al pianterreno no. Ho visto un negozio di cosmetici Anderson. Ho comprato una crema per le mani da regalare alla mamma.

Dopo aver passeggiato un'ora nel quartiere, siamo andati in un ristorante italiano. Abbiamo ordinato tutti e due un piatto di spaghetti alla napoletana. Tōru continuava a raccontarmi ciò che ricordava di mia madre Kyōko. Guardavo la strada attraverso il vetro. Quanta gente! Passava senza sosta, in famiglia, in coppia, in gruppo o da sola. Osservavo i loro volti rilassati, felici, tristi, tesi. Un bambino mi ha dato un'occhiata. Ho pensato: E lui come mi vede? Smarrita? Infelice?

Quella sera, come previsto, siamo andati a casa dell'amico di papà. Lui, sua moglie e la figlia ci hanno accolti calorosamente. Abbiamo cenato insieme. Mi sono trovata molto bene con la ragazza, gentile e allegra. Mi ha invitato in camera sua. Sono rimasta sorpresa quando mi ha confidato: "Sono stata adottata. La mia madre naturale è morta subito dopo la mia nascita".

Lunedì mattina Tōru mi ha accompagnato all'aeroporto di

Haneda. Stavo per mettermi a piangere e lui mi ha stretta fra le braccia. "Sii forte, Suzuko," mi ha detto. Il volo è durato solo un'ora e mezzo. E così si concludeva il mio viaggio.

Come promesso, la mamma mi aspettava all'aeroporto di Yonago. Non mi ha rimproverata. Mi ha abbracciata e ha sussurrato:

– Che gioia vederti tornare sana e salva...

Arrivo a casa con il passero ferito.

Sta immobile nel fazzoletto di carta. Vado in giardino e lo poso sull'erba. Ha la punta dell'ala destra spezzata, ma le zampe sembrano intatte. Rifletto osservando i bei colori delle sue piume.

"*Suzume* e Suzuko." Quasi omonimi. Come si suol dire, niente succede per caso. Tutto accade per necessità e ogni incontro ha un senso. È vero? Sussurro:

– Tu sei un passerotto ferito... io sono un'adolescente smarrita. Perché ci siamo incontrati oggi?

Poi gli sussurro allegra:

– Dopodomani torna Tōru!

– Che cosa fai, Suzuko?

La mamma si avvicina asciugandosi le mani sul grembiule. Appena vede l'animale, esclama:

– Poveretto! Non potrà più volare.

Mi spiega che allo stato selvatico i passeri sopravvivono meno di due anni perché diventano facilmente preda di gatti, corvi o serpenti. In cattività, invece, possono vivere anche dieci anni. Affermo:

– Dieci anni! È tanto per una creatura così piccola.

– Ma no, non è affatto sorprendente.

A quanto mi dice, alcuni insetti come le formiche regine possono vivere venti o trent'anni. Le cicale all'aria aperta vivono solo poche settimane, ma sottoterra possono trascorrere anche diciassette anni, a seconda delle specie...

Le chiedo:

– Come fai a sapere tutte queste cose?

– Fujiko-*san* si interessava molto degli insetti e me ne parlava quando ero piccola.

Poi mi racconta una cosa stupefacente che ha visto in una trasmissione televisiva giapponese. Un passero che parlava come un pappagallo! All'inizio era ferito. Una signora se n'era presa cura e gli bisbigliava parole semplici con regolarità. Dopo un po' l'uccellino aveva iniziato a pronunciarle, una dopo l'altra. Questo aneddoto mi colpisce. Affermo:

– Ci proverò anch'io.

– Perché no? Dovrai essere molto paziente.

La mamma si diverte già a sillabare una parola al passero: "Sal-ve, sal-ve". Mentre lo tiene d'occhio, vado nella rimessa a prendere la mia vecchia gabbia per criceti. Gli faccio un nido là dentro con un po' di erba e ce lo poso.

Si sente il rumore di una macchina fermarsi davanti al garage. È papà che rientra dal lavoro. Ci raggiunge:

– Che cosa fate?

Indico la gabbia. Esclama:

– Questa specie è davvero deliziosa! Mio nonno li cucinava alla brace.

Adirata, grido:

– Ma no, papà! Non provare mai a toccarlo!

La mamma annuncia:

– È pronta la cena.

Siamo a tavola. Su un vassoio sono disposti vari ingredienti: manzo tagliato finemente, noodles di konjac, tofu, funghi shiitake, scalogno e altre verdure. La mamma unge la casseruola di ghisa e cuoce la carne. Con lo sfrigolio si diffonde un profumo appetitoso. Papà, di buonumore davanti al *sukiyaki*, prende un po' di sakè.

I miei genitori parlano della loro giornata. Lui in ufficio, lei nel suo laboratorio in campagna. Ogni tanto li guardo di sfuggita. Vanno molto d'accordo e non litigano mai. Si amano, ai miei occhi è evidente.

Papà mi chiede:

– E tu, Suzuko, che cosa hai fatto?

– Matematica, storia giapponese, fisica e filosofia. E nel pomeriggio abbiamo fatto una corsa di tre chilometri. Mi ha distrutta.

– Una corsa? Ecco perché sembri così sfinita. Stasera va' a letto presto.

– Vorrei tanto, ma devo finire i compiti per domani.

Mio padre è chimico. Quando gli faccio domande scientifiche mi risponde sempre volentieri. Non mi aiuta mai, invece, nei compiti.

La mamma mi chiede:

– Hai buoni voti in tutte le materie, eccetto in educazione fisica. Se dopo il liceo continuerai, in quale ambito vorresti specializzarti?

– Non lo so ancora. Il nostro coordinatore di classe ci consiglia di iniziare a informarci sulle università. Ma...

Mi interrompo di colpo, prima di dire: "Voglio andare a studiare a Nagoya".

– Ma, cosa?

– Niente, rispondo, scuotendo la testa.

Dopo una pausa, riprendo:

– Mamma, perché non hai continuato gli studi dopo il liceo?

Mi spiega:

– Fin dall'infanzia la ceramica è stata la mia passione. Volevo continuare a praticarla lavorando. Ed è ciò che ho fatto finché non sono diventata una professionista. Non mi sono mai pentita della mia scelta.

In campagna ha un laboratorio con il suo forno a legna. In occasione del *kamataki* deve tenerlo acceso per ore. In quei giorni papà e io dormiamo nel capanno. Ha anche un negozio in città. Ha vinto diversi premi nazionali.

Mi incoraggia:

– Suzuko, sei brillante come mia sorella Kyōko. Spero che proseguirai gli studi.

Mio padre aggiunge:

– È vero! Nella nostra prefettura ci sono buone università. Scegline una che potrai frequentare abitando qui.

Sembra molto convinto. Non replico.

Dopo cena, porto la gabbia in camera mia e do al passero semi di girasole e chicchi di riso triturati. Ne becchetta un po'. Gli ripeto due nomi, scandendo ogni sillaba:

– Su-zu-ko, Su-zu-ko... Tō-ru, Tō-ru...

Dopo aver finito i compiti, sfoglio il libro sull'arte giapponese che ho preso in prestito dalla biblioteca della scuola.

Osservo la foto di una tazza di tè di ceramica fatta nel XVII secolo. Mi piacciono i suoi colori: marrone scuro, marrone chiaro e biancastro sfumati, naturalmente costellati di puntini neri. Questa bellezza semplice richiama le opere della mamma, realizzate con una tecnica antichissima. Ma la cosa che più mi affascina di questa tazza è che sia stata riparata con un procedimento chiamato *kintsugi*. I pezzi rotti sono incollati con lacca *urushi* e poi cosparsi d'oro.

Estasiata, scendo in salotto con il libro per mostrare la foto ai miei genitori. Mia madre ne è entusiasta. Spiega a papà che quest'arte tipicamente giapponese risale al XVI secolo. Mio padre sembra molto interessato. Commenta:

– Far rinascere in questo modo le ceramiche danneggiate è geniale!

– Concordo, caro! Ma il procedimento ha bisogno di tempo ed è piuttosto costoso. I miei clienti conservano a lungo i miei vasi per ikebana con questa tecnica. Me ne sento onorata.

– Mamma, hai già provato il *kintsugi*?

– Soltanto una volta. La lacca *urushi* mi ha fatto venire una brutta dermatite.

Mio padre mi spiega:

– Dipende da una sostanza chiamata "urusciolo", è un potente allergene. Non bisogna toccare né la linfa né l'albero.

Non sapevo che questa lacca fosse così nociva. Esclamo:

– Peccato! Avrei voluto usarla.

La mamma mi incoraggia a non rinunciare dal momento che vendono kit per principianti con un liquido innocuo. Aggiunge:

– Quest'arte viene praticata come una sorta di meditazione.

Papà esamina il libro. Molto colpito dalla qualità dell'edizione, propone di comprarne una copia. Ne sono felice. È davvero contento che mi interessi all'arte tradizionale. Anche lui adora le opere d'arte antica.

Gli dico:

– È stato Tōru a farmela scoprire.

I miei genitori, stupiti, dicono in coro:

– Quando mai?

– Quattro anni fa, la volta che scappai per andare a trovarlo a Nagoya.

Si guardano, ancora sorpresi.

Parliamo di Tōru che rientra dalle Hawaii questo venerdì. La mamma propone di andare insieme a visitare il museo di arte Adachi, a Yasugi. Tutti adorano i suoi giardini giapponesi incantevoli e fotogenici. Ci vogliono solo dieci minuti in treno, ma preferisco passare un po' di tempo a casa, da sola con Tōru.

Mio padre scherza:

– Forse Tōru porterà la sua ragazza e sarà impegnato con lei.

La mamma gli lancia un'occhiata maliziosa:

– Una bella hawaiana? Oppure una *half*? O un'americana?

Le loro osservazioni mi infastidiscono. E papà continua:

– Un bel giovanotto gentile, intelligente e virile come lui deve avere molto successo con le ragazze. Ha quasi ventisette anni. Non mi stupirei se all'improvviso ci presentasse una fidanzata.

Mi innervosisco. La mamma commenta:

– Mi sembra troppo occupato con il lavoro e le attività sportive. Non escludo che resti single per qualche altro anno. In fondo è la sua vita e farà ciò che vuole.

Ammiro la sua apertura mentale. Aggiunge:

– Caro, non dimenticare che avevi trentanove anni quando ci siamo sposati.

Papà sorride e conclude:

– Gli auguro soltanto di trovare una ragazza degna di lui.

Riprendo il libro e li saluto:

– Buonanotte!

Cip cip, cip cip...

Il pigolio del passero mi sveglia. Il sole è appena sorto. La luce filtra in camera da uno spiraglio fra le tende. Sono appena le sei. Avrei dovuto coprire la gabbia con un panno nero prima di dormire. Mi alzo fra gli sbadigli.

L'uccellino becchetta chicchi di riso triturato da una ciotola di plastica. Osservo di nuovo l'ala spezzata. Se solo potessi aggiustarla come si fa nel *kintsugi*! Rifletto su quale nome dargli. Ho un'idea. Gli annuncio:

– Ti chiamerai Urushi. Va bene?

China il capo. Gli sillabo tre nomi:

– Su-zu-ko, Tō-ru, U-ru-shi.

È presto per fare colazione. Torno a letto e proseguo la lettura interrotta la sera prima.

Il *kintsugi* mi affascina proprio. Contemplo la foto di un vecchio piatto decorato con onde blu e serpeggiato da molte lunghe linee d'oro, curve come rami. Un oggetto ridotto in pezzi. Qualcuno l'avrà fatto cadere per caso? O apposta? Forse una donna adirata con il marito l'ha lanciato per terra. Quale che sia la sua storia, lo hanno riportato alla vita in modo meraviglioso. Non si tratta di una semplice riparazione. È una creazione. Un'arte. Altrimenti, basterebbe usare una colla qualsiasi. Spero che i miei genitori accettino di farmi seguire un corso, magari durante le vacanze invernali.

È stato davvero Tōru a introdurmi alle belle arti tradizionali giapponesi. Da quando ho cominciato le scuole medie vado regolarmente al museo della nostra città, da sola o con i compagni di classe. Mi precipito non appena inaugurano una nuova mostra. Gli impiegati, ormai abituati a me, mi accolgono con gentilezza. Mi capita di restare a lungo in piedi davanti a un quadro e immaginarne una storia.

Sento rumore di passi. La mamma scende le scale. La sveglia segna le sette e dieci. Dopo aver fatto la toilette, indosso l'uniforme e metto nello zaino i libri per oggi. Prima di uscire dalla camera, ripeto al passero:

– Su-zu-ko, Tō-ru, U-ru-shi.

La mamma prepara la colazione. La saluto passandole da dietro. Si meraviglia che sia già in piedi. Le dico:

– Mi piacerebbe molto lavorare in un museo.

– Buona idea, adatta a te. Anche papà sarà contento.

Poi, mi spiega che per fare la conservatrice museale occorre intraprendere un curriculum in storia dell'arte. Aggiunge che ci aveva pensato anche lei quando era al liceo. Ascoltandola, mi vedo a studiare a Nagoya. Prosegue:

– Nella nostra regione credo che diverse università offrano questi corsi. Informati, Suzuko. Oppure chiedi alle tue cugine.

Non replico. Si riferisce alle figlie dello zio Nobuki. La maggiore, Miyoko, è al secondo anno di università, studia scienze motorie, mentre la minore, Namiko, è al primo anno del *tandaī* e studia scienze della nutrizione. Hanno un fratellino di nove anni, Gakuto. Abitano in periferia e ci vediamo saltuariamente.

Miyoko e Namiko hanno iniziato karate da piccole. Voglio molto bene a entrambe, ma chiacchierano come macchinette e spesso ho difficoltà a unirmi alle loro conversazioni. Una cosa in particolare mi infastidisce: ogni volta che incontrano Tōru monopolizzano la sua attenzione. Soprattutto Namiko, che lo tocca con troppa confidenza per i miei gusti.

La colazione è pronta e la mamma mi chiede di andare a chiamare papà. Quando scende, lei propone:

– Questo fine settimana potremmo andare a trovare mio padre alla residenza insieme a Tōru.

Papà risponde:
– Possiamo invitare anche tuo fratello con la famiglia.
– Certo, caro. Tōru li rivedrà volentieri, in particolare Miyoko e Namiko.
"Oh, no!" esclamo dentro di me.

Dopo le lezioni a scuola, canto nel coro. Appena esco, corro a prendere l'autobus delle cinque e un quarto. Se lo perdo, devo aspettare il prossimo per venti minuti. Scendo le scale di gran lena.

Finalmente è venerdì. Stasera Tōru torna dalle Hawaii e andrò a prenderlo all'aeroporto con papà. Non sto nella pelle da stamattina.

Arrivo al pianterreno. I *kutsu-bako* della mia classe sono addossati al muro, vicino all'uscita di emergenza. Il mio scomparto è il numero 25. Prendo le scarpe da ginnastica e le infilo al volo. Quando faccio per riporre i sandali, vedo qualcosa di bianco sul fondo. È una busta, sopra c'è scritto: *Per Suzuko*-san. Di chi è? Guardo sul retro. Nessun nome. Sarà un mio compagno di classe. Una dichiarazione d'amore? Sorrido mio malgrado, anche se in testa ho solo Tōru. Sono curiosa di sapere chi mi ha scritto, ma ora non ho tempo.

Salgo sull'autobus. Una volta seduta, apro la busta. È una lettera scritta a mano con una penna a sfera nera.

Buongiorno,
sono uno studente del terzo anno.
Scusami se utilizzo a modo mio il tuo kutsu-bako.
Ho scoperto come ti chiami un mese fa durante la presentazione del coro di cui fai parte, nell'aula magna. Hai cantato una ninnananna da solista. La tua voce mi ha affascinato.

È da allora che vorrei parlarti, ma non trovo il coraggio.
Ti ho vista anche martedì scorso al museo. Eri da sola e osservavi i quadri appena arrivati. In quell'occasione avrei voluto presentarmi, ma ho evitato perché sembravi molto concentrata. Forse la mia timidezza ti farà ridere.
Ieri ho visto la lista degli studenti della tua classe appesa davanti alla sala professori. Lì ho trovato il tuo numero 25, che corrisponde anche al tuo kutsu-bako. *Ho deciso di scriverti una lettera e metterla là.*
Lavoro come volontario al museo il sabato mattina dalle 9.30 alle 12.
Mi piacerebbe conoscerti. Se ti interessa, puoi venire all'accoglienza e chiedere di me.
Spero di incontrarti molto presto,

Yoshio Katō

Yoshio Katō? Il nome non mi dice niente. Ma se lo vedessi in faccia, forse lo riconoscerei.

Nel nostro liceo siamo circa novecento studenti. Le classi del mio anno sono al secondo piano e quelle del secondo al primo piano. Al pianterreno ci sono, fra gli altri, gli uffici, una biblioteca e un'infermeria. Le classi del terzo anno, come quella frequentata da questo ragazzo, sono in un altro edificio nuovo dove c'è la palestra, che usiamo anche come sala di rappresentanza. Ovviamente non ci incrociamo quasi mai.

Rileggo la lettera. I caratteri sono chiari e saldi, né troppo massicci né troppo sottili. Nessuna parola ambigua. Mi piace il modo in cui firma. Alle medie ho ricevuto molti biglietti d'amore. Ogni volta mi sentivo lusingata ma delusa perché non erano scritti a mano. Forse quest'aspetto l'ho ereditato da mia madre artista. Comunque, allora uscivo solo in gruppo perché il mio cuore apparteneva a Tōru.

Mi piace che mi abbia invitata in un luogo pubblico e controllato. Yoshio Katō deve interessarsi all'arte come me. Mi chiedo quali mansioni abbia. Anch'io vorrei fare volontariato in un museo. Sarebbe perfetto avere un amico così. Ma scuoto la testa pensando a Tōru.

L'autobus svolta, diretto al mio quartiere.

Mi ripeto: "Finalmente Tōru torna!". Come deciso, passerà il fine settimana con noi. Lunedì deve andare a vedere una succursale della sua azienda a Okayama e poi tornerà alla sede di Nagoya.

Penso alle mie cugine: anche loro sono impazienti di rivederlo.

Miyoko e Namiko vanno molto d'accordo e si confidano i segreti. Parlano spesso davanti a me di cose delicate che non devo svelare. So che Miyoko ha perso la verginità a sedici anni, il suo ragazzo ne aveva diciotto. Mi ha detto: "Conservo un bel ricordo del sesso fatto con lui. È stato dolce e rispettoso". Quest'affermazione mi ha imbarazzata molto. Namiko è ancora vergine, come me. Poco tempo fa ci ha detto: "Io resterò illibata per il mio futuro marito". Sua sorella l'ha presa in giro: "Spero che il principe venga a prenderti in carrozza".

Non ho mai affrontato questi argomenti con la mia famiglia né con le amiche. Non intendo nemmeno parlare con le mie cugine del biglietto che ho appena ricevuto. Se Fujiko-*san* fosse ancora viva, di sicuro confiderei questo segreto a lei. Probabilmente non si sarebbe ricordata che amo Tōru, quindi mi avrebbe incoraggiata a fare amicizia con un ragazzo più o meno mio coetaneo, come Yoshio Katō.

Spero che Tōru non torni dalle Hawaii con una ragazza, come mio padre diceva giorni fa, scherzando. Devo confessargli i miei sentimenti il prima possibile.

Quando rientro, la mamma mi informa che il volo di Tōru è in orario. Precisa che avrà con sé la sua grande valigia e due scatoloni di souvenir acquistati alle Hawaii. Mio padre e io partiamo subito con il furgoncino. L'aeroporto dista solo venti minuti.

Per strada sono piuttosto taciturna. Papà mi chiede:

– Il passero sta bene?

– Sì, molto. Mangia, beve e comincia perfino a zampettare.

– Canta?

– Sì. È la mia nuova sveglia, un po' rumorosa a dire il vero.

Sorridendo, prosegue:

– Credi di poterlo trasformare in un pappagallo?

– Perché no? Lo faccio esercitare ogni giorno. Meglio questo che essere mangiato da te. Non volerà mai più, però vivrà a lungo con noi.

Mi dispiace di non potergli riparare l'ala come farei con una ciotola rotta. Mio padre canticchia una melodia che non mi è familiare. Continuo:

– Poco dopo l'inizio della scuola un nuovo professore mi ha chiamata per sbaglio Suzume. Si è scusato subito, ma tutta la classe rideva a più non posso.

Papà si sganascia dalle risa:

– Come sai, è stata tua madre Kyōko a scegliere questo nome. E il suo significato mi piace molto: "la figlia della campanella".

Restiamo un po' in silenzio. Do un'occhiata al suo profilo. Di colpo gli chiedo:

– Papà, perché ti sei sposato con mamma Anzu? È stato un matrimonio di convenienza per il mio bene?

– Scusa?!

Sembra smarrito, però mi spiega con calma:

– Avevo un bel rapporto con Anzu e Tōru. E tua madre Kyōko desiderava che formassimo una nuova famiglia insieme a te. E noi abbiamo accettato. Il padre di Tōru era sparito nel nulla e io volevo fargli da secondo papà, come Anzu è la seconda mamma per te. È avvenuto tutto in modo naturale.

Lo ascolto, stupita dalla sua insolita loquacità.

Io che avevo perso mia madre appena nata. Lui che aveva perso la sua fidanzata. La zia che aveva divorziato. Mio cugino Tōru che non aveva più contatti con il padre. Eravamo tutti e quattro cocci di famiglie spezzate. E questi cocci si sono riuniti per formare un unico oggetto. Chi ha fatto da *urushi*? Mia madre Kyōko? Se Tōru e io restassimo insieme, questo legame si consoliderebbe ancora di più...

– Eccoci, Suzuko.

Siamo appena arrivati all'aeroporto. Scendendo dal furgoncino, vedo un aereo atterrare sulla pista.

Mio padre e io andiamo al terminal.

Trattandosi di un volo interno, i passeggeri faranno presto a uscire. Papà incontra un conoscente. Girovago mentre loro parlano.

Il posto mi ricorda la mattina in cui sono tornata da sola da Tokyo. Rivedo Tōru nel suo appartamento a Nagoya. Per un attimo riassaporo il profumo delle polpette stufate. Al ritorno, in aereo, piangevo. Tōru mi mancava già. La mamma mi aspettava proprio qui. Non mi ha mai rimproverato per quella fuga, non più di lui.

Tōru sa che voglio più bene a lui che a chiunque altro. Stavolta intendo confessargli davvero i miei sentimenti e parlargli del progetto di raggiungerlo a Nagoya alla fine del liceo. Come mi considererà? Soltanto la sua sorellina? No, non lo potrei sopportare.

Le porte si aprono. I passeggeri escono. Ho il batticuore. Mio padre continua a chiacchierare. Presto compare Tōru spingendo un carrello con una grossa valigia e due scatoloni. Il viso abbronzato risalta sulla maglietta bianca. Mi sembra ancora più robusto di prima. Cammina con passo rilassato. Un karateka cintura nera terzo *dan*. Com'è bello! Ho le lacrime agli occhi.

Vado lentamente verso papà. Tōru non ci ha ancora visti. Al suo fianco c'è una giovane donna bellissima. Sembra giapponese. Chi è? Tōru le dice qualcosa e lei gli fa un gran sorriso.

Ha solo una borsa. D'un tratto mi sale il sangue al cervello. Come? Erano insieme alle Hawaii? Che cosa significa? I miei genitori sapevano che sarebbe tornato con una ragazza? Tremo. Tōru si avvicina agitando la mano. Ci saluta, spensierato:

– Grazie di essere venuti a prendermi!

Con mio grande stupore, mio padre si rivolge alla ragazza come se fosse una di famiglia. Come mai la conosce? Lei mi si rivolge amichevolmente:

– Tu sei Suzuko, vero? Io sono Miki.

Miki? Chi? Prosegue:

– Ci siamo viste nell'appartamento di Tōru. Ero con mio fratello. Avevi soltanto dodici anni, dovevi iniziare le medie.

Esclamo:

– Ah!

Ora ricordo. Era studentessa e abitava a Nagoya con suo fratello, cosa che invidiavo molto. Papà mi spiega:

– Anch'io ho incontrato Miki e suo fratello una volta che ero andato nella mia sede a Nagoya. Tōru mi aveva invitato a cena a casa sua insieme a loro.

Non lo sapevo. Chiede a Miki:

– Abiti ancora a Nagoya?

– No. Ho finito gli studi ad aprile e da allora vivo da sola a Tokyo. Di fatto, io...

All'improvviso, Tōru esclama voltandosi:

– Eccolo, finalmente!

Tutti si girano verso la porta. Un ragazzo spinge un carrello con una valigia moderna da viaggio e uno zaino blu sotto una valigetta rossa. Miki agita la mano. Chiedo a Tōru:

– Chi è?

– È suo fratello Nao, l'hai incontrato quattro anni fa. Facevamo lo stesso stage.

Rivolgo la parola a Miki per la prima volta:

– È andata alle Hawaii con loro?

– No. Ho solo raggiunto Nao a Haneda, così torniamo insieme a Tottori.

Tōru mi ricorda che i genitori di Nao e Miki abitano nel capoluogo della nostra prefettura. In ogni caso, continuo a nutrire dubbi sulla relazione tra mio fratello e questa giovane donna molto attraente.

Nao arriva e mi saluta:

– Buongiorno, Suzuko! Sei cresciuta e sei diventata ancora più carina.

Accenno un inchino davanti a questo bel ragazzo abbronzato.

Nao e Miki devono prendere il treno alla stazione di Yonago. Visto che si trova nella nostra direzione, papà propone di accompagnarli. Saliamo sul furgoncino: Tōru si siede accanto a papà, i suoi amici e io dietro.

Miki mi chiede cosa vorrei fare dopo il liceo. Le rispondo che mi piacerebbe studiare belle arti giapponesi. Nao mi interrompe:

– Conosco un'ottima scuola a Nagoya.

– Davvero?!

Sorrido all'istante.

Siamo a tavola, i miei genitori, Tōru e io.

Mio fratello ha un grande appetito e divora tutto ciò che gli mettiamo davanti: zuppa di miso alle alghe e tofu, salmone grigliato, melanzana cotta in salsa di soia, insalata di pomodori e cetrioli. La mamma ricorda che erano i piatti preferiti di Fujiko-*san*. Domani, ci annuncia, andremo a fare una visita con la famiglia alla sua tomba e a quella di Kyōko.

Tōru ci racconta del periodo trascorso alle Hawaii. Ha la fortuna di viaggiare all'estero, dal momento che il suo club fa parte della Federazione di karate del Giappone. Si augura di lavorare a lungo con quell'azienda perché sostiene lo sport con entusiasmo.

– Hai vinto? – chiedo.

– No, Nao invece ha conquistato una medaglia d'argento.

Descrive, fiero, le sue tecniche di combattimento. Mio fratello sembra andare molto d'accordo con questo ragazzo, suo compagno di karate e collega di lavoro. La mamma gli chiede:

– Hai conosciuto degli hawaiani?

– Sì, ho fatto amicizia con una coppia che gestisce un caffè. Il marito è polinesiano e la moglie ha origini giapponesi. Praticano karate anche loro. Hanno invitato me e Nao a cena a casa loro. Ci hanno spiegato un po' la storia delle Hawaii.

Tōru ci riporta anche qualche aneddoto su alcuni immigrati giapponesi. È interessante. Mentre immagino di viaggiare da sola con lui in queste isole esotiche, papà lo stuzzica:

– Pensavo che saresti tornato con una graziosa hawaiana.

Ancora! Gli lancio mio malgrado un'occhiata ostile. Mio fratello scoppia a ridere:

– Impossibile, papà! Non avevo il tempo di spassarmela. Ci allenavamo ogni giorno! E la sera, ne approfittavamo per fare il bagno in spiaggia.

La mamma evita domande sulla sua vita privata con le ragazze. Capisco il motivo. Una volta ha detto a papà: "I miei genitori avevano proposto dei *miai* a Kyōko. Insistevano tanto che lei spesso rifiutava di andarli a trovare. Non voglio che accada lo stesso con mio figlio".

Tōru continua a chiacchierare di buonumore. A un certo punto accenna a Miki, la sorella minore di Nao. La mamma gli chiede:

– Che cosa fa ora a Tokyo?

– Miki? Lavora nella succursale della Anderson.

Sono sorpresa. Perché non me l'ha detto prima? Un po' confusa, la mamma chiede conferma:

– Come Kyōko?

– Sì, anche Miki è assistente di direzione.

Papà sussurra:

– Che coincidenza...

Tōru lo corregge subito:

– Non è una coincidenza. Miki parla bene inglese, come la zia Kyōko. Quando cercava un impiego in un'azienda americana, le ho suggerito la Anderson.

Papà esclama:

– Ah, ecco perché è andata via da Nagoya! Suo fratello ci sarà rimasto male.

– Non proprio. Al contrario, Nao si è sentito piuttosto sollevato.

– Davvero?

– Aveva accettato che Miki stesse con lui perché i genitori non volevano che andasse a vivere da sola così presto.

Rifletto. Se Tōru non volesse vivere con me, potrei abitare in una residenza universitaria. Perché no? Papà commenta:

– Li capisco. In primo luogo, per una questione di sicurezza. Ma anche per le spese universitarie e il costo degli affitti, che sono molto più alti rispetto alla nostra regione.

La mamma annuisce. Mangio in silenzio. Tōru mi chiede:

– E tu, novità?

Di sicuro vuole sapere come procedono le mie attività musicali e quali materie mi interessano. Gli rispondo:

– Mi occupo di un passero ferito.

– Scusa?

Mi guarda spalancando gli occhi. Racconto la storia del passero che aveva imparato a parlare e dico che tento di fare lo stesso con il mio. Tōru esclama:

– Suzuko trasformerà un passero in un pappagallo!

Il suo tono canzonatorio mi offende. La mamma mi incoraggia:

– Non vedo l'ora di sentirgli pronunciare le prime parole.

Dopo cena, Tōru porta in salotto uno scatolone pieno di regali. Confezioni di dolciumi, T-shirt Aloha, tazze da caffè di ceramica fatte da un artista hawaiano... In ultimo, mi tende un pacchetto pesante. È un grosso libro.

– Anche se ero molto impegnato, ho trovato un po' di tempo per visitare il museo di arte di Honolulu. Questo l'ho scelto apposta per te.

Tōru fa il bagno al pianterreno, mentre la mamma gli prepara un letto nella stanza davanti alla cucina. Io ho già fatto la doccia al primo piano e mi ritiro in camera mia in pigiama.

Seduta alla scrivania, apro il libro sulle Hawaii che Tōru mi ha appena regalato. Osservo i paesaggi con le loro piante: ōhi'a lehua, ibiscus, palma da cocco, palma... e una varietà di alberi chiamati "monkey pod". Osservo, intrigata, i giganteschi totem e le maschere tiki in bianco e nero. Ci sono anche coperte tradizionali. I motivi di pesci e fiori colorati mi mettono allegria. Ho ancora difficoltà a capire il testo in inglese, in particolare i termini tecnici. Ma questa lingua mi piace molto e voglio impararla, come aveva fatto mia madre Kyōko.

Sono davvero contenta del regalo di mio fratello. Ha pensato a me. Nondimeno mi dà fastidio che abbia incoraggiato Miki a cercare lavoro alla Anderson. È come se il mio territorio sacro fosse stato invaso. Poi, non me ne aveva mai parlato. Perché? Quale relazione ha con Miki? Per lui, è solo la sorella minore di un compagno di karate? Lei piace molto ai miei genitori. Vorrebbero forse che Tōru la sposasse? Scuoto la testa energicamente: "No, non potrei accettarlo!".

Rifletto. Come e quando potrò confessargli i miei sentimenti? Ripartirà lunedì mattina. Devo ritagliarmi un momento tranquillo con lui domani o dopodomani.

Il mio orologio segna le undici e tre. Sento le voci dei miei genitori che vanno nella loro camera dall'altra parte del corridoio. La casa si fa silenziosa. Sbadiglio. Metto un segnalibro nel volume e mi alzo. Scivolo tra le lenzuola. Mi chiedo se Tōru riuscirà a dormire nonostante il jet lag con le Hawaii.

A occhi chiusi ripenso alla mia fuga. Tōru aveva ventitré anni e io appena dodici. Lui abitava nel suo secondo appartamento, che aveva affittato da un anno e dove vive tuttora. Rivedo la sua camera in disordine, con libri e vestiti alla rinfusa.

Quella notte mi aveva preparato un sacco a pelo sul divano in salotto. Era un letto semplice e comodo. Ero al settimo cielo: "Finalmente sono con Tōru!". Avevo viaggiato da sola per più di cinque ore. Poi, avevamo passato un piacevole pomeriggio insieme in un museo e in un caffè. Avevamo fatto anche la spesa per la cena e la colazione. Avevamo camminato a braccetto come una coppia sposata. Una volta a letto, pensavo a cosa avremmo fatto l'indomani. Di sicuro, non volevo tornare subito a Yonago.

Non avevo preso sonno nemmeno dopo mezzanotte. Mi giravo e rigiravo nel sacco a pelo con la testa in subbuglio. Ero uscita dal letto per andare in cucina a bere un bicchiere di latte. Mi sentivo strana: e così ero nell'appartamento di mio fratello. All'improvviso mi ero sentita gridare: "Aspettami, *onīchan*!". Rivedevo scene della mia prima infanzia felice con lui.

Il latte mi aveva calmata un po'. Ero andata in bagno in punta di piedi. Uscendo, finalmente ero pronta per coricarmi. Ma, anziché tornare sul divano, ero entrata in camera di Tōru. Un piccolo abat-jour in un angolo mandava una luce fioca. Era steso a pancia insù, le mani sul petto, gli occhi coperti da una mascherina da notte. Mi ero infilata fra le lenzuola e avevo appoggiato la testa sulla sua spalla.

L'indomani mattina mi ero svegliata nel sacco a pelo sul divano.

È quasi mezzanotte. Il sonno ha la meglio e spengo la luce. Cip cip, cip cip! Il passero pigola. Ho dimenticato di mettere il panno nero sulla gabbia. È un vecchio foulard che mi ha dato la mamma. Scendo dal letto. L'uccellino mi fissa. Penso dentro di me:

Tu sei un uccellino ferito
Io un'adolescente smarrita
Perché mai ci siamo incontrati
In questo mondo?

Tōru e io passeggiamo sulla spiaggia sotto il sole pomeridiano.

Mi porta sulle spalle. Canto gioiosamente e lui mi accompagna.

"Quanti anni hai, Suzuko?"

"Tre anni! E tu?"

"Io quattordici."

"Ti voglio tanto bene, *onīchan*."

"Anch'io ti voglio tanto bene."

"Quando sarò grande, diventerò tua moglie. Va bene?"

"Incontrerai un bel principe."

"No, il mio principe sei tu."

I gabbiani ci sorvolano. La sabbia bianca si estende a perdita d'occhio.

Raccolgo le conchiglie. Tōru fa allungamenti. Disegno una casa con un bastone. Sarà la nostra. Si alza il vento. Le onde si allungano sempre più e il mio disegno sparisce. Mi guardo intorno. Tōru si allontana a piedi nudi. Grido:

"Aspettami, *onīchan*!".

Agita la mano. Corro a perdifiato. Mi prende fra le braccia.

È l'ora di rientrare. Ho sonno. Tōru mi porta sulle spalle e cammina cantando: *Il cielo avvampa... suona la campana del tempio... torniamo a casa... insieme con i corvi...* Sonnecchio dondolando la testa.

Quando mi sveglio sono stesa sul divano del salotto. Dov'è *onīchan*? Vado in giardino. È lì, fa karate da solo.

Il giorno dopo mi sveglio intorno alle nove. Anche se ho dormito abbastanza, mi sento un po' intontita. Per fortuna è sabato.

Apro le tende. Una luce tenue entra in camera. Sarà una bellissima giornata autunnale. Non appena tolgo il foulard nero dalla gabbia, il passero inizia a cinguettare. Zampetta goffamente sull'erba appassita. Becchetta chicchi di riso crudo nella ciotola. Gli sussurro: "Su-zu-ko, Tō-ru, U-ru-shi".

Dopo essermi lavata indosso un paio di jeans e un pullover, e scendo al pianterreno. In cucina i miei genitori preparano la colazione più tardi del solito. La mamma mi dice:

– Tōru vorrebbe vedere il nonno questo pomeriggio. Andremo alla residenza, poi faremo visita alle tombe di Fujiko-*san* e di Kyōko. Vieni con noi, vero?

Il nonno, il marito di Fujiko-*san*, ha ottantasei anni. Sta benissimo. L'ho visto domenica scorsa. Ma se Tōru va alla residenza, mi unirò senz'altro. Rispondo:

– Volentieri, mamma!

– Allora chiamo mio fratello. Il nonno sarà felice di vedere tutti i suoi nipoti insieme.

Con i miei cugini? Non ho problemi con Gakuto, che è solo un bambino delle elementari. Mi scoccia, invece, che ci siano Miyoko e Namiko. Sono sicura che cercheranno di accaparrarsi Tōru per parlare di karate. La mamma, incurante del mio disappunto, chiama lo zio Nobuki. Lui conferma che tutta la famiglia ci raggiungerà alla residenza. Papà sorride:

– Sarà una riunione molto animata.

Apparecchio in silenzio. Sospiro posando le ciotole per il riso e le bacchette. Come faccio a ritagliarmi dei momenti tranquilli con Tōru? Forse, dopo colazione potrei invitarlo a fare una passeggiata. Oppure a visitare il museo? No, non è il caso: stamani deve esserci Yoshio Katō, il ragazzo che mi ha lasciato un biglietto nel *kutsu-bako*.

Tōru esce dal bagno asciugandosi il viso. Indossa una T-shirt azzurra con scritto *I love Hawaii*. Quando mi vede, dice:

– Suzuko, sembri stanca. Stai bene?

– Stanotte ho letto fino a tardi il libro che mi hai regalato.

– Allora ti piace?

– Sì, molto.

– Meglio così.

Gli fisso fugacemente il viso abbronzato, le braccia nude muscolose, il busto tonico sotto la maglietta aderente. Mi lancia un'occhiata e io distolgo lo sguardo. Poi dice ai nostri genitori:

– Dopo pranzo, mi vedo in centro con il mio amico H. Vi raggiungerò alla residenza.

Una delusione dopo l'altra. Oggi niente andrà come sperato.

Ci mettiamo a tavola, Tōru e io davanti ai nostri genitori. Anche oggi abbiamo piatti tradizionali. Riso, zuppa di miso, *nattō*, *nori*, *umeboshi*, sugarello essiccato, frittata. Mio fratello ripete: "È squisito!". Ha sempre amato la cucina casalinga di qualità. Mi immagino a cucinare per lui nel "nostro" appartamento.

La mamma rinnova la sua proposta per domani: visitare il museo di arte Adachi e i giardini giapponesi con tutta la famiglia. Papà aggiunge:

– Andiamoci, distano solo un quarto d'ora in macchina. In quel quartiere ci sono ottimi ristoranti. Ceneremo prima di rientrare.

Oh, no! Con i miei genitori, no. Tōru li interrompe:
– Ieri sono stato seduto ore in aereo. Preferisco passeggiare sulla spiaggia e giocare a badminton, per esempio.
Papà ironizza:
– Le spiagge hawaiane non ti sono bastate?
Ridacchio per l'ironia. Tōru mi guarda. Lo appoggio:
– Lunedì mattina starà di nuovo seduto per più di due ore sul treno regionale fino a Okayama, poi almeno un'altra ora e mezzo sullo *shinkansen* fino a Nagoya. È davvero tanto! Credo proprio che abbia bisogno di muoversi.
Si voltano tutti verso di me con aria stupita. Forse quelle parole ricordano la mia fuga di quattro anni fa. Mio fratello mi dà una pacca amichevole sulla spalla:
– Grazie per la comprensione, Suzuko.
La mamma conclude:
– E allora andremo sulla spiaggia di Yumigahama.
Una volta finita la colazione, Tōru e io rigoverniamo. Io lavo e lui asciuga. Mi chiede quale università vorrei frequentare. Mi piacerebbe tanto rispondere: "Una qualunque, basta che sia a Nagoya", ma non ne sono capace. Lui non mi propone di raggiungerlo. Anzi, mi suggerisce di prenderne in considerazione una nella nostra regione, come l'Università M., dove ha studiato mia madre Kyōko.
A un tratto gli dico:
– Ieri ho ricevuto un biglietto d'amore.
Sgrana gli occhi. L'espressione "biglietto d'amore" non è esatta. Yoshio Katō non ha usato le parole "amore" o "innamorato". Volevo soltanto vedere la sua reazione. Tōru esclama:
– Non mi stupisce, Suzuko! Bella e intelligente come sei, avrai tantissimi ammiratori. Scegli con cura un ragazzo degno di te.

Tōru e la mamma sono andati in centro con il furgoncino, lui per incontrare il suo amico H. e la mamma per controllare che in negozio vada tutto bene.

Mio padre rassetta gli oggetti di antiquariato nella rimessa. Pulisco la gabbia in giardino, stando attenta al passero sull'erba. Oggi devo fare filosofia e matematica, ma non ho voglia di studiare a casa. Decido di andare alla biblioteca municipale. Riporto la gabbia pulita in camera e mi preparo per uscire. Passo da papà per dirgli che ci vedremo direttamente alla residenza.

Scendo lungo lo stradello per prendere l'autobus. Gli uccelli stridono fra gli alberi. La luce del sole brilla nel cielo azzurro limpido. Stamani si vede il Monte Daisen più nitidamente del solito.

Arriva l'autobus. Mi siedo dal lato del finestrino. Non faccio che sospirare. Tōru mi ama in modo diverso da come lo amo io? Ho l'impressione che voglia mantenere le distanze. Perché? Comunque sia, avverto ancora un gran bisogno di confessargli i miei sentimenti e fare ordine nella mia mente confusa.

E Miki, questa bella ragazza che piace tanto ai nostri genitori, Tōru deve incontrarla con regolarità insieme a suo fratello Nao. Pensa di sposarla? È una domanda che mi tormenta. Vorrei tanto parlarne con qualcuno al di fuori della mia famiglia. Non cerco consigli, ma una confidente com'era Fujiko-*san*. Mi sento proprio smarrita.

L'autobus si ferma davanti al museo, ora Yoshio dovrebbe essere lì a lavorare. Alcuni passeggeri scendono. Li seguo con lo sguardo. Ci saranno nuovi quadri? All'improvviso mi alzo e mi unisco a loro. Non intendo incontrare quel ragazzo. Spero solo di distrarmi.

All'entrata, vedo la locandina di un corso di *kintsugi*. Le iscrizioni chiuderanno martedì, fra tre giorni. Mi piacerebbe molto imparare quest'arte. Mi precipito alla reception per avere informazioni.

L'impiegata, di una certa età, mi accoglie gentilmente. Mi dà un volantino e mi spiega che il corso è articolato in quattro incontri di tre ore ciascuno, il sabato mattina, fra le nove e mezzogiorno, per tutto il mese di novembre. È l'ideale per me. Ha un costo ridotto per i residenti della città. La signora mi avverte:

– Signorina, il numero dei posti è limitato. Ne restano solo due.

Devo prenotarne uno, penso. Mi torna però in mente la brutta esperienza della mamma con la linfa dell'*urushi*.

– Signora, la lacca può provocare dermatiti?

Risponde sicura:

– No, non ci sono rischi! Usiamo una lacca sintetica per principianti. Guardi, è scritto sul volantino.

Telefono immediatamente in negozio alla mamma. Le riferisco le informazioni ricevute. Mi suggerisce di iscrivermi subito. Compilo un modulo e lo consegno alla receptionist che commenta in tono divertito:

– E così resta solo un posto. Chi sarà l'ultimo fortunato?

Esco dal museo di buonumore.

Dopo aver fatto i compiti in biblioteca, riprendo l'autobus per andare alla residenza. Nonostante la mattina di studio, mi sento leggera all'idea di seguire dei corsi di *kintsugi*. Ne parlerò con il nonno, che credo si interessi a quest'arte unica.

Arrivo verso le due. Quando varco il cancello, vedo le mie cugine sedute a un tavolo da picnic, vicino a un'aiuola. Mi invitano a raggiungerle. Chiedo loro dove sono i nostri genitori. Miyoko, la maggiore, mi risponde:

– I tuoi sono già nel salone con il nonno, mentre i nostri verranno un po' più tardi con Gakuto.

– E Tōru?

Namiko mi informa eccitata:

– Secondo la zia Anzu, sarà qui a momenti. Sono impaziente di rivederlo!

Le mie cugine parlano dei loro corsi preferiti. La maggiore vuole diventare professoressa di educazione fisica alle scuole medie. La minore, che studia scienze della nutrizione al *tandaī*, non sembra aver ancora deciso dove lavorare. Miyoko mi chiede:

– In cosa pensi di specializzarti all'università?

– Forse in museologia.

– Ottimo, Suzuko. È adatta a te. Studia ciò che ti piace e che ti mette a tuo agio, così non avrai rimpianti.

Namiko afferma:

– Io vorrei fare la casalinga come Fujiko-*san*.

Sua sorella e io restiamo ammutolite. Continua:

– Spero di avere almeno tre figli come mia madre. È meglio che mi sposi presto.

La interrompo:

– La mamma racconta che Fujiko-*san* ha lavorato dieci anni in una biblioteca prima di sposare il nonno. Ha partorito mia madre Kyōko a trentatré anni e, due anni dopo, mamma Anzu. Ha avuto vostro padre a quarant'anni.

Namiko esclama:

– Quarant'anni! È troppo tardi. Voglio essere giovane e dinamica per i miei figli.

Miyoko la prende in giro:

– Hai una mentalità di un'altra epoca. La nostra generazione preferisce il nubilato. La vita non funziona più come ai tempi dei nostri nonni, quando i mariti erano in grado di provvedere da soli alla famiglia. Lo sai che oggi gli uomini cercano donne indipendenti?

Namiko controbatte:

– È importante che una madre resti vicino ai figli, in particolare prima delle scuole elementari. Non voglio uno di quegli uomini meschini che non capiscono una cosa tanto ovvia.

Penso a mamma Anzu che mi ha cresciuta con grande affetto pur lavorando. Inoltre, coccolata da Tōru, ho avuto un'infanzia felice. Non posso lamentarmi di niente. Eppure, questo non mi impedisce di sentirmi ora smarrita e apatica. Che cosa mi manca? Da cosa dipende questo torpore? Perfino il mio passero ferito lotta per volare.

Miyoko si rivolge alla sorella:

– Dopotutto, ognuno fa ciò che vuole. Spero che tu riesca a trovare l'uomo ideale. Hai qualcuno in vista?

Namiko risponde all'istante:

– Sì, ne ho uno!

La sorella maggiore e io ci sporgiamo in avanti:

– Chi è?!

Ci guarda negli occhi:

– Non mi prendete in giro, va bene?

Lo giuriamo insieme:
– Va bene!
Namiko sussurra:
– Tōru! Sogno di diventare sua moglie.
La fisso, sconvolta. Miyoko esclama:
– Cosa vai dicendo?
Incurante del nostro stupore, Namiko prosegue:
– È affettuoso, intelligente, forte, ha saldezza di spirito. Diventerà un bravo marito e un bravo papà. Vi ricordate come si occupava di noi tre quando i nostri genitori dovevano lavorare? Era un ottimo baby-sitter.
Poi si rivolge a me:
– Suzuko, sei veramente fortunata ad avere un fratello come lui.
Non replico, troppo innervosita. Afferma inorgoglita:
– Formeremo una famiglia sportiva. I miei studi da nutrizionista saranno molto utili. Saprò essere la migliore partner della sua vita.
Sua sorella la interrompe:
– Il matrimonio fra cugini è una questione delicata.
Namiko insiste:
– La legge giapponese lo permette. Sotto questo profilo, non c'è alcun problema.
– Il punto non è vivere insieme né sposarsi, ma avere figli, per ragioni genetiche.
– Dipende dai casi. Conosco delle coppie con questo legame di parentela e i loro figli sembrano stare bene.
Poi mi supplica:
– Suzuko, per favore, di' a tuo fratello ciò che provo per lui e fammi sapere quali sono i suoi sentimenti.
Che razza di richiesta! Le rispondo subito:
– No, spetta a te farlo!
Mi trafigge con gli occhi. Mi trattengo dal gridare: "No, io lo amo più di te!". Proprio in quel momento, Miyoko esclama:
– Guardate un po', eccolo!
Tōru apre il cancello. Mentre si avvicina, ci saluta con un gran sorriso:

– Buongiorno, signorine!

Consegna i regali alle nostre cugine. Delle T-shirt gialle, con lo stesso motivo che aveva lui stamani e la scritta *I love Hawaii!* Molto contente, le indossano sopra i maglioni. I loro volti riflettono il colore del girasole. Namiko mi passa il cellulare:

– Suzuko, fa' delle foto a noi tre insieme!

Invita Tōru a sistemarsi fra lei e la sorella, poi si mette in posa con civetteria. È più alto di loro di una quindicina di centimetri. Il giallo delle T-shirt mette in risalto la sua abbronzatura. Scatto. Namiko grida:

– Un'altra!

Tōru posa le mani sulle loro spalle e dice:

– Siamo pronti!

Fissano tutti e tre il cellulare con un sorriso smagliante. Quando premo il tasto, all'improvviso Namiko salta al collo di mio fratello che la stringe a sé. Mi ribolle il sangue.

Mi sveglio intorno alle otto. Sbadigliando apro le tende di camera mia. È un tempo splendido. Tolgo il foulard nero dalla gabbia. Il passero cinguetta e inizia a becchettare l'erba fresca. Gli sussurro: "Su-zu-ko, Tō-ru, U-ru-shi". Mi fissa.

È domenica. È l'ultimo giorno in cui Tōru è a Yonago. Nel pomeriggio andremo sulla spiaggia con i nostri genitori.

Ieri Tōru è sempre stato impegnato con altri. Dopo l'appuntamento alla residenza e la visita alle tombe, ha incontrato un gruppo di ex compagni di liceo. Erano già le sei quando è rientrato. Non ho avuto modo di parlargli da sola.

Alla residenza Namiko lo ha accalappiato, facendogli continue domande sul karate. Gli toccava con spudoratezza le braccia, le spalle, come per affermare: "Tōru è mio!". Ho sentito il nonno dirle: "Mi ricordi tua zia Kyōko". L'osservazione mi ha sorpresa. Mia madre Kyōko aveva sedotto mio padre così? Per la prima volta invidio il carattere frivolo e spontaneo di mia cugina.

Mi cambio e scendo al pianterreno. La casa è tranquilla. Probabilmente dormono ancora tutti. Entro in cucina. Bevendo un bicchiere di latte, lancio un'occhiata alla stanza dove dorme Tōru. Mi avvicino alla porta chiusa e resto immobile per un po'. Mi rivedo nel suo appartamento a Nagoya, avvolta nel sacco a pelo. Era quasi mezzanotte. Con la mente annebbiata, ero entrata in camera sua e mi ero infilata nel letto. Risento il suo odore rassicurante.

Torno in camera a prendere la gabbia, la porto in giardino. Poi lascio che il passero saltelli sull'erba. Quando spargo i chicchi di riso, altri uccelli gli volano vicino e becchettano. Osservandoli, penso al biglietto di Yoshio Katō. Anche se l'ho ricevuto solo ieri l'altro, mi sembra passato tanto tempo.

– Suzuko, dammi una mano!

La mamma mi chiama dalla soglia della cucina. Le chiedo:

– Tōru è sveglio?

– Va a mangiare al ristorante con il suo vecchio maestro di karate. Dopo andrà in visita al suo *dōjō*.

– Non lo sapevo...

– È troppo popolare, tutti vogliono vederlo. Per fortuna, passerà con noi il pomeriggio e la serata.

È l'una. Ho appena finito i compiti per domani e scendo al pianterreno. Tōru è rientrato. Sta parlando in salotto con papà. Discutono di inquinamento globale usando termini tecnici. Troppo preso dall'argomento, non mi nota.

Entro in cucina. La mamma prepara degli spuntini da mettere in un cestino da picnic, canticchiando. Sul tavolo ci sono due frisbee, quattro racchette da badminton e vari volani. Le squilla il cellulare.

– Buongiorno, signora T.

È l'anziana che vive da sola vicino al nostro capanno. Poco dopo la mamma esclama:

– Come? È caduta dalle scale?

La guardo con aria interrogativa. Prosegue:

– Non si preoccupi, signora T. Vengo subito!

Riaggancia e mi fa cenno di seguirla in salotto dove papà e Tōru continuano a chiacchierare. Annuncia:

– Un'emergenza! Devo andare subito in campagna.

Ascoltano sorpresi quanto accaduto alla signora T. Non può rialzarsi. La sua porta è chiusa dall'interno. I figli hanno una copia delle chiavi ma non possono correre da lei. Per fortuna, la signora T. aveva dato una copia anche a mia madre. Papà si alza:

– Ti accompagno.

La mamma si scusa con me e Tōru:

– Mi dispiace, facciamo presto. Vi raggiungeremo sulla spiaggia, oppure nel nostro solito ristorante. Ho già prenotato un tavolo per le sei e mezzo.

Papà dà le chiavi della sua macchina a Tōru. I nostri genitori partono con il furgoncino. All'improvviso la casa diventa tranquilla.

Eccomi da sola con mio fratello.

Mi dispiace molto per la signora T. e per i nostri genitori che hanno dovuto annullare la nostra uscita in famiglia. Nondimeno sono di buonumore. È l'occasione che sognavo. La passeggiata sulla spiaggia non ha più importanza. Seguirò Tōru ovunque.

– Suzuko, andiamo?

– Dove?

– Sulla spiaggia ovviamente. Approfittiamo del bellissimo tempo. Ho bisogno di fare esercizio.

Corro in cucina a prendere l'occorrente per il picnic e i giochi.

Tōru guida con sicurezza. Guardo in silenzio gli alberi, le case, i negozi, i ristoranti, i caffè, le boutique. Un paesaggio familiare e niente di straordinario. Eppure, tutto diventa meraviglioso ai miei occhi.

Racconto a Tōru della signora T., vedova da tre anni. Suo figlio e sua figlia abitano piuttosto lontano, ma vanno a trovarla regolarmente. Sono molto simpatici e salutano sempre la mamma in laboratorio. Tōru mi ascolta in silenzio. Aggiungo:

– Il posto è un po' isolato, quindi a papà fa piacere che la mamma abbia buoni rapporti con i vicini.

Mi chiede:

– Quanti anni hanno i nostri genitori adesso?

Gli rispondo senza pensarci:

– Papà ha cinquantaquattro anni e la mamma cinquantadue.

– Sono ancora nel pieno delle forze, lontani dalla pensione. Soprattutto la mamma, che è un'artista.

Gli chiedo controvoglia:

– Hai già pensato a quando saranno anziani? Tornerai a vivere vicino a loro?

– Non lo so. In ogni caso, forse preferiranno andare in una residenza come i nonni. Fujiko-*san* sembrava molto felice. E anche nostro nonno, che non vuole essere un peso per la famiglia.

Non replico. Sogno sempre che abiteremo nella nostra casa con i nostri genitori. Tōru resta un po' in silenzio. Penso al suo padre biologico, sparito anni fa. Mi chiedo spesso se sarà ancora vivo, ma non l'ho mai chiesto né a mio fratello né alla mamma.

– Suzuko – dice, – intanto concentrati sullo studio. Sei solo al liceo.

Ha ragione, ma il suo tono paterno mi rattrista.

Arriviamo sulla spiaggia di Yumigahama.

È tranquilla per essere domenica: solo qualche famiglia con i figli piccoli e una giovane coppia. I gabbiani volano garrendo. Mi avvio verso est dove non c'è nessuno. Tōru mi segue.

Contemplo il Monte Daisen. Secondo il meteo, fra qualche giorno la prima neve ne imbiancherà la vetta, un po' più tardi rispetto allo scorso anno. La montagna ha il versante ricurvo e così sembra galleggiare sul mare. È un paesaggio famoso della nostra regione, si trova spesso sugli opuscoli turistici. È soprannominato "il piccolo Monte Fuji". Rivedo il sorriso felice di Fujiko-*san*.

Poso il cestino da picnic all'ombra di un cespuglio. Tōru fa allungamenti e flessioni, poi corre a piedi nudi sulla sabbia asciutta e bianca. Lo seguo con lo sguardo, pensando a come affrontare l'argomento che mi preoccupa. Non devo lasciarmi sfuggire l'occasione. Si avvicina e mi invita:

– Suzuko, giochiamo a badminton.

Innalziamo la rete e tracciamo il campo con un bastone. Gli passo la racchetta. Raggiungo la mia postazione e gli grido:

– Non farmi sconti!

Mi prende in giro:

– Certo! Vediamo che cosa sai fare.

All'improvviso brucio d'ardore. Voglio vincere. Non sono sportiva, ma a badminton mi difendo. Al liceo gioco regolarmente con una compagna, la migliore del suo club. Lo scorso settembre, le mie cugine hanno organizzato delle partite nel loro giardino e io le ho sconfitte a mani basse.

Tōru urla:

– Vai, bambolina! Non perdere tempo!

"Bambolina?" mi ripeto offesa. Servo con forza. Il volano rasenta la rete e Tōru mi risponde divertito. Ribatto prontamente con destrezza. È sorpreso dalla mia velocità e prende il volano per un soffio correndo. Il volano si innalza lentamente sopra la rete. Ci siamo! Schiaccio saltando. Il volano va rapido dalla parte opposta in campo aperto. Troppo tardi, Tōru non lo prende. Lo punzecchio:

– Allora, hai visto con chi hai a che fare? Non sono una bambolina!

Assume ancora una volta un'aria divertita. Continuo con tutta l'energia. Finalmente si rende conto che faccio proprio sul serio. Vinco la prima partita. Resta allibito. Continuiamo. Grida:

– Attenta, Suzuko!

Urlo a mia volta:

– Signore, non perda tempo! Batta!

Durante la rivincita è più concentrato. La giovane coppia a passeggio si ferma a guardarci giocare. Mi incitano insieme:

– Forza, signorina! Tifiamo per lei!

Ci metto ancora più entusiasmo e vinco di nuovo. Gli spettatori applaudono, entusiasti: "Brava!". Arriviamo alla terza partita. Sempre più aggressiva, stendo mio fratello. La coppia continua ad acclamarmi.

Tōru va al cestino da picnic e si siede. Invito i nostri spettatori a giocare fra di loro. Prendono le racchette volentieri.

Mi metto vicino a Tōru. È sudato e senza fiato. Gli passo un asciugamano. Detergendosi il viso, si complimenta e mi chiede come ho fatto a diventare così brava. Accenno alla compagna con cui mi alleno a scuola. Sussurra:

– Certo... sei imprevedibile.

Abbiamo fame. Mangiamo i panini che ci ha preparato la mamma.

Davanti a noi la coppia si diverte a badminton. Ridono tanto. Sono innamorati. Tōru li osserva sorridendo. Decido di parlargli adesso.

– Tōru...

Si gira verso di me. Gli chiedo:

– Vuoi molto bene alla sorella del tuo compagno di karate?

Con aria smarrita, mi domanda:

– Parli di Miki?

Annuisco.

– Sì, molto. Perché?

– Credo che i nostri genitori sperino che vi sposiate.

Tōru scoppia a ridere. Sono sorpresa.

– Miki ha un ragazzo americano che lavora alla Anderson. Vorrebbe sposarlo, ma non l'ha ancora presentato ai suoi genitori.

– Davvero?

– Sì, me l'ha detto Nao stamattina al telefono.

Rassicurata, proseguo:

– Namiko sogna di diventare tua moglie.

Ride ancora più fragorosamente:

– Che cosa ti prende oggi? Namiko e io siamo cugini!

– In Giappone è legale.

– Lo so, ma non ho mai pensato di sposarmi con lei.

Le sue parole mi sollevano. Aggiunge:

– La considero la mia sorellina, come te.

Mi cala di nuovo il morale. Resto in silenzio. Mi provoca:

– Sei strana oggi, Suzuko.

Distolgo lo sguardo. Osservo il cielo limpido, il mare blu scuro, la spiaggia candida e il Monte Daisen maestoso. Senza curarsi dei miei sentimenti, Tōru parla di inquinamento, come poco fa con nostro padre. Mette in evidenza quanto sia fortunata a vivere in un posto così incontaminato. Non replico. Ripete ciò che mi ha detto ieri sera.

– Suzuko, ti consiglio di continuare a studiare nella regione. Ci sono molte buone università.

È crudele! Sa che voglio vivere a Nagoya, vicino a lui. Sono stati i miei genitori a chiedergli di convincermi a restare qui?

La coppia finisce la partita e ci ringrazia. Si allontanano, mano nella mano. Mi viene voglia di piangere vedendo le loro figure unite. Ho lacrime agli occhi. Lottando per cacciarle indietro, mi tolgo le scarpe e i calzini. Tōru mi chiede:

– Vuoi fare un'altra partita?

Mi alzo e gli dico:

– No, ora è il momento della corsa. Prendimi e ti dirò una cosa molto importante.

Me ne vado senza aspettare la sua risposta.

– Suzuko!

Non mi volto. Corro a perdifiato verso ovest, dalla parte opposta rispetto al Monte Daisen. Le lacrime al vento. Davanti a me, la spiaggia si estende per centinaia di metri. Non c'è nessuno. Grido: "Tōru, ti odio!".

– Suzuko!

La sua voce si spinge lontano. Lancio un'occhiata indietro. Tōru si avvicina a gran velocità. Accelero all'istante. Troppo tardi, mi raggiunge in un batter d'occhio. Superandomi, imita la giovane coppia:

– Forza, signorina! Tifiamo per lei!

Mi distanzia sempre più. Sono senza fiato. È troppo veloce. Stargli dietro è impossibile. Scoraggiata, smetto di correre. Si volta, si ferma e inizia a fare allungamenti. Quando lo raggiungo imbronciata, mi prende in giro:

– Sei arrabbiata perché ho vinto? Non hai spirito sportivo?

Non rispondo. Cerca di farmi ridere dicendo sciocchezze. Mi avvicino senza replicare. All'improvviso lo prendo a pugni sul petto. Scoppio in singhiozzi. Stupito, mi abbraccia. Resisto con forza, così mi lascia.

– Che cosa succede, Suzuko? Perché piangi?

– Sei crudele! Sai bene che voglio vivere con te a Nagoya. Perché mi respingi?

Tace, sconcertato. Alla fine, gli confesso:

– Ti amo, Tōru. Fin da quando ero piccola, non passa giorno che non ti pensi.

Mi fissa. Intuisco lo smarrimento nel suo sguardo. Gli apro il mio cuore d'un fiato:

– Non puoi immaginare la mia felicità quando ho dormito nel tuo appartamento. Dopo il liceo mi trasferirò a Nagoya. Se i nostri genitori si opporranno, studierò la sera e lavorerò di giorno, così mi renderò indipendente.

Ci sediamo sul tronco di un albero caduto. Due gabbiani planano sopra di noi. Li seguo con lo sguardo. Mi tremano le labbra. Tōru mi dice:

– Sono un dipendente. Il mio posto nella sede non è sicuro.

– Che cosa significa?

– L'azienda ha molte succursali in Giappone e all'estero. Un giorno può darsi che mi trasferiscano, com'è successo a papà. Del resto, pensano di aprire una filiale a Honolulu e mi considerano fra i candidati migliori.

– Vorrà dire che ti seguirò a Honolulu o in qualsiasi altro posto.

– Non sei mia moglie, Suzuko. Pensa agli studi, alla tua professione, al tuo futuro senza curarti di me. Non è intelligente scegliere l'università in funzione mia, dei tuoi amici né di chiunque altro.

– Voglio diventare tua moglie.

Tōru mi guarda allibito. Balbetta:

– Mia... mia moglie?

Annuisco.

– Suzuko, siamo fratello e sorella.

– Soltanto perché mio padre ha adottato te e tua madre ha adottato me, altrimenti saremmo solo cugini, come te e Namiko.

Resta di stucco, smarrito. Gli chiedo:

– Non mi ami?

– Certo che sì – risponde subito. – Ma come la mia sorellina.

Ho di nuovo le lacrime agli occhi. Mi accarezza la testa.

– Non piangere, Suzuko. Per me sei preziosa e lo sarai sempre.

Singhiozzo. Mi dà tenere pacche sulle spalle.

– Suzuko, non dimenticherò mai il giorno in cui la mamma ti ha riportata in braccio dall'ospedale. Eri adorabile e piena di energia. Ero felice di occuparmi di te. Quando hai compiuto un anno, la mamma si è sposata con tuo padre. Ero così contento quando mi hanno annunciato: "Tōru, sei diventato il fratello di Suzuko per legge".

Lo ascolto a capo chino. Prosegue:

– Ero molto felice e dicevo ad amici e vicini: "Ormai Suzuko è la mia sorellina!". La tua voce graziosa incantava tutti.

– Quando ho iniziato a camminare?

Provo una strana sensazione facendogli questa domanda, come se fosse la mia mamma.

– A nove mesi – risponde senza indugi. – E a dieci parlavi. Ovviamente, ti esprimevi per monosillabi. Ogni volta che sentivo una parola nuova, lo dicevo ai nostri genitori.

– Qual è stata la prima parola? "Mamma" o "papà"?

– "Tōru". Mi ha commosso.

Sorrido per la prima volta. Penso al mio passero ferito. Un giorno pronuncerà i tre nomi che gli ripeto? Se lo farà, quale sarà il primo? Suzuko o Tōru?

Tōru mi racconta altri aneddoti su di me. Dalle sue parole sento quanto mi adori. Lo ascolto, emozionata. Ripenso a com'ero infelice quando se n'è andato a Nagoya. Gli chiedo:

– Perché hai scelto un'università tanto lontana? Perché non nella nostra regione? Avevo solo sette anni. Fujiko-*san* era appena morta. È stato molto difficile per me.

– Mi dispiace tanto. Non avevo scelta.

– Perché mai?

– L'ultimo anno di liceo ho saputo che il mio padre biologico aveva un cancro allo stomaco e gli sarebbero rimasti solo dieci mesi di vita. La notizia mi coglieva alla sprovvista. Non sapevo nemmeno che vivesse a Nagoya.

Disorientata, rifletto su ciò che so di suo padre. Prima era stato funzionario, poi proprietario di una tipografia. E dopo il divorzio dalla mamma era fallito. Tōru riprende:

– Mi stavo informando sulle università nella nostra regione. Ma alla fine ho deciso di sostenere l'esame di ammissione a Nagoya.

– Non lo sapevo...

– A prescindere dalla vita che ha avuto, a modo suo mi voleva bene. Mi ha ringraziato per la vicinanza ed è morto serenamente in ospedale.

Tōru parla di lui in dettaglio. Osservo il mare, le onde, l'orizzonte. Penso a mia madre Kyōko.

– Perché sei rimasto a Nagoya dopo gli studi, anche quando il tuo padre naturale non c'era più? I nostri genitori e io pensavamo che saresti tornato.

Alza gli occhi al cielo. Segue con lo sguardo un gabbiano che plana in silenzio. Alla fine, mi spiega:

– Pensavo di tornare, ma ho rinunciato poco prima di finire l'università.

– Perché?

– A Nagoya mi sono innamorato.

Cosa?! Non gli avevo mai sentito pronunciare: "Mi sono innamorato". Essendo molto popolare, ha sempre avuto molte amiche, ma non ci ha mai presentato una ragazza. Era colpa mia? Gli chiedo, sperando in una risposta negativa:

– L'ami ancora?

Conferma con lo sguardo, senza proferire parola. Lo incalzo, atterrita:

– La sposerai?

– No... – sussurra.

Una strana idea mi balza in testa.

– È sposata?

– È un uomo.

Il mio adorato fratello è innamorato di un uomo!

Resto a lungo in silenzio, allibita. Un karateka e ingegnere meccanico come lui, gentile, bello, che ha successo con le ragazze: come avrei potuto sospettare che fosse omosessuale? Alla fine, Tōru prende la parola:

– All'amore non si comanda. Sono certo che mi capisci.

Gli chiedo in tono di rimprovero:

– Perché mi hai nascosto una cosa tanto importante?

– Mi dispiace, Suzuko. Ora ti svelo la verità.

– I nostri genitori lo sanno?

– No. Un giorno gliene parlerò. Nel frattempo, resterà un segreto fra me e te. Ormai sei la mia confidente.

Mi dà una pacca sulla spalla. Ancora turbata, gli domando:

– Chi è il tuo ragazzo?

China lo sguardo. Mi pento di averglielo chiesto. Che differenza fa saperlo? Ormai è troppo tardi, risponde:

– L'hai incontrato già due volte, quattro anni fa nel mio appartamento e venerdì all'aeroporto di Yonago.

Esclamo all'istante:

– Nao, il fratello di Miki?!

– Proprio lui.

Allora il periodo trascorso a Honolulu era un viaggio d'amore! Mi rivedo piombare nel suo appartamento a Nagoya. All'entrata Miki e Nao in piedi, sul punto di andarsene. Ero gelosa di quella ragazza così graziosa, pensavo che Tōru ne fosse innamorato. E invece mi sbagliavo! Mi sento ridicola.

Diversi gabbiani volano sopra di noi. Soffia una leggera brezza. Tōru contempla il Monte Daisen. Penso a mia cugina Namiko: i suoi sentimenti per Tōru mi irritavano. Ora la compatisco. Siamo sulla stessa barca rovesciata.

– Suzuko...

– Sì?

– Vuoi sapere perché ho scelto di fare karate?

Questa domanda inattesa mi sorprende. So che ha cominciato quando aveva circa dieci anni. Perché vuole raccontarmi questa vecchia storia? Di fatto, secondo me, essere uno sportivo non quadra con l'omosessualità.

– Dai... ti ascolto.

Comincia con lo sguardo rivolto al Monte Daisen.

– In quel periodo mia madre e io abitavamo da soli in un appartamentino. I miei genitori avevano divorziato da tre anni. Conducevo una vita piuttosto tranquilla. Frequentavo la scuola del quartiere dove ci conoscevamo tutti. Andavo d'accordo con i miei compagni di classe e con i bambini del vicinato...

Fa una pausa. Poi, riprende con calma:

– Un giorno, durante la ricreazione di mezzogiorno, gironzolavo in cortile. Ho visto un'amica seduta su una panchina che lavorava a maglia. Stava facendo uno scaldacollo di lana. I colori che usava, rosa e grigio chiaro, mi sembravano molto carini. Faceva abili movimenti e io la osservavo, affascinato. Mi ha invitato a provare. Mi sono seduto volentieri accanto a lei. Innanzitutto, mi ha mostrato la tecnica, quindi ci ho provato anch'io. Era divertente. Si è complimentata: "Tōru, sei bravissimo!". Chiacchieravamo con piacere. Poi, senza che me ne fossi accorto, ci siamo trovati circondati da alcuni studenti più grandi.

– Che cosa hanno fatto?

– Uno ha esclamato: "Che strano, un ragazzo che fa la maglia!". Si sono messi tutti a ridere. Ero imbarazzato e non sapevo come rispondere. È intervenuta la mia amica: "Gliel'ho proposto io. È bravo. E voi siete altrettanto capaci?". Se ne sono andati ridendo.

– Hanno continuato a darti fastidio?

– Sì, indirettamente. Ho saputo che girava voce: "Tōru è *okama*". Non conoscevo questa parola e quando ne ho capito il significato ero sconvolto. Ero adirato con gli studenti che avevano messo in giro quel pettegolezzo.

– Ma era vero...

– A quei tempi non lo sapevo ancora. Per contrastare quella diceria, ho deciso di seguire dei corsi di karate. Pur ignorando il motivo, la mamma mi ha iscritto nel nostro centro di quartiere.

Tōru tace. Lo osservo pensando: È così che ha iniziato karate? Le mie cugine hanno scelto quest'arte marziale per imitarlo. Ho preso anch'io qualche lezione quando ero alla materna. Prosegue:

– Mi piace lo sport, a patto che non sia aggressivo come la boxe. Facevo rapidi progressi e nessuno mi prendeva più in giro. Anzi, i miei compagni mi consideravano un macho. Le ragazze mi facevano il filo o mi chiedevano di essere la loro guardia del corpo quando uscivano.

– Incredibile...

Penso alla mia prima infanzia, sempre coccolata e protetta da lui. Ero molto fiera di camminare al suo fianco. I bambini del quartiere erano gentili e ripetevano: "Suzuko ha un fratello fortissimo. Occhio, con lei".

– Quando hai scoperto la tua...

– Omosessualità? Prima di entrare alle medie, da certi segnali. Per esempio, ero più attratto dai maschi che dalle femmine. Comunque, essendo molto ricercato, uscivo sempre in gruppo.

– Hai mai frequentato qualcun'altro prima di Nao?

– Sì. Avevo un'amica speciale al liceo. Avevamo una relazione platonica.

Balbetto:

– E... e con Nao?

Imbarazzata, non oso finire la frase. Tōru risponde senza indugi:

– Ovviamente abbiamo una vita intima, come tutte le coppie di innamorati. Stiamo insieme da cinque anni.

– Cinque anni! Siete già come una vecchia coppia.

Sorride al mio commento. Poi mi dice una cosa inaspettata.

– Un giorno mi sono confidato con la zia Kyōko.

– Con la mia madre biologica? Quando?

– Poco prima che morisse. L'ultima volta che ci siamo visti, mi ha parlato di un suo collega di origini ispaniche che lavorava alla Anderson. Aveva un compagno a Tokyo e si sono sposati in Spagna. Era dispiaciuta di non poter assistere alle nozze.

– Mia madre Kyōko aveva una mentalità aperta...

– Sì, senz'altro. Quando le ho confessato i miei dubbi, mi ha intimato: "Rispetta la tua natura, come fa tua mamma Anzu". È stata molto rassicurante. Mi ha "ordinato" di farle visita sulla tomba con il mio futuro innamorato.

Ancora seduti sul tronco dell'albero, contempliamo il paesaggio in silenzio. Il sole inizia a calare. Soffia un vento leggero e la temperatura scende. Non ci sono più i gabbiani. Si sente solo lo sciabordio delle onde.

Sono meno agitata, ma la tristezza e la delusione restano cocenti. La cosa importante è che Tōru sia felice con il suo innamorato, lo so. E sarebbe un dato di fatto anche se l'amata fosse una ragazza. Nondimeno, come posso confrontarmi con questa realtà? Per lui sono e per sempre sarò solo la sua sorellina.

Tōru si volta verso il Monte Daisen e resta così per un po'. A che cosa pensa? Non salgo più in vetta da due anni. Gli dico:

– Fujiko-*san* credeva che fosse il Monte Fuji.

– Sì, me lo ricordo. Quando stava bene, veniva insieme a me e alla mamma. Ogni volta ci preparava dei deliziosi *onigiri*. Mi manca. Era una persona di cuore. Grazie alla sua vicinanza, non ho sofferto troppo per il divorzio dei miei genitori.

– Fujiko-*san* era la mia confidente.

– La tua confidente? In quale periodo? Quando sei nata, aveva già il morbo di Alzheimer. E quando eri alla materna non ci riconosceva già più come nipoti.

– L'anno in cui è morta. Ti eri appena trasferito a Nagoya. Mi mancavi tanto. Allora parlavo dei miei sentimenti con Fujiko-*san*.

– Ma dimenticava tutto ciò che le dicevamo.

– La sua malattia non mi turbava. Anzi, mi metteva a mio agio: nessun altro avrebbe potuto scoprire il mio segreto.

– Che cosa ti ha risposto?

Gli ripeto le parole di Fujiko-*san*: “L’amore a senso unico non funziona”. Chino la testa, imbarazzata. Tōru mi posa la mano sulla spalla come per consolarmi.

– Anch’io le avevo confidato il mio segreto.

– Quale? La tua omosessualità?

– No, il mio interesse per il lavoro a maglia. Le avevo chiesto come fare una sciarpa. Mi aveva mostrato la sua tecnica, promettendomi che la cosa sarebbe rimasta fra noi.

– Ci sei riuscito?

– Sì, si era congratulata come aveva fatto la mia amica a scuola. Ne andavo molto fiero.

– Mi piacerebbe vederla. Dov’è?

– Ce l’hai tu.

– Ah! Esclamo.

Tōru mi sorride. Gli chiedo:

– Intendi quella a righe rosa e grigie?

– Proprio quella!

– La mamma mi ha sempre detto che l’aveva fatta Fujiko-*san* per il mio primo compleanno.

– Se diceva così... significa che la nonna aveva davvero mantenuto la promessa.

– Allora era un tuo regalo.

– Sì. Visto che come sciarpa da bebè era troppo grande, la mamma l’aveva conservata per l’inizio della materna.

Mi piacerebbe dire “grazie” ma la parola non esce. Penso a Fujiko-*san*. Ogni volta che mi vedeva quella sciarpa al collo, ne apprezzava i colori e mi chiedeva chi l’avesse fatta. Le rispondevo: “Lei, Fujiko-*san*”. Negava seduta stante. Non insistevo per non confonderla, come mi consigliavano i miei genitori.

Tōru guarda l’orologio. Sono quasi le sei. Mi prende la mano:

– Andiamo, Suzuko.

I nostri genitori non ci hanno ancora raggiunti sulla spiaggia. Mi chiedo se la signora T. starà meglio. Devono cenare con noi al ristorante. Non ho voglia di andarci: avrò gli occhi gonfi dopo tutte queste lacrime. Mi alzo malvolentieri. Intanto dobbiamo tornare dove abbiamo lasciato i giochi e il cestino da picnic.

Suona il cellulare di Tōru. Penso subito che sia il suo ragazzo, Nao.

– È la mamma – dice.

Mi affretto pensando che i miei genitori siano partiti dalla campagna. Un minuto dopo Tōru grida:

– Suzuko, aspettami!

Mi volto. Mi raggiunge e mi dice:

– Siamo da soli al ristorante.

Sono sorpresa. Mi spiega che il medico ha visitato la signora T. a casa, per fortuna non si è fratturata niente nella caduta. Ma i nostri genitori hanno deciso di restare con lei perché i suoi figli non sono ancora arrivati. Tōru mi dice:

– Andiamo, Suzuko! Sono affamato.

Poi si incurva e mi fa cenno di salirgli sulle spalle. Il gesto mi stupisce, ma obbedisco. Mi porta con facilità. Camminando, canta: *Il cielo avvampa... suona la campana del tempio... torniamo a casa... insieme con i corvi...*

Alzando gli occhi al cielo, sussurro:

– Dove sono i gabbiani?

Arriviamo al ristorante. Il cuoco, che conosce la nostra famiglia da anni, è felice di rivedere Tōru. Chiacchierano un po'. I deliziosi profumi mi mettono subito appetito. Ordiniamo *chirashi-zushi* e *gyōza* con insalata e zuppa di miso.

Tōru mi parla dell'ambiente, argomento di cui discute regolarmente con papà. Si interessa soprattutto alle tecnologie non inquinanti. Ascoltandolo, decido ormai di concentrarmi sugli studi e dare meno peso al luogo in cui vivrò. Tōru ha ragione. Non devo scegliere l'università in funzione sua né di nessun altro.

Dopo cena rientriamo subito a casa.

Sono quasi le nove. Tōru inizia a preparare la valigia al pianterreno. Domattina prenderà il treno delle sei. Io, invece, faccio la doccia al piano di sopra e resto in camera mia a ripassare per lunedì.

Quando scendo per salutarlo, Tōru sta parlando al telefono. Mi dà un'occhiata e mi fa capire che è di nuovo la mamma. Ho sete. Bevo un bicchiere d'acqua. Quando riaggancia, mi informa:

– I figli della signora T. sono arrivati. Ma, essendo già tardi, papà e mamma restano a dormire nel capanno.

– Saranno di ritorno domani, prima che tu parta?

– No, parto troppo presto. Faranno colazione con te.

In quel momento riceve un'altra telefonata da parte della mamma, me la passa. Si raccomanda:

– Suzuko, tuo fratello deve alzarsi presto. Non disturbarlo con le tue chiacchiere.

– Va bene, mamma. Ho già fatto la doccia e sto andando a letto.

Vuole sapere se ci siamo divertiti sulla spiaggia. Le rispondo che abbiamo giocato a badminton e fatto una corsa. Aggiungo:

– Tōru mi ha insegnato cose importanti sull'ecologia.

Mi augura la buonanotte, contenta. Riattacco. Tōru non c'è più. Dev'essere sotto la doccia.

Torno in camera mia. Il passero cinguetta. Cammina ancora goffamente. Chiudo le tende. Scandisco:

– Su-zu-ko, Tō-ru, U-ru-shi.

Inclina la testa. A che cosa pensa? A sua madre? Lo fisso, poi gli sussurro:

– Rinuncio al mio sogno di bambina. Sei coraggioso, piccolo mio, nonostante la tua ferita. Devo recuperare la speranza anch'io.

Poso il foulard nero sulla gabbia. Nel frattempo, sento la voce di Tōru dietro la porta. Gli apro. In pigiama, si tampona i capelli con un asciugamano. Gli chiedo:

– Hai già finito i preparativi?

– Sì. Sono venuto a salutarti.

Cip cip! Cip cip! All'improvviso il passero canta. Guardo la gabbia, stupita. In genere al buio sta buono. Dev'essere sorpreso di sentire una voce inusuale.

Tōru esclama:

– Tieni qui il passero!

Cip cip! Cip cip! Solleva il foulard. Scherza:

– Quante parole imparerà?

– Un giorno lo vedrai, almeno spero.

– Non sto nella pelle – sorride.

Osserviamo in silenzio questa creatura piccola, ma testarda. Tōru è chino vicino a me. Sento il profumo del sapone. Ha i capelli ancora leggermente umidi. Il passero nasconde le zampe e piega la testa. Ricopro la gabbia. Tōru si alza.

– Suzuko, non dimenticare che sei la mia adorata sorellina.

Abbasso gli occhi, trattenendo le lacrime. Aggiunge:

– Scrivimi, ti risponderò sempre.

Mi abbraccia. Resto immobile, sognando che il tempo si fermi. Se ne va. La porta si chiude. Rimane l'odore del sapone.

Entro sotto le lenzuola e spengo l'abat-jour. Sono sveglia. A occhi chiusi, penso alla prima infanzia, segnata più da Tōru che dai miei genitori. Era un ragazzo affidabile e serio, con una grande pazienza e una sensibilità straordinaria. Sono cresciuta felice, amata e protetta, come un uccellino sotto l'ala della madre... Consideravo lui mia madre?

La sveglia segna le dieci e mezzo. Tōru deve dormire. Finalmente sopraggiunge il sonno. Ciò nonostante, esco dal letto e dalla camera. Accendo la luce del corridoio. Mi dirigo alle scale e scendo al pianterreno.

Arrivo nella cucina illuminata da una luce notturna. Do un'occhiata alla stanza dove si trova mio fratello. La porta è chiusa. Mi avvicino e resto immobile. Poi, l'apro piano piano. La valigia e lo zaino sono addossati al muro. Avanzo verso il letto, Tōru dorme a pancia in su. Ha una maschera nera sugli occhi, come quella volta nel suo appartamento, le braccia appoggiate sul petto sopra il piumone. Scivolo accanto a lui. Tōru si volta e mi abbraccia. Sussurro:

– *Onīchan...*

– Suzuko, svegliati.

Apro gli occhi. Con la mente annebbiata, vedo il viso di mia madre. Mi accarezza i capelli. Presa un po' dal panico, mi chiedo: "Dove sono? In un sogno? In camera di Tōru?". Guardo verso la finestra. La gabbia del mio passero è proprio qui, sotto il foulard nero.

– Tōru è già partito?

– Sì – risponde la mamma, – ha telefonato poco fa dal treno.

Mi indica la sveglia che segna già le sette e quaranta. Avevo dimenticato di impostarla. È lunedì. C'è scuola.

– Papà è sotto la doccia. Facciamo colazione insieme, va bene?

Mi drizzo sul letto. Mi stringe a sé e sussurra:

– Sei la mia cara bambina, la mia unica figlia al mondo.

Mi abbandono così per qualche istante, in silenzio. Con la mente ancora confusa, penso: Come ho fatto a tornare qui? Intravedo l'immagine di Tōru che sale le scale portandomi in braccio.

La mamma esce di camera. Poltrisco un po' riflettendo.

Tōru è partito... Il mio sogno di bambina è volato via. Posso solo accettare la realtà: è omosessuale e innamorato. Ripenso a quando gli ho gridato sulla spiaggia: "Sei crudele!". Non capivo come potesse mantenere la calma davanti al mio dolore. Poi, ascoltando i racconti della sua infanzia, a poco a poco mi sono resa conto di quanto fossi egoista.

Mi alzo. All'improvviso provo un senso di leggerezza, come se mi fossi liberata di un grosso zaino che mi pesava sulle spalle.

È il primo sabato di novembre. Il sole splende in un cielo azzurro. Non fa né caldo né freddo. Sarà una giornata meravigliosa.

Stamani inizia il corso di *kintsugi* al museo. Ci hanno chiesto di portare qualche oggetto di ceramica sbreccato o rotto. Ho due tazze da tè e due piatti che la mamma ha trovato in cucina. Sono porcellane senza pregio. Va bene così per un primo tentativo. Il corso comincia alle nove.

Uscendo di casa, vedo papà che chiude la porta della rimessa. Mi dà un sacchetto di carta:

– Suzuko, porta anche questo.

Guardo dentro. C'è una ceramica rotta. Ne esamino un frammento, l'interno è marrone e l'esterno blu scuro.

– Che cos'è?

– Una vecchia campanella di fabbricazione artigianale. L'ho trovata in un negozio antiquario nella Repubblica Ceca quando ho visitato i mercati di ceramica a Beroun con la mamma. Ricordi il nostro viaggio? Facevi la materna.

–Ah, certo...

Ho impresso quel momento. Durante la loro assenza, i nonni erano rimasti a casa nostra. Dato che il nonno doveva occuparsi di Fujiko-*san* già affetta dall'Alzheimer, Tōru passava molto tempo insieme a me, per la mia grande felicità. Mio padre prosegue:

– L'avevo comprata pensando al tuo nome: Suzuko, "la figlia della campanella". Purtroppo, mi è caduta quando siamo arrivati a casa.

Estraggo tutti i frammenti. Sono cinque. Li raduno sul tavolo del giardino. È una campanella di una quindicina di centimetri. Sullo sfondo blu scuro, è disegnata una foglia autunnale, luminosa come una lampada accesa.

– Bella – dico. – Ma il battaglio dov'è?

– Quando l'ho comprata non c'era.

Scherzo:

– Una campanella senza battaglio?

– Proprio così. Per me, resta lo stesso un ricordo prezioso. Riparala con il tuo senso artistico, per favore.

– Volentieri.

Propone di accompagnarmi al museo in macchina. Rifiuto e vado in tutta fretta a prendere l'autobus delle otto e mezzo.

Scendendo lungo lo stradello, noto che la prima neve ha imbiancato la cima del Monte Daisen. Il meteo annuncia che ai piedi del monte i colori dell'autunno sono al massimo splendore. I miei genitori pensano di andarci domani per ammirare gli aceri palmati rosso vivo. Mi torna in mente il volto sorridente di Tōru.

È partito da due settimane. Non ci siamo scritti. È impegnato con il lavoro, il karate e soprattutto con Nao. Immagino che aspetti che faccia io il primo passo. La delusione e il dolore si sono affievoliti, adesso credo di potergli parlare normalmente. Per il momento, però, evito. Fra due mesi dovrebbe tornare per le vacanze invernali. Rivelerà ai nostri genitori la sua omosessualità e presenterà loro il suo compagno?

Salgo sull'autobus. È quasi pieno. Mentre cerco un posto, vedo in fondo la signora O., una conoscente di famiglia. Mi fa cenno di sedermi accanto a lei. Mi avvicino e la saluto educatamente. Mi guarda lo zaino e mi chiede:

– Hai qualcosa di speciale a scuola?

Le racconto del corso che seguirò al museo stamattina. Esclama:

– Anch'io farò il corso di *kintsugi*! Guarda.

Apre la cesta di bambù. Ha alcuni frammenti di ceramica: due ciotole da riso sbreccate e un piatto rotto in tre pezzi. Benché i motivi non siano più di moda, mi piacciono i loro colori allegri.

– Sono ricordi del mio matrimonio. Volevo farli riparare da un artigiano di *kintsugi*, ma un'amica mi ha informata di questo corso al museo. Ci siamo iscritte subito.

La signora O. mi parla liberamente, come se mi conoscesse bene. Non era mai capitato prima. È cambiato qualcosa in me? Mi sorride:

– Mi sorprende che una ragazza così giovane si interessi a quest'arte antica.

– Dev'essere l'influenza di mia madre, rispondo.

La signora O. mi fissa, poi elogia i vasi per ikebana creati dalla mamma. Le faccio vedere la campanella rotta. Esamina il pezzo più grosso, quello con la foglia. Capisce che si tratta di una ceramica di origine ceca. Aggiunge:

– È una foglia di olmo.

– Davvero?

Poi sussurra:

– Una campanella senza battaglio? È strano...

L'autobus arriva al museo.

Scendiamo in una decina. Hanno tutti uno zaino. Capisco che anche loro vanno al corso di *kintsugi*. Sono perlopiù donne di una certa età. Ci avviamo alla porta del museo. Mi sembra di andare a far visita in una residenza per anziani.

Entriamo nella sala assegnataci, dove c'è già qualche studente seduto. I tavoli sono cinque. Scelgo quello in fondo, davanti alla finestra, occupato da due donne; mentre la signora O. e la sua amica vanno a quello centrale. Conto gli allievi con lo sguardo: diciannove me inclusa, solo due uomini anziani. L'ambiente si anima di voci femminili.

Mi pare di capire che il museo organizzi sempre più spesso attività culturali per pensionati. Del resto, di recente sono accadute due disgrazie: due vecchi sono stati trovati morti nelle loro rispettive case, per motivi diversi. Avevano in comune la mancanza di contatti regolari con gli altri. Questi episodi mi fanno venire in mente l'incidente della signora T., la vicina della mamma in campagna. Per fortuna i miei l'hanno potuta aiutare subito.

Le due signore al mio tavolo chiacchierano. Accanto a me è rimasta una sedia libera. Prendiamo i nostri frammenti di ceramica sbreccata. Ci presentiamo cordialmente. Quando dico il mio cognome, una delle signore mi chiede se sono parente di Anzu Nire. Rispondo che è mia madre. Esclama:

– Sei la figlia della famosa ceramista! Adoro i suoi vasi per ikebana. Spero che un giorno tenga dei corsi qui.

Sorrido inorgoglita. L'altra mi domanda:

– Allora devi essere la sorella di Tōru Nire, è stato campione regionale di karate. Mio figlio insegna in un club e me ne parla spesso con ammirazione. Che cosa fa adesso? Continua con il karate?

È proprio un piccolo mondo. Le spiego che mio fratello è ingegnere a Nagoya e continua a praticare sport. Ne parlo senza particolari emozioni.

– È già sposato?

Rispondo "no", senza aggiungere altro. La signora prosegue:

– Tuo fratello, bello e intelligente com'è, avrà molto successo con le donne.

– Può darsi...

Mi chiedo se Tōru abbia molti ammiratori omosessuali. Perché no? Ripenso alle sue parole sul futuro con il suo ragazzo. "Nao e io continuiamo a vivere separati come due single. Ci incontriamo quando vogliamo." Mi sembrava strano che una coppia innamorata potesse vivere così. Ha precisato: "Non dipende dalla nostra sessualità. È soltanto una nostra scelta".

La professoressa entra spingendo un carrello carico di materiali. Dev'essere coetanea della mamma. Osserva i tavoli quasi tutti occupati, poi controlla l'orologio. Proprio quando sta chiudendo la porta, entra un ragazzo con un maglione beige che si scusa per il ritardo. Pare uno studente. Finalmente un giovane! Ha l'aria simpatica. La professoressa si guarda intorno in cerca di una sedia libera e la mia vicina alza la mano:

– Vieni qui! C'è un posto per te, giusto accanto a questa graziosa signorina!

Ridono tutti. Arrossisco. Il ragazzo si avvicina e si presenta:

– Piacere, mi chiamo Yoshio Katō. Sono uno studente del liceo Y.

Lo osservo stupefatta.

Torno a casa e pranzo con i miei genitori.

La mamma mi chiede del corso di stamattina. Le rispondo che mi è piaciuta molto la professoressa di *kintsugi* e ho cominciato da una delle tazze da tè. Spiego a mio padre che riparerò la sua campanella senza battaglio più avanti perché richiede maggiore tecnica e più tempo. La mamma sorride e specifica:

– È un ricordo prezioso del nostro viaggio nella Repubblica Ceca. Sono impaziente di vedere come la farai rivivere.

I miei genitori si stupiscono che, a parte io e un altro liceale, i partecipanti siano tutti pensionati. Scherzo:

– Alcuni sono duri d'orecchie e la professoressa deve spiegare almeno tre volte. La classe procede piano, come alla materna.

Papà ridacchia:

– Imparerai la pazienza!

Poi parlano dell'uscita di domani, quando porteranno il nonno ai piedi del Monte Daisen. Squilla il telefono e papà risponde. Mangio in silenzio, la mente occupata da Yoshio Katō. Alla fine del corso mi ha proposto per domani pomeriggio, dopo aver fatto i compiti nella biblioteca comunale, di andare a visitare le rovine del castello di Yonago. Ho accettato.

Sono rimasta davvero sorpresa quando si è presentato al nostro tavolo. Non avevo mai pensato che l'autore di quel dolce biglietto avrebbe fatto questo corso. Fra l'altro, a quell'ora avrebbe dovuto lavorare al museo. Durante la pausa mi ha spiegato perché aveva deciso di iscriversi.

Due settimane fa, Yoshio ha avvisato il museo che avrebbe concluso il suo impegno come volontario all'inizio di novembre. In quell'occasione, la receptionist gli ha chiesto se volesse frequentare il corso di *kintsugi* per il quale restava un posto. Quest'arte particolare lo attraeva, ma non era un periodo ottimale per lui. Da allora in poi, avrebbe dovuto concentrarsi sul concorso che avrà a primavera. Ma quando ha visto il mio nome in fondo alla lista ha risposto subito: "Sì, signora, prendo io l'ultimo posto!".

Chiacchieravamo amabilmente. Gli ha fatto molto piacere sapere che conservavo il biglietto che mi aveva lasciato nel *kutsu-bako* a scuola. Con mio stupore, ha fatto un'osservazione sul mio aspetto: "Scusami se sono indiscreto, ma sembri convalescente". Controvoglia ho confessato: "Sì, mi sto riprendendo proprio ora da una delusione sentimentale. Un amore non corrisposto". Ha sussurrato con simpatia: "Mi dispiace...". Senza chiedere altro, ha continuato: "Ma questo significa che posso frequentarti. Devo provare riconoscenza".

Penso al suo sguardo sincero. È la prima volta che esco con un ragazzo! Ho il batticuore. Mi affiora un sorriso che nascondo chinando la testa. Mi ripeto il suo nome, come se lo sussurrassi al mio passero. Yoshio, Yoshio, Yoshio...

– Suzuko, mi ascolti?

Mi ridesto. Mia madre mi fissa incuriosita. Mio padre mi provoca:

– Sei sulla luna? Parlavamo di tuo fratello.

Quindi era Tōru poco fa al telefono. Chiedo:

– Novità?

Papà annuncia pieno d'orgoglio:

– È stato nominato vicedirettore di una delle succursali. È una cosa straordinaria alla sua età.

Deve andarsene da Nagoya? Gli chiedo smarrita:

– Dov'è questa succursale? Alle Hawaii?

– No, a Okayama. Ad appena due ore da qui col treno rapido.

Okayama? Tōru è stato nella succursale di questa città due settimane fa. La mamma mi guarda:

– Suzuko, non sei contenta?

– Certo, mi fa piacere per lui!

Non è proprio così. Mi domando come avrà reagito Tōru a questa promozione. Il trasferimento inciderà molto sulla sua vita sentimentale con Nao, anche se Nagoya e Okayama distano solo un'ora e mezzo in *shinkansen*.

Squilla di nuovo il telefono, risponde la mamma. Dopo una breve conversazione ci dice:

– È mio fratello Nobuki. Domani lui e la sua famiglia verranno ai piedi del Monte Daisen con noi. Il nonno sarà felice di vederli.

Papà le chiede:

– Ci saranno anche le loro figlie?

Risponde di sì, poi si rivolge a me:

– Le tue cugine sperano che venga anche tu, soprattutto Namiko. Sei libera domani?

Namiko? Vorrà chiedermi di Tōru. Esclamo:

– Eh no! Ho un compito impegnativo di filosofia. Devo fare delle ricerche in biblioteca.

Sotto un pallido sole pomeridiano, Yoshio e io andiamo a piedi alle rovine del castello di Yonago.

Abbiamo appena finito i compiti in biblioteca. Per due ore Yoshio è sembrato così intento che non osavo aprire bocca. Comunque, ho saputo che vorrebbe diventare oculista e presentarsi all'esame di ammissione dell'Università di Tottori che ha la facoltà di Medicina nella nostra città. Desidera lavorare in un ospedale qui o nella nostra regione.

Camminando, parliamo dell'arte del *kintsugi*. Pare impressionato dalle mie conoscenze; ho imparato tutto su un libro preso in prestito a scuola. Discutiamo anche delle opere esposte al museo: piatti, tazze da tè, vasi. Sono tutte meravigliosamente rinate grazie alla lacca naturale *urushi* e sublimate dalla polvere d'oro. Dico a Yoshio:

– Mi piacerebbe creare gioielli partendo da pezzettini rotti. Ne ho parlato con la nostra professoressa. Innanzitutto, bisogna ritagliare i frammenti di ceramica e pulirli.

– Dev'essere un processo lungo.

– Se i miei genitori saranno d'accordo, frequenterò dei corsi. La mamma mi incoraggia sempre a creare cose originali.

– Tua madre deve amare la natura. Che lavoro fa?

– È ceramista. Crea vasi per ikebana usando una tecnica molto antica.

A proposito della mamma, mi chiedo se sappia già che mio fratello è omosessuale. Cammino in silenzio.

– Mi piace il tuo nome – dice Yoshio.

– Davvero? I miei compagni mi chiamano Suzu o Sū. Di recente, un'amica mi ha soprannominata *Suzume*.

Mi prende in giro:

– Sei diventata un uccello?

Gli racconto la storia del mio passero ferito. Yoshio trova divertente l'idea di trasformarlo in pappagallo, ma dubita che sia possibile. Accenno al documentario che mia madre ha visto in televisione.

– Dimmi un po', quali parole gli insegni?

– Il mio nome e il suo – rispondo senza menzionare "Tōru".

– Come si chiama?

– Urushi.

– Urushi?

– Sì, gli ho messo questo nome sperando che si ristabilisse in fretta.

– Una specie di *kintsugi*?

– Esattamente!

Mi propone semiserio:

– Sarei onorato se aggiungessi il mio nome.

– Volentieri. Lo farò esercitare soltanto con "Yoshi!", che è come dire "Bene!".

– Sai che "yoshi" indica qualcuno nobile, intelligente e istruito?

– Allora è degno di te.

– Mi lusinghi!

Sorridiamo. Riprende:

– Suzuko, in *kanji*, si scrive in diversi modi. Perché i tuoi genitori hanno scelto i caratteri che significano "figlia della campanella"?

– L'ha deciso la mia defunta madre, perché il fiore del suo giorno di nascita è il mughetto, *suzuran* – 鈴蘭 – "orchidea di campanelle". Era nata il primo maggio.

Yoshio mi guarda, confuso:

– Allora sei stata adottata?

– Sì e no.

– Come?

La sua espressione si fa ancora più perplessa. Capita ogni volta che spiego la mia situazione familiare. Yoshio sbatte le palpebre:

– Tuo padre si è sposato con tua zia?

– Sì. Lei mi ha adottata.

– Quando è morta la tua madre biologica?

– Pochi giorni dopo la mia nascita.

Mi fissa, con aria compassionevole.

– Non devi dispiacerti, Yoshio. Sono fortunata ad avere la mia seconda mamma, che mi ha cresciuta con tanto affetto. Lei e mio padre vanno molto d'accordo e io li amo allo stesso modo.

– Sei figlia unica?

– No, ho un fratello, Tōru, il figlio della mia attuale madre e del suo ex marito.

– Allora è tuo cugino!

Aggiungo che mio padre l'ha adottato e tutti e quattro legalmente formiamo una famiglia con il patronimico Nire, il cognome della mia seconda mamma e della mia madre biologica. Sussurra:

– Molto interessante...

Mi fa domande su Tōru. Gli spiego che mio fratello è ingegnere in una grande azienda automobilistica a Nagoya ed è appena stato trasferito a Okayama.

– Quanti anni ha?

– Ventisette.

– Undici anni di differenza? Andate d'accordo?

– Molto! Rispondo senza incertezza. È gentile e premuroso. Fa karate da quando aveva dieci anni.

– Incuterà timore.

– In effetti! La sua pazienza infinita sorprende tutti. Quando ero piccola, si è occupato di me come una terza mamma. Gli sarò sempre grata per tutta la cura e la protezione che mi ha dedicato.

L'espressione "come una terza mamma" mi meraviglia.

– Sei fortunata ad avere un fratello così! È sposato?
– No, ma frequenta qualcuno.
– Anche la sua compagna sarà speciale come lui – dice Yoshio.
Esito a replicare. Spero che Tōru presenti presto Nao ai nostri genitori.

Arriviamo ai piedi della collina Minatoyama. Le rovine del castello di Yonago si trovano sull'altopiano. Saliamo la scala di pietra.

Yoshio mi racconta la storia di questo castello, che risale al XV secolo. Sembra interessarsene più di chiunque altro intorno a me. Risponde volentieri alle mie domande, perfino alle più insignificanti. Il suo modo di spiegare pacato ma entusiasta mi incuriosisce. Concentrandomi su ogni sua parola, provo un senso di leggerezza, come se uscissi da una fitta nebbia.

Percorriamo lo stretto sentiero nel sottobosco. Osservando il fogliame, Yoshio esclama:

– Adoro questo stradello selvaggio!

Non incrociamo nessuno. All'improvviso gli chiedo:

– Hai molti amici?

Si sofferma e risponde:

– Ne ho parecchi, ma nessuno davvero stretto. Mi piace la solitudine ed evito i compagni che preferiscono girare in gruppo.

– Allora perché mi hai invitata a uscire?

– Perché mi sono innamorato di te. Tutto qua.

Queste parole sincere mi vanno dritte al cuore. Chino la testa senza sapere cosa dire. Mi prende la mano con naturalezza. Camminiamo in silenzio. Mi viene in mente la frase di Kierkegaard: "Se non hai molti amici, significa che hai molta esperienza della vita".

Arriviamo sull'altopiano. Ci sono alcuni visitatori. Ammiriamo il panorama ricco e vario: il Mare Interno molto vicino, l'agglomerato urbano di Yonago, la città di Sakaiminato in cima alla Penisola di Shimane, il Mare del Giappone, qualche montagna a est, dominata dal Monte Daisen...

Yoshio mi chiede:

– Hai già ammirato il "Diamond Daisen"?

Indica il sorgere del sole dietro il Monte Daisen. Da qui si può osservare questo spettacolo meraviglioso per alcuni giorni a febbraio e ottobre. Rispondo:

– L'ho visto solo una volta durante un'attività organizzata alle scuole medie.

– E basta? Io vengo qui almeno due volte all'anno.

– Così spesso? Da solo?

– No, con mia madre. Adora questo spettacolo. L'accompagno perché non ci vede bene per colpa del diabete. Ha difficoltà al buio.

– Tuo padre non viene con voi?

– Io non ho un padre. Mia madre mi ha cresciuto da sola.

Lo guardo in faccia, sorpresa. Immaginavo che i suoi genitori avessero una clinica oculistica e che Yoshio volesse seguire le loro orme. Aggiunge:

– Sono nato fuori dal matrimonio.

Mi sorprendo ancora una volta. Indica i piedi del Monte Daisen, dove si innalza una colonna di fumo. È la cartiera Ōji, che dà da vivere al villaggio di Hiezu.

– Mia madre lavora là come commessa dalla fine del liceo.

– È lei che ti consiglia di studiare oculistica?

– No, è una mia scelta. Ha conoscenze scientifiche rudimentali. Ciò nonostante, mi fa spesso domande pertinenti. Per darle spiegazioni adeguate, devo informarmi. E, ogni volta che trovo delle risposte, è contenta come una bambina: "Grazie, sei incredibile!".

– È tua madre, quindi, che ti motiva a imparare.

– In un certo senso.

– Desidera che resti a Yonago?

– No, al contrario. Mi incoraggia ad andare in una città più grande, come Okayama, Hiroshima, Osaka, Kyoto. Ma anche questa è una mia decisione. Preferirei non spostarmi da questa regione perché mi piace molto.

– Lei è originaria di Yonago?

– No, è nata a Shizuoka.

– Shizuoka? È la città natale anche della mia nonna materna, morta otto anni fa.

– Davvero? Allora abbiamo qualcosa in comune.

– La adoravo. Era la mia confidente.

– Quali segreti le raccontavi?

– Cose infantili ma serie per me.

Yoshio mi stuzzica:

– Essere una confidente è un compito gravoso. Poveretta, tua nonna.

– Soffriva di Alzheimer e dimenticava molto in fretta ciò che le veniva detto.

– Comodo – sorride.

– Mi dava consigli preziosi.

– Per esempio?

– Sono segreti nostri.

Yoshio si congratula in tono divertito:

– Brava, Suzuko! Kierkegaard ha detto: "Forse niente nobilita tanto un essere umano quanto saper serbare un segreto".

Ogni sabato mattina Yoshio e io seguiamo le lezioni di *kintsugi* al museo.

Capita di rado che ci incontriamo a scuola, dato che le nostre classi sono in due edifici diversi. Ma ci sentiamo regolarmente per telefono, in particolare a fine giornata. Ridiamo raccontandoci sciocchezze. Così dormo serena. Non ho mai conosciuto un ragazzo che mi facesse sentire tanto a mio agio. Aspetto con impazienza il weekend.

È molto impegnato. Durante la settimana dà ripetizioni a domicilio. Non partecipa alle attività extrascolastiche, a differenza della maggior parte degli studenti del nostro liceo. Cucina quando la madre ha gli straordinari. Il sabato pomeriggio fa la spesa e lavoretti in casa. Mi rendo conto di quanto sono viziata. Al massimo io aspiro a guadagnare un po' di soldi per le mie piccole spese.

Oggi è domenica. Verso le due abbiamo passeggiato lungo il Mare Interno nel parco di Minatoyama. Poi, abbiamo rovistato fra i libri della più grande libreria del centro. Yoshio aveva bisogno di alcuni volumi per preparare il concorso. Non frequenta un *juku*. "Mi costerebbe troppo," dice. "Mi conviene studiare da solo. Credo di potercela fare lo stesso a superare l'esame."

Sono le cinque. Fra poco dobbiamo tornare a casa. Mentre camminiamo in una strada di negozi per arrivare alla stazione degli autobus, ci sorprende un acquazzone. Fa freddo. Entriamo in una piccola caffetteria e ordiniamo due cioccolate calde. Ci sediamo al bancone davanti alla finestra. Di fronte ci sono un fruttivendolo, un vecchio ristorante, una panetteria, una mesticheria. Alcuni passanti si riparano dalla pioggia sotto le pensiline.

Mentre beviamo, parliamo delle grandi città che abbiamo visitato. A lui piace molto Kyoto. Gli racconto i viaggi che ho fatto con la mamma a Tokyo durante i concorsi annuali di ceramica.

– Allora la conosci bene.

– Per niente! Ero alla materna e alle elementari. Ricordo solo i parchi divertimento e i negozi dove la mamma mi comprava giochi e libri.

Accenno anche alla breve visita con Tōru per vedere la succursale della Anderson, dove aveva lavorato mia madre Kyōko. Gli descrivo il quartiere, uno dei più eleganti della capitale. Yoshio mi ascolta con interesse. Continuo:

– Mi torna spesso in mente il ristorante italiano dove abbiamo pranzato.

– Che cosa avevate preso?

– Spaghetti alla napoletana. In verità, non mi aveva impressionata il cibo, bensì ciò che mi passava per la testa osservando la folla densa oltre il vetro.

– A cosa pensavi?

Do un'occhiata fuori, la pioggia si è placata. Qualcuno cammina a passo svelto. Alcuni clienti escono dal fruttivendolo con le loro buste. È quasi ora di preparare la cena. Stasera a casa mangeremo il *sukiyaki*, aiuterò la mamma a tagliare gli ingredienti. Rivedo l'appartamento di Tōru. Riaffiora il profumo delle polpette stufate. In quel momento, mi sento di nuovo gridare: "Voglio vedere Tōru subito! Ho bisogno di lui!".

Rispondo a Yoshio:

– Pensavo: "Come possiamo essere felici senza gli altri?".

Esclama:

– Che domanda filosofica! Bello!

Cita le parole di Sartre: "L'Inferno sono gli altri". Rido a malincuore. Poi riprendo seria:

– Yoshio, anche tu che preferisci la solitudine ogni tanto ti sentirai solo.

– Certo, Suzuko. Ed è per questo che speravo di avere una ragazza. E quando mi sono innamorato di te, ho deciso di contattarti subito. Non puoi immaginare la mia gioia quando hai accettato.

La sua risposta mi piace molto, anche se non era esattamente ciò che mi aspettavo.

Scrive sul tovagliolo di carta il *kanji* "hito 人" – "essere umano". Poi mi dice:

– Come impariamo a scuola, questo carattere rappresenta due persone in piedi, l'una appoggiata all'altra. È il mondo degli umani. Non siamo soli e dobbiamo saper convivere con gli altri intorno a noi.

Lo prendo in giro:

– Sei troppo saggio per la tua età. Fai così con tutti?

– Non proprio. Voglio essere almeno realista. Per stare bene, mi dedico a ciò che amo ed evito i compagni che non hanno i miei gusti. E poi sono troppo impegnato per chiedermi se sono felice.

In effetti è molto diverso da Tōru, che è socievole. Ma tutti e due mi sembrano ugualmente saldi e tranquilli. Dev'essere il loro carattere. Gli chiedo:

– Conosci qualcuno felice di vivere senza vedere mai nessuno?

– Sì, il mio nonno materno. Dopo la pensione, si è trasferito in cima a un monte, in autarchia e con un'enorme biblioteca.

– Senza la moglie?

– Mia nonna è morta tre anni fa.

– Che lavoro faceva tuo nonno?

– Era ricercatore di biologia. È un tipo un po' strano, ma gli voglio molto bene e ammiro la sua autonomia.

– Può darsi però che negli ultimi giorni di vita abbia bisogno di cure.

– Non riesco a immaginarlo in una residenza. Se necessario lo aiuterò, e lo stesso farò con mia madre.

Penso alla conversazione che ho avuto con Tōru sul futuro dei nostri genitori. La mentalità di Yoshio mi pare più vicina alla mia. La cosa mi rende felice.

Oggi il corso di *kintsugi* è finito.

Arrivo a casa intorno a mezzogiorno e mezzo con le mie opere in una scatola di cartone. La mamma sta preparando il pranzo, mentre papà si occupa dell'orto. Esce dalla cucina, ansiosa di vedere i miei lavori. In salotto, le mostro innanzitutto le tazze da tè, poi i piatti. Li esamina uno dopo l'altro molto attentamente e li mette sul comò di legno. Ripete:

– Sono magnifici, Suzuko.

E quando le passo l'ultima ceramica, esclama:

– La campanella di Beroun!

Si allontana subito dal salotto e torna con mio padre.

– Caro, guarda la tua campanella senza battaglio!

– Papà osserva il vecchio oggetto che gli era caduto al ritorno in Giappone. Adesso la foglia di olmo, disegnata sullo sfondo blu scuro, è impreziosita da cinque linee d'oro. Mi ringrazia, con aria molto emozionata.

– Suzuko, l'hai fatta davvero rinascere. Immagino che ti abbia richiesto molti sforzi.

– Devo ammettere che ho imparato la pazienza grazie a quest'arte e agli anziani compagni di classe.

I miei genitori si congratulano. Mi raccontano con gioia i loro ricordi dei mercati di ceramica di Beroun. La mamma aggiunge:

– Avevi quattro anni. Tōru ci aveva incoraggiati a fare il nostro viaggio di nozze rimandato. Sapeva che volevo visitare quella città da anni. Ci aveva rassicurati: "Non preoccupatevi per Suzuko. Penserò io a lei".

Papà prosegue:

– Tōru aveva solo quindici anni, l'età che hai tu adesso. Era un ragazzo molto responsabile.

– È vero – dico. – Tōru era come la mia terza madre.

Queste parole sorprendono i miei genitori. La mamma sussurra:

– Suzuko mi sembra più serena e solida di prima...

Papà annuisce e precisa:

– È più studiosa!

Ne approfitto per comunicare il mio nuovo progetto: seguire lezioni private di *kintsugi* con la stessa professoressa per creare anelli. Spiego loro in dettaglio, mostrando degli opuscoli. Quest'arte unica interessa molto i miei genitori. Accettano subito di pagarmi la formazione.

Dopo pranzo salgo in camera. Il passero mi accoglie con pigolii. Si muove sicuro sull'erba stesa. Dopo il primo appuntamento con Yoshio lo saluto citando quattro nomi, sempre nello stesso ordine:

– Su-zu-ko, Tō ru, U-ru-shi, Yo-shi.

Lo osservo. La ferita sull'ala è quasi cicatrizzata. Cinguetta senza sosta. Non essendo più un uccellino, avrebbe bisogno di più spazio. Comprerò una gabbia più grande con i miei risparmi.

Mi squilla il cellulare. È mia cugina Namiko. Mi urla senza preamboli:

– Suzuko, sei una bugiarda!

– Scusa?

– La mia amica ti ha vista al castello con un ragazzo.

Mi coglie alla sprovvista. Si riferisce al giorno in cui i miei genitori e la famiglia di Namiko hanno portato il nonno ai piedi del Monte Daisen. Prosegue in tono d'accusa:

– Quel pomeriggio pensavamo tutti che fossi a studiare in biblioteca. Era un tempo così bello che eravamo dispiaciuti per te, al chiuso.

Balbetto:

– Lavo... lavoravo lì...
Grida:
– Era solo una scusa per vedere quel ragazzo! Secondo la mia amica, camminavate mano nella mano. Perché ci avevi detto che non eri innamorata?
Si riferisce al giorno in cui chiacchieravamo nel giardino della residenza del nonno, mentre aspettavamo Tōru.
– Ho incontrato questo ragazzo da poco, al corso di *kintsugi*. Non vi avevo detto una bugia.
– Come? E gli dai già tutta questa confidenza?
Mi irrita. Continua:
– Ci sei già andata a letto?
– Cosa?!
Namiko ripete. Nego, imbarazzata. Lei è ancora vergine a diciannove anni e sogna di sposare Tōru. Competitiva com'è, non sopporterebbe che la superassi in qualcosa. Evito di replicare per non provocarla. Dopo essersi calmata un po', mi chiede:
– Hai almeno detto a Tōru ciò che provo per lui?
Accidenti! Mi ero proprio dimenticata di farle sapere la risposta di mio fratello. Esclamo:
– Ah, certo!
– Che cosa ha detto?
– "La considero la mia sorellina, come te."
– Tutto qua?
– Proprio così. Se non mi credi, chiediglielo direttamente tu.
Le parlo con fermezza come sua sorella Miyoko. Aggiungo:
– Namiko, rinuncia al tuo sogno perché l'amore a senso unico non funziona. Non perdere tempo dietro a mio fratello.
Risponde in tono ironico:
– Non mi aspettavo di ricevere consigli da te.
Riattacca di colpo.
Penso a Tōru che lavora da un mese nella succursale di Okayama. Riprendo il cellulare e gli invio un messaggio con qualche foto delle mie opere riparate con l'arte *kintsugi*. È la prima volta che gli scrivo dopo il nostro ultimo incontro.

È il secondo sabato di gennaio. Il tempo è mite, anche se in genere questo è il periodo del gran freddo.

Sotto un bel sole, salgo lo stradello che porta a casa. Sto rientrando da una lezione di *kintsugi* nel laboratorio della mia professoressa. Sono affamata. L'orologio segna mezzogiorno e quaranta. I miei genitori dovrebbero aspettarmi per pranzo. Alcuni uccelli cinguettano rumorosamente su un albero. Stamattina ho lasciato il mio in giardino, nella sua nuova gabbia appesa a un ramo. Spero che approfitti della luce meravigliosa e dell'aria pura. Canticchio: *Passero, passero, dov'è la tua casa? Cip cip cip, cip cip cip, è proprio qui...*

Mi soffermo e osservo il bosco in basso. L'*urushi* è completamente spoglio. Le fronde biancogrigie solcano il cielo azzurro come le linee d'oro del *kintsugi*. Una foglia marrone resiste ancora. La fisso e penso di creare un pendente per la mamma. Da un mese costruisco gioielli a partire da pezzi di ceramica trovati nel capanno in campagna. La mia professoressa mi ha proposto di venderli nel suo negozio. Ne sono felice.

Ma la cosa che al momento mi entusiasma di più è la mia relazione con Yoshio.

Presto faremo l'amore. Abbiamo deciso di aspettare il mio sedicesimo compleanno, che sarà fra una settimana, e che mi senta pronta fisicamente e mentalmente. Mi dice: "Anch'io sono vergine. Passeremo momenti indimenticabili". Le sue parole mi rassicurano. Essendo più grande, si comporta in maniera responsabile. Sarà un anno molto significativo per noi due.

I miei genitori non sanno ancora della nostra relazione. Tōru è a conoscenza solo del dolce biglietto che mi ha scritto un liceale. Le mie cugine sanno che esco con un ragazzo e ogni tanto mi chiedono come va fra noi. Benché non dicano niente ai miei, evito di scendere nei dettagli. Non riesco ad abituarmi al loro linguaggio esplicito sul sesso.

Giorni fa Namiko mi ha annunciato con fierezza di uscire con uno studente che ha incontrato durante le vacanze invernali. Davanti a me, ha chiesto consigli sul "safe sex" alla sorella maggiore, Miyoko. L'ha ascoltata seriamente, poi mi ha domandato di nuovo:

– Suzuko, sei già andata a letto con il tuo ragazzo?

Le ho risposto di no. Sembrava sollevata.

La sorella più grande l'ha presa in giro:

– Non è mica una gara.

Mi sono morsa le labbra per non ridere.

Ogni tanto scrivo a Tōru. Si trova molto bene a Okayama con il nuovo lavoro. Mi sprona a continuare gli studi. Gli ho comunicato che voglio restare nella nostra regione e forse mi iscriverò a Belle Arti all'Università M., la stessa che aveva frequentato mia madre Kyoko. Secondo lui, sarebbe una buona scelta. La prossima volta che verrà a trovarci, probabilmente in primavera, vorrei presentargli Yoshio. Potremmo giocare insieme a badminton sulla spiaggia.

Finalmente Tōru ha rivelato ai nostri genitori di essere omossessuale e la sua storia con Nao.

L'ha fatto durante le vacanze invernali. Era a casa nostra dal 29 dicembre. Il 31 ha chiesto ai miei genitori di poter invitare Nao e sua sorella Miki. Sarebbero andati a trovare la loro famiglia a Tottori, per passare poi da Yonago e da lì tornare nelle loro città: Nao a Nagoya e Miki a Tokyo. Ai miei avrebbe fatto molto piacere rivederli, soprattutto a mia madre che non li aveva incontrati a ottobre. Quando è stata fissata la data, Tōru ha annunciato:

– Nao è il mio ragazzo.

Papà l'ha guardato esterrefatto. A quanto pare, la notizia l'ha colto del tutto alla sprovvista. La mamma è restata in silenzio. Papà ha balbettato:

– Allora, siete... siete...

Tōru ha risposto con voce un po' tesa:

– Sì, siamo omosessuali.

Papà, molto smarrito, non sapeva cosa dire. Tōru ha continuato:

– Ne avevo già parlato con Suzuko a ottobre, poco dopo il rientro dalle Hawaii.

I miei genitori mi hanno fissata, molto sorpresi. Mio fratello ha spiegato, come aveva fatto con me, ciò che aveva subìto nell'infanzia. L'hanno ascoltato senza interromperlo:

– L'avevo detto anche alla zia Kyōko.

– A Kyōko? – ha ripetuto papà. – Quando?

– Poco prima che morisse. Mentre mi raccontava aneddoti su un collega della Anderson, le ho rivelato i miei dubbi.

– Come ha reagito?

– In modo molto positivo. Mi ha incoraggiato: "Rispetta la tua natura, come fa tua mamma Anzu".

Papà ha spalancato gli occhi. La mamma ha sussurrato:

– Kyōko...

Tōru ha aggiunto che gli aveva fatto promettere che sarebbe andato a farle visita con il suo ragazzo sulla sua tomba. Papà gli ha chiesto:

– Ci sei già stato?

– Sì, due volte.

– Da quanto tempo frequenti Nao?

– Da più di cinque anni.

– Così tanto? Ciò significa che quando me l'hai presentato nel tuo appartamento a Nagoya, eravate già...

– Sì, eravamo già innamorati. Miki lo sa fin dall'inizio.

Papà ha chiesto alla mamma:

– Lo sapevi?

Finalmente prende la parola:

– Lo sospettavo. Non mi stupisce.

Tōru l'ha guardata, sbalordito. Lei gli ha detto con calma:

– Apprezzo molto che tu ne abbia parlato spontaneamente. Accoglieremo Nao con piacere. Vero, caro?

Papà ha annuito. Tōru aveva le lacrime agli occhi.

Mi avvicino a casa. Do un'occhiata al Monte Daisen, con la sua vetta coronata di neve. Mi viene in mente Fujiko-*san*, la confidente mia e di Tōru. "Fujiko-*san*," dico fra me e me, "il mio adorato fratello ha un innamorato. Dobbiamo essere felici per lui."

Quando arrivo a casa i miei genitori sono in giardino. Non appena papà mi vede, esclama:

– Suzuko, vieni. Presto!

– Che cosa c'è?

– Il tuo passero parla! Lo hai trasformato in un pappagallo!

Davvero? Emozionata, corro verso l'albero a cui è appesa la gabbia.

Cip cip, cip cip! Canta con brio. Mi avvicino. Lui sale sulla scaletta che ho messo da poco. La mamma mi fa cenno di tacere. Lo guardiamo in silenzio. E a un tratto:

– Suzuko... Suzuko... Urushi!

Glossario

Abura-zemi: specie di cicala.

Anagama: tipo di forno a legna per la cottura della ceramica.

Anzu: albicocca.

Bentō: pasto veloce consumato fuori casa, in un contenitore a scomparti.

Bon: festa buddista dei Morti, che si celebra dal 13 al 15 luglio o dal 13 al 15 agosto, a seconda delle regioni.

-chan: suffisso postposto al nome di persone, perlopiù bambini e giovani donne, con i quali si intrattengono rapporti molto confidenziali.

Chawan-mushi: flan con uova e pollo servito caldo in tazza.

Chirashi-zushi: sushi tradizionale, decorato con fette di pesce crudo e ingredienti vari su riso insaporito con aceto.

Chōchō: farfalla. È anche il titolo di una canzone per bambini scritta nel 1881 da Akitari Nomura.

Dan: livello nelle arti marziali e in altre pratiche tradizionali del Giappone.

Dango: spiedino di polpette di farina di riso.

Dōjō: sala in cui si esercita un'arte marziale.

Eiken: test per valutare il livello di inglese.

Furigana: *hiragana* o *katakana* scritti accanto a un *kanji* per facilitarne la pronuncia.

Gōkon: incontro di gruppo fra donne e uomini single con l'obiettivo di formare delle coppie.

Golden week: giorni festivi tra la fine di aprile e l'inizio di maggio.

Gyōza: ravioli ripieni di verdure, pollo tritato o altri ingredienti.

Half: meticcio.

Hanami: usanza che prevede di festeggiare l'arrivo della primavera ammirando la bellezza dei fiori, in particolare dei ciliegi.

Hanko o *inshō*: timbro su cui è inciso il nome di un privato o di un ente pubblico e si utilizza per validare i documenti.

Higurashi: specie di cicala.

Hijiki: varietà di alghe scure.

Hiragana: scrittura sillabica giapponese creata a partire dal corsivo dei caratteri cinesi.

Hiyashi-chūka: piatto di noodles freddi insaporiti con una varietà di condimenti freschi.

Juku: istituzione privata che offre corsi extra.

Kaku: pennellate nei *kanji*.

Kama: forno.

Kamaboko: spesso preparato di pesce bianco cotto al vapore.

Kamataki: processo di cottura della ceramica in forno a legna.

Kanji: ideogrammi cinesi.

Katakana: scrittura sillabica giapponese usata principalmente per le parole di origine straniera e per aggiungere enfasi.

Kendo: arte marziale giapponese che si pratica con una spada di bambù.

Kintsugi: restauro di ceramiche con lacca *urushi* e polvere d'oro. È un'arte che risale alla fine del 1400 e viene chiamata anche arte della resilienza.

Kokeshi: bambola tradizionale di legno.

Kokugo: lingua nazionale.

Koseki: stato civile che stabilisce il domicilio legale di una famiglia i cui individui portano tutti lo stesso cognome.

Kuma-zemi: specie di cicala.

Kutsu-bako (o geta-bako): scaffale o armadietto dove riporre le scarpe.

Love-hotel: casa d'appuntamenti; hotel dove è possibile prenotare una camera a ore o per la notte per avere rapporti intimi.

Miai: incontro combinato in vista di un matrimonio.

Minmin-zemi: specie di cicala.

Mugicha: tè a base di chicchi di orzo tostato.

Nattō: fagioli di soia fermentati.

Natsumero: canzoni popolari fra gli anni trenta e cinquanta.

-nīchan o *Onīchan*: fratello maggiore.

Nigiri o *nigirizushi*: varietà di sushi; polpetta di riso insaporita con aceto e ricoperta con una fetta di pesce, un crostaceo o con uova di pesce crude.

Nīnī-zemi: specie di cicala.

No-no-yuri: giglio dei campi.

Nori: foglie di alghe essiccate.

Obi: cintura del kimono.

Ochakumi: preparazione e distribuzione del tè sul posto di lavoro. Indica anche la persona che svolge questa mansione.

Ofukuro: mia madre (linguaggio familiare impiegato dagli uomini).

Ofuro o *furo*: vasca da bagno giapponese. Ci si lava fuori dalla vasca prima di immergersi nell'acqua calda.

Okama: (gergo) travestito, omosessuale.

Onīchan (Onīsan): fratello maggiore.

Onigiri: polpetta di riso, solitamente avvolta da *nori* (foglie di alghe essiccate).

Oshiire: armadio a muro per biancheria da camera e vestiti.

Oyaji: mio padre (linguaggio familiare impiegato dagli uomini).

-san: suffisso di cortesia equivalente a signore, signora o signorina.

Segare: figlio mio (linguaggio familiare impiegato dai padri).

Semi: cicala.

Shanai-ren'ai: relazione sentimentale fra impiegati/e di una stessa azienda.

Shichifukujin: sette divinità della fortuna.

Shinkansen: treno ad alta velocità.

Shiso: basilico giapponese. Chiamato anche "perilla".

Shochū-mimai: cartoline di saluti estivi, inviati nel periodo più caldo, fra l'inizio di luglio e l'inizio di agosto.

Shodō: calligrafia.

Shōgi: scacchi.

Soroban: abaco.

Sukiyaki: piatto a base di carne tagliata sottile con accompagnamento di funghi e verdure.

Sumo: sport di lotta.

Suzume: passero.

Suzuran: mughetto.

Tandaī (tanki-daīgaku): istituto universitario che offre programmi biennali.

Tanka: poesia di trentuno sillabe.

Tsukemono: verdure conservate ricorrendo a sale, aceto, miso, crusca di riso.

Umeboshi: susina salata; susina candita al sale con foglie di basilico giapponese.

Urushi: albero della lacca, smalto del Giappone. Indica anche la lacca stessa.

Yakijime, *yakishime* o *shimeyaki*: stile di ceramica non smaltata che prevede una cottura a una temperatura compresa fra 1100 e 1300 gradi.

Yakitori: spiedini di pollo arrostiti a fiamma viva.

Yōshi: figlio adottato.

Yōshi: figlio adottato.

Yutaka: kimono estivo di cotone.

Indice